流芳记

李亚 著

上海文艺出版社

目录

第一章 ⋯⋯⋯⋯⋯⋯⋯⋯⋯⋯ 001
 母亲与地球仪 ⋯⋯⋯⋯⋯ 003
 往来无白丁 ⋯⋯⋯⋯⋯⋯ 011
 强梁二哥 ⋯⋯⋯⋯⋯⋯⋯ 020
 贵宾画像 ⋯⋯⋯⋯⋯⋯⋯ 028

第二章 ⋯⋯⋯⋯⋯⋯⋯⋯⋯⋯ 045
 父亲的谜语 ⋯⋯⋯⋯⋯⋯ 047
 舞翩翩 ⋯⋯⋯⋯⋯⋯⋯⋯ 062
 炼丹人 ⋯⋯⋯⋯⋯⋯⋯⋯ 071
 醉太平 ⋯⋯⋯⋯⋯⋯⋯⋯ 079

第三章 ⋯⋯⋯⋯⋯⋯⋯⋯⋯⋯ 087
 迷魂战 ⋯⋯⋯⋯⋯⋯⋯⋯ 089
 奏凯歌 ⋯⋯⋯⋯⋯⋯⋯⋯ 099
 镜子里的蒋介石 ⋯⋯⋯⋯ 113

暗香浮动时·················119

第四章·················129
千里共婵娟·················131
美好的家宴·················142
求婚记·················151

第五章·················167
战争中的风筝·················169
兵临城下·················182
攻与守·················193
血做的城池·················209

第六章·················227
瑞雪兆丰年·················229
零乱的画卷·················253
传奇诗篇·················271
袖里乾坤大·················287

第七章·················321
于无声处响鼙鼓·················323
中秋月儿圆·················347

繁华胜似梦 …………………… 368

第八章 …………………… 383
九月大事记 …………………… 385
梦里伊水河 …………………… 409
夕阳别样红 …………………… 429
完美的传说 …………………… 451
幽灵说话 …………………… 465

第一章

母亲与地球仪

那天,我在我们家院子里徘徊时,无意间看到母亲高高地坐在花梨木高背大椅上,神情快乐中带有几分傲慢。她旁边的檀香木高腿几上,放着那个意大利人前两天带来的地球仪,那个玩意儿五颜六色,看样子遍布神灵,气象神秘,就像一个几万年也猜不透的甜蜜谜语。母亲一边漫不经心地和人说着话,一边时不时抬起她那细白柔嫩宛如少女般的左手,缓缓转动一下那个神秘的圆球。于是,地球上所有的山川河流旋转起来,一切神灵也飞舞起来了。

母亲出身于京城中医世家,因此,她老人家下过一番功夫,精研了十九种养颜之术,加上她今天穿着生日华服,花团锦簇,山清水秀,让人怎么也看不出她已经是个五十五岁的老妇人了。那时候的岁月十分无情,一个五十五岁的人就已经很老了。母亲的专用使女棠果也穿上了鲜艳的衣服,这个十六七岁的女孩子在母亲的指点下还施了淡妆,使她原本娇媚的脸蛋儿更多了几分金贵的神色。在以前和以后的所有日子里，我都没有看到过这个女孩子像今天这样粉嫩诱人，就像花开到最灿烂的时刻。棠果站立我母亲身后右侧，很喜兴地端着一副三分恭敬七分骄傲的姿态，衬托得我母亲越发地雍容华贵。

　　陪母亲说话的几位老妇人，环坐在母亲的两侧，一个个新服欢颜，仿佛戏台上那样端坐着，举止间尽力维护着自己的身份，但言语间仍然透着对我母亲这位京城大小姐的尊重，甚至还有那么一丝没掩饰住的媚态儿。她们的使女是没有资格站在这屋里的，把她们伺候进来以后，便到院里去了。

　　坐在母亲右手的是县长熊梦之的正房夫人，这个在我们谯城妇女界被昵称为"大香瓜"的夫人，看起来细皮嫩肉，可是一笑，她那满脸脂粉下的嘴角额头便叠起一道道皱纹，亚赛失去很多水分的大香瓜。她在母亲生日这天的形象给我留下了深刻的印象，因为从那以后，一直到后来日本鬼子占领我们谯城后她神秘消失，我再也没有见过她。此刻，她一手擎着带有黄釉小花的青瓷茶杯，一手捏着杯盖拂动着杯中浮茗，伸着多年前经我父亲的回春之手治疗而变得无比秀丽的脖子，慢慢品尝着我母亲发明的翡翠玲珑茶。她那略显老态的眼神欢快地瞄瞄我母亲，也瞄瞄跪在我母亲面前的三少爷——我的哑巴三哥。

　　姑妈坐在母亲的左手，她那永远强作微笑的脸上也永远掩藏着一层淡愁薄绪。在我的记忆里，我姑妈的整个命运就好像蜂蜜拌沙子，虽然是甜蜜的，也是硌牙的。恼人的命运赐给了姑妈一双善于刺绣的小手，细长而白皙，简直比她女儿——我表姐陈鱼容的小手还要逗人。此刻陪母亲说话时，姑妈的这双小手一直合扣着，放在左膝上，她的目光带有几分惆怅似的落在那个跪着的哑巴侄子身上，连异国地毯上那些精美的刺绣都没能吸引她。

当时在母亲屋里还有几位有头有脸的夫人，可是我现在已经记不得了，因为岁月把一些不重要的记忆过滤掉了，让我这个装满陈年旧事的脑海里空闲了片刻。

被许多人当面称为三少爷，背后称为小哑巴的三哥，跪在绛红色的地毯上，虔诚而孝顺地低着头，目不斜视，眼光儿一直瞅着地毯上那些意大利玫瑰花，仿佛一边闻着玫瑰花的芳香，一边听着母亲和几位老妇人的说笑。在这样隆重而又欢乐的气氛里，哑巴三哥再次体验到他在这个世界上与众人迥然不同的感受：他暗暗觉得她们浅浅的说笑声就像毛毛虫一样爬在身上，让他浑身说不出的别扭。这会儿母亲没发话，他就不敢起来，就得跪在那儿，欣赏着意大利玫瑰花，忍受着地毯散发出的难闻的羊膻味，在心里临摹那些艳丽非凡的玫瑰花——信手涂鸦、描龙画凤是哑巴三哥的唯一爱好，在我母亲眼里，他的这一特长是一个哑巴孤独性格的表现；而在我父亲眼里，他的这一特长则是上天赐给一个哑巴能及时和这个世界对话的一种简洁方式。

母亲矜持地微笑着，一边应承着客人的话，一边款款翻转着地球仪，看样子是忘了已给她磕过头请过安还跪在她面前的哑巴儿子，只是偶尔停下手来，目光凑近地球仪，脸上一层明显的向往之色，仿佛漫不经心地念叨一声："意大利，这就是意大利啊！"说着，伸出水葱似的手指，给几个老妇人示范一样点了点地球仪上的某个地方。接着，我的这位高傲的母亲又转动了一下地球仪，看着那个流光溢彩的玩意儿旋转着，她老人家的脸上露出了灿烂的笑容，仿佛山川河流日月星辰都在顺着她的心意开始变幻起来。

地上铺的那块绛红色地毯，是前两天那个名叫巴利奥的意大利年轻人送来的，正好赶上母亲五十五岁的寿辰，于是，这块还散发着意大利羊膻气味的地毯，连同那个让母亲爱不释手的地球仪，就成了我母亲过五十五岁生日时收到的最别致的寿礼。

据那个操着一口鸟语的小巴利奥讲，他的祖辈是法国著名医学家何内·雷内克的学生，祖辈曾经帮助过雷内克发明了听诊器，但无情的医学史却没有留下他祖辈的名字。盛怒之下，他爷爷改行学起了音乐，如今在一家天主教孤儿院教一群孩子拉小提琴。好像为了证明他所言真诚，风尘仆仆穿着破烂的小巴利奥还当场打开了他随身携带的琴盒，拿出那把形状吓人的小提琴拉了几下，并且得意洋洋地说他从三岁就跟着爷爷拉小提琴了。他爷爷临死时之所以将这把小提琴传给了他，因为他父亲老巴利奥天生就不喜欢音乐，自作主张地继承了祖宗们引以为荣的医学职业。小巴利奥在喋喋不休中还诅咒了医学史，不过能听懂他鸟语的我父亲却没有翻译他的咒骂。小巴利奥的父亲是我父亲留学德国时的同学，经常兴高采烈地为一个小小的医学问题和我父亲彻夜辩论。他们的另一个同学是个日本人，名叫辻原太郎，戴着一副圆圆的小眼镜，每当老巴利奥和我父亲争吵时，这个个头不高、衣衫整洁的日本人，就会在旁边笑眯眯地看着他们争吵，一言不发，小眼睛细眯着，活脱脱一副渔人之利的样子。尽管他们之间很友好，但我父亲天生反感这位日本同学，无论是当年相互辩论，还是后来书信往来，我父亲总是带着几分嘲弄的口吻把他称为"地丁同学"。地丁是一种中药，从嫩芽钻出地面到成株后枯死，都是贴着地皮生长，在我们谯城，刻薄的人们都喜欢把身材矮小的人称为"地丁"。尽管近年来与那位地丁同学间的书信几乎断绝了，但是，我父亲为了保持完整的同学友谊，还是把他们毕业留念的三人合影悬挂在书房里显眼的位置。我父亲比较喜欢老巴利奥，提起他那位下巴上有一撮褐色胡须、辩论问题时老是红头酱脸的意大利同学，常常是哑然失笑。几个月之前，那位爱吵架的意大利佬突然为一个小小的医学术语所迷惑，便特地派他的儿子不远万里来找我父亲，试图使他的疑问得到解答。那张手织地毯是那位意大利医生送给我父亲的礼物，但为了让他的年轻儿子能顺利地找到中国，找到他的中国同学，他聪明地让儿子小巴利奥带着一个地球仪。他指着地球仪上的中国，微笑着对儿子说："那个神奇的苏医生就在这儿。"

小巴利奥长着一副看起来有点笨拙的嘴脸，他出门时穿着意大利上层社会最讲究的衣服，但来到我们家时早已变得衣衫褴褛，蓬头垢面，这使他那笨拙的嘴脸更显得滑稽。但他随身携带的那只琴盒却是一尘不染，仍然绽放着意大利皮质考究的光芒。可喜的是，小巴利奥仍然牢记着他父亲的教诲，笨手笨脚地跪在我父亲和我母亲面前，半生不熟地行了中国大礼，之后，便献上了那张散发着意大利羊膻气味的绛红色地毯。

当时，哑巴三哥就站在父亲的身后，好奇地看着那个外国人古怪的嘴脸和蓝汪汪的眼睛，聆听着父亲微笑着和他大声地说着鸟语。而我那位非同胞姐姐苏茱萸当时就站在母亲的身后，她手里拿着母亲在她六岁生日时送给她的那把胡琴，因为她有一个音节拿不准，刚刚赶来找母亲请教的。她笑吟吟地看着那个乞丐般的意大利佬，粉团似的小脸时不时地闪出几丝羞涩的红晕来，仿佛已经感受到自己的命运之花就要绽放了。

母亲笑纳了地毯，但她那双单眼皮的细长眼睛却一直盯着小巴利奥腿边的那个地球仪。在我父亲的诱导下，小巴利奥操着鸟语给我母亲大讲地球仪的神妙，他指着自己的国家，说："但丁就诞生在这个美丽的地方，我也诞生在这个美丽的地方！"

父亲翻译时费了些周折，因为我母亲不知道但丁是什么人。

当小巴利奥得知两天后便是眼前这位仪态端庄的夫人的生日，便毫不犹豫地把盛载着但丁诞生地的那玩意儿敬献给我母亲了。轻易不肯赞扬人的母亲，高兴地赞扬了小巴利奥的父亲，表扬他教子有方。

接着，我母亲热情地挽留巴利奥住了下来。

这两天，小巴利奥穿着我大哥的衣服，在院子里到处走动。很快，他就被我们家深而大的院落迷着了，尤其是为我母亲过生日而准备的各种东西、物件，更使他兴奋得好似一只大嚼香草的山羊。遵照我母亲的指派，陪伴小巴利奥在院里跑来跑去的是哑巴三哥的伴当，就是那个身手长大浑身蛮劲十足的麦冬。

麦冬是我们家厨娘黄三婶子的儿子。

在我的记忆里，手脚麻利眼色灵便的麦冬一直是我的哑巴三哥的跟班，现在伺候着那个说话做事都显得比他憨傻的外国佬，他真是开心极了，早已把整天神情忧郁的哑巴少爷忘到脑后了。而平常，哑巴三哥每天早上过来给母亲请安时，手脚麻利眼色灵便的麦冬就会垂手低眉弓着腰立在门外，像个镇邪的石佛一样一动不动。所以，眼下只有哑巴三哥一个人孤零零地跪在母亲面前。五月的火黄色的阳光透过高大的窗棂，铺洒在地毯上，使那些玫瑰更加灿烂迷人。哑巴三哥眼望着绚丽的花朵，强忍着地毯散发的难闻的羊膻气味，等候着母亲的发落，他那清秀的脸上满是一个哑巴特有的僵硬而执著的神情。

母亲的使女棠果很有眼色，她精明地端起母亲的茶杯，递给母亲的同时，眼珠儿朝哑巴三哥转动了一下。母亲这才停止转动地球仪，总算从遥远的意大利回过神来，老人家一丝不苟地微笑着，沉着而缓慢地接过茶杯，呷了一口茶水，瞄了一眼跪了半天的哑巴三哥，口吻里带着一丝母爱、一丝无奈，说道："哟哟，我怎么忘了你啊——好了，你下去吧！"

在哑巴三哥听来，母亲的语气就像放生了一条丑陋的无鳞鱼一样，有点厌恶，有点慈善。哑巴三哥退出门来，在五月的阳光下，他眼前一阵恍惚，仿佛看到了那条无鳞鱼迟钝地摇着尾巴游向河水深处。他转过身走了好远，从内心深处还能确切地感受到母亲放生时那一瞬间的腻烦和慈悲。这种感觉宛如一个紫色的痦子，深深地扎根在哑巴三哥的生命里。

往来无白丁

回想母亲过五十五岁生日的种种排场，真是奢华而浪漫。时至今日，我也没有再见过第二个妇人有过那样富丽堂皇的生日场面。包括我那活到一百岁才咽气的哑巴三哥苏甲三，临死时他的脑海里还一直清晰地浮现着当时的情景。

我母亲生在端午节，按照上古风俗，这一天普天下的人家都要门插艾草，庭焚蒲香，以祈六畜兴旺，大地丰收；这充满吉祥玄机的一天，注定了我母亲是一个有个性，有福气的人。她五十五岁生日这天，晴天丽日，万里无云，有着轻纱拂面似的小风。按照我们谯城的老规矩，早饭之后，祝寿的客人纷纷到来，红男绿女，满脸喜色，大呼小叫，熙熙攘攘，仿佛过年赶庙会。这可忙坏了我们家的老管家苏沛甫，这位童颜鹤发的老管家，在前院后院穿梭一样奔走着，吆吆喝喝，喜气洋洋，一边笑迎众多来客，一边镇定自若地支使着佣人们干这干那，因为生日大宴马上就要开始了。

提起这位老管家，我不免要多说几句。

苏沛甫比我父亲大五六岁，早年伴着我父亲走南闯北，忠心耿耿，甚得家中重用。当年，我父亲留学德国学习西医，本想带着他一同前去学习，日后让他独立门户，结束为仆生涯。可这个老伯伯真不走时运，居然摊上奇怪的痢疾，素有青年神医之称的我父亲居然一时拿不下他的病，直等到行程在即，仍不见好转，只好独自上路了。可是，我父亲刚走的第二天，这老伯伯的痢疾居然一下子净了。说起来真是命运庞杂，造化弄人。然而，苏沛甫老伯对此感念甚深，一辈子都以良仆之规做人行事，没出过半点儿差错。虽说苏沛甫老伯眼下已是六十多岁的老人了，但他心眼儿比旁人平实坦荡，所以一直精神矍铄，身体格外的好，大小事体放在心上还不乱分寸。不仅在我们家，就是我们全谯城的人也都知道，家大业大的苏家在诸多事局上还要多多依赖老管家苏沛甫。

以前，母亲每年过生日都是简便了再简便，但到了我母亲的五十五岁生日，本来出过洋、凡事主张简便、素以文明著称的父亲突然间来了灵感，斩钉截铁地决定要大操大办。他老人家作出这个让人费力劳神的决定之后，便撒手不再过问，一头扎在书房里，写他的医学著作去了。

习惯了我父亲这种老爷般做事风格的苏沛甫老管家，当然不能掉以轻心，凡事不仅精打细算，而且要求周全而体面。说实话，这个老伯为我母亲今年的生日做了很多细致而扎实的事体，他花了大半个月来操心劳神，腿脚劳顿，一直忙到今天这个正日子，还居然不见半点儿疲惫之态，仍然像一头劲头儿旺盛的壮骡子，大步流星地在院里奔来走去，生怕有星点儿照应不到，显了拙露了怯，让高朋贵客讪笑，让主人家不知不觉中跌了脸面。

其实，我早就觉得，苏沛甫老伯此时完全不需要再这样卖力了，因为庆祝我母亲生日的各项事情已经就绪，他只消安坐在一旁，让整天关心他的胖厨娘黄三婶子给他沏上一杯山楂菊花茶，一边喝着幸福的液体，一边看着佣人忙活就行了。可是，这老伯生来就不是能安坐的人，好像命中注定他屁股上没长坐腚骨，一辈子只能奔跑。其实，我还觉得，苏沛甫老伯如果命好，早年若能和我父亲一起留学德国学习西医，到如今虽说不能和我父亲的医术相提并论，那至少也是一个小有名堂的医生，独自开一家诊所，悠然自得地过着良医生活了。真的没有必要像现在这样，一辈子光棍一条，白天颠簸，晚上腰酸腿疼地半躺在床上，单等胖厨娘收拾完事，推门进屋，坐在床边，用那双杀鸡宰鱼且练过铁砂掌的小胖手给他捶腿。

看到客人们陆续到来，我先把苏沛甫老伯苍老而羞涩的爱情故事暂且搁下，数一数都来了哪些客人。

在我们谯城，凡是有点儿头面的人家，都和我们家有些来往。这倒不是我们家有皇亲背景，亲戚们都是贵人；

事实上，除了我姑父陈敬述是谯城商会会长之外，亲戚间再没有一个能沾染半点儿官方气息。说起我的姑父，他是中原七大药商之一，家产万贯，人物风流倜傥，只是他瘦而高，场面上的人都雅称他"清竹"，我二哥从小就喜欢叫他陈竹竿，他喜欢这个称呼，认为这个称呼可以代表他的性格和气节。关于我姑父陈竹竿的许多故事，我在后边会一一讲出来。其他一些在谯城有头脸的人物，之所以和我们家来往密切，多数是因为我父亲以神医妙手为他们解除过与生俱来的顽疾，那些顽疾不仅像天牛伤害桃树一样伤害过他们的人生，还给他们的日常生活带来了难言的痛苦。

我举几个例子。

比如县长熊梦之，一表人才，文质彬彬，但谁能料到这个白面书生气十足的县太爷从十岁起就一直便秘呢？他上任伊始，以拜见当地名流为堂皇借口，来到我们家诊堂，满脸痛苦地向我父亲畅言了折磨他近四十年的丑疾。我父亲粲然一笑，只用了三剂汤药，便让熊大县长上半辈子时常梗结的肠道在下半辈子里顺畅无阻了。这当然是区区小事，不值一提。但熊县长的正房夫人，也就是眼下正坐在我母亲屋里说话的那位昵称"大香瓜"的女人，当初随熊县长上任来到我们谯城时，脖子上还带着一块巴掌大的牛皮癣。这块牛皮癣，给熊县长的日常生活带来了无穷的烦恼。在白天看着太太穿着高领绸衫，再围上丝纱，那小姿态还足以雅观示人；但到了晚上，喜好女色不亚于烟鬼饭后一袋大烟的县长大人，看着太太脖子上那块灰白掉屑的玩意儿，就算是雷公，也无法打起轰隆隆的雷霆之势来。尤其让县长大人更无法忍受的是，这太太一躺下就不停地挠脖子，哧啦哧啦，其声音直瘆得县长大人心跳加快，浑身时冷时热，仿佛太太故意当着他的面一层一层地撕脖子上的皮。县长大人正值盛年，哪堪人生的这般苦恼，一厢里时不时地光顾爬子巷凤弋馆，摸一把唤做小红鞋的大美人那粉若嫩藕的小小肉脖儿；一厢里还半明半暗娶了个十分标致的、据说是出身大商巨富家的小姐做了二房。

在我们谯城，几乎人人都知道熊大县长的二房名叫封紫芳，但对于她的真实来历，所有的人都像我一样不知底细。不过，对于她命运的最终结局我却心知肚明。我之所以以后还要讲一些她的故事，是因为这个在我印象里一直处于暧昧状态的标致女人和我二哥有过一些不合情理的非正常关系。

这个性格泼辣的女人进入到我的视野时，已经是我们谯城具有叛逆性格的妇女们的首领，在谯城也是个响当当的角色。在我们谯城的闲杂市民中，不仅经常传说着这个女人和熊县长的色情笑话，而且也经常说起她的许多生活喜好。比如，她爱穿艳丽的无袖旗袍，爱在发际上别一枚洁白的玉发卡，她喜欢像男人那样喝酒，而且还特别喜欢用樱桃佐酒。因此，人们经常能看到她亲自到西河滩大市场挑选从烟台运来的大樱桃。不仅如此，为了满足对樱桃的嗜好，她还在县长大人特意为她安排的那个四合院里种了一棵樱桃树。如此等等，她的一举一动无不彰显出她的与众不同。按照我们谯城的风俗，县长大人这点儒雅风流的行径，深合当地商人士子的口味，甚为羡慕他有这么一个姨太太，该着是前生苦苦修来的，该着前世为驴，该着驮她上世的一辈子。没想到牛皮癣太太醋意大发，要死要活，要拿刀，要悬梁，要割断全身的管道。唉，县长大人的这种人生苦楚，真是原生态的那种啊。

那天，父亲听完熊县长一番肺腑之言，看着他儒雅风度，不由得粲然一笑，当场调了一瓶油膏，开了七剂汤药，送客出了诊堂。在门口告别之际，父亲拍拍县长大人那惯于播弄风月的胖手，风趣一哂道："半月以后，领若蟾蜍兮！"果然，正如我父亲所说，半月之后，压迫了县长大人几近三十年的梦魇被彻底解除了，使这位在我们谯城历史上最受非议的县长大人，从偏房出来，进了正房，抚摸着大太太那宛若蟾蜍般的脖颈，不仅兴致勃发，而且更是如鱼得水了。

所以，在我母亲寿辰之日，县长大人不仅早早派人送来了厚礼，还特地让他的大太太一大早就过来陪我母亲说话。

值得一提的还有城防司令袁辩吾。这位司令身材剽悍，一部络腮胡更添威风；据说他曾在冯玉祥手下当过营长，眼下在江淮军界享有"神勇双枪将"的美誉。袁司令的老娘卧病几十年，天天都摆出一副要咽气的姿态，但是，三千天过去了，也没能盼到她真的咽气。她这种要死不死的胶着状态，时常让素有大孝子之称的袁司令长吁短叹。又是我父亲六剂汤药，三趟银针，让那老娘不仅每天早上要吃五个煮鸡蛋，而且饭后还要到操兵场上大练我父亲教她的五禽戏。这还不算，那老娘每天都要坚持服用一粒我父亲研制的青春回还丹。时间没过多久，那位病恹恹的老太婆简直是枯树开花，灿烂得有点儿过头了，而且还差一点儿没闹出人命来——下面我说说这件事情。

一日操课完毕，袁司令在客厅陪日益青春的老娘闲话，适时进来一个戴着金丝眼镜的陕西米商，袁司令处理公务一般不避讳老娘，当着老娘的面开始和米商谈起买卖。这米商惯做军粮生意，善于察言观色，和袁司令谈笑风生间就把双方利益都搞定了，只是千不该万不该，他不该在告辞之际把袁司令的老娘错当成袁司令的姨太太大大赞美了一番。一时气得袁司令咬碎钢牙，当即掏出双枪，砰砰就是两枪，米商的两只耳朵应声落地，金丝眼镜颓然滑落胸前。米商吓得哭爹喊娘，一手捂住胸前心爱的金丝眼镜，弯腰捡起地上的两只耳朵，血淋淋地鼠窜去了。之后，袁司令带着卫队，杀气腾腾地闯进我父亲的诊堂，要为他蒙羞讨个说法。

当时，我父亲正在给蒋六秃子接大腿骨。

那时候，蒋六秃子还没有成为名盖江淮的巨匪，不过是个在街头巷尾玩杂耍卖狗皮膏药的艺人。正好那天他表演绝技时一招失手，导致左大腿骨摔成两截，骨头茬把皮肉顶起一个紫色的大包，正躺在诊台上疼得龇牙咧嘴，豆大的汗珠如雨倾盆。

父亲看一眼怒火万丈的袁司令，半天没有应声，直到把蒋六秃子的断腿绷好夹板，才漫不经心地瞥一眼恼羞成怒的袁司令，轻轻笑道："我可以让你变得比你老娘更年轻。"言毕，随手开了一剂药方，让我们家门房长保喊来药房司药葛九章，吩咐他按方配药，常年免费供应，直到袁司令自愿谢绝为止。

就像我们许多谯城人一样，袁司令生来就是个犟种，他二话没说，带上药物转身回营了。按照我父亲的指示，袁司令每七天喝三剂奇腥奇苦的汤药，每天朝脸上涂两次油腻腻屎黄色的药膏……直到有一天，他起床，站在镜子前穿军装时，意外地发现镜子里为他理衣襟的女人简直不是和他睡了一夜的太太，那副老模老样真可以给他当老娘了。袁司令有些不满意地拨开太太的手，嘟囔了一句："你老得可真快啊！"

"不是我老得快,是你变了。那些臭烘烘的苦水,你只要再喝上一个月,就可以挎上书包到柳湖书院上学去了!"

袁司令这才认真地打量一下镜子里的自己,他发现脸上的皱纹没有了,原本粗糙的皮肤现在居然像娘们儿似的又细腻又白嫩,一部威风凛凛的络腮胡不知从何时开始消失的,眼下只剩下珍贵的几根了。让袁司令感到更可怕的是,他那个宛如一颗大桃子般的著名的大喉结,现在成了一枚小杏核,可怜地隐匿在脖子上,眼看着要遁逃无迹了哎。

"这是真的吗?怎么会是这样啊?"

袁司令自言自语了一句,但他马上被自己的声音惊呆了——他原本粗犷浑厚的嗓音也变得尖细起来。

"卫兵——"袁司令恐惧地尖叫起来,"备车!"

就这样,袁司令再次闯进我们家。

当袁司令径直闯进我父亲书房里,把十根金条放在书桌上时,他满脸堆笑,左打拱右作揖,满口军人的豪爽和义气:"苏大哥,我给你送药钱来了!"

我父亲没有说话。需要我饶舌解释的是,父亲专心书写他在医学难题方面的独到见解时,非常讨厌有人打搅他,即便是专门伺候他写作的苏茱萸,沏好茶水之后也只能躲到一厢去。所以,明知道袁司令来到了他的书房,他老人家仍然旁若无人地继续书写那些阐释人类疾病的高明文字。

袁司令打拱作揖，说："苏大哥，你的药太昂贵了——以后我不能给你送金条了，我正准备从东北张少帅手上买些枪炮，装备一下队伍……眼下时局动荡，小日本正在咱东北角滋事，万一……"

父亲放下他从德国带回来的金质钢笔，站起身来，把黄缎子里的十根金条裹好系上，一言不发地递还给袁司令。眼见得袁司令愕然的脸上出了一层汗，我父亲这才粲然一笑，伸手拍了拍袁司令腰间的双枪，朗声说道："这十根金条算我资助你买枪买炮了！不过，你他妈的这样年轻，可不能再叫我大哥，应该叫我阿叔才对啊！"

在我的记忆里，我父亲素以儒雅闻名，这一句"他妈的"，在此刻此境达到了诙谐的顶峰，惹得袁司令顿时把他引为人生一大知己。若干年之后，为了报答我父亲的大恩大德，袁司令竟把我的那位整天惹是生非捅马蜂窝玩的二哥弄到他的队伍上，给了个中尉参谋，在他的城防司令部里当了差。

强梁二哥

好，既然说到了我二哥，那么我就借此机会简短地说上一番。

我二哥名叫苏甲宝，在我们谯城也是个响当当的人物。但是到了现在，一些老年人说起酷爱剿猫骟狗的苏家二少爷时，还再三怀疑他到底是不是温文尔雅的苏神医的儿子。好吧，现在我就抛却这些老家伙们对历史人物的怀疑论调，说一说我那真实无比的二哥苏甲宝。

苏甲宝自幼顽劣这是事实；他讨厌诗书，喜好棍棒，这也是事实。我至今还记得，二哥在私塾念书的时候，教书的先生据说是一个中过举的老儒，在我们谯城享有清名，一些商户店铺都悬着他书写的乾隆体的匾额。这老儒不管是在学堂教书，还是在日常生活中，都是满口诗云子曰，而且酷爱摹仿魏晋名士的怪诞行为。这位自以为是大名士的老儒生平最爱的是我们谯城名吃牛肉馍，每天上完第一节课，便摸出两个小角子，让学生小跑着到学堂旁边的樊记牛肉馍店买二两回来解馋。有一天，这老儒大意失策，竟让我二哥苏甲宝为他跑腿效劳一趟。我二哥顿时喜气洋洋，一溜烟地去了，一溜烟地回来了，他捧回的绿油油的荷叶包儿比平时大了一多半，喜得那老儒眉梢飞舞，之乎者也大大夸奖我二哥聪慧过人，非一般孺子可比。当那个馋嘴老儒乐哈哈打开热乎乎的荷叶包时，一股新鲜的牛屎气味就像突然间绽放的芍药花儿，浓郁得差一点儿让那老儒窒息过去。而我的二哥苏甲宝，早已笑得前俯后仰，从袖筒里摸出一串花米丸子大吃起来。

老儒动气，告上我们家，坐在我父亲书房里哭泣着要讨还清名。等他端着傲慢佻达的名士架子，把内心的悲伤诗云子曰之乎者也倒尽之后，我父亲沉思片刻，吩咐门房长保牢记一件事：每天上午准时到樊记牛肉馍店买二两新出锅的牛肉馍，亲自送到老先生手上。这事儿一直到几年后那老儒无疾而终，天清地白，长保的这份苦差才算完了。

当时，我们全家上下都以为我二哥少不了一顿严惩重罚，人人都等着一场热闹看。那时候，我母亲怀抱着我那刚刚三岁的哑巴三哥，句句话都不依不饶，非逼着父亲打断我二哥的双腿，一颗颗掰掉他贪吃的狗牙。连平时十分疼爱我二哥的老管家苏沛甫也气愤不已，他在我父亲面前拍手跺脚，要我父亲一定要料理一下那个小畜生。

那时候，父亲刚刚开笔写他的医学著作，整个身心都沉迷在医学的密林里，似乎忘记了"养不教，父之过"的神圣箴言。他居然在众目睽睽之下安详地坐下来，翻看着一本散发着宋朝气息的医典，漫不经心地说："别让那孩子再念书了吧——蚁走蛇行，各有途径，想干什么就让他干什么好了。"

我父亲这种态度真让人惊讶，众人面面相觑一番，不知话从何说起了。我们家的老管家苏沛甫犹疑再三，还是倚老卖老地说："大先生，你这一身好本事，可总得有个传人吧？"

这位老管家，一直把我父亲称为大先生。他这会儿话里的真实意思是，大少爷无意学医远走省城攻读诗书，二少爷又是这般顽劣不可塑造，三少爷萌芽未开要想锻造还得很长时日，你这一身济世活人的医术也该往下传了吧。

父亲放下手中的书，站了起来，他似乎胸有成竹，径直走到母亲跟前，伸手捏了捏母亲怀抱里的哑巴三哥的面颊，粲然一笑说："那就传给他吧。"

父亲这话说得多么目中无人啊，他似乎早已料到我——他的第四个儿子永远也不会来到这个到处都闪烁着鬼火的人世，只能作为一个幽灵在洁白的天空飘荡。但他没有想到，被他看好的哑巴三哥，到了五岁还不会说话，长到十岁还是不会说话。这一奇异现象让我那精于剖析人类生理构造的父亲大感纳闷，在苦思苦想之际，他常常轻轻叩击着光洁宽阔的额头问自己："我到底在哪儿做错了什么？"接着，他又抚摸着短而整齐的胡须自问自答，"医学发展中的障碍是很多的，有许多疑难问题还需要假以时日方能解决。"

总之，从那以后，二哥更成了脱缰之马，整天要上九天揽日月，要下五洋捉鱼鳖。我们苏家上下，都觉得二少爷再难长成材料，一辈子也只能干些猢猫骟狗之勾当。但是，人人都惧怕我二哥，人人都躲着他，就连负责监管他的身强力壮的门房长保，也经常被他捉弄得两眼泪汪汪的。

但没有多久,我们发现这个小小狂徒居然被我们家的一个女人收拾得服服帖帖。

这个人就是我们家的胖厨娘黄三婶子。

这里需要简单介绍一下黄三婶子。

在我的印象里,胖大的黄三婶子属于神话里的人物,因为我遍视人间,扫尽社会,从未见到过像她那样的神奇女人。据我们家历史传说,黄三婶子是西捻军头目程大道的老婆,不过,这个传说后来被九灯和尚提供的史料弄得有点扑朔迷离。在我后来看到的正史中,早在清同治七年,也就是一八六八年七月三十一日这天,程大道和他的三个兄弟都在山东济阳玉林镇战役中战死了。程氏兄弟与清军作战的情形,在九灯和尚花费了一辈子心血所撰写的那部《捻子传》中也有着详细的记载。九灯和尚在带着我姑父陈竹竿神秘消失之前,特意把这本书送给我的非同胞姐姐。神差鬼使一样,后来那部装满历史烟云的手写本书籍到了哑巴三哥手里,让哑巴三哥在一座破落的土地庙里读得津津有味。当然,九灯和尚正式写那本书时已经八十多岁了,加之他言行高深莫测,所以他书中所写也未必可信。就像在岁月中越来越聪明的人类所认为的那样,一些往事不过是黄粱一梦,众多情景无非是过眼烟云。但我依然记得,黄三婶子投奔到我们家时还很年轻,虽然胖大,但远没到现在这样状若母象。我当时飘荡在有着细雨的半空中,看到黄三婶子在黄昏时刻大步流星地来到我们家门口,轻轻叩打大门上的铜环,她左臂挎着一个单薄的包袱,右臂弯还抱着一个婴儿。如今那个婴儿早已长大成人,我父亲给他起名叫做麦冬,就是那个整天跟在我的哑巴三哥身后的家伙。

——我还是接着说说黄三婶子和我二哥的故事吧。

黄三婶子来到我们家时,我二哥刚刚出生。后来的许多事实证明,黄三婶子急匆匆赶到我们家,仿佛就是为了守护我二哥的人生。这种说法不是我的妄断,而是我二哥本人最深刻的内心感受。有一天早晨,当我的二哥老态龙钟地出现在华盛顿郊区一栋别墅的阳台上,在初升的朝阳下眺望故乡时,他突然想起那个让他心跳不止的早晨。

那天早晨,二哥早早起床后,机灵地躲开受我母亲之命监管他的门房长保,爬上后院里一棵老椿树。他正准备观看鸟窝里的斑鸠蛋破壳没有,却意外地发现厨房前宽阔的空地上摆着几行菜碟,仿佛排列整齐的白莲花在朝阳下闪闪发光。两臂伸直、双手各提一桶水的黄三婶子正在碟子上走来走去,她胖大的身躯好似泰山,但行走起来却宛如浮云。二哥看得目瞪口呆,口水涟涟,黄三婶子每次迈步踩上一只碟子时,二哥就会在心里狠狠地念一声:"烂!"结果却没烂。二哥拍着树枝,暗自赞叹那只瓷碟的坚实,居然能承受黄三婶子那胖大的身躯。

眼看着黄三婶子在碟子上走了五七个来回，这才下了地，放了水桶，也不弯腰，只用脚尖一踏碟沿，碟子便稳稳倒扣在她脚面上，只见她闪电般地一抬脚，那只碟子便安安稳稳地粘在了她手上。如是者三番五次，那几行闪着白光的瓷碟便齐刷刷地落在黄三婶子的左手上。当黄三婶子左手托着高高一摞碟子正想回厨房时，我二哥站在了她的面前，就像一只小公鸡拦住了一头母象的去路。黄三婶子瞥一眼豆包般大小的二少爷，不耐烦地移开脚步往一边走。二哥倒退着步子，再次拦住胖大的厨娘，神气十足而又傲慢地说："把你这套把戏教给我！"

当监管失责正四处寻找二少爷的门房长保听到一阵阵杀猪般的尖叫，满头大汗地跑过来时，他看到黄三婶子左手托着高高的一摞碟子，右手提着二少爷的一只脚。被倒悬的二少爷激烈地挣扎着，高声大骂，手舞足蹈，活像一条被钳住脖子临斩的泥鳅。

从此以后，在很长一段岁月里，每天清晨我们家大院里就会响起一阵阵鬼哭狼嚎的声音。不消说，正是胖厨娘黄三婶子在揉面团一样捏弄着我二哥。那种声音到现在还清晰如新，时时在我耳边回响不绝。后来，那种鬼哭狼嚎的叫喊声演化成棍棒交加的情景，在临近结束的那两年里，我几乎每天早晨都能看到我二哥拿着形状各异的种种武器，发疯般地朝胖厨娘黄三婶子猛杀猛砍，而有时赤手有时手持短械的黄三婶子，几乎从来没有移动过她那巨大的身躯。我感到奇怪的是，每次殴打时二哥都是明显占着优势，但每次都是以他倒在地上哭泣着抹泪而收场。我的父母对此心知肚明，在好几年里，他们从没到后院来看过一眼，仿佛他们早就清楚，黄三婶子的无情殴打会让我二哥改邪归正成为豪杰。有一次，前来观战的老管家苏沛甫把两眼泪水的二少爷拉起来，转脸对黄三婶子说："你下手得轻些了，二少爷眼下长大了啊。"黄三婶子都没抬一下她那肥胖的眼皮，慢条斯理地说："他啥时候能打中我一下，啥时候才算长大了。"

二哥在一旁听了，挂满泪水的脸上顿时布满了恼羞成怒的气色，但他望着身材胖大、满脸不屑的黄三婶子，过了好大一会儿，才咧着大嘴绝望地号啕起来。

事实上，直到我二哥进入袁司令的队伍上时，他也没有打中黄三婶子半下。但是，当那天早晨，我二哥穿着笔挺的军装全副武装地出现在黄三婶子面前时，那位愈发巨胖的老妇人看着面前这个在她的捶打之下变得英气逼人的小伙子，还是忍不住地抬起胖成面团般的小手，拍了拍他的脸颊，说："二少爷，你算是长大了啊！"二哥做梦也没有想到，黄三婶子那只肆意摧残他的小胖手竟然如此柔软，他心中怦然一动，给揍了他十几年的胖厨娘敬了个不太标准的军礼。

贵宾画像

眼睁睁看着客人们快到齐了，但我的父亲苏归海还在他的书房里没有露面。按照我们谯城的规矩，父亲真是大大失礼了。然而，人们对那位留过洋的神医凡事不按牌理出牌的行为早已习以为常了，没有人说三道四表示不满，更没有人到他那神圣得有些过分的书房里和他照个面。客人们在我们家庞大的院落里自由地行动着。一些女眷们大都拥到我母亲屋里，忍受着地毯散发的羊膻味，欢声笑语地给我母亲这颗寿星说着吉利话，一边在我母亲的解说下，观赏着那个神奇的地球仪，一边交流着有关世界上种种奇迹的梦话。

原本存放草药的巨大库房早被腾出来了，摆了八十张红木方桌和三百二十条红光满面的宽面条凳——这些家什，都是从城里专门出租宴席桌椅的九仙堂租来的。桌子上早已上了我们苏家自制的凤尾菊花茶，以及各种瓜子干果，还有在我们谯城很时髦的飞马牌香烟。男客们一群群拥进来，相互打着拱，面善的自动围在一张桌子旁，吃着干果瓜子，品着茶汤嫩黄气味诱人的茶水，吸着香烟，吵吵嚷嚷地说着闲话，单等着宴席开始大吃二喝，然后在我们家特有的留声机发出的音乐中载歌载舞一番。

能够被请进贵宾室的男客屈指可数，不过是县长熊梦之和我的姑父陈竹竿之流。当然，城防司令袁辩吾是最应该被请进贵宾室的，然而，袁司令是军界将领，自视甚高，从来没有把县长和商会会长之类的人物放在眼里过。在袁司令看来，那两个谯城名流都是耍嘴皮子玩心眼儿的人精，所以，他宁愿牵着心爱的狼狗，和柳湖书院的校长——我的大哥苏甲格，在我们家深而旷的庭院里一边散步一边闲谈。我表姐陈鱼容陪着他们。那时候，表姐是柳湖书院的英语老师。这个以美貌和新潮闻名谯城，尤其以一口流利的英语令人震惊的陈大小姐，此刻在一文一武两个男人身边巧言妙语，笑声不断。

我眼看着他们顺着青石铺就的穿堂过道，款款向后花园走去。

没有那位赳赳武夫在场，姑父和县长大人很是称心如意，坐在贵宾室里矮脚红木太师椅上，品着我父亲研制的春风得意茶，吸着更高级的小金龙牌香烟，真是心情舒畅，气氛怡人，这两个风流汉子不由得肆无忌惮，诙言谐语，相互交流着在爬子巷凤弋馆头牌婊子小红鞋那儿得到的快乐。

这一天，熊县长刻意打扮了一下，穿着一身洁白的绸缎衣裤，虽然他既不花眼也不近视，但他还是戴着非在重要场合就不戴的金丝眼镜；已经为数不多的头发，也被他的一双巧手打理得有条不紊。说到了小红鞋身上的一点妙处，县长大人的二郎腿也跟着兴冲冲地摇晃个不停，脚上那双白头棕尾的牛皮鞋也随之闪起一团团光芒。这位文采备受上峰欣赏的县长大人，长着一双发福贵妇般的小胖手，夹着烟，抚摸着胖成双层的下巴，笑得自由而且灿烂，真有点儿公鹅发情的风范。

姑父与白胖的县长大人截然不同，他又黑又瘦，身高腿长，不管站着还是坐着，都像一根刷了黑漆的苗条翠竹。但是，别轻看了这根竹竿，在我们谯城至今还流传着他的许多传奇故事，只不过，他所有的传奇故事，都是建立在性好渔色的基础上。后来，在日本鬼子占领我们谯城时期，我姑父做了一件颇能彰显民族大义的事情，人们才改变了对他的不良之见。但是，不管现在还是当时，姑父的渔色嗜好都是公开的，让所有的人不仅能够容忍，而且还会羡慕。而他的太太，也就是我的姑妈，对他的这一行径早已视而不见，甚至从心里早把他抛出了自己的生活之外，一心一意地把残余的生命都投入到她那精美的刺绣上。

姑父个人生活也很有特色，他喜欢追逐时尚，喜欢标异立新。

在我记忆里的谯城，那时候我姑父是第二个穿西装打领带的男子，第一个是我父亲苏归海。

当年，父亲从德国留学回来，带着他的娇妻——也就是我母亲，她年轻时真的很有风度啊——回到谯城时，姑父对大舅哥身边的美人居然视而不见，一下子就迷上了我父亲穿的西装。他上上下下把我父亲的西装捏了一遍，再三感叹道："这才是人穿的衣服啊！"当天下午，他立刻去了省城，连夜购置了五套西装，第二天回到我们谯城时，他不仅西装革履，而且还在上衣口袋里连续插了三支钢笔，手里还多了一根檀木文明棍。

在以后很长一段的岁月里，姑父就是这样西装革履，胸前三支光芒刺目的钢笔，手里一根纤尘不染的文明棍，去商会，进药栈，走钱庄，下酒馆，混世界，在爬子巷凤弋馆里进进出出，公开而嚣张，儒雅而洒脱。尤其在最后一项活动中，贵为县长的熊梦之根本就不能和他相提并论，因为这位文采飞扬的县长大人每次去凤弋馆偷腥解馋，都是轻车简从，活像一个微服私访探民疾苦的好县官。然而，这些差距丝毫不影响他们成为好朋友，因为在两个男人之间，这一种共同爱好是最能产生铁杆般友谊的。

除了喜好人间的艳丽风情，他们还有一个共同爱好，那就是下象棋。而且，两个人对象棋的着迷程度，几乎超过了对女色的喜爱。说起来，我姑父真是个棋坛怪才，他走南闯北大做药草生意之际，每到一处必找当地高手对弈，输赢不计，只图过透棋瘾。不知不觉中，他把棋道练得高深莫测，诸多高手常被逼入死角，而他看着对手一筹莫展的样子，总是忍不住地大说风凉话。即便在当年中原五省民间象棋大赛中，他也没克制住对弈时大说风凉话的不良棋风。

熊县长的棋学是家传的，常常能解开宋元高人留下的残局，这是县长大人深为骄傲的。可是，就像好拳师打不过泼戏子那样，熊县长的家传绝技老是对付不了我姑父的野路子，每逢对弈，十有八九他必输无疑。每次看到又爱面子又好胜棋的熊县长被逼得满头大汗，白白的小胖手捏着棋子无处可落时，姑父就会哈哈大笑着说："赶紧跑回去，问问你师娘，这一步该往哪儿走吧！"熊县长气急败坏，强忍着我姑父的冷嘲热讽，拉长脸嘀咕道："这一盘算和了吧。"姑父更是得意忘形，一边竖起竹节般又细又长的左手食指，朝熊县长点着，佯装严肃："我陈某人非输即赢，从不和棋！与其和棋，还不如你叫我一声爹，我让你赢了呢！"说完之后，一口气直笑得几乎喘不出气来。

尽管如此，一旦离开棋盘之后，丝毫不影响他们友好地携着手，到酒楼叫上几个小菜，一壶古井贡酒，边吃边喝，边切磋刚才棋局上的得失。

但是，这对好兄弟也有一些话题不便交流。你看眼下，当他们说完黄色话儿，谈起时事时，县长大人立刻变得闪烁其辞了。我现在把他们的长篇大论掐头去尾，只挑些紧要的说说吧。

我姑父说:"听说小鬼子已经打到归笋城了,是不是真的?你一个县太爷,总该有些真实消息吧?"

县长大人搔搔头皮,摸摸索索地掏出怀表,啪的一声打开闪闪发光的盖子,烫着手似的惊叫一声:"娘的个腚沟子!快十一点了,该开宴了!"

我姑父不识相,接着说:"小鬼子要是打到归笋城,可就离咱谯城没几里路了!他姥姥的,小日本弹丸小国,居然敢攻打咱堂堂大中国,真是老鼠舔猫屄啊!"

县长大人合上银光闪闪的怀表,呷了口清香萦鼻的茶水,扭脸朝熙熙攘攘的门外看了一眼,懒洋洋地说:"苏神医真能坐得住!出来见见我等,还会粘他身上臭气?"

我姑父忍不住,反了脸:"熊瞎子,别他娘卖洋腔!说正经话儿!我还有一单白芍正要发往上海呢!这战事一逼上来,白芍就得掉价;我这儿一掉价,咱谯城的药商个个都得亏掉俩腰子!要是大家都亏了,你老兄就没有逛凤弋馆的活便钱了!"

县长大人这才打着哈哈说:"这事儿,我哪里管得着?到时候就看外边那位仁兄的了。年年大洋,月月米面,屁大的节日都得上贡,咱们谯城百姓含辛茹苦,总不能养一群窝囊废吧?"

外边的那位仁兄,指的就是城防司令袁辩吾。这位尊神，虽然与我姑父往日不多交结，但也没什么怨仇，但此时此刻却莫名其妙地惹了我姑父一腔怨气，一口气儿谴责个不停。

此刻，袁司令已经来到后花园的鱼池边，站在一片桃树下的阴影里，观看着池子里成群结队游来游去的红鲤鱼，一边与我大哥和我表姐他们说着话。

大哥脚穿一双胶底黑帮布鞋，下身是青色裤子，上身是湖蓝色的绸料上衣，胸前衣袋里插着一支钢笔，青春洋溢的脸上带着浅浅笑意，齐耳短发中分额前，长眉细眼，一副洒脱的书生样子。表姐上衣是月白色的，下身是湖蓝色的绉绸长裙；她站在大哥一侧，我没看清她穿的是什么鞋子，只看到她面带神秘的微笑望着袁司令，小嘴儿诱人地微微张开着，仿佛时刻准备把含在嘴里的笑声献给他。

袁司令呼吸着此时格外甜美的空气，更显得精神抖擞，他一身戎装，腰挎双枪，戴着洁白手套，假着一副雌化未消失完的嗓子尖细地笑着，指点时事，论说人生沧桑。那条与他形影不离的黑背黄腹的狼狗前腿趴在鱼池沿上，半张着嘴，伸着血红的长舌，悠闲自得地欣赏着水中自己的倒影。

说完了鱼池边的三个人和一条狼狗，我再简单说说这个鱼池。

因为这个鱼池年代久远,其中一些秘密我也说不清楚了。我只知道,这鱼池是我爷爷在世时一帮异乡客为他修建的。

那时候,爷爷是谯城最大的药商,很有钱,经营了大半辈子,最后居然一个大手笔,重金买下了我们现在居住的这座宅院——据说是当年李鸿章在我们谯城开设的宏大当铺。爷爷买下这片带有几分官家盾牌意味的宅院很久以后,忽然一天晚上来了一队汉子,推着大车小车一共八十七辆。那些人,看样子仿佛一群药商,但车子上拉的都是青砖沙子之类的,仿佛又是一批泥瓦匠。言谈之间,可以看出他们似乎都是我爷爷的好朋友,但是他们做事有几分蹊跷,进了我们家就关大门,好像个个腰里都揣着短家伙,几个守在大门后,几个围在车辆旁。为首的长脸汉子,头扎一条深黄色头巾,头巾耷拉一角,遮了半边脸,他和我爷爷进了屋,随手关上房门,在屋里窃窃私语起来。

当时我们全家人都觉得他们好像要做什么大买卖。奶奶虽是个安分守己的妇道人家,但爷爷做一桩桩大生意时的一些惊险场景她还是经历过不少。

那一天晚上,奶奶仍以为爷爷又要做一桩大生意,所以她就像以往那样,任凭我爷爷在屋里和人密谋策划,她只管带着我父亲安安静静睡觉去了。那时候我父亲也就是两三岁吧,整天就知道贪吃贪睡,每晚必定尿床一次,一点也没有显现出将来能成为神医的气象。等到天明,奶奶和我父亲起来一看,昨晚客人早已走光了,院子里清清爽爽,仿佛昨晚连一阵细小的风也没刮过。只是不见了我爷爷。奶奶和我父亲连忙叫喊,佣人黑老郑家的薄嘴唇媳妇说我爷爷在后花园里。奶奶母子二人赶紧来到后花园,两人顿时眼前一亮,奶奶不由得大惊失色,而我父亲却欢天喜地——花园里一夜之间长出了一个养鱼池,长不过八步,宽不过五步,青砖砌就,光滑整齐的池沿高出地面一小腿,池沿表面上还刻有兰草翠竹和外圆内方的通宝图案,池里一群红鲤鱼正吐着泡泡游来游去。爷爷捧着一个壶嘴冒着热气的紫砂壶,满脸倦意,双眼含泪,呆呆地看着那群鲤鱼欢快地游动着。

  那时候我还在九霄云外,虽然离可耻的人间还很遥远,但我还是明白了这个鱼池就是那帮汉子用他们拉来的几十车青砖沙子连夜砌成的。我当时看到,奶奶走近爷爷跟前,见他一副呆神仙样,不免埋怨道:"一夜不睡觉,拼着身子骨,就弄这个鱼池看景啊!"爷爷叹息一声泪双垂,接着,良久不语。奶奶快人快语地说:"看看你那心疼的样子,肯定又花了不少钱吧?"爷爷这才苦笑一声:"要是花我一个大子儿,我也不这么发愁了!"奶奶诧异道:"你说的话云里雾里!愁啥愁?是不是愁鲤鱼长不大啊?"爷爷说:"过了大半辈子,你高低说对了这句话——我真愁这一池鲤鱼咱家得养到啥时候是个头啊!"言毕,摇摇头,两腿抖抖索索地蹒跚而去。

我本来只想在这里简单讲一讲这个鱼池,但没想到我的爷爷出了场——爷爷的传奇故事多如繁星,但如果顺着这个话头,我恐怕要说个没完没了。我想了又想,还是暂先把我爷爷这个话头按下不表。

下面接着说鱼池边的大哥、表姐和袁司令他们。

论说,大哥不过是小小的县立中学校长,根本就和袁司令这位军界要人搭不上腔,然而,这校长却是中原名医的儿子,而那位名医却和袁司令有着很深的瓜葛,所以,他和袁司令能在一起亲热说话,是完全可以理解的。而表姐,不仅是中原七大药商之一陈会长的独生千金,而且娇媚可人,又比较善于讨人幻想——这一点,使她更具有和爱美女如亲出的袁司令在一起说话的资格。

据我所知,大哥小时候聪慧过人,凡事善于实践,因此,父亲本想把大医之钵传给他,但他从小就不爱医道,只迷醉于诗书,后来竟以全县第一名的成绩考入了省城大学堂;而且在他到省城读书第二年,就把我表姐也带去读书了。那时候,全家人都以为我大哥在省城锻造之后,能出国留洋,然后回到故乡光耀门楣,大有作为。殊不知,他毕业之后,又带着表姐回到了谯城。亲戚朋友都眼睁睁看着他们要从何业,没想到,两个念过省城大学堂的莘莘学子一意孤行，竟然进了那个以误人子弟著称的县立中学柳湖书院，当了个教书匠。但父亲对此很是大度，他认为我大哥能选择教书育人，也是一桩造福乡梓的美事。好在风度翩翩的大哥在省城真正学到了知识，进入柳湖书院没有一年时间，居然铲除了学校里积攒多年的诸多陋习，把一群群年轻学生带得生机盎然，还受到省府教育界的嘉奖。两年之后，熊县长为了报答我父亲解除了压迫他几十年的苦楚之恩，一手把我大哥扶成了校长。

我所知道的这些事，也是袁司令私下派人所了解的关于我大哥故事的一部分。

袁司令之所以派人探听我大哥的一些底里，是因为在我大哥成为柳湖书院校长之初，他就风闻这位上起课来口若悬河的年轻校长是中共地下党员，甚至还和驻在谯城西南一百多里外的白马驿的新四军彭雪枫部有些联系——这是让袁司令大为头疼的事，因为那时国共两党正是势不两立的时候。但是，一直到现在，那些侦探们居然没有发现我大哥有任何异常举动，这才让袁司令渐渐放下心来。接着，袁司令很快地更新了观念，反而认为，那些传言不过是一些人对一个具有爱国激情的年轻人的猜测和污蔑罢了。加之他们母子二人都被我父亲的神奇药物改变了苍老的容颜，形象变得年轻许多，思想上不免返老还童起来，于是这位城防司令不由自主地从心理上也和年轻人接近了许多。

所以，当我大哥郑重其事地来到城防司令部，邀请他到学校给学生们讲一讲他辉煌的戎马生涯时，他想都没想就满口答应了。

星转斗移快一个世纪了，袁司令演讲的神采在我心中仍然清晰如昨。我随手翻开尘封的历史书页，就能看到袁司令在冯玉祥手下当营长时的勇武形象。他和奉军打仗时凶猛无比，喜欢在冲锋前痛饮一碗老酒，然后把酒碗一扔，挥舞着鬼头大刀高声吼喊着杀向敌群。不消说，敌人见状胆裂，纷纷溃退。当然，早年的那些厮杀并没有影响他后来和张学良成为好朋友，更没有影响他从张少帅手上购买了大批的军火。有了这些人生的壮烈行为，袁司令每每发表起演讲来，无不理直气壮地山呼海啸一番。加之袁司令是土生土长的谯城人，他身上谯城人的特点十分明显，行侠仗义，大块吃肉大碗喝酒，丢脸的事往小里说，神采飞扬的事情往大里说，丝毫不管因吹嘘而改变了事物的本质。

自从第一次在柳湖书院演讲之后，袁司令几乎对演讲上了瘾。第一让袁司令高兴的是，那些青年学生的掌声不仅热烈，而且真诚；那些女学生提问时的声音甚为曼妙，听得耳朵都想开花。第二让袁司令尤为高兴的是，没想到小小的柳湖书院居然有一位风雅清丽的女老师，尤其是演讲完毕，那位女老师就会给他端上一杯芳香逼人的绿茶，一边还好奇地指点几下他腰间的手枪。袁司令是行伍中的才俊，善解佳人心意，当下爽快地把手枪掏了出来，让那位女老师捧在粉色鸟翼般的小手里高兴得眉开眼笑。

就这样，素有"神勇双枪将"之称的袁司令很快就和我大哥、我表姐成了忘年交。这会儿，袁司令面对两个忘年交谈兴大发，刀枪并举，战马嘶鸣，轰轰隆隆，一股股硝烟从他那略显雌化的嗓子里激流般地迸出来，直说得汗如雨下。五月端阳天，已经很热了，鱼池里散发着一阵阵淡淡的腥气。被精心饲养的一群群红鲤鱼，像一个个养尊处优身着红袍的老爷，在水中悠闲地散步。在挂满青桃的那十九株桃树旁边，大哥和表姐满脸兴奋，眼也不眨，听得津津有味。

袁司令终于讲完了他与奉军作战的一个精彩片断，然后抬起戴着洁白手套的手，轻轻擦了一下脸上的汗。

大哥宽额头和鼻梁上也布满了汗珠，他顾不得擦拭，拍着手连声称赞道："司令真是军中豪杰啊！晚辈要是有你老人家这一场经历，那心里该多自豪啊！"

袁司令爽朗地笑道："哪里哪里！那都是我年轻时干的几桩傻事，不值一提！"

表姐忽闪着丹凤眼，笑吟吟地望着袁司令，接过话头说："司令身经百战，令人佩服！看看眼下那些仗怎么打的，打一仗败一仗！要是袁司令带队伍去打就好了！"

袁司令听着顺耳，不由得微笑着转动眼珠儿，在我表姐脸上瞄了几眼。表姐迎着袁司令的目光说:"都说鬼子快打到归笱城了,要是真的,那咱谯城也就危险了,离得这么近,想一想就让人害怕啊。"这样说罢,表姐脸上笑容仿佛被风吹去了,目光躲闪,眼神迷离,好像日本鬼子已经来到了面前。

不料此刻袁司令没有流露出怜香惜玉的态度,只是微笑不语。

大哥见状,连忙笑起来,看着我表姐,说:"有什么好怕的?鬼子来了,打就是了!有袁司令大军在,还担心他小鬼子?"

袁司令还是嘿嘿一笑,没言语。

恰在此时,二哥来了,他刚刚带着一排士兵把一盆巨大的松柏寿塔抬回家来,听说袁司令在后花园,便急匆匆地赶了过来。二哥也是一身戎装,腰间也挎着手枪,两个袖子挽到肘部,大热的天,他居然还穿着一双黑而亮的马靴。我在这里要说明的是,我二哥现在已是城防司令的贴身副官了。

二哥往三个人跟前一站,忽闪着圆溜溜的眼珠子,把三个人看了一遍,满是粉刺的脸上渐渐露出傻憨憨的神情来,瓮声瓮气地说:"老远就听你们话头比雨点还稠,怎么我一来,都不说了?司令伯伯,要是有好事,你可不能漏了我!"

尽管袁司令比我父亲年龄略小，但总认为自己是老大的他很喜欢我二哥称呼他伯伯。我二哥心眼实诚，自从袁司令这样要求他以后，他就当做军事命令来执行了。

袁司令对着我二哥哈哈一笑，不置可否。

大哥拍拍二哥的胳膊，半开玩笑似的说："我们在说小鬼子的事，听说快打到归箅城了。弟弟，你没听说吗？"

二哥随口应道："那好啊！我长这么大，剐牛骟马，常打楞头青，都是些小打小闹；等小鬼子来了，我砍他几百个狗头过过瘾！"

言毕，二哥咯咯笑着，又伸胳膊又踢腿，一副张牙舞爪立马就杀就砍的样子，吓得表姐陈鱼容花容失色，紧着步子朝大哥身边靠了靠，小手还按着高高的胸口上。

袁司令看在眼里，心里仿佛不大愉快，他先是绷了绷脸，很严肃地批评他的副官，不该在这么个娇弱女子面前说那种血淋淋的话。完了，他又拿出长辈姿态，很和蔼地安慰我表姐："陈老师，你不必担心。依我看，那些鬼话不过是传言罢了。咱们小小谯城，又不是战略要冲，日本人打过来有什么好处？"说到这儿，袁司令轻蔑地哼了一声："再说了，就是小鬼子害了失心疯，真的打了过来，我袁某人也不是专门烧香念佛的！"

豪言毕了，袁司令哈哈大笑起来，转而一脸慈祥，说："话头不要扯得太远了——今儿是你老娘的寿辰之日，咱们还是开开心心喝喜酒才是啊!"说完,一挥手,带头朝前院走去。大哥和二哥,一文一武,一左一右,快步跟了上去。袁司令的那条宝贝狼狗也吐着又红又长的舌头,扛着扫帚般的大尾巴,小跑着跟上来。表姐陈鱼容慢了一步,落在后边。

第二章

父亲的谜语

现在终于说到我的父亲了。

一提起他,我就忍不住要穿越时空的长河,飞到柏林上空,看一看那个须发皆白,坐在轮椅上的老头儿。他目光呆滞地盯着手中的一本烫金的精装书,书上全是密密麻麻的外国字,活像蝗虫一样。父亲在回顾个人的历史时,觉得自己一直生活在现实之外,好像他的一生几乎都在和虚幻的谜语作斗争——父亲耄耋,坐在德国皇家医学院的某个房间里这样总结自己的一生时,他的微笑看起来宛如兴奋的婴儿,一缕口水从他嘴角滴答下来,经过漫长的垂落……最后无力地落在他手中那本打开的书页上。

也许除了我,再没有人能理解父亲心中的快乐。我非常清楚,在让父亲沉迷了一辈子的医学海洋里,他所遇到的难题比天上的繁星还要多,但最终,那些难题都像大小不一的冰球,在他充满烈火般激情的研究下,或早或晚地——融化了。而每一个冰球的融化过程,都给父亲带来无比的快慰；每攻克一个难题，他的脸上都会布满孩童般的笑容。

可是，却没有人留意到，一个微乎其微的病症却折磨了父亲一辈子。那就是自从身经那场想起来就令人心悸的瘟疫之后，父亲的十指关节处老是先悄悄地结一层豆大的干疤，然后又悄悄地自行脱落。起先父亲没有在意，他觉得这不过是在不同季节和阶段性饮食差异所产生的皮肤变化。他漫不经心地服用了一点药物，并调整了饮食，可情况不见好转，到了时候，十指关节上就像蛇蜕皮一样结疤脱皮，脱皮结疤。等到父亲留意到手指上的这些异常变化时，他竟然产生了几分兴趣，因为在他的行医生涯中，终于遇到了一种超出他那博大精深医学知识范围的病症。他谁也没告诉，也没有人留意一个医生手指关节上那些小得不能再小的变化。父亲觉得好奇，像做一个科学实验一样，他悄悄地服用药物，暗自观察，如同细心培植某种经过改良的花朵。时间不长，那些症状消失了，十指关节变得与常人无二样。这让父亲高兴之余又不禁扫兴几分，仿佛好容易遇到一个高手，却又是如此不堪一击。但当父亲忘了这件事时，十指关节又悄悄结疤脱皮，脱皮结疤。父亲顿时又来了兴趣，他不动声色地调整了药方，宛如没事人一样继续服用。一段时间之后，那些玩意儿又消失了。可是，当他停止服用药物后不几天，那些玩意儿又见鬼似的出现了。这奇特的现象让父亲大为着迷,在好长一段时间内,父亲几乎动用了所有的精力去修理那些珍贵的玩意儿。然而,后来无论他怎样调整药方,那些玩意儿干脆置之不理,完全按照自己的周期去生长去死亡。这让父亲有些惊讶了,他花了十几年时间,几乎动用了全部的医学智慧,到头来却什么用也没有。当父亲意识到这一点时,他坐在书房里,把双手端在眼前看了一阵子,然后双手一甩,自语道:"去他娘的吧!如果所有的病都能治好,那医学就没有发展的余地了!"然后,父亲把这一心得体会写进了他发誓要写成医学经典的著作里。他一点儿也没有意识到,这就是命运用一个小小的麻烦给一个救人无数的医生的一点嘲讽和挖苦。这点儿小麻烦,直到父亲进了骨灰盒里,还坚贞不渝地伴随着他。

还有一件事,也几乎纠缠了父亲一辈子。不过父亲对这件事似乎没有多少兴趣,只是觉得它像一个小而无碍的赘瘊长在腋下,不痛不痒,平时看不见,心里不觉得,但无论怎么样,它就是你身上的一部分,你无法否定它。

下面我来说说这个"赘瘊"——不过事情要扯得远一点儿,而且因为岁月漫长,我也说不准是真是假了。

我爷爷临别人世时,把围在床边的人都赶了出去,只留下我父亲,他死命抓住父亲的手,神秘地告诉父亲,他年轻时虽然没有干过捻子,但却和捻子有着说不清的纠葛。

当年闹捻子时，他身为捻子头目的族兄见他精明伶俐，做事也有分寸，有心不想让他忍受刀兵之苦，便让他在谯城安心经商，准备一旦捻军夺得天下，再请他出来为民做事，万一捻军不测，他也算是捻军埋下的一颗种子。爷爷当时虽然非常痛恨贼清无道，常怀烈马之上挺身杀贼之念，但终还是遵从了族兄的安排，在谯城开了盛荣药栈，一心一意做药草生意。

功夫不负有心人，短短几年之后，爷爷已经成了名震谯城方圆三百里的大药商。就在他生意兴隆的同时，却时而得到捻子频遭败仗的消息，急得如热锅之蚁。忽然一天，爷爷接到族兄的密信，要他尽快买下早就被李鸿章舍弃的这片当铺作为自己的宅院，信上说这样做是为了保护他，因为当时清狗们对李鸿章还是毕恭毕敬的。对于族兄信中之意，爷爷当然能够深刻领会。

但是，爷爷买下这片宅院之后很久，连捻军首领张乐行都在雉河集保卫战中死去快十年了。有一天晚上，捻军里一名胡姓干将带着一干人等，扮做药商来到我们家，给爷爷看过他族兄在若干年前写下的一封信之后，告诉爷爷，梁王张宗禹目前已突破清军重围，率领大军奔向徒骇河方向去了。日前捻军境况危急，所以那胡姓干将奉梁王之命，带着八缸黄金，前来找到我爷爷，要他把那八缸黄金藏好，以备将来东山再起时用作起兵的军饷。

爷爷说到这儿,怅然一笑,对父亲说:"如今那八大缸黄金,就埋在咱家后花园里那个鱼池下面。"言毕,松开父亲的手,闭目西还而去。但片刻之后,爷爷又奇怪地醒转过来,像正常人那样大睁着眼,神态凝重地告诫父亲,不要打那八缸金子的主意,时候到了,埋金子的人会自己来挖走的。然后,爷爷才像睡觉那样慢慢躺了下去,彻底放心地死了。

我相信爷爷说的话,但父亲却把爷爷的话当做儿戏。一则,爷爷临死前几个月一直行为怪异,言语荒诞,每天吃饭时用筷子敲着碗碟一阵子哭泣一阵子高歌,睡觉时却又在床上盘腿打坐,两眼发直,独自一人嘻嘻呆笑,白天里看见李四叫张三,傍晚时抓住王五喊赵六,哪里还有半点正常老人的样子。二则,那时父亲才刚刚满二十岁,在他的印象里,我爷爷一直是一个精明得有点狡猾的商人,每天白天泡在药栈里,抖着长袖和商客们在袖筒里捏指头搞价格,晚上回家就着一盏油灯头,脑袋勾得豆芽一般,两手在算盘上发了疯似的,噼噼啪啪到半夜,而且几乎从未离开过谯城四门,哪里像是与捻子有关联的人物。而且爷爷死时捻子的事情已经过去几十年了,改朝换代好几轮,那些吓人的陈年旧事早已成为传说,提起来简直就是一个遥远的梦境。更重要的是,当时父亲正沉醉于医祖华佗发明的麻醉术,天天按照医典中的方子服药自验,无时无刻不处于身轻如燕的飘然状态中。所以,父亲一直认为爷爷的那些含金量很高的话语不过是一个将死之人的谵妄鬼话,只管一心迷醉于鬼魂般神奇的医术之中。

爷爷死后的第五年,整个中原地区陷入令人恐怖的瘟疫之中,父亲在瘟疫肆虐时期大显身手,基本上奠定了他的神医地位。接着,父亲留洋德国学习西医。再接着,父亲从京城带着娇妻归来,在谯城生子、行医,开始写他那永远也没有尽头的医学著作。日子就这样行云流水般地过去了。直到有一天,九灯和尚在一个细雨淅淅的春天来到我们家,父亲才漫不经心地想起了我爷爷临死前说的那些鬼话。

九灯和尚可以说是我们家的常客了,但我一直弄不清他有多大岁数,从我见到他那天起,到十几年后他神秘消失,他永远都是那副样子,任岁月风雨交加,神采永不锈蚀。但九灯和尚初到我们家时,不过是一个云游的僧人,刚刚来到谯城西郊的金平寺。据他自己向我父亲介绍说,金平寺的主持广智即将圆寂,他是省佛教协会派来接替广智大师的。

广智主持是父亲的知己,常来我们家和父亲闲谈人间百态。广智主持身材胖大,肚若弥勒,举手投足十分缓慢,直逼乌龟。可令人满意的是,广智主持谈吐甚是诙谐,笑起来也是肆无忌惮,禅林典故佛教箴言从他嘴里说出来,真好比莲花盛开，给人赏心悦目的感觉。父亲每次大笑之余，都能从他那些箴言里得到启迪，从而对自己所钻研的中医知识产生种种新的顿悟——我觉得，这也是父亲比较欢迎广智主持的一个重要原因。另外，广智主持还是一个彻底超脱的和尚，大口吃肉，大碗喝酒，尤其喜欢胖厨娘黄三婶子最拿手的七星跳神肉，而且每次吃了就会妙语大赞一番。有一次吃得高兴，喝得飘然，非要见一见厨子。父亲笑请大管家苏沛甫把胖厨娘黄三婶子喊了过来。那个胖大和尚居然像是看到自己的同类，抚摸着自己的大肚子，爽声大笑着赞美道："啊啊啊啊，女施主真是好身材啊！把洒家比下去了！"那种随心所欲的姿态，是言谈举止都枯燥无味的九灯和尚比不了的。

父亲依然记得，九灯和尚第一次来到我们家时，出于礼节，父亲也留他吃午饭，可是这位僧人却是个彻头彻尾的素食主义者，而且举箸前还要合掌低念几声阿弥陀佛。面对这么个迂腐的和尚，父亲不免在心里生出一丝简慢之意。不料，九灯和尚饭后走时，请我父亲三天后上午十时前往金平寺一趟，因为广智主持三天后圆寂。这荒唐的话差点儿让我父亲笑出声来，因为两天前那个胖和尚广智刚来家吃过七星跳神肉，饭后打着饱嗝，像一只脑满肠肥的老乌龟，如女人移动三寸金莲般缓缓而去。可当三天后父亲犹疑着来到金平寺时，广智大师真的已经安然圆寂。他团坐在草蒲上，双手合掌当胸，仿佛睡着了一般。当几个僧人把广智大师架到烈火上时，他依然保持着那副姿态。父亲不禁大悔，不该路上犹疑，耽搁时间，没能听到广智大师最后的佛语纶音。也就是从那一刻起，父亲才对九灯和尚产生了好感和敬意，再和他往来时，父亲总会不自觉地把他当做广智一样对待。不过，时间长了，父亲和九灯闲谈时，也会不由自主地在言语上善意地嘲笑他一下，因为九灯和尚虽举止动作之缓慢直逼广智大师，但他说起禅林典故佛教箴言时全无半点儿风趣，谈起人世情态来更满是激愤之色，全无一个老和尚应有的从容和安详。

说九灯是个老和尚，只是我们觉得他应该是个老和尚而已，从外表上并看不出他的老态。尽管那时候他就自称八十多岁了，但从他那光滑的面皮、尤其他那双锐利与聪灵中略带三分杀气的眼睛来看，说他三十岁四十岁都可以。就连阅人无数的父亲，也无法判断这僧人的真实年龄。直到几年后我父亲再次奔赴德国时，九灯和尚还是老样子，仿佛他真的修炼成仙，掌握了不老法术。

九灯还有一点让父亲不能接受，作为一个和尚，只管吃斋念佛广结善缘、向人宣扬佛法也就罢了，但他每次来到我们家，总要和父亲说些捻军的旧事。尽管九灯和尚第一次说起捻军时，父亲曾似是而非地想起爷爷临死时说过的一些鬼话，但他根本就不相信，九灯和尚曾经在沃王张乐行帐前司事文案，而且还和爷爷的族兄短暂地共过事——父亲认为九灯和尚是在痴人说梦。况且，父亲那时正以中医为根本、西医为旁证，醉心研究一种妇科疾病，哪有心情关心烟云般过去了几十年的捻军轶闻。据九灯和尚自言自语，他虽然没有参加过山东菏泽高楼寨之战——那一战僧贼的蒙古马队全军覆没，真是大快人心！当他听到少年英雄张皮绠手提老贼僧格林沁的狗头，哼着捻军小调《杀清狗》走进营帐的消息时，他一方面觉得喜从天降，一方面在心里万分遗憾没能亲手杀了僧贼。父亲在听这些战斗故事时偶尔也有一些快慰，但他总有些在听鼓书艺人说唱古书的感觉，甚至耳边还自动响起弦鼓之声。所以，九灯和尚豪情飞扬地讲述捻军战事时，他压根儿就没有联想到爷爷死时说过捻军的八缸金子埋在我们家后花园里这档子事。

九灯和尚唯一让父亲感到意外和有兴趣的是，这个老和尚居然要为捻军树碑立传，准备写一部《捻子传》。当然父亲感兴趣的不是老和尚要在书中讲述的历史往事，而是这个素食和尚居然和他一样有着著作的雄心——当时，父亲的医学著作已经进行到关于肠胃病变给人造成的伤害；这种病变是复杂的，但又是常常被人类忽视的。可是，十几年过去了，父亲都结束了论述人类大脑病变这一章，九灯和尚的《捻子传》还不见个皮毛。直到我母亲要过五十五岁寿辰了，这个只会耍嘴皮子的老和尚还坐在我父亲的书房里，喋喋不休地谈论关于梁王张宗禹败走徒骇河的历史泡沫。

现在，坐在我父亲书房里说了一上午的九灯和尚终于打住了话头，他的最终结论，就是证据确凿地否认了梁王张宗禹在徒骇河投水身亡。我的父亲，身穿深灰色提花西装，脚穿光鉴人影的骆驼牌黑皮鞋，端坐在书案后，唇上两撇胡须短而浓，下巴一部胡须青而黑，细长的两眼满含对人间事物的无限蔑视。他脸上带着一个妙手神医所具有的傲慢微笑，望着口干舌燥的九灯和尚稍微平静，才拉长声调说："但愿早日读到这些吓人的故事。"

父亲说完，朝窗外瞥了一眼。院子里的客人吵吵闹闹，树上的黄鹂、喜鹊争相鸣叫。父亲扭过脸，朝一直站在身旁的女儿苏茱萸一伸手，说道："续茶。"接着，又用德语对坐在偏座的小巴利奥说，"在你们那儿，有没有这样神奇的故事啊？"小巴利奥早已听得犯了傻，一下子回过神来，耸动着双肩，居然也用短促而生硬的德语答非所问地说："我们意大利的女孩子比不上她！"

原来，这个意大利佬望着九灯和尚，支棱着两个耳朵好像在认真听讲，但他的心思却一直放在我那位非同胞姐姐身上。父亲留意到这一点，他老人家不禁哑然失笑。而手持瓷壶正给九灯和尚续茶的苏茱萸，听了那个意大利佬晕头转向的话,一下子羞得粉面通红。因为在父亲耳濡目染下,对于那种不时就短路似的难听德语,姐姐苏茱萸倒是喜欢得很。

这里,我需要简单地说一下那个小巴利奥,后面我还要细细地说他。

按说,这个意大利佬完全可以起程回家了,因为他父亲老巴利奥提出的那个医学术语问题,在他来的当天,我父亲就已经用德文写好答案,装进一个有着典雅印花的信封里交给了他。当然,我父亲没有告诉小巴利奥,在信的末尾他简洁而刻薄地嘲笑了一下老巴利奥,不该为这么简单的问题让孩子不远万里来到中国。不过,按照我们谯城的好客习俗,母亲提出让这位远来的客人住上几天,看看谯城的风光景色。父亲当然答应,人家孩子扛着那么大一块地毯,抱着一个那么神秘的地球仪,从那么遥远的地方来到家里,多不容易啊。可是,我们全家人都没有料到,这个年轻的意大利佬在客厅里第一眼看到我那位非同胞姐姐后,就暗自拿定主意,坚决不再回那个令他厌恶的意大利了。

接下来,再简单地说几句我那位非同胞姐姐,后面我也要细细说她。

姐姐苏茱萸虽然不是我父母亲生的,但父亲却把她视为掌上明珠,虽说没想过把自己的医学大钵传给她,但也把自己所有的才识都极力地灌输给她，比如中药常识、毛诗楚辞，甚至他在德国留学时热爱阅读的歌德的诗歌，无不一股脑儿都传给了我那姐姐。她刚咿呀学语之时，父亲便教她学说好几种外语，其中有他老人家十分熟练的德语，也有他不太熟练的意大利语，偶尔也会教她几句他不太喜欢也根本就不熟练的日语。当我那位姐姐长到三四岁时，经常一句话里搀杂着好几种外语，几乎没有人能听懂她到底说什么。我母亲也异常喜欢她，老人家不仅从她穿着开裆裤随地大小便时就教她各种妇道言行，而且在她刚会使筷子时就教她拉胡琴，等到她能把一曲《人面桃花别样红》拉得像模像样时，母亲居然把她出嫁时点名要的嫁妆之一——那把古色古香的胡琴当做生日礼物送给了她。母亲年轻时是个多才多艺的人，她不仅识文断字能歌善舞，而且胡琴拉得极好，足以般配她高贵的身份。等她嫁给我父亲时，她的家人毫不犹豫地按照她的要求高价给她买了一把胡琴。我曾经听母亲说过，那把胡琴是京城四大制琴高手之一程化蝶的杰作。说起来，我那位非同胞姐姐天生也是一个多才多艺的人，除了我的父母大人传授的这些，她还常常闯进厨房，带着四分好奇六分玩耍的心情向胖厨师黄三婶子学习厨艺。一开始她还学得有板有眼，后来她干脆抛弃了作为一个厨师所必须遵循的各种规则，任凭她那充满奇思怪想的脑袋创造出许多整个人间都不曾出现的菜谱。由此可以看出,她虽然不是我父母亲生的,但我父母所具有的创研精神却在她的身上发扬光大。她独自研制的菜肴从来没有失败过,而且每研制出一个新品种,都让精于饮食的父母大人以手击额连声赞叹,更让做了一辈子厨师自以为掌握了天下美味烹饪方法的黄三婶子目瞪口呆。

鉴于以上几个方面,我那位非同胞姐姐很是讨父亲喜爱,如此天长日久,父亲连日常生活也须臾离她不开了。父亲的书房高贵神秘,一般人望而生畏,当父亲在书房里写他那裹脚布般的医学著作时,也只有我的那位非同胞姐姐能心安理得地在书房里侍奉他。

今天小巴利奥吃了早餐后,看到我那位非同胞姐姐提着水壶走向父亲的书房,这意大利佬情迷心窍,竟然尾随而来。只是没有想到,他进了书房却看到苏叔叔对面坐着一个光头老人,炯炯目光略带杀气,有点吓人。小巴利奥想退出门,已经来不及了,因为苏叔叔示意他坐在偏座,他只好乖乖地坐在那儿,听那个光头老人讲了一上午他开始就没注意听同时他也听不懂的鬼话,在他的心里,浮现的一直是拉着我那位非同胞姐姐的小手,欢天喜地在大海边散步的景象。

当时父亲虽然发现了这个意大利佬的鬼心思,但没有引起足够的重视,他老人家一时也没放在心上。这倒不是因为我那位姐姐不是他的亲生女儿，而是他正在一门心思地想象着当他的著作在全世界公布以后，他的那位意大利老同学该会露出一副什么样吃惊的呆相，他的那个日本同学"小地丁"会不会吃惊得个头顿时蹿高一尺半。想到这儿，父亲得意洋洋地微笑着看了一眼挂在书桌上方的那张他们三人毕业合影。正是因为父亲当时被无妄的雄心和虚荣迷惑了头脑，失于谨慎，才致使那个意大利佬小巴利奥日后给我们家添了巨大的麻烦，整整害了我那姐姐一辈子。

正当父亲面带微笑，心里想着他那两位要好同学的傻相时，老管家苏沛甫脚步匆匆地走进书房。这老伯伯神情略显几分慌张，似有顾忌地望了望书房里的几个人，慢慢叫了声："大先生。"

我说过，这老伯一直把父亲称做大先生。

父亲伸了伸懒腰，那夸张动作分明催人散场。不料九灯和尚极不识相地多嘴道："是要开宴了吧？"

老管家苏沛甫点了点头，说了一个"是"字，还站在那儿看着父亲，没动脚步。

父亲一眼看出端倪，便笑道："在座的没有糊涂人，你有话就直说了吧。"

老管家苏沛甫应了一声，谨慎地望着父亲说："大先生，蒋六秃子派人送来了寿礼，不知道该不该收下？"

父亲站了起来，风度翩翩地一挥手，朗声笑道："他既然盗亦有道，咱岂能大礼无方？收下寿礼，请来人吃好喝好，请他带我问蒋老六好，说我祝他双腿健康。"

老管家这才松了口气，双手一顺，做了个"请"的姿势，说："那就请大先生和诸位入席去吧，客人都到齐了。"

父亲应着声儿，笑吟吟地打趣九灯和尚道："大主持请留下用餐吧！"

九灯和尚慢慢动了一下身子，双手合十，念了一声："阿弥陀佛！"

父亲不在意也没听明白他是留还是不留，双手轻扯衣襟，抖了一下西装，只管走出了书房。

也许是在那把藤椅上坐得太久，也许是他的肉体还沉浸在有关捻军的往事里，表面看不出年龄的九灯和尚在起身时，一下子显出了老年人行走起坐的特征。他双手按住藤椅扶手，探了一下身子，但没能一下子站起来，仿佛被心灵深处的佛祖按住了双肩。苏茱荑赶紧过去搀了他一下，嘴里又香又甜地说着话："大师，慢点儿。"

九灯和尚站起来后，却又一下子变利索了，他慈祥地对我那姐姐微笑一下，几大步就跨到了门外。苏茱荑瞥了一眼还在那儿呆呆地望着自己的小巴利奥，不由得浅浅一笑，捂着嘴角，眼看脚面，比赛失了招似的快步跟了出来。那个意大利佬顿时张圆了嘴巴，仿佛被春天的蜜蜂蜇了一下，双肩骤然疼了一下似的抖了抖，又抖了抖，这才在我们家老管家和蔼的注视下走出门去。

而此时，父亲已经健步穿过了走廊上的八角亭，走到了离书房五六十步远的那棵梧桐树下。父亲在那儿停下来，等老管家苏沛甫快着碎步走到跟前，便问道："蒋老六送的什么寿礼？"

老管家苏沛甫掰着他那生着老年斑的手指头，回道："一匹杭州绸，黑白两只活羊，三块老成色的烟土，四根足赤的金条，总共十件寿礼。"

父亲哈哈一笑，说道："真是个心眼复杂的土匪啊！"话音未落，只见九灯和尚旁若无人地从身边大步走过，直奔大门口而去。父亲望着这个从来都不辞而别的老和尚，长长地喊了一声："大师慢走！"

九灯和尚头也没回。

舞翩翩

作为一个自由的幽灵，尽管我游历四海，上晓天文，下通地理，但到现在我也没有考虑明白，要重现母亲五十五岁寿辰的欢宴盛景，那话头该从何说起呢？因为母亲的生日已经过去很久，因为到现在还有好多人都盼望那场欢宴永不散席。

那天，谁也说不清到底来了多少客人，在巨大的库房里摆放的八十张桌子边，从上午到晚上，一茬接一茬，始终坐满了欢乐的大人和孩子，推杯换盏，人声鼎沸。从我们谯城最有名的十六家酒楼请来的二十八名厨师，在这场宴会之后，都累得各自回家睡了七天七夜。就连我家练过铁砂掌的胖厨娘黄三婶子，到最后也累得举不起半根鸡毛，坐在晾晒干菜的木架子下，在夜风中任凭汗水从她那巨大的身躯里喷涌而出。二哥苏甲宝带来帮忙的一排士兵，和我们家请来的几十个临时用工一样，端托板上大菜、撤残席、张新席、打扫残茶剩酒等等，直忙得脚底板打屁股，整整一天，半刻也没闲着。到后来，那一排士兵宁愿去打仗也不愿再到我们家出公差了。但是，在二哥的呵斥下，那群愁眉苦脸的士兵还是把客人们啃下的骨头一筐筐地抬到指定的围墙边倒掉。到末了，即使那些骨头是金条，谁抬走算谁的，那些士兵们也懒得再动弹了。喝空的酒坛摆满了一院子，夜风袭来，酒坛子唱起雄浑的歌。空气中弥漫着古井贡酒的芳香，五月的昆虫在夜空中为酒香所吸引，成群结队地在我们家大院里飞来飞去。全城的黄鹂也都飞来了，院里所有的树上都落满了这种黄色的鸟，它们站在枝桠上，一动不动，张嘴就能吃到昆虫，一直吃得腰身饱满，扑嗒嗒地把屎拉在树下边手扶树干呕吐或头抵着树干随意小便的客人身上。好多男客酒醉后洋相百出。有一个眼圈红肿的客人在灯光下学猴子倒立；有一个撑得动不了窝的客人坐在条凳上，两手拍打着鼓囊囊的肚子，伸长细脖子一个劲儿地发出结巴公鸡打鸣的声音；还有两个客人相对而坐，一个手握脚脖子哭泣，鼻涕耷拉到胸口上，另一个闭着眼睛长一声短一声地唱着我们谯城地方戏二夹弦。更多的客人在古井贡酒的作用下，失去了自由行动的能力和自己做主的意识，随便在哪儿，双腿一软倒在地上不再爬起，鼾声震天动地。

需要说明的是，所有这些景象都是伴随着音乐发生的。不过，那时候大多数谯城人都还没见过留声机，更不懂得音乐为何物，好多人只是听说我们苏家有一个能发出怪声响的玩意儿。那玩意儿，就是父亲从德国带回来的留声机，因为时隔这么多年，我实在想不起那玩意儿是什么牌子的了，印象里它就像个变形的黑褐色大珍珠，浑身闪闪发光，一碰它它就像婴儿一样响亮地大声啼哭。眼下，那个宝贵玩意儿就在我们家后花园里怨妇般地吟唱着，哭泣着，蜿蜒曲折，绵绵延延，时而高昂时而低迷，仿佛想把人世上的一切声音都表演一遍。

如果现在还有那个年代遗留下来的人，他一定能记得那天，酒醉后的大批客人在我们家院子里东闯西撞，随地呕吐、跌倒、酣睡。还有大批半醉不醉正处于亢奋状态的客人，在后花园里随着留声机的吟唱跳着舞。这一部分客人大都是我们家的常客，基本上都是谯城有头有脸的人物。自从这帮人跟着我父母学会跳舞之后，一个个都迷上了这种西洋活动方式，比鸦片上瘾更让他们入骨入髓。那天晚上，我踞坐在一团柔软的云上，低头观望跳舞的人们，想着原来循规蹈矩的谯城人在我父母的带领下变得如此开放与超脱，我心中喜悦之情如激动之水喷涌而来，不一会儿便成汪洋。

我看到，惯于操枪弄炮的袁司令此刻尤为兴奋，尽管他太太看上去不及他年轻，在他的怀抱里还有些笨手笨脚，但袁司令依然跳得很卖力。只有我清楚，袁司令的卖力并非是为了讨好太太，而是希望自己的翩翩舞姿能吸引在场的女客们，尤其希望能吸引那个舞姿优美的女老师，也就是我表姐陈鱼容。我还知道，袁司令甚至都打好了主意，等走完这一曲应付太太的过场之后，他就邀请那位一直使他心痒痒的女老师。

顺便我还要提一提肥头大耳的县长大人熊梦之。不能不承认，从跳舞的样子来看，这位县长大人很是专心致志，因为他那领若蜻蜓还散发着水蜜桃味的太太在他怀抱里正施展着勾人的才华，下边娇兮兮地移动着双脚，上边一双杏核眼含情脉脉地盯着他，仿佛要吃他的眼睛。县长大人表面上心醉神迷，心里想的却是他的姨太太。很是遗憾，按照我们谯城的风俗习惯，我母亲过生日，姨太太是不能出场的。即便是我父亲的姨太太，也只能缩在自己屋里守着高灯明烛大念祝寿辞。

性好渔色的谯城商会会长——我姑父陈竹竿，在这种场合更显风流倜傥，他的舞步行云流水，他的表情光辉灿烂，因为此刻他的舞伴不是那个整天拉着一副艾怨神情的姑妈，而是我那风情万种的表姐。我的这位表姐，自从和大哥在省城读书以后，很是喜欢西洋文明。她不仅会跳舞，而且会唱歌，尽管她未必全部了解跳舞和唱歌的高尚情调，但这些特长更是让她的父亲把她视为掌上异宝。连我这个百事通也没有料到，表姐不仅具有这些特长，而且她还具有各种非凡的才华，也正是她的这些非凡的才华和过人的特长，才使她在未来的革命事业中做出了巨大的贡献。

表姐原本想和仪态丰盈举止端庄的大表兄跳上一曲的，但音乐刚起，她的大表兄就被一个贸然前来请教诗书的学生叫走了。起先表姐以为那只是一位陌生的客人，但片刻之后，她就看清了来者是他们学校的一个学生。那个学生特点比较明显，身高腿长，长着一双引人注目的大手。因为他勤奋好学，所以在我大哥调解下，校规严格的柳湖书院才收下了这个半路入学的插班生。他比所有的学生都要大四五岁，却比所有的学生都要笨拙四五分，一首唐诗他花一个星期的时间还背不利索。但他比所有的学生都要用功，整天用那双庄稼人的大手把书本握在掌心里，经常向苏校长请教。很显然，苏校长对他比对所有的学生都要关心，时常把他叫到办公室单独教导。刚才正说着话，那个学生只是向大哥扬了一下手中的书本，大哥便匆匆忙忙离开即将开始的舞会跟他出去了。直到舞会进行到尾声，我大哥也没再回来。

不过，离了大哥，舞场的气氛丝毫没有受到影响。客人们欢乐地跳着舞，只是熟人间操的谯城土腔在高雅的音乐中显得很土相。在舞场围观的客人们，几乎个个脸上都露出跃跃欲试的疯狂神情。但也有例外，比如陈会长的太太，也就是我的姑妈，这位苏家大姑奶奶本来就对跳舞不感兴趣，她甚至像谯城最有名的吴学究一样，把这种男女搂在一起扭来扭去的动作看做是魔鬼附了体的人才会有的举止。尽管姑妈是不想让我母亲在生日里扫兴，方才光临舞场，但她自始至终几乎都没向跳舞的人看一眼。甚至连站在她身后的母亲专用使女棠果都让她厌烦，因为这个使女穿着过于艳丽，笑吟吟地东张西望，一副媚坯子的勾人样。"小狐狸精。"姑妈在心里暗暗念叨着，眼角都不愿朝那个媚坯子斜一下。在惨白的灯光下，姑妈始终看着十九年来没说过一句话的哑巴三哥，她一脸艾怨和疼爱交织在一起的表情，似乎想再次追问老天爷，为什么不让她这个招人怜爱的娘家侄子开口说话。

哑巴三哥一直坐在临时摆放在花园东北角的那张方桌边。大个子麦冬本来被我母亲派去伺候那个意大利佬，但他不能胜任，他从心眼里也不想再伺候那个什么都不懂、凡事乱指挥的外国佬，只好又回到了哑巴三哥身边。此刻他正憨笑着站在哑巴三哥身后，两只牛眼害馋病似的朝舞场上卖着眼。桌子上那台神奇的留声机上，唱片正像行云流水一样从容地转动着。一缕缕产生于异国他乡的铿锵之声，就是从那个又圆又硬的塑料片子里溜出来的。哑巴三哥对此甚为着迷，他手里还握着一本古色古香的《黄帝内经素问卷》，这卷书不一般，书里书外都焕发着黄帝的智慧之光，内文书页的天头地尾写满了我父亲的高明见解和深刻疑问。但这些平时令哑巴三哥入迷的文字，此刻仿佛失去了神秘的吸引力——哑巴三哥目不转睛地盯着留声机唱针在黑色的塑料片子上一圈又一圈地划过，内心恍惚，宛如只身行走在某个遥远的地方。

围在留声机旁边的还有意大利青年小巴利奥，当然，他并不是稀罕那个留声机，而是因为苏茱英小姐此刻也坐在桌边——她那攥着粉黄色丝巾的小手托着娇媚的下巴，微闭着双眼，正倾心聆听天籁般的音乐，而且她还知道这曲子的名字，她甚至能看见那些时高时低时快时慢的高贵音符，像一群可爱的蝌蚪在自己想象中的彩色之水里欢快地游弋着。看样子，小巴利奥对留声机很熟悉，他操着刚刚学了几个字的中国话，试图给我那位非同胞姐姐讲明白留声机的构造原理，但他不得不在几个中国字中间镶嵌上大量的意大利语和德语，他怕人家听不懂他的话，脸憋得通红，还时不时地加上手势，尽管他眼睁睁地看着她双眼眯着并没在意他的比画，但这个死心眼的意大利佬还是在那儿说个不停。刚才在舞会开始之前，姐姐苏茱荑为母亲祝寿而拉了一段胡琴独奏《海上望明月》，接着小巴利奥也乘兴用下巴夹着小提琴拉了一曲《月光流淌》献给母亲，仿佛他觉得先后献给我母亲的两段品种迥异的乐曲能使他们之间产生沟通感情的良好基础。

我前面说过，在父亲的熏陶下，苏茱荑不仅能听懂德语，而且说起来比小巴利奥还要流利百倍，她此刻正沉浸在这首父亲给她讲过很多遍她也听过很多遍的曲子之中，不想搭理身边的意大利人。这首曲子是德国汉堡的大音乐家约翰内斯·勃拉姆斯的早期试作：《对不起，我不是约翰内斯·勃拉姆斯》。苏茱荑每次听这首奇特的曲子，她就忍不住地在心灵深处流下欢怅交织的泪水。

在围着留声机的一群人当中，有一个人对音乐和跳舞都毫无兴趣，这个人就是我二哥苏甲宝。

说起二哥，他真是一个精力超常的好汉。在母亲生日这天，他比任何人都要卖力，酒席之上他到处奔走呼号，活像服了兴奋剂的主角，自己大碗喝酒，也劝人大碗喝酒，自己大块吃肉，也劝人大块吃肉，甚至和父亲也连干三大碗。母亲只喝浅浅一口，他却一口气连干三碗——这顿饭谁也不知他吃喝了多少东西，如果原封不动拿出来，几乎可以堆满能喂三头牛的牛槽。东蹿西跳，大吃大喝，如此辛苦了整整一天，但到现在也看不出他有任何疲倦的样子：还是一身戎装，脚上一双光辉灿烂的马靴，靴子里早已被如泉的脚汗浸出了厚厚一层泥浆。像袁司令一样，二哥入伍几年来也养成了良好的行伍作风，不仅自始至终没有解开一颗扣子，而且一把二十响的盒子枪也一直挎在腰间，仿佛成了他身上的一个器官。

我举目观望，看见二哥站在一群围着留声机的人当中，极不和谐，他身板挺拔，袖子挽到肘部，轿杠般粗壮的双臂赤裸裸地抱在胸口，目光炯炯，面带难以捉摸、看起来有点神秘的微笑。他看着跳舞的人们，耳边响着对他来说毫无意义的音乐。不过，我还是觉察到，二哥一直看着姑父的女儿、那个比他大五个半月的表姐。我甚至能勘探出，二哥在观望表姐时，他内心的兽性正如岩浆般奔突着。

不过，这个话头，我准备以后再说。

我现在想把目光投向稍微平静一点儿的地方。

无一例外，这种欢乐的场面一旦展开，人们就再也看不到老管家苏沛甫了。就连舞兴正炽的父亲也以为，今天格外劳碌的老管家此时怕是早已进入梦境了。但谁也没有料到,此时此刻,老管家正侧身坐在胖厨娘黄三婶子的床边,用他那常年在我父亲精妙医术熏陶下所掌握的一点推拿手法,给低低呻吟的黄三婶子按摩又酸又胀的胖脊梁。被伺候了半天、稍稍缓过一点儿神的黄三婶子很是过意不去,她侧脸贴在枕头上,像个少女那样带着几分害羞地低声说道:"外边多热闹啊,老苏头,你也去跳一跳吧。"老管家苏沛甫像个生气的孩童一样撅起嘴说:"你都不去,我和谁跳啊?"说完了,他们在轻快华美的音乐声中,长久地凝望着对方苍老的面颊。

炼丹人

此刻,尽管我克制再三,还是得提一提在华美的音乐声中被冷落的一个人。如果此刻不说说他,我就没有心思讲下边的故事了。

这个人就是我的表叔、我们家药房的大司药葛九章。我的这位表叔就住在第六进过道的东厢房,出门就是后花园。他眼下在屋里如同热锅上的蚂蚁,焦躁不安——喧嚣的吵闹声夹杂着鬼叫般的音乐,如同箭雨一样齐刷刷地射进他屋里,让我这位生性孤僻喜好寂静的表叔如同下了十八层地狱。

我这位表叔，在我们家的历史上，甚至在谯城的历史上，都是一个值得一提的人物。据后来专门研究他的专家推断，葛九章不可能是葛洪的后代，但在当时，谯城好多人都相信他就是东晋葛洪的若干代玄孙。与父亲一样，我也一直不知道他到底是不是葛洪的后人，更没弄清他究竟多大岁数。我还像我父亲一样，认为一个炼丹的人是很容易得道成仙的。

在人们的印象里，表叔是一个少言寡语的人，而且他言行举止总显得有点神秘。为了能了解他，我在很久以前曾偷偷翻阅过好几次我们家的历史大书，但关于他的记录只有几行暧昧的句子。我爷爷如此记录了我这位表叔的来历：麦黄芒，表弟访，带一童，嘱收养，取名字，葛九章，观此童，非凡人——浑身生脓疮，两眼闪金光。如此而已，几乎等于什么都没有说。表弟访，哪个表弟？就像父亲从来没听说过我爷爷有个当捻子头目的族兄一样，我也从来就没有听说过爷爷还有个什么表弟。如果有，在我们家历史大书之亲戚卷里应该有记载啊！

也许就是这种模糊的背景导致葛九章不喜与人交往，但如果有人居心叵测地拿这个话头问他，他就会郑重其事地告诉对方："我的祖上是葛洪大仙！"他到底是不是葛洪的后人，我们全家人都不太在意。反正从一个浑身脓疮的幼童走进我们家大门那天起，直到目前发际消退到头顶为止，他就一直泡在我们家的大药房里。说起葛九章，他真是天资过人，记忆超群，在漫长的岁月中，他不仅认得了无数种药草，识得成千上万种药性，而且还练成了一手绝技，按方抓药，他几乎不用药戥子，说二十克，他两根手指随意一捏就是二十克，不差一星半点儿，屡试不爽。正因为他这过人的技能，我们全家上下人等才能容忍他的许多鸟脾气。后来，也正是因为这，谯城解放初期他当上了谯城人民医院的副院长。

据我所知，我们全家只有大哥苏甲格和表叔葛九章比较亲密。大哥在没到省城读书之前，素时在院里院外见了表叔葛九章的面，就会做出小辈的姿态，弯下腰向他问候一番，等他走过去好远了才直起身来。不管过哪个节日，大哥总要到他屋里鞠躬问好，顺手送上一些礼物。过年时大哥一定会跑到他屋里磕头，接过表叔给的两块大洋压岁钱，再奉上十块大洋的孝敬费。自从大哥回到谯城柳湖书院教书以来，他几乎每隔三两天就会到那间异味刺鼻的屋里，和表叔葛九章相对而坐，笑谈古今中外的种种是非。大哥知书识礼、尊重长者我能理解。但大哥素以文明前卫著称，为何与一个搞迷信活动的炼丹人这样亲密，我就不能理解了。直到好几年后，表叔把我们家宝藏的秘密告诉了大哥，我还是没能明白他们为什么那么要好。

更奇怪的是，性情高傲、眼里不容芥物的母亲也一直对葛九章很好，平时对他宛如亲弟弟，水冷茶热，衣薄鞋旧，无微不至，还整天派她的专用使女棠果过去问候。那棠果百般伶俐，腿脚勤，嘴巴甜，居然时而逗得生性孤僻的表叔开颜一笑，举手投足间忍不住露出一丝腥味儿。于是，闲话滋生。我们家门房长保，并没有白长着一个大个子，他不仅善于察言观色，而且善于偷窥隐私。几次路过后花园，他都发现了问题，赶紧告诉了他平时尊若亲爹一样的老管家苏沛甫，老管家掂量再三，又告诉了我父亲。父亲哂然，把双手端在面前，看着十指关节处的干疤，一边漫不经心地说："连荒谬不经的炼丹我都能容忍，还有什么事我不能宽容他呢！"

父亲的态度很是洒脱，仿佛他深刻了解我这位表叔的光辉理想。

根据我所掌握的情况，表叔葛九章在走向革命道路之前，也曾多次暗暗发誓：为了炼丹终身不娶。他还发誓，要把这一辈子都投入到炼丹之中。在他屋里，堆满了各种类型的神秘器具，以及朱砂硫磺和其他一些莫名其妙的药石之物。我们全家上下人等，一旦接近他的房间，包括逗他喜爱的棠果，无一例外地都要捏着鼻子，因为谁也受不了从他屋里散发出来的一股也许来自晋朝的鬼魅气味。但是，同样没有一个人不对他那奇形怪状的神奇炼丹器感到好奇，尽管所有人都知道那些吓人的器具是他从西河滩交易市场弄来的。

那时候，谯城北门外的伊水河水运繁华，大小商贾相望于无垠绿波。各种商船靠上灵津渡口之后，千百万种货物都被流水般往来不息的小红车子推进了城西门半里外的西河滩大市场。当时的西河滩，不仅是中原地带最大的物资交易市场，而且是各种风味小吃、曲艺杂技、医卜星相、中下等妓女及洋人的汇聚之所，时有"中原十里洋场"之称。

表叔葛九章不仅从西河滩弄来了炼丹器具和各种药物，还从一个澳大利亚人手中买了只壮公鸡般的金刚鹦鹉。这只鹦鹉我见过，它行动起来像一头长颈鹿那样笨拙而优雅，而且能言善辩，确实给表叔带来了甚至比炼丹更大的快活。平时表叔对这只澳大利亚小鸟爱不释手，它好吃什么就给它买什么，闲暇时还要把它扛在肩膀上，在后花园里独自缓缓散步，一边还教那鸟儿唱上一首谯城艳曲，那鸟儿拉他肩膀上一摊屎他也只是微微一笑。炼丹时，一看见表叔把朱砂硫磺之类的玩意儿装进容器上火加热，这只澳大利亚小鸟就会在架上跳来跳去，一声声地叫着："快了！快了！活神仙，快了！"接着大唱："说什么红艳艳的小嘴儿，跷什么白生生的大腿儿，捉什么一双甜蜜蜜的小鸽儿，哎呀呀，咋就找不到那一缝云遮雾罩的天堂小门儿？哎呀呀，真是难为死了俺这个猴急的玉般人儿。"不消琴弦锣鼓,这只来自澳大利亚的小鸟竟唱得大漠一缕云烟起,幽窗四边兰花开。

这时候,表叔就会一边微笑着,一边开心地听着爱鸟的歌唱,同时慎重地调理火候。等到爱鸟唱完三首艳曲,火苗暗淡下来,我表叔就会深情地看一眼他的爱鸟,然后从容不迫地打开容器盖子,眼睁睁看着一股与往日不同的烟雾从容器中喷薄而出,还夹杂着一股比往日更难闻的气味。容器里的药物不是凝固在容器上,就是像稀牛粪似的躺在容器里,但与往日不同的烟雾和气味,被我表叔认为是来自澳大利亚神奇小鸟带来的吉兆。于是,表叔更加珍重这只稀世之鸟,而且还挖空心思地给它起了一个神圣的名字:西王母。

客人们在后花园翩翩起舞的此刻,葛九章却在被音乐折磨,忍受着额头两边太阳穴锥钻般的巨痛,还在坚持着神秘的炼丹工作。他那副怪异的模样,就像一个遭受酷刑仍然坚守自己信仰的圣贤,聚精会神地看着容器内一股蓝色的火苗逐渐熄灭,接着,一群刺目的粉红色火花精灵般地闪过之后,也消失了。表叔这才抬起他那在漫长炼丹岁月中被各种形态的光芒和气味熏得发绿的双眼,满怀期待地看了看架子上的西王母。这次,出身于澳大利亚的西王母没有一迭声地高喊"快了!快了!"也没有大唱谯城艳曲，因为这鸟儿已被整整一天的吵闹声弄得无精打采，眼下正在音乐声中打瞌睡呢。

葛九章没有惊动他心爱的鸟儿，心里祈祷着祖先葛洪大仙的保佑，嘴巴里嘀咕着炼丹的经诀，怀着可能中奖的心情，独自打开了盖子。顿时，一股潮热的紫色烟雾蓦然间蹿起三尺高，接着，急切地进入葛九章眼帘的仍是往日的景象，只是气味比往日更刺鼻，颜色比往日更难看，但也有着与成功更靠近一步的意味。表叔一手拿着盖子，沮丧地站在那里，看着容器里的古怪玩意儿，忍受着刺鼻的气味，耳边回荡着传来的音乐声——表叔实在不想再掩饰自己的苦恼与失望，砰的一声扣上盖子，极端愤怒地咬着牙根低声说："比病猪拉的屎都难看！"

架子上的西王母惊醒过来，简洁响亮地重复表叔的话："比猪屎都难看！比猪屎都难看！"

表叔恼羞成怒地狠狠看了一眼这只长相乖巧的金刚鹦鹉，怨恨地骂道："该死的老母鸡！"那鸟儿以为得到了赞美，立刻高兴地在架子上快速地挪动着双脚，竭力发挥它学舌的天才，欢快地大叫："该死的老母鸡！该死的老母鸡！"把表叔气得双眼含泪。

最后，表叔咬着牙擦去泪水，在"该死的老母鸡！该死的老母鸡"声中，脱掉了炼丹时才穿的藏青色长袍，换上了淡灰色的衣褂，神思也逐渐从晋代祖先的仙境里返回了现实中间。

  表叔理好衣衫,长长地伸了个懒腰,这才恍恍惚惚地感到有一只猫爪子左一下右一下地抓挠自己的心口——他一下子来了精神,根据往常的经验,他知道那只猫爪子是从爬子巷凤弋馆里伸过来的。他犹疑着叹口气,终于没有抵挡住猫爪子的抓挠,一口气吹灭了那盏他为了夜间炼丹而特意买的美孚灯,关上门,像夜游神似的走了出来。当表叔一脚踏进从舞场那边射过来的斑驳的灯影里,他就肯定,无论他炼丹多么失败,凤弋馆的婊子们依然会杏眼含春地扑进他怀里。

  我流着口水,跟着表叔朝前走去。可是,表叔却在舞场外围停了一下步子,我看到他的目光快速在舞场上扫视了一周,在观看留声机的棠果脸上也没有停留,就把锐利的目光落在了舞场一侧的那口鱼池上,仿佛他能看到那些养尊处优的鲤鱼们在夜晚是怎样睡觉的。我清楚地感受到表叔神经一下子绷得紧紧的,他心里好像也在念叨着一个吓人的咒语,好像我爷爷告诉过他鱼池下埋藏着八缸金子,他准备时机成熟时就把那些金子挖出来——我正这样胡思乱想着,表叔已经收回了目光,大步流星地朝后门走去。我站在原处,耳边还能听到他想发财的念头如瓮中之水一样,在他那干瘪的身躯里晃荡着。

醉太平

我转过目光,看到舞场上终于平静下来,但我清晰地感觉到,此刻舞场里的气氛比客人们翩翩起舞时更要高涨百倍。留声机里正播放着高昂且节奏鲜明的音乐,一听就是德国大音乐家门德尔松那首在当时争议很大的《今夜,就醉在你喜欢的露天咖啡店》。

舞场里只有一对舞伴还在跳舞。

他们是我的父亲和母亲。

时至今日,父亲和母亲那精妙绝伦的舞姿依然在我脑海里闪动着,那情景就像还闪着火花的烙印在我记忆的天空里飞翔。但苦于我口齿笨拙,言辞迟钝,不能把那美妙的场景复述出来。就是当时妙肖照相馆的老板汤三拍下的那些照片,也不能重现当时我父母那光辉灿烂的舞姿。而我,作为一个没有肉体的幽灵,能告诉人们的是,当时父母的舞姿有点咄咄逼人,迫使所有的人都停下来,站在四周欣赏着他们的光彩夺目的舞蹈,一边自愧弗如地叹气,一边不由自主地鼓掌。如果单从父亲和母亲优雅曼妙的舞姿上看,没有人相信那是一对年近花甲的老人,反而觉得当年父亲留学归国从京城带娇妻回谯城的情景重现了。但没有人知道,父亲每次在众人的掌声中和母亲跳起舞来,他那桀骜不驯的心就会想起第一次看到母亲的美好时光,甚至还会禁不住感谢那场袭击北方五省的致命瘟疫。

这当儿,我需要简单扼要地讲一点儿父亲和母亲的恋爱史。

在那场该死的瘟疫中,父亲不仅结识了自愿到疫区救死扶伤的京城名医施金百,还与他联手创制了一味"还生散",在瘟疫时期救人无数,并得到了"中原名医"的美誉。更重要的是,当父亲应邀前往京城施家切磋医术时,从曾留学德国的施金百那儿深切感受到医学的博大精深,才发誓去德国学习西医的。父亲永远不会忘记,在施家的第二天早上,当他和医海知己施金百坐在花园凉亭里高谈阔论医术之妙时,施小姐沿着鹅卵石铺成的细细小道向他们款款走来。那时候的施小姐不仅相貌秀美,而且世家深闺的气质也是芳香夺人的。父亲一下子住了嘴,顿时从中医治本的妙论巅峰跌落到凡尘,父亲霍然间明白,在他为之迷醉了二十多年的医学大术之外,居然还有这么一方妙药可以使复杂浑浊的心灵世界变得如此简单而透明。父亲当时那失魂落魄的样子,被母亲牢记在心,在他们相亲相爱的几十年里,被她无数次提起,和一些要好的女伴言说时,她的神情还显出无比的骄傲。

在舞场的太太们,大都知道父亲和母亲的这些美事,但她们谁也想不出当时的苏神医该是一副什么样子,能让苏太太像高中状元一样幸福了一辈子。她们望着那对跳舞的人，内心深处羡慕着那桩姻缘，一边嫉恨着眼前的美妙时刻——那桩姻缘佳话中的男主人虽然此时已经下巴垂须了，居然还跳得那么好，居然还把太太搂得那么贴切，居然还捉住太太的手，趁着跳动的巧妙时刻亲吻一下太太的手背。袁司令能跳那么好吗？不能，这个赳赳武夫跳舞时还挎着双枪，硌得太太舞步零乱。熊县长跳得倒还可以，但他缺少在跳舞时亲吻太太手背的技巧和勇气。剩下的人都不必说了，他们只好站在四周，傻呵呵地鼓掌。一旁妙肖照相馆的老板汤三，这天是过足了眼瘾。

说到汤三，他真是个有趣的活宝。这个右眼镶着狗眼珠的照相馆老板，一整天都没有闲着，架着那只需要三条木腿支撑的"皮老虎"牌照相机，端着会闪火花的长柄镜，对这个闪一下，对那个闪一下，仿佛要给这儿的每一个人留下一张辞世照。当舞场上其他舞者都停下来时，这位照相师傅更加繁忙，不停地移动着那架笨重的照相机，时刻挥舞着会闪火花的长柄镜，形影不离地围着正在跳舞的我父母乱转，一会儿弓腿弯腰，哧啦闪一个火花；一会儿上身后仰下身前挺，哧啦闪一个火花。

看着汤三现在忙碌的样子，真让我不由自主地想起他从前的样子。

原先的汤三和现在一样繁忙，却远没有这样体面，因为他从前是一个在街头卖大力丸的江湖艺人。有一天，他出售据他说是按照太上老祖的秘方炼制的大力丸时，由于说得过于活灵活现，一时惹恼了几个专门端着揍人饭碗吃大餐的青皮，买了他的一颗大力丸当场吃了下去，但没有像汤三在广告中所说的那样，伸出一根手指就能钻透一块青砖。那个吞了大力丸的青皮先是向观众展示了一下他那根在砖头上钻得血肉模糊的手指头，然后一挥手，一群人就三下五去二，把汤三的右眼打瞎了。汤三头一块青脸一块紫，一手捂着淌瘪了的右眼，一手牵着他家的看家黄狗，号啕大哭着来到我们家，跪在地上请求我父亲把他家黄狗的眼珠子挖出一只，给他装进右眼里。

凭当时谯城人对医术的了解，汤三的这种要求几乎就是痴人说梦。然而，父亲当时就为汤三的大胆设想所吸引，并为这个谯城人超脱世俗的行为所感动，于是，父亲决定为他做手术。事实上，把动物的器官移植到人身上对父亲来说是轻而易举的，当年他在德国跟着导师汉斯·考文垂教授做手术实习时，曾经做过十几例类似的手术。直到父亲回国时，那个左小腿被换成一截马腿的德国女邮递员还健步如飞地追到车站，送给我父亲一朵刚刚开放的蒲公英。

就这样，父亲花了一个半时辰，把一只尚在滴溜溜乱转的狗眼珠子移植到了汤三的眼眶里。一个月后，汤三两眼无一例外地放射着异常兴奋的光芒，再次来到我家，一边感谢着父亲，一边声称他什么都看得见，还再三强调，没有想到狗的眼睛比人的眼睛更抓色。父亲淡然一笑，让汤三用手捂住人眼，然后竖起一根手指放在他眼前，问他是什么物件。汤三的狗眼眨了两下，咻咻地笑着说："这个可瞒不住我——不就是一根腊肉香肠吗？"

汤三的回答证实了父亲的推断：一切动物都无法摆脱自己的本性。即使万无一失地把狗眼移植到人眼里，看到的物体仍然跟狗眼看到的一样。如同那个德国女邮递员，跑起来如同骏马一样。

尽管汤三眼睛的历史不甚风雅，但他作为谯城有史以来第一个照相师是确定无疑的。尽管后来日本鬼子占领谯城，汤三一半自愿一半无奈地成了汉奸，但他在记录谯城历史，包括鬼子在谯城所犯下的滔天罪行方面，是有着巨大贡献的。也正是他用虽然模糊但极其准确的画面语言，记录了谯城从前的各色人等和各类事物，其中包括他拍下的我母亲过五十五岁生日时的各种场景，以及此时此刻的舞蹈画面。如今，汤三为我母亲过生日拍下的九十三张照片，有二十二张还存放在我们谯城博物馆风俗馆里，其余的都不知去向了。也正是那二十二张照片，才使今天的谯城人相信那场舞会并非虚妄之说。

在舞会接近尾声时，汤三提议给所有在场的人照一张合影。这个建议顿时得到所有人的赞同，因为平时照相是需要掏出七八块大洋的。于是人群骚乱了一会儿，客人们才以我父亲和我母亲为中心，按照身份高低亲疏远近，团团簇拥在父亲和母亲周围。汤三满头大汗地移动着那架笨重的皮老虎牌照相机，取下镜盖，找准距离，弯下腰透过镜头观看了半根烟的工夫，才抬起头来，举起被施了魔术的长柄镜，啪的施放了照明火花。接着，汤三大叫一声："都不要动弹！"喊完之后，他嘴里响亮地开始念叨：一，二，三，四，五，六，七，八，九……因为用他那样古老的相机在晚上照这样的大型合影，尽管灯火辉煌，但也需要数完二十五个数才能彻底完成曝光。

可是，当汤三数到第九个数时，几声清脆的枪响从空旷的夜色里传了过来。顿时，大家一片骚乱。所以，几十年后，我的哑巴三哥在一个中秋之夜拿出这张照片，他看到的只是一些虚幻的人影。

当时，坐在父亲身边的袁司令立刻挺身而出，他啪啪拍着腰间的双枪，操着一口地道的谯城土腔，用他那略显雌性化的嗓子大声喝道："都别怕！有我袁某人在这个地方，你们慌张个牛鸡巴啊？"他话音未落，又是一阵子更为密集的枪声响了过来。这几乎等于扫了袁司令的面子，他咬牙切齿地说："肯定是彭雪枫的队伍进城捣乱来了！"说完，袁司令侧着左耳专心谛听，传进他左耳里的，是一阵子炒豆般的机关枪声。这次，袁司令长出了一口气，面向众人哈哈大笑道:"诸位请听,这是我的机关枪!不久前刚从张少帅那儿买的!别的队伍谁有马克沁机关枪?只有我有!哈哈,这下高低派上用场了!"

说完,袁司令仰天大笑。

可他笑声未尽,一个全副武装的军官带着两名双手紧握大枪的士兵,飞快地跑进了我们家后花园。转眼之间,他们已经跑到了袁司令面前,那个长着一双羊眼的军官啪的一个立正,给袁司令敬了一个漂亮的军礼。

袁司令利索地还了礼,笑眯眯地问:"抓住几个彭雪枫的人啊?"

长着羊眼的军官响亮地回答道:"报告司令,是日本鬼子打过来了!"

第三章

迷魂战

我飘荡在空中，穿过时光的隧道，恍惚间看见谯城北关外灵津渡口正是炮火连天，一场血腥厮杀正在进行。我知道，那是日本鬼子第一次侵犯谯城时的幻影。时光漫长而且容易磨损，那场厮杀的情景在我脑海里有时清晰得好似刀刻石雕，有时模糊得宛如一张被虫蛀、遭风化的老照片。我暂把那场厮杀的情景搁在一旁，先将我所了解的关于日本鬼子第一次侵犯谯城的前因后果说一说。

与第二次侵犯我们谯城相比，日本鬼子第一次攻打谯城时显得过于掉以轻心了。尽管如此，那场战斗还是十分激烈，双方打了三天两夜。这支自入侵中国以来从未打过败仗的皇军队伍，打到第三天傍晚时，几乎全军覆没。在城防司令袁辩吾的指挥下，在我二哥率领的大刀队的狂追猛砍之下，剩下的一百多鬼子狼狈逃窜。这场胜仗，在当时一片不景气的抗日战争中大放异彩，甚至让蒋委员长看到了国家和民族的希望。

几十年之后，我找到的一些有关日军侵犯谯城的战争资料显示，第一次侵犯谯城的日军只是一个大队之半部多一点儿，共计六百三十二人，他们的作战计划是在端午节之夜先拿下谯城防区的先头阵地灵津渡口，半个小时结束战斗，之后进攻谯城北门，天明之前拿下谯城。依照当时日军的作战力量，他们的这一打算实现起来真是等同儿戏。往细里说，日军选择端午节之夜进攻谯城是正确的，因为按照中国人的风俗，这一天谯城军民肯定沉迷于中国人喜欢沉迷的节日气氛里。但是，日军选择灵津渡口作为首要进攻地点，未免把前进的道路想象得过于顺畅了。他们哪里知道，防守灵津渡口的是袁司令的表弟魏铁衣带领的一个满建制、同时也是最操蛋的团。

说起魏铁衣这位团长，话头儿可真是越扯越长。魏团长身高八尺，面如重枣，说话声音洪亮，笑起来像一条百折不挠的好汉。但他惜钱如命，骨子里吝啬到了极点，其抠门儿之名响若大锣，在谯城无人不闻。一日，他聚了手下几个军官豪赌，大半场下来，就像平常一样，除了生下来赌运就很优秀的团长大人稳操胜券外，其他三位尊神基本上血本无还，直输得面无人色。一位镶了一颗金牙的少尉副官输得六个兜底朝天，扳着指头一数，还欠团长一块大洋，那少尉立时吓得热汗挂满两腮，请求团长给他一分钟时间回住处取钱。魏团长摇摇头，微笑着掏出手枪，让那少尉把嘴张开,挥起手枪一戳,少尉嘴里的那颗金牙便落在了魏团长的手里。魏团长把血糊糊的金牙装进口袋,笑眯眯地看着满嘴流血的少尉副官说:"在团部当了两年副官,居然不知道我的脾气——谁欠了我的钱,我能容他一分钟后再还我啊?"

魏团长为了金钱,心肠有多歹毒,由此可见一斑。然而上天有眼,魏团长不久就得到了现世报。七天之后,他突然间邪火上攻,上颚后槽大牙疼如刀剜,团部两个军医给他医治六七天,没有见好也就罢了,但魏团长岂能善罢甘休,命令两个军医站在面前,左手捂着特大号肿瘤般的腮帮子,右手一反一正,奖赏了两个军医每人两个耳光。接着,魏团长让四名卫兵抬着他来到了我家。

到了我们家,就由不得魏铁衣团长装狂撒野了,不说别的,单凭我父亲和袁司令的交情,就足够这位团长敬仰的。魏团长当然明白这层关系,捂着特大号肿瘤般的腮帮子,弓着腰,一口一个"神医"地唤我父亲。父亲面带微笑,捏起一根竹片,撬开魏团长的臭嘴看了一眼,随手开了一服药方,意味深长地说道:"鲸口大齿吞食无方,难免受病而损,看那病状,非金贵药石不能使其康复啊!看在袁司令的面子上,这服药本来大洋百元,你就拿十块大洋吧。"魏团长一听十块大洋,两个眼珠子一下子瞪得差一点儿掉地上,一边苦笑,一边低声和父亲商量:"苏神医,能不能便宜一点儿啊?"父亲一笑,随手在药方上划掉两味药,说道:"那就五块大洋吧。"魏团长好像尝到了甜头,又跟我父亲商量:"能不能再便宜点儿啊?"父亲望着这位腰缠万贯的大团长,心中那团傲气凛然上升,他把药方揉了,微微笑道:"有个方子不需花钱,也可以治好你的牙疼啊。"魏团长一下子来了精神,两眼放着亮光,焦急地问道:"那请你老人家快对我说啊!"父亲嘿嘿一笑道:"二两红砂糖,一泡鲜狗屎,焙干成面,温水冲服,药后一时三刻,你的牙疼就好了。"看样子,二两红砂糖心疼得魏团长一下子拉长了脸,这位身高八尺的团长,弓着腰诚恳地咨询我父亲:"不放红砂糖行不行啊?"

上边这件事,我是听我们家门房长保说的,那一天他就在当场。说完了,他还捧着肥胖的母猪肚子笑了半天。我也没做理会,因为长保这人是个有名的瞎话篓子,有时候说真话说得也像假的一样。

说了魏铁衣团长的两桩轶闻,接下来我说说魏铁衣带的团。

魏铁衣的这个团,在谯城那可不仅是妇孺皆知,而且也是我们全谯城人无比讨厌的。这并非是因为他们骚扰地方,打乱百姓生活和日常工作的秩序,也不是他们从来不搞军事训练,而是因为他们只管一个劲儿地大做烟土生意,给我们谯城子弟的长大成人带来了很大的危害。尽管县长熊梦之大人的禁烟令十分严厉，但到了魏铁衣这个团里，那禁烟令连给他们当揩腚纸都排不上队。他们把成箱成箱的烟土贴上封条，盖上谯城城防司令部的大印，到处畅行无阻，谁有豹子胆去查问他们。不过，魏铁衣虽然吝啬之大名比天高比地厚，但说到底他还是一个聪明的团长，他把做烟土生意获得的丰厚利润一分四截，一截购置军火，一截分给全团官兵，一截进贡给他的表兄袁司令，一截装进自己那深不见底的口袋。连我也弄不清魏铁衣到底私吞了多少银子，但我知道，在谯城解放前夕他跑到香港，购置了大片大片的房产。在上个世纪改革开放之后，魏铁衣还回到我们谯城，主动捐建了十三所农村小学——这些后来的事情，不说也罢。

且说日本鬼子第一次侵犯谯城那天下午，魏铁衣刚和一个香港人做完一大笔烟土生意，当天就把四截之一截的大洋哗哗响地发给了全团官兵，晚上还举行了奢侈的大会餐。像往常一样，酒足饭饱之后，醉醺醺的魏团长还要对全团官兵训话，他打着酒嗝，正准备像以前那样开始大讲一通，这时枪声响了。哨兵报告完敌情之后，这位喜好长篇大论的团长把满腹的话语归纳为两句话："谁也别想抢走我们刚刚装进兜里的银元！冲上去，把狗操的小鬼子统统干掉！"

有时候，事情真是出人意料。在金钱和酒精的作用下，魏铁衣的那个团打得十分凶猛。其火力之猛烈，喊声之激昂，让与之对垒的日军大感意外。因为据日军得到的情报，他们要干掉的这个团是一支军纪荒废全无战斗意志的队伍，所以他们没做更好的准备，以为枪声响一阵子后，敌人就会像他们所遇到的大多数对手一样溃散逃跑。没想到，从头天子夜打到第二天傍晚，皇军也没能前进半步，而且在第二天傍晚时，那帮酒囊饭袋还组织了一队人马向皇军阵地冲锋，个个都像吃错了药一样，没命地向前冲。当时指挥作战的辻原盛大尉十分纳闷，他想破脑袋都没有想通，国民党怎么会在这个并非战略要地的谯城布下这么一支神秘的部队。后来在中日友好的欢声笑语中，这位辻原盛大尉成了我的朋友，他在暮年撰写回忆录时，还对谯城灵津渡口之战怀有一团无法阐释的疑雾。当我把真实情况告诉他后，这位练习中国书法并同时吃斋已经三十几年的老鬼子在一瞬间目瞪口呆，良久才念念有词："天意，天意啊！"当我告诉他，日军第一次侵犯谯城那天，正是我母亲五十五岁生日时，这位老鬼子又合掌当胸，勾着老得只剩下一个圆壳的瘦脑袋，再三道歉："罪过，罪过啊！"

我随口说过之后，也随之想起那一天晚上的情景。当后花园里为母亲举办的生日舞会被枪声冲散后，我看见袁司令一边骂着粗话，一边匆匆离去。我记得他的背影活像一只马上就要上阵的老公鸡。大战当前，家乱哪抵国难，我顾不得全家上下人等的安危,紧随袁司令身后,想看看这位整天横行霸道的司令官能做出什么豪举来。

袁司令旋风似的回到城防司令部,一边让勤务兵泡上他喜欢喝的"谯城春色"绿茶,一边摇通电话,大声吆气地向上峰报告敌情。袁司令和上司说话的态度依然傲慢,全没有官场的上下级之分,也没有牌场的大小王之别,而且话语间充满豪情壮志,那口吻也好像是他马上就去宰一只肥鹅。打完电话之后,勤务兵把"谯城春色"端了过来,袁司令就像以往那样牛饮而尽,没有像往常那样把杯子放在勤务兵手里的托板上,而是随手朝身后一扔,只听啪的一声响,精巧的瓷杯四分五裂。这声脆响余音未止,袁司令已经带着由我二哥苏甲宝率领的卫队冲出了司令部大门。他们行动之快速,惊得那个长着两颗小虎牙的勤务兵半天没有合上他的肥嘴唇。

我跟着袁司令他们赶到灵津渡口时,战斗已经打了两三个时辰,天东边已经露出曙光,但枪声还一直像爆豆般响着。好几挺机枪的枪筒都打红了,在黎明的天色中像刚刚离炉的烙铁一样,光芒刺眼。好多机枪手都把鞋子脱下来,套在手上,托着机枪还在一个劲儿地打。空气中弥漫着呛人的火药味,还夹杂着古井贡酒的浓郁香味。那些开始只是为了不被鬼子抢走刚刚装进兜里的银元而战的官兵们,此刻在能让人吓破胆又让人热血沸腾的激烈枪声中,打得更加兴奋起来。况且，团长大人已经把其余的三截银元抬到了阵地上，他们没有理由不把张少帅没用在东北战场上的优质军火大力地投射在鬼子的阵地上。袁司令带着我的二哥和卫队，顶着密集的子弹在战壕里走动时，听到兵士们一边玩命地射击，一边兴奋地骂着粗话。有一个机枪手抱着机枪一边疯狂扫射，一边龇牙咧嘴地嘟囔着："银元，银元，银元。"

在传令兵的带领下，袁司令来到了魏铁衣团长面前。

当时魏铁衣就在战壕后边沿上坐着，奶奶的，他居然还弄了一条小矮凳坐着，他背后整整齐齐地码着十多个子弹箱，每个子弹箱都打开着，个个子弹箱里都装满了银元，在战火的辉映下放射着迷人的银色光芒。魏铁衣团长挽着袖子，右手握着手枪，左手夹着从灵津渡口截获的禁运的外国香烟，笑眯眯地半瞪着血红的双眼，好像很轻蔑地张望着硝烟弥漫的战场，任凭成群结队的子弹在他身边和头顶飞过。

袁司令低着脑袋缩着脖子，嘴里骂着鬼子，走到魏团长跟前时，几乎为自己表弟临危不惧的战将风范所折服，哪里还顾得上魏铁衣有没有站起来敬礼。袁司令大着嗓门儿问魏铁衣战况如何，魏铁衣还岿然不动地坐在那儿，眼珠子都没有转动一下。"龟孙，这是啥时候，还给我摆个牛鸡巴谱啊！"袁司令有些生气地推了他一下，又大声地问他要不要把驻守在古城集的马转筋的三团喊来支援。

古城集就在城南九十里处,三团赶过来也要两三个小时。魏铁衣哈哈大笑几声,醉醺醺地举起夹烟的左手,竖起大拇指朝身后装满银元的十多个子弹箱挑了挑,口齿不清,舌尖打飘地说:"银元,有的是,每一个吹口气放在耳边一听,都是嗡嗡响的!好好打,打完了都发给你们……"

这时候,袁司令才明白,表弟之所以如此英勇无畏,是因为他还没有醒过酒来。一时间气炸了肺,他使上吃奶的力气,挥动左手,给了魏铁衣一记响亮的耳光。五六天后,当魏铁衣团长面对一群记者口若悬河地大讲自己的英勇战绩时,他右边的面颊上还有四个青紫的指印,但他把脸上的指印解释为和鬼子肉搏时留下的记号。

从头一天子夜交火,一直到第三天傍晚,枪声才稍微稀疏下来。魏铁衣背后的那十几子弹箱的银元,就是在这个短暂的空隙发下去的。这时候,早就来到阵地、正躲在一厢的炊事兵们,也赶忙把饭菜送了上来。整鸡整鱼,大块的牛肉,小块的红烧肉,还有热腾腾的烧饼,在呛人的火药味中散发着唐朝宫廷美食的香味儿。但是,装满口袋的银元丁当作响,影响了官兵们的胃口,焚烧着他们心中的欲望,于是,纷纷叫嚷着要打完小鬼子再回来吃饭。

恰在此时,袁司令和他的副官——我的二哥苏甲宝,带着在城里睡了整整一天、刚起来吃过牛肉馍的大刀队,来到了战场上。这支共有一百零一人的精壮队伍，是袁司令花了很大本钱打造的，他不仅给每个队员装备了当时甚为先进的汤姆冲锋枪，还让武艺高强的苏副官对这支队伍进行了残酷的武术训练。在我二哥苏甲宝大耍半吊子劲儿的情况下，一百零一把鬼头大刀在司令部的大操场上旋风般地闪烁了整整两年。此时，这支队伍来到战场上，显得更是精神百倍，个个胸前抱着冲锋枪，背后斜插刀背上装饰着十八铜环的鬼头大刀，从右肩上露出的刀把上系着红绸，迈步转身之间，只见红绸飘飘，煞是英姿飒爽。在魏铁衣部下官兵被银元燃烧得大肆叫嚷时，大刀队也要求马上冲锋。袁司令打量了一会儿他这支心爱的队伍，又朝日军阵地瞄了一眼，把脑袋向日军阵地一摆。枪炮声顿时大响起来，一百零一人的大刀队和着魏铁衣的一个团，在震天响的吼喊声中发起了冲锋。

而这个时候，我的朋友辻原盛大尉正准备撤退了，但已经晚了，铜环哗哗作响的鬼头大刀已经劈头盖脸地砍了过来。

直到二十世纪八十年代末期，苍老的辻原盛怀着赎罪的心情，再次造访让他刻骨铭心的谯城时，还再三打听当初砍得他们血肉横飞的大刀队。他尤其想知道，那个几乎一刀砍断他左胳膊的满脸疙瘩的军人姓甚名谁，如今下落何方？非常遗憾，接待人员没能让两眼泪汪汪的老鬼子如愿以偿。因为他们也不知道，当初无比骁勇的苏家二少爷，在苍老的辻原盛泪涟涟地牵挂他时，他正坐在华盛顿郊区的一栋别墅里，一边哆嗦着两手，端着杯子品尝着产自哥伦比亚的苦咖啡，一边慈祥地看着他那个美国老太婆给他那可爱的混血孙子讲述安徒生童话《海的女儿》。这老家伙听得满脸傻笑，还是当年那副半吊子劲儿。

奏凯歌

我前面说过，谯城灵津渡口之战，在当时一片不景气的抗战中大放异彩。如果能找到几张当时的报纸，咱们就可以看到这场胜仗后的光辉状况。我深思多年，仍然不能理解在那场战斗中发生的一些奇特现象，那就是，那场无意中的混战杀敌几百，袁司令的部队居然不折一兵一卒，只有几个兵士挂点轻彩，每天端着那点幌子在人前炫耀。我还记得，那场胜仗被盛传一时，在社会各界引起了强烈反响。在战后的几天里，送钱送物的人群每天都像潮水一样从外地赶来，把谯城司令部围得水泄不通。各地记者也都像飞蛾一样，纷纷扑向光辉灿烂的谯城。

这下可忙坏了袁司令。这位好大喜功又爱面子的司令大人，一厢里吩咐把缴获的日军武器擦得干干净净，摆放在司令部的大院里供人参观；一厢里把夸大其辞的战报呈送上峰，急切希望上峰能多拨军火给他，让他好好教训小鬼子。兴高采烈之际，他还吩咐部下，要认真接待每一个前来祝贺的好心人。而面对诸多记者的采访，因为打了胜仗，这位城防司令把谯城人酷爱夸强逞勇的本性发挥得淋漓尽致。在滔滔不绝的讲述中，袁司令成了这样一个将领：运筹帷幄、足智多谋、面对强敌、沉着应战，他手下的官兵个个都是神兵天将，一声呐喊，日本鬼子就纷纷尿了裤子，而他看着鬼子的狼狈样，则面带轻蔑的微笑，洒脱地弹了弹手中的烟灰。

袁司令演讲的阵势也很有舞台色彩，无意中加强了他在人们心目中杰出的将领形象。在司令部那宽大的会议室里，坐满了黑压压的记者，身着戎装腰插双枪的袁司令一出现在门口，所有的记者都连忙起立鼓掌。在热烈的掌声中，袁司令一脸矜持的微笑，迈着出色军人特有的步伐走进会议室，走到只有一张三屉桌的主席台上，站在那儿，戴着洁白手套的双手按在铺着军用毯子的桌面上，双目炯炯地把在场的记者们扫视一遍。趁这工夫，由我二哥带队的八名荷枪实弹的卫兵，则雄赳赳气昂昂地跨着整齐的步伐走到袁司令身后，唰的一个转身，站成威风凛凛的一排。最后一名卫兵，还牵着袁司令那条心爱的黑背黄腹的大狼狗。那条狼狗也傲慢地竖直前腿，蜷曲后腿，踞坐在那儿，支棱着两只毛叶发光的尖耳朵,聆听着震耳欲聋的掌声,目中无人地张望着。这时候,二哥就会上前一步,抬起双手在空中往下一按,热烈的掌声顿时停止。在寂静中,只有一名勤务兵端着一杯泡好的绿茶,蹑手蹑脚仿佛一个鬼魂,无声无息地走到主席台前,敬神一样恭恭敬敬把茶杯移放在桌子上,然后又倒退着离开。接着,又有两个勤务兵手握崭新的大蒲扇,轻手轻脚地走到袁司令身后两侧,开始缓缓地给袁司令扇风。

于是,在五月的燥热中,在两把大蒲扇的风吹下,袁司令这才抬起左撇子手,示意记者招待会可以开始了。

那几天,这一幕每天都要上演好几次,仿佛一出经久不衰的经典大戏,演一辈子也没个完。到后来几天,袁司令喜爱的狼狗被折磨得疲惫不堪,一进场就卧在那儿,伸着长舌头,半眯着眼睛,随便它的主子讲多么带劲的神话故事,它也懒得再傲慢地坐起来了。而袁司令仿佛浑身上下都上足了弦,每天都能挺直腰杆,站在铺着军毯的桌子后边,挥舞着左撇子手,喝着著名的绿茶"谯城春色",放眼满屋子记者,把自己指挥的这次战斗说上十几次。他的每次演讲不仅精神状态好,而且每次讲述的同一事件,与昨天或者上一场演讲的内容绝不雷同,同一个细节,也能被他说得千变万化,而且每一种变化都能让人身临其境。到后来,袁司令越讲想象力越丰富,致使一场紧张的战斗被他讲得比后羿射日还要潇洒，比黄帝战蚩尤还要传奇。

只有一点意外，接连几日口若悬河地讲述自己在臆想中制造的神话故事，袁司令那本有些雌化的嗓子累得有几分沙哑，为了能使自己的声音更加展现自己的威武形象，他特地挤出一点时间，来到我们家，面带微笑，请我父亲专门给他配制一味响声丸。当父亲漫不经心地问他战况时，这位酷爱演说的袁司令中风似的抖动着双手，嗓子沙哑地说了心里话："奶奶的熊，说瞎话，啊，说瞎话比和小鬼子打一仗还要累啊！"

父亲很欣赏袁司令的诚实，便给他配制了一味护嗓提音的响声丸。父亲把一瓶药丸递给袁司令时，诙谐地说："这药吃了，保准你再说起瞎话来比说真话还要响亮啊！"

拿到我父亲为他特意配制的响声丸之后，袁司令大为高兴，每临演讲之前，都要先服用两粒，果然再说起话来声震屋瓦，效果显著。最有意思的是，这位演讲大师自从服用了响声丸，在短短的几天内，他的演讲艺术居然达到了炉火纯青的地步，任你是谁，随问随答，张口就来，仿佛嘴巴舌头脱离了头颅，独自有了生命。说到夸张之处，袁司令有时候也能及时意识到嘴巴和舌头的言语破绽，不免露出几分沮丧之色，不由自主地责问自己："别瞎屌扯了吧！这是真的吗——脑袋掉了还会大喊好快刀吗？"紧接着，他立刻更加清醒起来，猛地跺一下脚，然后拍着桌子自己肯定自己:"这就是真的!我眼睁睁地看着,支棱着耳朵听着的!不信请问苏副官,那一刀就是他亲手砍的啊!"

于是,众人连忙把目光转向我二哥苏甲宝。

二哥正听得魂不守舍,一见司令问他,马上心悦诚服地点头,而且内心坚定地认为,自己当时做的,确实如同司令所说:面对鬼子,不慌不忙,手腕轻舞,翻了几个刀花,然后挥刀如闪电,鬼子脑袋离开肩膀,在滚落的一瞬间,龇着焦黄的大门牙大喊一声:"好快刀!"

随着袁司令绘声绘色的讲述,各家报纸关于谯城北关灵津渡口之战的新闻报道也越来越异彩纷呈。尤其是谯城县政府熊梦之县长大人属下党部所办的《谯城新报》,更是把这场家乡保卫战描绘得比神话还要神话。本来,谯城人并不怎么喜欢这份四开的石印小报,但那几天,这份错字亚赛脸上麻子的小报居然热卖一时,而且珍贵无比,一个文盲用登有灵津渡口捷报的报纸包兔子肉吃,被街上几个人狠狠打了一顿,差一点儿打死。就连对县政府之类历来就不正眼一看的袁司令看了报纸之后,也甚为过意不去,还特意派员拿着三百块大洋前往报社表示了感谢。

尤其让袁司令意外的是,驻扎在谯城西南一百多里外白马驿的新四军彭雪枫,也不知道通过什么渠道给他送来了祝贺信。

说实话,那时候,我也像许许多多的谯城人一样,对新四军所知甚少，只是偶尔风闻驻扎在白马驿的新四军师长彭雪枫是个神乎其神的好汉。至于袁司令当时对彭雪枫了解多少，我也知道不多，只记得袁司令那天接到彭雪枫的祝贺信时，多少有点反常，与他几天来因演讲而训练出来的风度很不协调。

那天上午，袁司令兴致勃勃地完成了新一轮的答记者问，出了会议室，眼看着一个卫兵牵着他那条无精打采的心爱狼狗前往狗舍休息，他才转身回到自己的办公室，坐下来点了一支香烟，他本来没有什么烟瘾，但连续作战般的演讲使他只好抽烟解乏。他抽着香烟，刚跷起二郎腿，桌上一杯新沏的"谯城春色"尚未启唇品尝，一个负责文案的少校副官就把彭雪枫的祝贺信给送来了。

袁司令一听"彭雪枫"三个字，马上把跷起的二郎腿放了下来，随手夹下刚抽一口的香烟，两只因长时间的演讲而变得有些僵直的眼睛紧紧地盯了副官半天，才故作不动声色地问道："送信的人呢？"

那个文质彬彬的副官吃了一惊，这才意识到自己办事欠妥，原本满脸兴奋，瞬间变得如丧考妣，耷拉着双眉，弓着腰回答："没见到送信的人……"

袁司令大不满意他的回答，斜着眼角，脸拉得比马脸还长，操着古怪的腔调说道："我知道了，这信是自己长了翅膀飞来的！"

副官马上一个立正："司令，我这就派人去查！"

袁司令冷笑一声，抽了一口烟，慢悠悠地吐了一圈烟雾，说："算了，你们要是能查到送信的人，那啥事都不用我操心了！把信拿过来，我倒要看看姓彭的都说了哪些酸溜溜的鬼话。"

副官赶忙把信呈了上去。

袁司令叼着香烟，双手展开信函，就着窗外射来的阳光，一边看着，一边慢慢舒展开两道英俊的浓眉，看完了，居然还咧着嘴笑嘻嘻地嗯嗯了几声。

原来，彭雪枫在信里热情地赞扬了袁司令的部队，还站在国家和民族的立场上大大肯定了袁司令的抗日豪情，并希望以后双方能多加合作，共同取得抗日的更大胜利。在信的结尾，彭雪枫还提出，如果袁司令没有顾虑的话，新四军的拂晓剧团可以随时到谯城为袁司令的部队做一场慰问演出。

一连几天听多了种种颂歌的袁司令，对彭雪枫的赞扬和关于民族大义的道理不以为然。但彭雪枫提出准备让他的拂晓剧团来谯慰问演出这件事，倒是让袁司令心动了几下，我亲眼看见，一个甚不文雅的念头如同驴拉磨一样在他脑袋里转了几圈，他咧着嘴，笑眯眯地自言自语道："这倒是个好主意，我袁某人还真的想看看新四军的小娘们儿是怎样唱戏的呢！"

正当袁司令眯着两只小眼陷入美妙遐想之际,我二哥苏甲宝莽莽撞撞地闯进了司令办公室。这几天,二哥也跟着袁司令很是风光了一番,且不说袁司令在演讲时老是向记者们指点着二哥高声赞扬,就连很多报纸上也可以看到我二哥站在袁司令身后十分威武的样子。父亲在一次午饭后看那张他一看就嘲笑个不停的《谯城新报》时,也忍不住地用手指点着报纸上的二哥,微笑着自言自语:"这孩子,多像一个衣冠楚楚的魔头啊!"

与往日不同的是,这次二哥没有憨乎乎地大声报告什么,而是红头酱脸地站在袁司令的办公桌前,脸上露出几分羞涩的神色。袁司令看着二哥那副怪怪的模样,他挥手让那个文质彬彬的少校副官退下后,才歪着左边的嘴角笑着说:"还有啥事能让你难为成这个鸟样子啊?"

二哥听惯了袁司令的一口谯城糙话,他咧着肥厚的大嘴,皱着墨抹般的浓眉,低声说道:"我哥来了。"

袁司令险些喷出鼻涕,他松弛下来,将身子沉沉地靠在椅子上,抽了口烟,一边跷起二郎腿,一边笑道:"你哥来了还会咬你一口啊,值得你挂一副娘们儿相给我看吗?"

二哥脸色更红润了,声音比刚才又低了几分说:"司令伯伯,我表姐姐陈老师也来了。"

袁司令马上坐直了身子,双目炯炯闪着光芒,一迭声地说:"你这个楞种,那快请他们进来啊!"

二哥这才挺了一下身体，瓮声瓮气地说："来的还有一群学生，他们要给大刀队献花啊！"

袁司令一听，屁股下边突然长了弹簧似的，噌的一声站了起来，用夹着烟的手一拍桌子，大声说道："好事啊！这是好事啊！走，马上集合大刀队，不能辜负学子们对我们的热情鼓舞，我也要接受学生们的献花！"

时光的隧道扑朔迷离，因而我常常忘记一些重要场景，尽管我十分想重现一下大哥和表姐带领柳湖书院的学生们为我二哥率领的大刀队献花的热烈场面，然而，我曾认真地想了七天七夜，那一热烈的场景仍然像被岁月氧化的镜子，斑斑驳驳，很多地方都模糊不清。但有一点我记得非常清晰，在献花那天，表姐陈鱼容打扮得尤其漂亮。她穿着月白色的偏大襟短袖上衣，下边的裙子我记不清是什么颜色的了，她乌黑的头发扎成了两条短短的小辫，靠左耳上边的头发里还插着一朵新鲜的翠叶黄瓣的花朵，有两三只小蜜蜂一直围绕那朵黄花飞徊盘旋，表姐每动一步，那两三只小蜜蜂就追逐一步——也许这一情景在我记忆里过于深刻，于是迫使其他印象变得十分模糊。

我还记得，在献花之前，大哥还说了一番热血沸腾的话，说话时他紧握拳头在面前挥来挥去，激动得鼻孔张得老大，几乎可以塞进一颗鹌鹑蛋。那二十几个女学生和三十多个男学生，站得整整齐齐，每人手里都拿着一个由新鲜的柳条和新鲜的花朵扎成的美丽花环，个个面带慷慨激昂的兴奋神情，每当我大哥高声说完一句钢铁般坚硬的句子后，学生们就会手舞花环高喊几声口号，而站在学生队列对面的大刀队员们则在袁司令的带领下使劲鼓掌。

真正献花的过程短暂而简单，每一个学生上前三步，把手里的花环套在大刀队员们探下来的脖子上，然后用稚嫩的小手握住操刀弄炮的糙手使劲地握了握。哦，我想起来了，当表姐把手里的花环套在我二哥的脖子上时，二哥豹子样的两眼有点发呆，目光慌乱地在表姐光洁的手臂、高隆的胸部以及粉白的脖子上如同热锅上的蚂蚁一样奔跑不停。表姐似乎没有在意二哥的目光，她挥动柳枝般轻轻抬手，拂开那两三只围绕着她耳上花朵旋转的蜜蜂，那只白若幼鸽般的小手落下来时，拍了拍二哥那长满青春痘的左颊。二哥顿时宛如风中弱草一样颤抖了一阵子，我清晰地看到他的一颗牛卵般的大心活像受重伤的兔子一样，竭尽全力地挣扎个不停。我可怜的二哥错误地理解了表姐那带有亲情的鼓励动作，沉浸在男欢女爱的遐想之中。幸亏大哥一眼就看出了端倪，他微笑着一把抱住二哥，用文质彬彬的右手拍打着二哥那钢铁般的胸膛，大声赞美着二哥杀敌时的英勇善战，真不愧是他的好兄弟。

在灵津渡口取得大捷之后的那几天里，外地来祝贺的人们姑且不说,仅我们谯城各界所举行的各种庆祝活动就不胜枚举,而且无不有声有色。我大哥和我表姐带领他们的学生给大刀队献花环,不过是其中无足轻重的一次。县政府组织的祝贺活动,谯诚商会举办的祝贺活动,甚至民间艺人们自发性的祝贺活动,无不热烈而隆重。而且在每次祝贺中,由我二哥带领的杀敌不可胜算的大刀队都要成为主角,大受欢迎。

尤其值得一提的是以熊县长的姨太太封紫芳为首的谯城"新妇女"协会,对大刀队的慰问活动更是光彩夺目。根据所掌握的有限情况,我了解到这位姨太太虽然在家庭中身份不尊,但那种封建伦理根本约束不了她要强的性格和追求文明的心灵。她丝毫不顾别人的闲言碎语,毫无畏惧地把我们谯城所有和她志同道合的诸多具有叛逆性格的妇女们联合起来,组织了一个名为"新妇女"的协会,大力提倡男女平等,反对虐待妇女,提倡男女见面可以相互称先生女士,可以握手,妇女也可以去茶馆酒店饮酒喝茶,谈论时事。总之,凡是男人可以做的事,身为县长姨太太的封紫芳认为女人都可以做。如果不是后来日本鬼子占领了谯城,熊县长身不由己地投敌变节后连累了她,这位姨太太在谯城历史上真可以称为妇女解放运动的先驱。就是在当时,熊县长的这位姨太太在我们谯城各界大佬的心目中,也确实是一个十分风光的女强梁。熊县长对自己这位姨太太的大胆作为，不仅不加以约束，反而引以为荣，仿佛能有这样文明的姨太太，他的婚姻史上就必定有一笔是光彩照人的。

惯于称霸的袁司令，虽然对熊县长不屑一顾，但对他姨太太却不敢有丝毫懈怠。在我大哥带领学生给大刀队献花环的第二天上午，谯城新妇女界首领封紫芳带着一群花枝招展的女士们前来司令部慰问时，袁司令不仅热情接待，而且亲自下达命令集合大刀队，亲自陪同封紫芳一个一个地和大刀队队员们握手，然后满脸微笑地看着这位花容月貌的女强梁把一朵朵初绽的芍药花别在每一个队员的衣扣里。当封紫芳来到大刀队队长苏甲宝面前和他握手时，袁司令还隆重介绍了一番。

其实很早的时候，二哥就和封紫芳很熟了。当年二哥带领大刀队在司令部大院外边的操场上训练时，封紫芳不仅带着"新妇女"协会的会员们前往参观过数次，而且还好几次带着香烟水果慰问过大刀队。在大刀队训练的两年间，封紫芳还组织姐妹们和大刀队进行过数次别开生面的座谈，在座谈会上，她简直就像个男人一样和我二哥并肩而坐，她一边说话，一边用她随身携带的一柄精致的小银匙吃樱桃。这时候，大家才知道樱桃是不能用手捏着吃的，而是要像封紫芳那样很讲究地用银匙吃。封紫芳不仅自己吃，她还会时不时地用那柄银匙挑着一粒樱桃放在我二哥宽大的手掌里。放了几粒之后，她好像厌烦了这个复杂的程序，干脆直接将樱桃送到二哥嘴里。这样的举动在今天是司空见惯的，但在那时候绝对是胆大包天的。尽管大刀队的兄弟们哄堂大笑，但封紫芳依然如故，而且还像嫂子逗小叔子一样，诙谐地加快了运送的速度。在谈笑风生间，封紫芳还时不时地拍几下我二哥健壮的肩膀和胳膊，让我二哥好几次都面红耳赤，心跳如鼓。

袁司令不知道这些，所以，他还有几分卖弄似的向封紫芳大大表扬我二哥。袁司令说话时，封紫芳一直握着我二哥的手，就像在以前的座谈会上那样，鸽子一样灵动的双眼紧紧盯着我二哥，满面春风地微笑着听完袁司令的介绍，才有几分不舍似的松开手，仿佛遗憾手边没有樱桃一样。接着，她随手在身后一位女士提着的花篮里取了一朵芍药花，慢慢别在我二哥的衣扣里，然后，拍拍我二哥像岩石一样结实的胸膛，笑吟吟地说："我们这些有新思想的妇女，就喜欢像苏队长这样凶神恶煞的年轻人啊！"

因为已有了数次交流，此时二哥在这位闻名谯城的女人面前，全然没有在表姐面前的那种局促，他有些顽皮地用火辣辣的目光扫描着封紫芳那单薄旗袍内的丰满身体，哈哈大笑着给这个三十余岁的女强梁敬了个军礼。

说到底，在灵津渡口大捷的一片喜气洋洋之中，袁司令和他的队伍走到哪儿都会受到热烈赞扬。然而，有一件事他们办得有失考虑：那些被砍得血肉模糊的日军尸体没有得到及时处理。据说魏铁衣团长不让给小鬼子收尸，他命令把那些侵略者的狗尸留在那儿供人参观，让每一个人都看看强盗的下场。一连几天，直到那几百具尸体在往来不断的仇恨目光的注视下，在口水与咒骂声中，被五月的毒日头晒得臭气熏天。也不知怎么搞的，这件事让第五战区司令长官李宗仁知道了，那位广西佬亲自给袁司令打电话，大为光火，严令袁司令火速给那些战死的日军官兵下葬。

袁司令放下电话，立刻命令魏铁衣前来司令部。等魏铁衣兴高采烈地来到时，他的表兄当着一群军官的面，挥起左撇子手，狠狠地打了他十个大嘴巴。魏铁衣莫名其妙地摸着面颊上的旧痕加新伤，低声下气地分辩自己没做错什么，他的表兄大瞪着牛眼吼道："那些死狗有什么好看的？滚回去，给每条死狗准备一副桐木棺材，好好埋了那些狗日的！"魏铁衣惊讶地站在那儿没动，看样子还想分辩几句，他表兄一下子跳了起来："这是李宗仁长官的命令！那个广西佬在电话里把我骂得狗血喷头啊！日他娘的！"

不管怎么说，谯城北关灵津渡口这场大捷，引起了国民党高层的高度重视，通令嘉奖一番不说，还送来了六卡车军火，这让袁司令甚为高兴。更让他兴奋的是，军火送达的那天晚上，他的上峰还打来电话，让他做好准备，因为正在第五战区视察的蒋委员长有可能到谯城接见参战的全体官兵。

镜子里的蒋介石

如今,几乎没人见过蒋介石本人。不管你是从历史照片上还是从传说中得到的委员长印象,那都不是真正的蒋介石。请你们放弃自己所有的妄自推测,竖起你们聪灵的耳朵,听我说说我亲眼见到的蒋介石吧。蒋介石来我们谯城那天是个阴天,当时还下着淅沥沥的小雨,湿淋淋的房顶发暗发绿,数十只麻雀在细雨中的房顶上跳来跳去。路面上许多水洼闪烁着暗淡的水光,行人匆匆而过,双脚杂乱地迈出,地上雨水紧连鞋底,拖拉如糖稀。灰暗的天空低垂,仿佛要倾斜,远处树木在漠然的雨雾里半隐半现——这是你们熟悉的场景吗?

五辆黑色的轿车如同一阵烟雾,在细雨中缓缓来到谯城城防司令部门口。两列全副武装的队伍顶着细雨,整整齐齐地站在司令部大门两旁。蒋介石下车时,并没有人马上给他撑起一把黑伞,他穿的也不是一领青灰色长袍,手上也没有戴着洁白的手套,而是一身戎装。他就那样军容整齐地站在车边,冒着细雨,表情平和地看了一眼雨中的队伍。早已等候在一旁的城防司令袁辩吾连忙从一个卫兵给他高高举着的雨伞下钻出来,紧张之中,居然没想起接过卫兵手中的雨伞,而是就那样大步流星地走到蒋介石面前,啪的敬了一个军礼:"谯城城防司令袁辩吾向委员长报到!"

蒋介石还了礼,和袁司令握了一下手,带着浓郁的浙江口音说:"普易兄,辛苦了!"

见委员长称呼自己普易,袁司令顿时觉得心头热腾腾的,他马上更加正规地挺直身体,响亮地说:"保家卫国,军人职责!"

蒋介石微微一笑,向雨中的队伍看了一眼,又对袁司令说:"别让队伍淋雨了。"一边微笑着朝两边的队伍招了招手,带头走进了司令部。十几个将星闪闪发光的随行大员,赶忙随之而进。

当时的情景不仅给我留下了深刻的印象,也给苏甲宝留下了深刻印象。我至今依然记得,蒋介石给袁司令回礼时抬起的右手不像一般男人的手,细皮嫩肉,洁白如玉,手指瘦长,手掌骨骼突出,整个看上去就像一枝深藏海底五千年的玉珊瑚。二哥晚年给他的美国老婆讲述当时他看到的蒋介石的手时,眼睛虚望着天花板,一脸入迷的神情说:"天底下最享福的娘们儿也不配有那样的手啊!"

蒋委员长和他的随行大员们在司令部会议室坐下之后,

还特意招手让坐在末座的袁司令到他身边的座位上来。袁司令虽有些受宠若惊，但还是拿出了谯城人在大官面前特有的傻劲头儿，站起来，脚跟发飘地几步走到蒋委员长旁边，坐了下来。十几个将星闪烁的随行大员见此情景，不免会心一笑，只有一个叫唐纵的将军露出一丝鄙薄之色。这位叫唐纵的人，本想在他的秘密日记里记述蒋委员长谯城之行时好好丑化一下名不见经传的袁司令，但他那天确实经不起谯城特产醇厚的古井贡酒的诱惑，多喝了几杯，回去后还有些头晕，竟忘了这码子事。

一名中将让袁司令讲述一下灵津渡口的作战情况。在蒋委员长面前，袁司令再三提醒自己一定要丢掉谯城人爱吹牛皮的毛病，但他讲起来时却无法控制自己，在夸大自己指挥有方的同时，也强调了日军炮火的厉害。当然，他没说当枪声响起的那一刻，他还在苏家后花园里刚刚跳完舞。蒋委员长一直目光温和地望着他，一脸宁静地听他演讲，当袁司令形容日军的炮火像幽蓝的鬼火时，蒋委员长还微微一笑。等袁司令根据自己的需要把战况讲述完毕，蒋委员长提出要见见那位现场指挥的团长和奋勇杀敌的大刀队队长。袁司令立刻传令，速让二人前来。

二哥苏甲宝当时正在外边担任警戒，一听委员长要见见他，心中激动莫名，仿佛有万盏灯笼照亮胸膛，横着膀子杀气腾腾地闯进了司令部会议室。但当二哥站在蒋委员长面前时，立刻感受到那个神态安详的老头子身上隐隐有一种气势，在这种气势面前，他竟产生了想跪下去的冲动。

二哥两脚跟啪的一并，给蒋委员长敬了个军礼，然后绷紧面孔挺直身体，像一座雕塑一样一动不动。蒋委员长和蔼地望了一眼满脸粉刺的苏甲宝，微笑着向袁司令说了一句让二哥听起来很是吃力的浙江话："普易兄，这是你的尉迟恭啊！"

袁司令并不知道尉迟恭是谁，但他还是兴高采烈地哈哈大笑几声。随行大员们也很是捧场地大笑起来。

这时候，魏铁衣被人领了进来。这位平素爱在上司和同僚面前大出风头的团长，在他表兄袁司令的介绍中，抖着右手给蒋委员长敬了个颤抖的军礼，就站在那儿开始发呆。袁司令让他给蒋委员长简明扼要地讲述一下当时的战况时，这位惯于长篇大论的团长一下哑巴了，他两眼空洞无神地望着蒋委员长，嘴唇嚅动着，牙齿却像碎梆子一样响个不停。蒋委员长不由得一笑，操着软软的浙江话轻声细语地说："别着急，慢慢说。"但是，魏铁衣就是说不出话来，急得直流泪。见此状况，蒋委员长向袁司令示意了一下，袁司令马上对魏铁衣说："你下去吧！"但是，魏铁衣却迈不动脚步。苏甲宝连忙上前一步，双手叉着魏铁衣的双腋，把他捧了出来。后来听说，魏铁衣被送到他的团部后，瘫在床上整整一天，半句话也不会说了。这件事在很长一段时间内成了传遍全城的笑话。

散会之后正赶上午饭之时，蒋介石很是随意地在谯城司令部食堂吃了顿便餐。与传说中的不同，蒋委员长并不是只吃素食，他不仅喝了一碗谯城小吃麻糊汤，还吃了一块谯城名小吃牛肉馍，并当场赞扬了牛肉馍。虽然按照谯城人待客的礼仪，上了两瓶陈放了五十年的古井贡酒，但蒋介石并没有喝，倒是几个随行大员满脸幸福地喝了几杯。其中就有那个叫唐纵的将军，他不顾蒋委员长的威严，一杯接一杯，喝得眉开眼笑，若不是邻座的一名中将拽他袖子给他一些暗示，他恐怕连那个盛酒的老瓷壶也要嚼巴嚼巴吃了。

在我的记忆里，蒋介石离开之后，谯城热闹了很长一段时间，因为蒋介石决定在我们谯城南郊建一个飞机场，这真让没怎么见过世面的谯城人兴奋到了极点。

那时候办事效率真的很高，才一个月时间，一个小型的简易机场就在谯城南郊落成了，而且由袁司令派了半个连的兵力在机场驻守。从此以后，谯城人经常到机场看飞机。那时候谯城土路很多，所以灰尘很大，尽管那些兵士每天都要打扫，但那几条宽大而光滑的跑道上老是落满铜钱厚的灰尘。那些像刚从梦中醒过来的一架架飞机，就是在那样的机场上落下又飞走。飞机降落时，一阵巨大的尘埃旋风般的四下逃开，飞机飞走时，又一阵巨大的尘埃在飞机的带动下形成一道烟尘紧随飞机升上云霄。

那种壮观的景象真是让谯城人开了眼界,不由得从心眼里对蒋委员长充满好感。只是我们当时都不知道,之所以在谯城修建机场,据说是因为蒋介石想把第五战区李宗仁的长官部放在谯城,虽然后来的事实证明这一说法荒诞不经,但这个简易机场还是发挥了它的作用,成了国军飞机的临时加油站。但令人无法预料的是,正是这个飞机场,使日军第二次侵犯谯城时加强了兵力火力,飞机场反而成了日军的首要打击目标。当然这都是后来的事,以后我再慢慢细说吧。

像许多人一样,袁司令也没有想到后来的事,他当时正有些飘飘然,因为蒋介石走后没几天,就兑现了他临走时的诺言,派人专程给袁司令送来了一辆雪佛莱小轿车。在当时,这种小轿车不仅昂贵,而且象征着权势,更何况是蒋委员长亲自赠送的。这其中奥妙让并非蒋嫡系的袁司令顿时心领神会,他每天坐在小轿车里四下巡查城防,恨不得小鬼子再来一次,甚至能来得更加猛烈一些,他好打几个漂亮仗给尊敬的老蒋看看。自从冯玉祥那儿被国军收编以来,他还没有做过让那些蔑视他的国军将领侧目的事情。这次蒋委员长亲临谯城,而且对他赞赏有加,真是给足了他面子。更让袁司令欣喜的是,蒋委员长临离谯城时,还握了一下他的手,语重心长地对他说:"普易兄,这江淮大地千里沃土万众百姓,以后都要仰仗普易兄你来护卫了!"那言下之意再明白不过了,大半辈子行伍生涯的袁司令绝对没弄错,只要他守得住谯城,将来整个江淮大地就是他的天下了。

尽管一开始袁司令还对自己的这一领悟有些犹疑,但几天后蒋委员长把许诺的小轿车给他送来了,一辆小轿车对蒋委员长来说根本就是微不足道的,但这种君子言之有信的行为,简直就是给袁司令吃了一颗定心丸,注射了一针兴奋剂。他天天坐在蒋委员长亲自送给他的小轿车里,由蒋委员长钦封的"尉迟恭"全副武装地坐在前边护着驾,在谯城地盘上巡查。袁司令时刻都感到自己正驰骋在整个江淮大地上,心里边还做着升官发财的美梦,他压根儿就没有想一想,人生坎坷,世道无常,他一旦打了败仗,蒋委员长会像切西瓜一样砍掉他的脑袋。

暗香浮动时

让那些遥远的战争故事变成一条肥胖的虫子,我把它挂在树上喂乌鸦去吧。

现在,我要接着说说我家的历史。

家里所有的人当中,我弄不明白的只有三个,一个是大哥苏甲格，一个是哑巴三哥苏甲三，另一个就是非同胞姐姐苏荣荑。关于我大哥的故事，以后我还要讲到很多，关于我的哑巴三哥和我那个非同胞姐姐的故事，我现在就想讲一些。

在我的脑海里，我的那位非同胞姐姐一直形象模糊。不过我还记得她临死时的那副样子，难看得几乎就像一具放了八百年的木乃伊。我亲眼所见，她当时躺在窗前那张古老的摇椅上，六月的强烈阳光透过窗口照晒在她干枯的身躯上。她那时候头发几乎都掉光了，整个脑袋就像一个苍老的油罐子，在阳光下闪烁着细碎的光芒。连脱净水的芹菜秆也不如她干缩，那副瘦样子，让任何人都不会想到她曾胖得像怀孕母象一样。她那干瘪的皮肉还保持着原先的形状结构，鸡爪一样的双手按在肋骨毕现的胸膛上，牙齿掉得精光，两片马粪纸一样的嘴唇不停地嚅动着，断断续续地呼喊着一个人的名字："巴利奥，我的小巴利奥。"

唯一守在苏荣荑身边的是哑巴三哥，那时候他同样也老得难以形容，他看着我们枯竭的姐姐，在心里边又一次告诉她："你只有死了，才能和他见面。"

我一直无法准确地说出苏荣荑在少女时代有多么漂亮。在母亲五十五岁大寿时留下的那张照片上，我的这位姐姐仅仅露出半边面孔，而且还模糊不清，因为她当时就坐在母亲身边，刚好被突然站起来的袁司令遮住了半边脸。尽管如此，当哑巴三哥每次拿起这张因曝光严重不足而人影憧憧的照片时，就会想起我们这位来历不明的姐姐那仙女般的美貌和烛光般的身影。接着，哑巴三哥还会想起小巴利奥像一条忧伤的小狗一样，围着我们非同胞姐姐团团转的情形。

对哑巴三哥来说，这个姐姐比自己的亲生母亲还要重要。打他记事起，花朵般的姐姐就一直和他如影随形，仿佛是插在他扣眼里的一朵芍药花，让他一低头就能嗅到沁人心脾的芳香。哑巴三哥一直没有像大哥和二哥那样出入学堂，或许因为他是个哑巴，只能和我们那位非同胞姐姐一起跟着父亲识文断字。但是，他无法记住和理解父亲教他的任何一个汉字，更别说那些天书般的德语字母了。也许是命中注定，父亲每说一个字，只要经过那位非同胞姐姐向他重复一遍，哑巴三哥就能立刻记住并能准确无误地理解了。

开始父亲没有注意，等他留意到这一情况，甚感奇怪且吃惊不已，以至后来每说一个字，都要我那位非同胞姐姐给他重复一遍，再接着往下讲。父亲一边教他们，一边忧心忡忡，隐约觉得面前这个来历不明的女孩仿佛是上天给他们父子安排的翻译，没有她，他和哑巴儿子就无法进行语言上的交流。后来所发生的一切，都证明了父亲的猜测有多么准确。

这怪异的情况一直保持了五年都没有任何改变，哑巴三哥已经长到十二岁了。

一个秋雨绵绵的上午，父亲准备开始向哑巴三哥传授医术。父亲先是默默地看了一会儿窗外的秋雨，然后带有几分惆怅的口吻用德语对我那位姐姐说："难道你来到我们家，就是为了这样伺候一个哑巴吗？"

那时候，苏茱荑已经快十四岁了，从里到外都初露美人的气质。她听了父亲的话，用纤细的手指缠绕着从耳边垂下来的一缕秀发，忽闪着水灵灵的大眼睛，很老道地说："我不会这样伺候他一辈子的。"

父亲吓了一跳，他若有所思地看着苏茱荑。沉吟良久，再次把哑巴三哥叫到跟前，翻看他的眼皮，观察他的喉头。接着，父亲又一次让哑巴三哥伸出舌头像狗一样摇动几下，又用棉签在他双耳里探索了一翻，之后又让哑巴三哥撩起衣衫，用冰凉的听诊器在他的前胸后背谛听了很久，还要他脱去鞋子，挽起裤腿，用一柄小木槌敲击他的脚心和双膝——总之，父亲那天几乎用尽了他所掌握的所有医术，最后不得不长叹一口气道："你没有任何毛病，是老天爷不让你说话啊！"说完，父亲递给哑巴三哥一本《汤头歌诀》，开始为他上第一堂医学课。

父亲说："就这样开始吧！"

还是像往常一样，父亲每说一句话，都要经过苏茱荑重复一遍，才能传播到哑巴三哥脑海里。尽管这样，父亲依旧没有失去平素的沉着与耐心，因为他恍惚感到了上帝的意志：只有这个哑巴儿子，才能成为他医术大钵的唯一传人。

因此，除了每天授课外，父亲坐在诊堂里给人看病时，也把三哥叫到跟前，当然，还要叫上我那个来历不明的非同胞姐姐。

尽管那时候父亲已经开始写他的那部医学著作了，极少像青年时那样下乡巡诊，但为了打牢哑巴三哥的医学基础，父亲每个月都要抽出七天时间，带着哑巴三哥和我那越来越漂亮的姐姐，坐着由门房长保驾驶着的胶轮马车，前往乡村行医问诊。

那时候，父亲的大名早已妇孺皆知，所以他们每到一个乡村或集镇，无不人山人海，有病的看病，没病的也想看一眼传说中的苏神医是什么模样。无一例外，每一个看病的人都要在苏茱萸的翻译下，经过哑巴三哥的望闻问切之后，才能得到我父亲苏神医在特制的桑皮纸上书写的药方，哑巴三哥也参与开出药品。到后来，在父亲书写的药方上，哑巴三哥开出的药越来越多，以至到了后来的两年，父亲几乎成了专门为哑巴三哥书写药方的帮手。

三年后的一天，哑巴三哥和父亲在一个小镇上行医问诊时，哑巴三哥无缘无故地指出在围观的人群中一个屠夫胃里有很多虫子。屠夫身强体壮，听完苏茱萸的翻译后，在人群里笑得打雷一样。哑巴三哥示意屠夫伸出手来，手捻银针扎进了屠夫的虎口。片刻工夫，屠夫吐出一摊污秽，数不清的针尖大小的白虫子在里面鲜活地蠕动着。人们的惊讶自不必说。

父亲当时就决定终止当月刚刚开始的巡诊，打马回城。因为父亲已经明白，在哑巴三哥心灵深处潜藏着的医学天赋，如今不仅被打开了，而且他还自觉地把贪婪的吸管伸进了无边无际的医学渊源之中。

从那以后，父亲再也没有带哑巴三哥下乡巡诊，也不再给哑巴三哥上课，而是让他每天上午到诊堂坐诊，而下午让他到自己书房里翻阅满满四壁散发着智慧之光的医书。这时候，父亲则埋头书写他的医学著作，写累了，就教一直在书房里为他端茶倒水的苏茱萸学习德语，或者给她讲述迷人的德国音乐，以及他在德国留学时的一些轶闻轶事。可没有几天，曾让父亲头疼的事卷土重来：翻阅医书的哑巴三哥，每次遇到疑问需要向父亲请教时，仍然离不开苏茱萸的翻译。父亲每次讲解完毕，看着苏茱萸轻声细语地给哑巴三哥重复他的话，心里就对自己的医术产生很大的怀疑，这到底是怎么一回事呢？难道父子之间还存在着医学上从未有过记载的交谈障碍？这太荒诞了吧！接着，一个念头出现在父亲脑海里：也许是命中注定，眼前的哑巴儿子一辈子也离不开这个来历不明的女孩子了。

每想到这儿，父亲眼前就会浮现出当年九灯和尚冒着春雨扛着一个柳条笆斗走进他书房的情景。那时，九灯和尚成为谯城西郊金平寺的主持还不到一个月。起初，父亲以为那个第二次登门的九灯和尚是请他布施的，结果和尚用笆斗扛来的是一个睡得香喷喷的女婴。九灯和尚就像在佛事中收拾香火一样，庄重而肃穆地把笆斗轻轻放在我父亲的书桌上，神色凝重地对父亲说，这女婴是大汉永王张乐行的最后一代唯一的骨血。

接着，九灯和尚还向父亲交代说，女婴必须放在苏家抚养。

父亲当时根本就没有在意九灯和尚的鬼话，而是被那个蜷睡在笆斗里的女婴吸引了——当时母亲正大着肚子，因为已经有了两个儿子，我父亲非常渴望母亲能生个女儿。父亲满心欢喜地把这个女婴收留下来，当时也不知他动了哪根神经，居然给了九灯和尚十块大洋。九灯和尚手握响当当的大洋，愤怒得不知如何发作，只好哈哈大笑几声。后来，九灯和尚来我们家和父亲闲谈时，把那十块大洋的事提了又提，这事成了他责备父亲的一个制胜法宝。而父亲每次都很茫然地拍着自己的脑门，疑惑不解地说："不会吧，我怎么可能做出这么没礼节的事啊？"

这就是我的那位非同胞姐姐苏茱萸的来历，像传说一样神奇,但又没有根据,也就像传说一样,不需要什么根据。

苏茱萸刚刚学会走路,母亲又生了个儿子,也就是哑巴三哥。父亲看着那个男婴,叹息了一声。母亲虽然产后虚弱,但她看见父亲那副无可奈何的神态,还是莞尔一笑,说:"你不要怪我,九岁时有个尼姑给我算过卦,她说我命里是有女儿的啊。"父亲嘿嘿一笑,指着正攀扶着一条长凳蹒跚学步的那个女孩子,说:"尼姑算得很准,这就是你的女儿啊。"

接下来,父母把两个孩子放在一起抚养。但父亲从来没有想到,自己的亲生儿子是个哑巴,而九灯和尚用笸斗扛来的女儿却整天八哥一样在他面前叫来叫去,声音婉悦而动听。父亲更没有长远地想过,到如今自己和哑巴儿子说句话都要这女儿做翻译。尤其让我那才智过人的父亲想不到的是,哑巴三哥捧着每一本被他精心批注过的医书,眼睛盯着满纸僵死不动的木刻字时,心里边却在回味着坐在胶轮马车上和苏茱萸紧紧靠在一起时的感觉,尤其是在乡间土路上自己因无缘由的紧张而瑟瑟发抖的小手被姐姐宛如柔荑的小手紧紧握住的那种感觉,更是让他如食甘饴。那时候哑巴三哥就已经意识到,他的命运将会和这位姐姐紧密相连,并且相伴到老。

眼望着长大成人的两个年轻人,无法解释的苦恼真把父亲折磨得烦透了。后来，父亲宁愿把这件事当做老天爷在冥冥之中出的一道算术题，他无暇在此虚掷精力，因为急需解决的各种医学问题早已占据了他的全部心神。父亲甩了甩袖子，拿起笔来，一边书写他的医学著作，一边想，凡事都会开花结果，一切生命都可以成为自由的个体，并能按照宇宙的规律发展。

在我的记忆里，哑巴三哥和苏茱萸的微妙关系，一直持续到意大利佬小巴利奥到来，才有了改变。

第四章

千里共婵娟

那个年轻的意大利佬小巴利奥是元月份起程的。在出发之前的很长一段时间里,他的父亲老巴利奥就给他讲述过自己所知道的这个亚洲最大的国家,这里有着壮丽的山川河流、好吃的饭菜,以及正在发生的战争和多年来的贫穷落后。当然,老巴利奥说的最多的还是神秘的中国医术。将要出门远行、踏上异国之旅而激动不已的小巴利奥,刚出家门,就把他父亲的话全部抛诸脑后。这个幼时发誓要成为像维瓦尔第那样世界闻名的小提琴家的年轻人,雄心勃勃地扛着沉重的羊绒地毯,背着那把价值连城的小提琴,抱着不易携带的地球仪,凭着自己的旅游兴趣,横穿十三个国家和地区,一路靠拉小提琴挣钱解决食宿,颠沛流离地来到中国。此时,他早已累得疲惫不堪,再也想不起幼时的高贵理想了。从迪化到兰州,再到西安,然后到郑州,最后来到谯城,已经到了五月初。

当破衣烂衫满脸风沙的小巴利奥扛着地毯进入我们家

大院时，苦熬了小半年的辛酸一下子涌上他的心头。他热泪滚滚地被请进客厅，按照老巴利奥的嘱咐，跪在地上给我的父母亲磕过头后，把揉得皱成一团、几乎打不开的写有老巴利奥疑问的信件递给了我父亲。然后，百感交集的小巴利奥就准备马上告辞，赶紧回到意大利家中那个属于自己的小房间里好好睡一觉，从此再也不相信他父亲的鬼话出门远行了。然而，这时候的小巴利奥看到了站在我母亲身边的苏茱萸，一下子，这个年轻人改变了主意：再也不回意大利了，那个地方小得让他无法出门远行。

当天下午，小巴利奥刚安顿好，便开始急切地打听上午看到的那个美丽少女的名字、现在何处、怎么才能找到她、可不可以请她听一听自己拉小提琴、可不可以请她到意大利吃通心粉。面对这个外国佬一连串的迫切提问，被吩咐临时负责他起居的麦冬不知所措，索性一个问题也没有回答他。这倒不是缘于麦冬脾气倔，而是因为这个外国佬只能说出几个中国字，而他说的那些洋话，则更让麦冬摸不着头脑。这个平时在哑巴三哥身边很能干事的伶俐小子，急得猴抓热铁似的一个劲儿地搓手，最后几乎尖叫着对还在那儿比比画画的巴利奥说："我可没有见过你这样难伺候的客人！"

这个粗鲁的男佣人的态度让小巴利奥更加心急如焚。

尽管长途跋涉了小半年，但小巴利奥那天下午没有半点儿疲惫之相,他在麦冬的指点下,换上一套崭新的中式男装,心事重重地坐在那儿,托着下巴望着窗外,听着树上的鸟语,闻着扑鼻而来的各种花香。善于察言观色的麦冬觉得这个外国佬简直比哑巴少爷更无趣味,他再也无法忍受,转眼就溜得无影无踪了。小巴利奥就那样一直坐到晚饭时刻,连吃饭的心思也没有了。这个精力旺盛的意大利佬几乎通宵未眠,他那颗自小就被灌输了很多薄伽丘和但丁诗句以及无数小提琴曲的大脑袋,一直盘算着再见到那个少女后该怎样说第一句话。因为在启程之前,父亲就告诉过他,到了中国,见了男士可以握手,但不可以亲吻;见了女士既不能亲吻也不能握手,只能笑着弯腰说话。这个礼节问题让小巴利奥煞费斟酌,直到第二天早饭后他在院子里看到我的那位非同胞姐姐时,才突然间来了灵感。他大步流星地走到苏茱萸面前,一边竭力地微笑着,一边使劲地弯着腰说道:"早安,美丽的宫女!"

苏茱萸当时正提着一壶刚刚烧开的茶水,正要到父亲书房里去,突然间被穿着中国服饰的小巴利奥拦住,一时间粉面通红,仿佛手里水壶的热量沿着手臂全涌到了脸上。但片刻之后,她又变得镇静自若起来,她当然没有和小巴利奥说话,只是用她那百媚流转的眼神做了礼节性的应答,接着不动声色地转身走开。她的身段且不说了,那脚步儿似乎很是端庄,但抬脚迈步之间,却满是缠绵牵连之意。

这让头脑发热的小巴利奥似乎看到了巨大的希望,他万分兴奋,忽闪着一双湛蓝的大眼睛,望着苏茱萸的背影,在那儿呆呆地站着,直到苏茱萸拐过屋角不见了,他才醒过神来,甩开两臂飞也似的追了上去。

但是,当情迷心窍的小巴利奥尾随苏茱萸来到父亲的书房,看到一个着装怪异、头颅闪光、目光活像凶犯的老人时,他所有的兴奋都像热汤泼雪似的消失了。小巴利奥当时还不知道,这个目露凶光的光头老人就是我家的熟客九灯和尚,他正在给我父亲讲述捻军的旧事。接着,在我父亲和蔼但饱含威严的示意下,可怜的小巴利奥只好听话地坐在一边,聆听那个吓人的光头老人大声吭气地说一些他无法听懂的鬼话。自始至终,小巴利奥的目光一直在我那位非同胞姐姐身上徘徊,遗憾的是,他没有得到和她说话的机会。

晚上,庆祝我母亲五十五岁寿诞的舞会开始了。当小巴利奥看到苏茱萸拿着一把他非常陌生的乐器演奏了一首动人心弦的乐曲之后,在众人的掌声和叫好声中,他觉得音乐不仅可以获得人们的赞美,而且还是和那位美丽少女进行感情联络的最佳途径。于是,这个年轻的意大利佬也兴致勃勃地用小提琴拉了一曲。他一改从前拉小提琴时的专心致志,而是一边拉一边偷看苏茱萸脸上的表情变化,他认定她脸上露出的是陶醉的神情。但是,音乐并没有及时地帮助他打开爱情之门。到了舞会结束众人合影留念时，枪声响了，日本鬼子打了过来，这才帮助小巴利奥拉开了爱情的帷幕。当那个长着一双羊眼的军官神色慌乱地向袁司令报告日本鬼子来了后，原本欢快的舞场一下子寂静得如同阴天夜里的坟墓。那一吓死人的寂静持续了足足有五分钟之后，客人们才像被火把触及的蜂窝嗡的一声做猢狲散去，比鬼影移形还要闪得快。在一片惊慌失措的混乱中，苏茱荑一阵眩晕，差一点儿倒在地上，一直跟在她身后的小巴利奥，一边在心中感谢着上帝赐予他的良机，一边勇敢地拉住了她的手，并且顺势揽住了她的腰，快步把她搀进了人影乱晃的客厅里。

当时，大部分客人都跑走了，客厅里只有几位贵客和他们的佣人。在枪炮声中，袁司令雄赳赳气昂昂地走掉了，熊县长连个招呼都没打，就带着一个县役匆匆而去。姑父陈竹竿也没和任何人打照面，因为他急需照料他那名冠中原的顺升药栈。我的这位姑父比谁都明白，要是日本鬼子的炮火把他那巨大的药栈炸毁了，他的财产就会损失三分之二，那他在我们谯城的地位就会下降二分之一，等到那时他再去凤弋馆，那个见钱眼开的小红鞋对他的热情也会掺上二分之一的虚假。如此种种如果发生，还会带来更多的弊端，所以姑父在他家门房曹大胖子的保护下，匆匆离开了我家。客厅里除了袁司令的太太、县长太太、我那位永远愁眉不展的姑妈外,还有那个穿着举止都很新派的女老师,也就是我表姐陈鱼容,她默默地站在她母亲身后,满脸的惊慌牵挂之色,因为她的大表哥还没有回来。全家人除了我之外,也都集中在客厅里。所有的人都悄无声息,眼巴巴地看着我父亲。只见父亲安坐在椅子上,摇着用金粉写着诗句的黑色折叠纸扇,因为刚才在舞场上他不仅展示了优美的舞姿,而且还出了一身细汗。父亲坐在那儿,表情宁静,宛如一个心无杂念的老农夫,神情自若地摇着扇子,好像外边的枪声只是一场雷阵雨,他只是在等着雨停后好下地去做农活。

尽管密集的枪炮声仿佛就在庭前,但所有的人都好像什么也听不见。明亮的电灯早已被心细如发的老管家苏沛甫拉灭了,只剩下两支寿烛哆哆嗦嗦地摇曳着暗淡的黄光。客厅里的人群十分零乱,站无站相,坐无坐相,个个鸦雀无声一动不动,在暗淡的烛光中,整个客厅里的情景酷肖九冥之下的阎王殿。

就这么呆了有一刻钟,父亲被这种寂静折磨得实在不耐烦了,他啪的一声合上扇子,站起来就往外走。忠心耿耿的老管家苏沛甫迈上一步,叫了一声:"大先生,你不能出去啊!"

父亲回头望了望老管家在烛光下一副担惊受怕的苦相,不禁一笑,洒脱地一挥手中的扇子,说道:"把电灯都打开!"说完,又啪的抖开扇子,一边扇着风,一边走了出去。

我心里很清楚,父亲此刻其实心急如焚,因为他的医学著作快要临近尾声了,虽然还有许多微小的疑点需要解决,但著作已基本成形,为了顺利完成著作,父亲不得不让自己保持从容镇定。

我在黑影里看着父亲走向他的书房。这时候,客厅里突然传来一阵哭泣。我扭头看去,只见那位平时胆子很大的胖厨娘黄三婶子不知何时跑到了客厅里,正坐在一厢失声抽泣。此刻,母亲在父亲的影响下,心情已经安稳下来,光洁的脸颊上露出与此刻气氛很不相符的安然神态。母亲婉转地对黄三婶子说:"你累了一天了,回去歇着吧。"

没想到,那位胖厨娘急切地摆着那双发面团一样的小胖手,连声说:"我不能回去睡觉,我要等二少爷回来。"

在胖厨娘粗糙的嗓音之后,密集而嘈杂的枪炮声变得更加响亮了。母亲沉吟一下,慢慢说道:"二少爷不会有事的,他命中注定比你我都要长寿。"

母亲的安详神态和从容言语,使客厅里的气氛缓和下来。县长太太开始小声地和我的那位耷拉着眉眼的姑妈说话。袁司令那位脸搽得活像白面瓢似的太太也开始安慰我母亲说:"俺家老袁也不是光会吃干饭的,他能看着日本鬼子欺负二少爷?"母亲见她一副怪异的模样,却有着这样凛然的口吻，不禁哑然失笑。

这时候，表姐陈鱼容落落大方地拉亮了电灯，完了还微笑着招呼棠果给大家上些茶点。

只有苏茱萸还没有醒过神来，好像在疾风暴雨般的枪炮声中丢了魂儿，她坐在后边的偏角里，两眼迷离地望着客厅里的人们。在她身侧，小巴利奥还紧紧地抓着她的手，并且微俯着上身，在她的耳边不顾一切地用僵硬的德语讲述着他的意大利。苏茱萸的恐怖感逐渐消失了，随着那个声音迷人的意大利佬一步步地走上了那个位于欧洲南部的亚平宁半岛。在游历了那个面积只有两百多平方公里的罗马古城之后，他们开始沿着横亘意大利北部的阿尔卑斯山脉进行浪漫的旅行。他们飞舞着天使般的翅膀，从空中观看了纵贯半岛的形态瑰丽的亚平宁山脉。欣赏过两大山脉之间的波河平原上的无限风光之后，他们还看到了沿海边的一片片小平原。当他们离开撒丁岛来到西西里岛上准备参观欧洲最高的活火山埃特纳火山时，庭院的枪炮声一下子停了下来。这时候，苏茱萸的灵魂还留在西西里岛上。

当苏茱萸抬起眼睛，她看到所有的人都看着她，尤其是哑巴三哥，他那饱含泪花的目光如刀子一样，一下一下地割在她的身上，割在她身边的小巴利奥身上。苏茱萸顿时满脸通红，她低下头，心中充满懊恼。接着，苏茱萸听到历来对她十分严厉的母亲用格外和蔼的声音说："棠果，把小姐扶回屋去。"

回到自己屋里后，苏茱荑觉得自己仍然处于飞翔状态，直到三天后胜利的消息传来，她才落到坚实的大地上。那天晚上，她没有到餐厅和家人一起吃两三天来的第一顿正经饭。她没有饿意，不知疲倦，也没有了恐惧感，只是坐在绣床上埋怨战争为何只打了三天两夜，太短暂了。外边夜幕四合，天光昏暗下来，数不清的星辰高挂深邃的天际，只有数朵灰云款款移动。夜鸟安睡，壁虎沿着墙壁消失在墙角的阴影里。真可怜，苏茱荑又一夜没能入睡，她的耳边始终回响着小巴利奥的声音，脑海里浮现着完美无缺的意大利风光。她恍然看到自己两腋下生出一对洁白的翅膀，在亚平宁半岛的上空尽情地飞翔。

第二天早饭后，苏茱荑没有像往常那样提着一壶茶水前往书房，而是梦游般地来到后花园，观看那些盛开的芍药花。

她布满细小的血丝的两眼，像神秘的大海一样深邃。

小巴利奥土地爷现身一样噗的一声出现在苏茱荑身边，手里还抱着那把小提琴，仿佛他已经知道，在即将开幕的爱情剧里，他的小提琴将扮演重要的角色。这时候的小巴利奥非常愉快，一边围着苏茱荑团团转，一边说着有关小提琴的故事。

不大一会儿，苏茱萸就知道了小巴利奥幼时的非凡梦想，但她不了解小提琴，也不知道世界闻名的小提琴家维瓦尔第是哪个国家的人。这让小巴利奥很是费了一番口舌。不过，这个意大利佬还盼望着再多费些口舌呢。他先从故乡意大利名城米兰说起，因为米兰与小提琴的故乡克雷莫纳近在咫尺。在克雷莫纳，有着以制造小提琴而久负盛名的瓜尔内里家族，这个家族制造的小提琴到目前为止都堪称世界一流，即使后来同样以制造小提琴享有盛名的巴黎的吕波联合英国的希尔兄弟，拿出各自的尖端技术合作制造的最好的小提琴，也无法和瓜尔内里家族制造的任何一把小提琴相比。

做好了这些铺垫，小巴利奥这才拍拍手里的小提琴，告诉苏茱萸说，他的这把小提琴不仅是瓜尔内里家族制造的，而且是他的祖父在与瓜尔内里家族数十年亲密交往后获得的礼物。

说到这儿，小巴利奥开始自豪地介绍他的祖父，他的祖父也是一个伟大的小提琴家，和世界上最伟大的小提琴家维瓦尔第的后人是好朋友。两人都以教授孤儿院的孩子们音乐为终身职业。但是，他的父亲并没有像他爷爷所希望的那样成为一个伟大的小提琴家，而是固执己见地学习医术，后来还去了德国皇家医学院学习——说到这儿，小巴利奥两眼宁静地望着苏茱萸，在心里暗暗念叨了一声：

感谢上帝让我的父亲学习医术——尽管如此,他爷爷依然作为一个伟大的小提琴家在当地享有盛名,并且所有的人都知道他拥有一把瓜尔内里家族祖辈留传下来的小提琴。两年前当爷爷去见他亲爱的上帝时,将那把价值连城的小提琴传给了在他的指导下拉了整整十五年小提琴的小巴利奥。说到这兴奋处,沉浸在家史中的小巴利奥冲动得拉起了小提琴。

当母亲带着棠果来到后花园的草地上寻找几天前跳舞之际遗落的一枚耳环时,那个小巴利奥已经结束了小提琴演奏,正站在苏茱萸面前,双手捧着三枝芍药花,两眼含泪,凝视着她那双布满红血丝的秀眼,用音节发颤的意大利语向她朗诵但丁的诗句:"愿她挽救我这双眼睛,迟早随她喜欢;她曾怀着烈火从这门里进来,使我燃烧不息。爱情用或轻或重的声音对我诵读全部经文……"

苏茱萸未必能听懂他的意大利语,更不知道但丁是谁,但她还是被巴利奥诵读时的神情深深迷住了。她甚至觉得那些诗句就像蜜一样从他的舌尖上滴下来。

母亲虽然也不懂穿着中式服装的意大利年轻人说的是什么,但从他的神态上可以看出,这个年轻的外国人已经全身心地沉醉于自己臆想的仙境里边。我母亲没有找到耳环,她带着棠果不动声色地从那对旁若无人的年轻人身边走过去,径直走向父亲的书房——自从生了我二哥之后她就再也没有进去过。

当时,父亲正在给哑巴三哥讲解一个繁而难的医学问题。

母亲进了书房,刚刚站定,便一字一顿地对我父亲说:"该让那个外国人回去了。"

父亲刚好说到医圣华佗撰述的《论风中有五生五死》篇章中的一个神秘的密码,听了我母亲的话后,他还是讲完了这篇医古文中的最后一句话:"千端万状,要不离于五脏六腑所生耳。"之后,父亲站起来给自己倒茶,因为被伺候惯了,他倒茶的手法甚是夹生,倒得茶几上淋漓一片。父亲自嘲地笑了笑,这才回头对母亲说:"就是王母娘娘,也管不住这世间的姻缘。"

美好的家宴

在那几天里,除了我这个无所事事的幽灵,谁也没发现我们家的每一个角落都隐隐约约地弥漫着一种古怪的气氛。我的那位非同胞姐姐和那个傻乎乎的意大利佬仿佛不是制造爱情,而是传播瘟疫。好几天以来,我们家上上下下都显得很怪异,举手投足之间似乎都带有一种鬼魅之态。以至于抗战英雄——我的二哥回到家时甚感失落,他有点儿纳闷，在自己家里反而不像在街上那样受到吹捧和欢迎。

二哥苏甲宝那天回到家里，原本是想看看我们的父母大人是否受到惊吓，小鬼子的炮弹有没有打到我们家的院子里。更重要的是，二哥还想给胖厨娘黄三婶子讲述一下自己在砍杀小鬼子时的绝妙刀术。本来，二哥想回家看一眼就返回队伍，因为袁司令要把自己面对记者演讲时的突发奇想落到实处：准备给大刀队每个队员配上一匹战马。派出去四下购买战马的人即将回来，具体分配战马的一些事务还需要我二哥张罗。但是，当二哥在客厅给母亲请安时，看到姑妈和表姐还住在我们家——我们的表姐那会儿正坐在她的母亲旁边，双眼含笑地看着我二哥——这不由得让我二哥想起了几天前我表姐给他献花时拍他脸颊的情景。一下子，二哥心头情感的火苗再一次蹿了起来，十万火急的军务大事顿时成了耳旁风，他一定要在家吃顿团圆饭。当时，二哥那急切的神情和坚决的态度，仿佛饭后他立刻就要出征，一口气打到日本去，三十八年以后才能回来。

也就在那天，母亲才刚刚发现二哥长大了，小时候的那副油头滑脑的劲儿不见了，一双滴溜溜乱转的小眼睛也恍如昨夜星辰。在母亲面前的是这样一个人：满脸粉刺，一双眉毛像杂草横生，两只招风耳生硬地支棱着，散布着十几粒粉刺的大鼻子像生铁铸的秤砣，小时候就大的嘴此时更是大得有些夸张，嘴角使劲地向两边跑，仿佛两耳边各有一堆酥糖。他的手粗大无比，两根筷子在他手里就像两根稻草，使唤起来让他更加显得笨手笨脚。在举箸抬手之间，浑身肌肉一疙瘩一疙瘩地在崭新的军装里波浪般地翻滚着……二哥这副样子，谁也不会把当年那个眉清目秀、坏水乱冒的小青皮和他联系在一起。

我至今依然记得，二哥在家吃的这顿饭几乎成了他的个人表演。他和全家人坐在一起吃饭，那副模样本来就显得格外另类，等吃到一小半时，二哥丢下筷子，用他那粗壮的手指捏起猪排羊腿大吃起来，直嚼得骨头咔巴咔巴响。一边大吃，二哥还一边抬起头来，迟缓地转动着镀银铁球般闪闪发光的眼珠子，朝在座的每一个人看上一眼。哑巴三哥和苏茱萸对二哥这副吃相一直心怀恐惧，此刻，一旦和他的目光碰到一起，都赶紧低下头，双手紧紧地抓住自己的水杯。我们的表姐陈鱼容老师，算是见过世面的了，但她一旦接触到二哥的目光，立刻就会哆嗦着嘴唇惊慌失措地把脸扭开，仿佛他的目光是一只蟑螂。只有那个正深深陶醉在爱情湖水中的意大利佬，和二哥的目光相逢，还能奇怪地微笑，用他那海水般湛蓝的眼睛向二哥表示友好。父亲还保持着留学时的吃饭形态，几乎不怎么看别人，只管旁若无人地吃他的饭。母亲没动几下筷子，她老人家爱怜的目光一直没有离开过二哥。平时不愿意上主桌吃饭的胖厨娘黄三婶子,今天被母亲特意安排在二哥旁边的座位上,因为母亲很体谅这位胖厨娘和二哥之间那种在殴打中建立起来的珍贵的关系。黄三婶子几乎没顾得上吃几口饭,她满怀复杂的慈爱心情,一个劲儿地给二哥夹菜,把鸡大腿、大块的鹅脯、整个的猪蹄髈、大块的猪排、整条的羊腿等等荤菜递送到二哥面前,仿佛这顿饭是她专门给二哥做的。黄三婶子夹多少,二哥就吃多少,而且每吃一阵子,他都要抬起头来笨拙地对黄三婶子憨笑一下。

本来,二哥在自己家里这般猛吃猛喝也没有什么了不起的,可是,我的那位整天一脸艾怨的姑妈不识时务,居然关心地问起二哥打仗的事情来。这下子,顿时打开了二哥的话匣子。二哥咕咕噜噜地咀嚼着,含混不清地讲述起战争的场面来。在二哥的讲述中,生死都很残忍的恐怖战争成了他杀老鼠的游戏。他每提到自己砍掉一个鬼子的脑袋,就埋怨一次鬼子的脖子是面团做的那么不经刀。二哥还大加赞美袁司令的枪法,叭的一声,就像吹灭了一盏小油灯,一个鬼子无声地熄灭了火,再也不放光了。在二哥颠三倒四的讲述里,他终于和一个有点儿门道的鬼子对打起来。那个鬼子好像是个指挥官,挥舞着东洋刀发疯般地和他厮杀。在形容对手的功夫时,二哥确实煞费口水,最后二哥说,他一式"笑里藏刀",砍在对手的臂膀上,扑哧一声,一股血水从翻开的两块鲜肉里滋出来。

在饭桌上的大多数人都连忙捂住嘴，显出一副强忍呕吐的表情。

"看来，把你送到队伍上是打错了算盘。"

父亲放下筷子，喝了一口银耳汤，用洁白的手巾擦了擦嘴巴，皮笑肉不笑地看着二哥："应该把你送到牛市街才对啊！"说完，父亲站起来，离开座位走了出去。父亲就是这样，从来都是吃完就走，全家人都早已习惯了他这种专断独行的作风，只是人人都听出他今天说的话不是好腔。因为牛市街全是杀猪宰牛的屠户，每天街面上都挂满了新杀的猪、新宰的牛。

二哥也听出父亲话里的嘲弄，他有几分愤怒地瞪着门口，撅着嘴，好像要冲父亲走过的门道吐口水。母亲看见二哥这副样子，不由得一笑，安慰二哥说："你爹爹是逗你开心啊，你还当了真！"二哥搓着油乎乎的大手，瓮声瓮气地说："我可不想当个屠子，整天杀猪宰牛，开膛破肚，肮脏死了！我要当个军人，只管一刀一刀砍过去，不用回头看一眼！"

说完，他又抓起一块猪排，满满地咬了一口，咀嚼了几下，马上又想起什么似的把手里的大排骨放了下去。二哥就那样愣怔了一会儿，这才把自己的心事想顺畅了，于是重新把火辣辣的目光投放在陈鱼容皱着眉头的眼睛和托着下巴的小手上，厚厚的嘴唇嚅动着仿佛有话要说，只是因为有些羞涩而说不出来。而我们的那位表姐马上领略了二哥的意图,她赶紧低下头,在座位上不安地扭动着身体,仿佛在躲闪二哥用双眼发射的爱情炮弹。姑妈也顿时显出几分不安,她那双精于刺绣的手好像没地方放了,从桌边滑到膝盖上,然后再从膝盖攀上桌边。她那常年哀怨的眼神此时此刻更加惶惑不安地看着我母亲,焦急地盼望着母亲能阻止她娘家侄子那粗野无理的目光。

母亲一生善解情感之事,她老人家此刻又何尝没有意识到健壮的儿子心里在想什么呢?作为母亲,她老人家好像有几分欣赏自己儿子的这种心思。但当我母亲看到我姑妈那孤独无助的目光时,她老人家不由得微笑着叹息一声,慈祥地望着神态怪异的二哥说:"等消停下来,就找个双巧人家,让苏大爷给你提媒去!"

在谯城,大爷就是伯伯的意思。我母亲所说的苏大爷,就是我们家的老管家苏沛甫,母亲在人前人后之所以这样称呼他,那是完全出自内心深处对他的尊重。当时,母亲的这话说得真是正称二哥心意,他眼巴巴地望着表姐,胸有成竹地回答道:"那就叫他快点儿把彩礼盒抬到姑妈家去啊!"说完,二哥像父亲一样,旁若无人地端起银耳汤,一口气喝干了它。

陈鱼容再也坐不下去了,她用她擅长的英语小声嘀咕了一句什么,站起来用手绢捂着半边脸,双眉紧皱着跑了出去。

二哥一下子站了起来，瓮声瓮气地大笑着就往外走，要不是有两名大刀队的士兵满头大汗地跑进来，二哥肯定要尾随表姐冲出门去，追上她，抓住她的手问她："你答应不答应，到底答应不答应啊？"

那两名大刀队的士兵迎着二哥先是啪的一个立正，接着狠劲儿敬了个礼。二哥这才从爱情中醒过神来，美梦被人惊醒，他很不高兴，拉着脸，瞪着眼，好像有人摔了他的金饭碗。二哥就那样直盯着那两名士兵，喘着粗气一句话也不说。那两名士兵赶忙报告二哥，袁司令让他立刻回司令部，因为外出购置的一百多匹高头大马正在操场上等待分配。二哥顿时忘乎所以起来，他挽着袖子对两名士兵说："你们给我听着，我要一匹没有一根杂毛的白马！"

二哥天生就是一个军人，在他眼里，一匹洁白的战马要比纯洁的爱情更有趣。而事实也确是如此，后来的岁月证明，他的这场一厢情愿的爱情至多是一出诙谐的喜剧，而那匹白马却使他的英名更增光彩——时至今天，谯城的一些老人还经常传说二哥骑着那匹蛟龙般的白马在日军队伍中来回冲杀、出入如无人之境的情景。

如果我没有记错的话，在打跑日本鬼子之后的短短三个半月之内，谯城城防司令部就拥有了一支训练有素的骑兵部队。这支骑兵由二哥苏甲宝率领，虽然仅仅只是由原来的一百名大刀队队员组成，但在日本鬼子第二次侵犯谯城时，这支人数有限的骑兵却创造了神话般的战绩。那些临时购置的马匹，个个膘肥体壮，在整个民族备受蹂躏的时刻它们仿佛都具有了神奇的灵性。我亲眼所见，骑兵们挥舞着大刀向那些用秫秸和稻草扎制的日本鬼子冲杀时，每一匹马都像箭头一样勇往直前。

现在谯城大酒店所在之地，就是当年由二哥苏甲宝率领骑兵往来驰骋的练兵场。从此以后，不管岁月如何变化，衙门由谁掌握，谯城每逢大事活动都会在这片场地上进行。在二哥训练骑兵以后的不长时间里，这片场地不仅很快成了谯城人游玩闲逛的广场，还在未来的岁月里成了记载谯城诸多历史事件的经典场所。二哥带着他的骑兵在那儿训练时，那片荒废了十几年的旷地上，插满了密集的鬼子模样的稻草人，每天都有成群结队的谯城人挤满在旷地的周围，兴高采烈地观看骑兵们催动风驰电掣的战马，挥舞着铜环哗哗作响的鬼头大刀，闪电般地把数不清的稻草人砍得狼藉一片。根据那位新请来的骑兵教官的要求，为了让战马更能适应实战，还在稻草人群中设置了很多铁桶，铁桶里放着一盘盘一千响的爆竹，点燃之后，爆竹在铁桶里炸响的声音活像机关枪。飞溅出来的火花引燃稻草，顿时火光冲天。我二哥一挥鬼头大刀，骑兵们喊声震天地冲进火光之中，刀光闪闪，一颗颗着了火的鬼子脑袋飞上半空，又落在地上。那情景比真实的战场还要壮观，还要值得回忆。

在观众响彻大地的喝彩声中，坐在临时搭起的观战台上的袁司令也一个劲儿地击掌叫好，而他旁边的那位新请来的嗜酒如命的骑兵教官，则无所事事地一杯接一杯地喝着优质古井贡酒。

谯城有好多人到现在都还记得，那位骑兵教官天生一张马脸，地造一张阔嘴，是袁司令通过各种曲里拐弯的关系从白崇禧那儿重金请来的。据说他的祖上是清廷的龙骑兵教头，经过几代人的言传身教和在一场场实战中积累下来的经验，使这位教官自小就深谙骑兵之术，进入桂系队伍之后，在一次迎接白崇禧视察的表演中，马如蛟龙人似猛虎，白崇禧将军大加赞赏。尽管这位教官把自己的一辈子都押在了马背上，但他来到谯城之后，才算彻底开了眼，望着那些战马和骑手，他醉意十足地连连愧叹自己从来没有见过悟性如此超常的马匹和骑手。他站在那个临时搭起的高台上，只上了三节骑兵战术课，之后就再也没有事可做了，因为那些马匹和骑手们的自由发挥早已超越了他所有的骑兵作战理论。尤其那个走路时脚步笨重举止迟缓、刚刚被任命为骑兵队长的壮汉，跨上他那匹洁白的战马，冲锋时就活像被鬼神附了体——在这位过于沉迷古井贡酒的骑兵教官的心目中，这就是一个骑兵所能达到的最高境界。然而,这位被白崇禧将军赞扬过的骑兵教官实在不知道,在那个疯狂的骑兵队队长心里,有时候也会荡漾起黏稠如血的团团柔情。

求婚记

二十八天紧张的强化训练之后,那位天生一张马脸的骑兵教官带着十坛子上好的古井贡酒和一袋子银元回去了。袁司令体恤大家辛苦,让骑兵队进行了为期七天的休整。在这短短的七天里,二哥苏甲宝开始了漫长的爱情跋涉。

送走了那位教官没两天,二哥就满腹心事地向袁司令请假,甚至连袁司令特意为骑兵们举行的盛宴都不愿参加,便骑着那匹白马回到家里。

这时候,母亲正为我那非同胞姐姐和那个意大利佬的事烦恼不已。因为在这二十八天里,苏荣荑已经学会了很多意大利语,甚至可以大段大段地背诵但丁的诗句,更要命的是,她居然放下那把我母亲十分珍爱的胡琴,擅自跟着那个意大利佬学起了小提琴。花园里,梧桐下,焚烧着檀香的屋角,苏荣荑和那个意大利佬,在时而响起小提琴时而响起胡琴的声乐中,用谁也听不懂的语言嘀嘀咕咕,还时不时发出让我母亲感到刺耳的笑声。最后发展到苏茱荑亲自下厨做她新发明的菜肴，一边请那个意大利佬品尝，一边和他说说笑笑。作为父亲和长者，父亲不仅对他们的举止熟视无睹，而且还时不时地微笑着掺和进去，他老人家一边沾光般地享受美味佳肴，一边还要说上几句鸟语来插科打诨。

这种情形还让另一个人如煎似熬，那就是哑巴三哥苏甲三。他每天早上给母亲请安时，都要用颠三倒四的手势向母亲表示自己十分不愿意看到姐姐和那个外国人在一起。他的表情急躁，满眼忧伤，这让母亲更加郁闷，因为平时母亲就对哑巴三哥怀有复杂的感情，而此刻看着他那副说不清道不明的神态，更是心疼。而且，母亲还由此想到大哥苏甲格，在母亲看来，大哥身为苏家老大，论年龄也早是谈婚论嫁的人了，但他对自己的婚姻大事一直态度漠然，而且近来好像在和父亲闹不愉快，天天早出晚归，躲躲闪闪，仿佛去柳湖书院教书是一件诡秘的事情。这些琐碎的家务事真是让我母亲感到厌烦，虽然她老人家也是从年轻时过来的，但她年轻时所有的青春烦恼，也抵不上任何一个正值青春期的孩子给她带来的烦恼多而复杂。

在这个节骨眼上，从来就不顾场合的苏甲宝，晚饭之前径直走进母亲的房间。他挺拔地站在母亲面前，丝毫不顾使女棠果在场，直来直去地说：“娘，明天就让苏大爷到姑妈家说媒去吧!"

母亲啜饮着晚饭前必须饮用的一种用十二种药草炮制的绿色茶水,说:"只听说过侄女随姑,从来没有听说过外甥女嫁到姥姥家的!"

二哥满脸喜悦顿时变成了诧异,他站在那儿脚尖搓着地,很不服气地说:"这规矩是谁弄出来的?我操他姥姥!"

母亲一下子把茶杯摔在了地上,缓缓站起来,哆嗦着手指点着二哥的额头:"放肆!"

接着,母亲扬手给了二哥一个响亮的耳光,狠狠骂道:"你简直是个畜生!天打雷劈的事情你也敢做啊!"

二哥十分委屈,他抚摸着挨打后的腮帮子,梗着粗壮的脖子,嘟嘟囔囔地说:"就是老天爷定下的臭狗屎规矩,我也敢挖他家的祖坟!"说完哼了一声,扬长而去。

接着,二哥怀着对各种规矩的反感和对母亲的不信任,横冲直撞地走进了一直令他畏惧的父亲书房里。父亲正在给哑巴三哥讲一个药方的多种调配,哑巴三哥面无表情,仿佛正沉醉在关于琐碎的药草的想象之中。他那副被神鬼勾走了魂魄的呆鹅模样,使突然间闯进来的二哥愣了一下,就要脱口而出的话不由自主地卡在了牙齿之间。

父亲抬头扫了二哥一眼,带有几分冷笑与嘲讽地说:"猪牛都杀完了吗?"

二哥恼怒地一甩双手,粗着嗓子说:"我今天不给你说那些玩意儿了，说了你也不懂！我眼下要说的是，我要娶我表姐给我暖被窝！"

父亲一惊，接着放声大笑起来："这是好事啊，我可以答应你！"

二哥马上眉开眼笑地应承道："爹，你可真是个好爹！"

父亲看着二哥，笑着说："但是，你得把这屋子里的书读一遍，再决定是不是非要娶你表姐给你暖被窝吧！"

二哥双手拍打着宽大的脑门，咧开肥厚的双唇，哭笑不得地说："爹，我就知道你不会一下子变得这么好！你要是不答应我，就直接说好了！我宁愿被鬼子一枪打死，也不想读你这一屋子破书！"

父亲望着二哥那副苦恼的样子，摆摆手让他坐在哑巴三哥旁边："那就听我用一刻钟的时间把这一屋子书给你讲一遍吧！"

二哥站着没动："一刻钟有多长？"

父亲翘起左边嘴角，无声地笑了一下，说："也就是你吃十只烧鸡的工夫吧。"

二哥于是高高兴兴地挺起胸膛，双手按住膝盖，在哑巴三哥旁边的方凳上半截铁塔似的坐了下来，规矩得像一个天下最老实的学生。父亲开始滔滔不绝，从人类学的发端讲起，讲到了生殖学，讲到血缘关系，讲到了遗传学，最后的结论是，他的儿子不能和他妹妹的女儿结婚。

"你就是说，我和我表姐会生个傻子？"

听了半天天书，二哥终于恍悟过来，他叫了一声之后，又推了推旁边的三哥一下，疑惑不解地问父亲："还可能像他一样，是个哑巴？"

父亲望着二哥那副不可理喻的样子，一改谆谆教诲的神态说："你可以滚出去了！"

话音未落，二哥早已到了书房门外，他顿了一下步子，又慢腾腾地回过头来，满是粉刺的面颊十分狰狞地扭曲着。他带着哭腔叫了一声："爹，你信不信，早晚有一天，会有那一天的！我要一把火烧了你的书房，还要在灰堆上拉一泡屎！"

走在夜幕下的院子里，二哥满怀悲怆。他真觉得我们的父母亲简直是混账透顶了，这么美满的事情往他们的条条框框里一放，都成了死鱼烂虾。这时候，在夜影里四下走动的老管家苏沛甫敲响了吃晚饭的梆子，乓乓乓。尽管胖厨娘听说二哥回来而特意更改了菜谱，二哥仍没心思吃，他纵身上马，两腿一夹，径直向姑父家跑去。

姑父住在夏侯巷，与我们家相距不过三条街。这夏侯巷据说是魏武帝殿前大将曹爽的外甥夏侯玄的故居，那夏侯玄在当时很了不得，美姿仪，面至白，魏武帝疑其敷粉，称其为大名士。姑父陈敬述在当时也算是谯城的风流名士，他很讲究名士风度，家门两旁常年挂两盏红灯笼。门内还有一个白得出奇的大胖子曹三九，无论春夏秋冬，都会赤着一条肥肉打坠的膀子，一天到晚半躺在大门内那条为他特制的宽大的长凳上。

二哥骑着白马进入巷子。白胖子曹三九从宽大的长凳上一骨碌爬起来时，二哥已经在门口下了马。

当二哥向里走时，白胖子曹三九把那条肥肉打坠的赤膊横在了门框上，肥厚的脸上布满一团弥勒般的笑容，吭吭哧哧地说："二少爷，老爷正在吃晚饭呢！"

二哥从小就很讨厌曹三九说话时的太监腔调和太监表情，更何况此刻他胸中正有一团无名火，所以二话没说，举起手中的马鞭狠狠地在那条肥胖的赤膊上来了一下子，把手里的马鞭和缰绳甩在曹三九手里，哼了一声："牵到槽上去，好草好料给我好好喂着！"继而大步流星地闯进门里。等到他穿过庭院走向姑父家的餐厅时，白胖子曹三九还在爱怜地抚摸着凸起一道血条子的肥赤膊，冲着黑影龇牙咧嘴地叫道："二少爷，你往后下手可得轻着点儿，我可不是你屁股下的马！"

二哥在姑父家的餐厅门口停住了脚步，他看到姑父和表姐正在吃谯城一种有名的小吃：热烧饼夹卤兔子肉。

在以后数不清的战斗中，每当打得饥肠辘辘时，二哥就会想起热烧饼夹卤兔子肉，还会想起那天晚上陈鱼容吃热烧饼夹卤兔子肉时的陶醉神情，以及她拿烧饼的那双小白手。陈鱼容的两只手背上各有五个小酒窝。那时候,二哥还不知道,女人手背上的这种小酒窝在姑父经常光顾的香艳场上被称为"梅花坑"。按照手相学的原理,手背上有着梅花坑的女人,不管丑俊,无论贫富,骨子里都有着一股狐媚之气,能使男人为之倾倒。

那天晚上,表姐陈鱼容就是用手背上各有五个梅花坑的一双小白手捧着一个夹了卤兔肉的热烧饼,目不斜视地吃得津津有味。满怀悲怆前来求亲的二哥顿时看呆了,他站在门口,看着全神贯注投身于热烧饼夹卤兔子肉之中的陈鱼容,完全忘了自己是来干什么的。

当时,姑父陈竹竿正喝着美妙的小酒,吃着精到的鸡汤炖蚕豆,观看着那张经常受他嘲讽的《谯城新报》。看到门口突然出现一条大汉,姑父紧张得一下子把报纸丢在了地上。等他看清二哥望着表姐、脸上露出一副愚蠢而痴迷的神态后,姑父那张老奸巨猾的脸上立刻露出烈焰般的热情。

"啊啊,原来是我的英雄侄子大驾光临啊!快快快请进来,尝尝老姑父发明的天下无敌的鸡汤蚕豆吧!"

姑父陈竹竿嘴巴上欢天喜地地说着打断骨头连着筋的亲热话,但他瘦瘦的尖屁股却一直牢固地粘在红木太师椅上,只是一弯腰,又把地上的报纸捡了起来,一手捏着,一手弹得啪啪响,一边满脸欢笑地说:"看看这报纸上说的，我的英雄侄子，你杀起鬼子来就像砍瓜切菜斧劈鳖盖一样啊！"

接着，姑父东一榔头西一棒槌，彻底打乱了二哥的美妙计划。二哥脚步艰难地移动着，弄不清自己脸上是哭着还是笑着，只是感到火辣辣地发着烧。二哥无力地耷拉着头，在我们的姑父对面坐了下来，再也没有力气朝微笑着正吃着热烧饼夹卤兔子肉的表姐看上一眼。他那副有气无力的样子，仿佛二十八天紧张的骑兵战术训练熬尽了力量与精神。

而表姐陈鱼容在自己家里很是落落大方，好像脸红与羞涩是一张面具被她遗忘在我们家了。她及时地提醒姑父要不要上酒，一边还招呼在一旁伺候他们父女吃饭的女佣吴妈，给她的英雄表弟拿一套餐具过来。说着话，我们的表姐还亲手在一个热腾腾的烧饼里夹上香喷喷的卤兔子肉，递到我二哥哆哆嗦嗦的蒲扇般的大手里。只是出乎表姐意料的是，她的这一系列热情温馨而又细腻的举止，被二哥认为是她答应了他藏在内心的求亲欲望。二哥顿时从混乱的心理活动中清醒过来，开始大吃大喝，不仅频频向他心目中的岳父大人敬酒，而且还很是自如地和他心目中的未婚妻有说有笑起来。

那天晚饭之后，在骑兵队休整的七天时间内，二哥每天傍晚都要准时到张大巴掌烧饼铺买上八十个刚出炉的热烧饼,接着到薛小尾巴的野味小吃店里买上九只卤得香喷喷的熟兔子,然后骑着白马,左手拎着用崭新的细麻绳串着的热烧饼,右手拎着让人一闻就大流口水的熟兔子,腰里插着二十响的驳壳枪,马蹄嘚嘚嘚,从夏侯巷口一直响到挂着两盏红灯笼的陈家大门口。而且从第二天傍晚起,他手上还多了一坛子顶风香十里的古井贡酒,因为已被他在心里内定为岳父大人的姑父,在头天晚饭时表示自己很喜欢喝城西关醉秀才酒铺里的古井贡酒。

那几天晚上,二哥过得十分愉快,吃吃喝喝,谈笑风生,兴奋了神经,麻痹了警惕,一心一意地享受着只有置身于暖洋洋的小家庭气氛中才能享受得到的快乐。而且还无须面对姑妈那张永远处于吊丧状态的面孔,因为她从来就不和这对喜欢在吃饭时高谈阔论的父女一起吃晚饭,都是他们家的佣人吴妈把晚饭送到她的房间里。二哥在姑父家大吃晚饭的那几天里,姑妈也不过来和娘家侄子说话,还像平时一样,晚饭后就只管躲在自己房间里做那些毫无用处的刺绣活儿。

骑兵队休整即将结束的第七天晚上,二哥做好了开口说正事的心理准备,而且还买了双份的食物,准备说完正经事后,和岳父、未婚妻开怀畅饮一番。但令二哥感到意外的是,陈鱼容早上去柳湖书院时,告诉我们的姑父她今天有很多事要做,晚上就不回来吃晚饭了。这虽然让二哥和在他心中越来越亲近的岳父在推杯换盏之间少了许多趣味,但二哥还是为即将打出的那张吓人的底牌而兴奋异常。他高声大笑,每杯酒都倒得满满的,而且喝之前都要和心目中的岳父响亮地碰一下杯。

姑父真是个老滑头,他哈哈大笑着赞扬二哥真正海量,一边别有用心地和二哥猜宝划拳。二哥哪里是这个经年泡在酒桌上的老酒虫的对手,每拳必输,每输必喝个满杯。但让姑父感到奇怪的是,满满两坛子古井贡酒都见了底,二哥居然没有瘫倒在地,反而更加精神百倍。

酒足饭饱之后,二哥满怀喜悦地望着他心目中的好岳父,连个弯儿也不拐,直通通地说道:"下个月我就和表姐把喜事办了吧!"

姑父起先好像在听天书,他迷惑不解地眨巴了半天细眯眯的眼睛,接着,狐狸脸缓慢地露出恍然大悟的神情。在表情万花筒般的变化中,姑父一下子站了起来,带着抱怨的口吻,拉着我们谯城人弄虚作假时特有的腔调,一迭声地叫道:"哎哟哟哟哟,哎哟哟哟哟,你这孩子,我说你这孩子,原来你是为这个啊!"

叫过之后,姑父又像突然间想起伤心事似的摇摇欲坠地坐了下来,双手放在桌面上,十根活像遭风化被虫蛀的细长手指参差不齐地叩击着桌面,随着先快后慢的节奏,他那张狐狸脸慢腾腾地严肃起来,开口之前他先咳了一声,才咂着油光光的嘴唇说:"哇,你大哥早就给我说过这话了,我那时候头脑发热,一张嘴就答应他了!你看看,这事弄的算啥?哎哟哟哟,早知道你也有这份好意……"

二哥不禁愣住了,当时他只觉得两耳轰鸣,什么也听不进去了。但片刻之后,二哥那被一厢情愿的爱情之雾遮掩得模糊不清的大脑豁然开朗,马上明白了七个晚上的吃吃喝喝纯粹是诡计多端又吝啬无比的老姑父设下的圈套。反应过来的二哥好像掉进了陷阱里,一时间浑身热气如同开水汩汩地向外冒,不一会儿,他就被这种热浪蒸烤得哆哆嗦嗦,牙齿打起架来。

在二哥心目中已经由好岳父蜕化为坏姑父的陈竹竿,还兀自拉着狐狸脸,装做迟疑不决似的叫了一声小曹儿。白胖子曹三九好似活闪婆,应声而到,垂手而立,等待吩咐。姑父沉吟着让曹胖子到前院账房取一百块银元来,而且话说得无比排场:"二侄子这几天没少破费,咱们不能白吃白喝小辈儿的啊!"

话音刚落,二哥心中的火焰已经变成了汗珠子,从额头下雨般地落下来。二哥愤怒地抹了一把脸,喘着粗气,一言不发地出了客厅,大步流星地朝大门口走去。眼色历来灵便的曹胖子早把白马牵了出来,二哥咬着牙齿接过缰绳,在庭院里就跨上战马,闯出了大门。

接着,马蹄嘚嘚声在青石条铺就的街道上响起来。

二哥被这种嘚嘚嘚的马蹄声刺激得忍无可忍，突然间他勒住白马，拔出驳壳枪，回头就是两枪，只见姑父家大门两旁高挂的灯笼应声而灭。顿时，一片黑暗淹没了那个在门口缩头缩脑的奇白无比的大胖子。

二哥骑着那匹白马出了夏侯巷，来到白布大街，走过了曹巷口，来到了花戏楼。一路上他的心里充满了忧伤与愤怒，还有一种莫名其妙的委屈。这些复杂的情绪宛如尖利的刀片，在他的心头上左一下右一下，直把他疼得差一点儿失声大哭。花戏楼里的琴弦锣鼓之声频频传来，琴弦之声仿佛妇人叫卖丝帛刺绣，锣鼓声更像壮汉喝道衙役唱威。这些嘈杂的声音扰得我二哥心烦意乱，他的两条铁腿一夹马肚子，白马快了几步，离开了花戏楼前。

也许机缘到来正如泰山压顶不可阻挡，在忧伤之中，二哥无意间看到了那个让他牵挂了大半辈子的女人。

离开花戏楼也只有一箭之地，二哥抬眼看到一辆三轮车拉着一个女人信步行走。那时候，闪闪发光的三轮车在我们谯城还是有几分尊贵的，宛如你们现在出租车里的皇冠，只有体面人家才坐得起。那个女人显然是一个贵妇人，因为她的右耳后上方的头发上别着一枚象征着已婚女人的白色发卡，宛如一只素色的玉蝴蝶停栖在那儿。但是，一般说来，在这个时辰是不会有单身女人出门的，即使有女人坐车，那个穿戴干净利落的三轮车夫也会风驰电掣地飞骑。然而，他们竟然胆敢在大战刚毕的城里那么慢悠悠地行走，真是让二哥不由得心生好奇。二哥忘记了求婚失败，双膝一较劲，白马再次颠着碎步小跑起来。当白马超过三轮车的一刹那，二哥一勒缰绳，白马扭腚掉回头，正正地挡在三轮车前。三轮车夫惊讶无比地刹住车，满脸惶恐地望着二哥。三轮车上的女人毫无惊慌之色，她嘴角带着一丝笑意，双眼带着一缕醉意，有几分意味深长地看着二哥，还用眼神儿和他打了个暧昧的招呼。

二哥顿时心慌意乱，因为他看清了这个女人正是不久前喂过他樱桃、还为他献过花的我们谯城县长熊梦之的姨太太、响当当的谯城新妇女界首领封紫芳。而封紫芳却早已看清了二哥，尽管在朦胧的光线下二哥红得发紫的脸上还残留着求婚失败的倒霉气色，她也不会认错这个强悍得让人心尖跳、朴实得让人爱意生的年轻人。只是当时她多喝了几杯，头晕得厉害，想说几句妙趣横生的话却又力不从心，索性什么话也不说，就那么惺忪着醉眼望着他，一任心尖儿如同水上莲花瓣儿似的漂悠着。

多年之后，二哥依然牵挂着那天夜里他看到封紫芳时的情景，然而，依二哥的拙嘴笨腮，他根本无法准确无误地描述当时的情景。他既说不清封紫芳当时的衣着，也说不清封紫芳当时的面容，甚至忘了他们之间是否有过精彩的对话，他只是隐约地记得封紫芳那天晚上仿佛刚刚喝完了酒，甚至都闻到了从她小嘴里散发出来的烈酒泡樱桃的浓郁气味。二哥还记得，当时封紫芳看他时的眼神仿佛饶有兴趣，目光宛如杨柳拂清水，让他浑身一阵子热一阵子麻，就是不自在。让他难以忘怀的是，虽然早已过了芍药开花的季节，但封紫芳的左手里奇怪地拿着一枝刚刚绽放的芍药花，在夜间斑驳的灯影里显得异常醒目。也许就是那枝梦境一样的芍药花，仿佛有催眠作用一样让二哥低下头来。白马好像感受到主人内心的波澜，它颇具灵性地挪到一边让开了道路。车夫不解风情，蹬车就走。二哥掉转马头停在那儿，有几分魂不守舍地望着那辆拉着封紫芳的三轮车好像梦中的船儿一样在水上划行。在他目不转睛地张望中，封紫芳随意似的一扬手，那枝芍药花翩翩落到了地上。

二哥好像得到了神示一样，催动白马跑动起来，路过那枝芍药花的一瞬间，一个镫里藏身捡起了那枝芍药花，然后骑着白马追了上去。三轮车夫几乎就是一个木偶，他只管蹬车行走。二哥来到车边，一探身便把那枝芍药花递给了封紫芳。显然封紫芳早已胸有成竹，她先是微笑了一下，才有气无力地伸出手来接过芍药花，又对二哥笑了一下。当他被她的微笑惊喜得勒马停步眼看着三轮车前行了五步之遥时，封紫芳又回过头来对二哥微笑了一下。

在二哥的记忆里，虽然封紫芳自始至终没有说一句话，但她的一颦一笑都让我二哥失魂。直到拉着手拿一枝芍药花的封紫芳的三轮车逐渐消失在夜色之中,二哥才还过魂魄,赶紧催动白马,清脆悦耳的马蹄声在空阔的街道上一连串地响起来。

第五章

战争中的风筝

我飘荡在空中,俯首观望人世间的沧桑故事,有的大气磅礴,有的细若琴弦。以我迟钝的思维无法辨别人间善恶,以我饱含热泪的眼睛看不尽历史万象。接下来,让我暂且放下我们家那一部小小的历史,翻开我们谯城这部大大的历史吧。谯城的大历史早已装满了我的脑袋,就像明媚阳光下的万花筒,它在旋转中异彩纷呈,令我头晕目眩。

时至今日,我依然记得,二哥求亲失败两个半月之后,日军便占领了谯城。正如我后来了解到的情况一样,第二次侵犯谯城的是一个整编的日军大队,带队的大队长仍是我的朋友辻原盛——他刚刚晋升为少佐。

在那个阳光明媚的上午,我飘荡在空中,看见辻原盛带领一大队日军十分隐蔽地出现在伊水河灵津渡口北岸的杨树林里。我记得当时的杨树叶已经发黄,即将到了凋落的时候。辻原盛少佐甫一站定,大批的日军便快速而无声地散开,眨眼间形成了作战的阵势。日军行动之快,阵势之严密，充分显现了这帮倭寇具有优秀的军事素质。辻原盛威风凛凛地站在一棵高大的杨树下，胸前挂着望远镜，左胯挂着指挥刀，左肩右斜挎着的王八盒子吊在右胯上，那条被二哥砍伤的左臂目前虽无大碍，但仍然装模作样地吊在胸前。透过浓密树叶的细碎阳光洒落在他身上，那副样子看起来活像硝烟散尽之后的一个幸存者。

我的这个年轻俊美的日本朋友，用那只受过重创的手举着望远镜，观看着灵津渡口的南岸，回想着上次在这片杨树林里的不幸遭遇，满脑子都是那个挥舞着铜环哗哗作响的鬼头大刀向他疯砍的中国军人，他心有余悸之际，深刻感受到切骨的耻辱。一想起那个满脸疙瘩的青春面孔，以及那双牛眼里透出的野蛮和盲目，辻原盛心中就充满了复仇的急切欲望。他放下望远镜，冷静地四下观望了一下严阵以待的队伍，想象着和那个砍了他一刀的疙瘩脸再次重逢的情景，不禁露出了轻蔑的微笑。

我后来还了解到，虽然第一次侵犯谯城时惨遭重创，甚至全军覆没，但辻原盛却没有遭到严厉惩处。看在他在侵华战场上一直表现出色的份上，他的上司不仅原谅了他的失败，而且及时给他补充了队伍，还按照原来的计划将他由大尉晋升为少佐，并且坚信他在新的战场会有更杰出的作为。所以，吃过大亏的辻原盛按照日军的作战计划再次侵犯谯城之前，才能理直气壮地跑到他的上司那儿，态度坚决地表示了自己强烈的雪耻决心，之后，也不免尽情夸大谯城守军的防卫能力，并且证据确凿地指出谯城还有飞机场，常常有一些作战飞机在那儿加油。我至今也没有弄明白，占领谯城在当时的日军作战计划中到底有什么重要意义，更没有弄懂的是，辻原盛的上司到底吃错了什么药，居然答应了他小题大作的要求，派出十五架飞机协同作战。

飞机在约定的时间还没有飞来，辻原盛不免有些急躁。他抬起头，锐利的目光透过繁茂的树叶张望了一番，然后不无失望地收回目光。接着，他再次举起望远镜，仔细观察渡口南岸的戒备状态。对岸景物清晰得如在眼前，并且出奇地安静。在酷热的阳光下，十几个士兵倒背着大枪，叼着烟卷，一边手挥军帽扇着风，一边沿着工事闲散地来回走动，甚至时不时伸几个长长的懒腰，然后停住脚步，抽上一口烟，很有闲情逸致地吐几个圆溜溜的烟圈。工事里完全没有枪形炮影，几乎就像一个废弃的工地。伊水河面安详寂静，一阵一阵地卷着细细的水纹向东流去。码头那儿还有几只卸了一半的货船，活像几个疲惫的老人躺在水面上一边养懒一边闲聊。码头旁几棵水柳被前些日子的炮火摧残得叶枝残缺，几只翠色的水鸟被炎热的阳光晒昏了，慢腾腾地从这条残枝跳到那条残枝上，仿佛追逐将要失败的爱情。只有刺耳的秋蝉在生命即将走到尽头时的悲伤鸣叫长一声短一声，孤单而昂扬，声声如针刺耳，让人意乱神迷。

这一切景象显然都不符合大战前的规律。吃过大亏的辻原盛越看越疑惑，他甚至忘了放下望远镜，就那么呆呆地举着，最终也没能猜测到对手到底又在耍什么阴谋诡计。就在这时候，突然间一阵又一阵喧嚣的锣鼓声从城里传了过来，那山雨欲来风满楼的气势仿佛有千军万马即刻就会冲锋过来。辻原盛不由自主地紧跨几步，弓身依附在一挺重机枪后边。无意中，他一眼瞥见机枪手的脸上布满汗水，勾着扳机的手指中风似的一个劲儿地打哆嗦。辻原盛很为部下的这种胆怯感到羞耻，他恶狠狠地瞪了那个满头大汗的机枪手一眼，压着嗓子吼了一句："八格！"

我看到这里，忍不住哂笑。

辻原盛目前这副样子真是应了我们中国人的一句老话："一朝被蛇咬，十年怕井绳。"如果他此刻发起进攻，我敢肯定，在举手之间就可以拿下灵津渡口。如果他接着进攻谯城，我也敢肯定，也可以不费吹灰之力就可以突破城门，顺利占领我们的谯城。然而，年轻的辻原盛由于久经沙场，所以过于谨慎，以至丧失了最佳战机，最后导致他花了三四天工夫、还损失了二三百名鬼子才拿下谯城。

之所以这样说，是因为我非常清楚当时的情况。

就在辻原盛率领大队日军在灵津渡口北岸的杨树林里

埋伏下来时，渡口守军的团长魏铁衣带着他的一团人马，已经在城里东南角那片广场上列好了队形，正在高唱抗日歌曲。那片广场就是前不久由我二哥率领一百名骑兵往来驰骋的练兵场，眼下正在举办隆重的风筝大赛。

举办风筝大赛的主意是谯城新妇女界首领封紫芳女士想出的。

当时谯城人还都沉浸在灵津渡口大捷的余韵里，熊县长的这位姨太太更是沉醉其中，隔三岔五地率领她的"新妇女"协会举办各种式样的庆祝活动，但都没有取得什么大的影响。封紫芳觉得自己在这场惊天动地的胜利里出的风头不够大，于是，她先是在被窝里向县太爷强烈建议搞一次风筝大赛以庆祝灵津渡口大捷，然后发动她的那群个性鲜明的"新妇女"协会的会员们上街宣传。为了获得各界的支持，使这次风筝大赛具有深刻的影响，那一段时间里，封紫芳整天把自己打扮得宛如微风中的芍药花，一步三摇，三步一颤，风姿绰约，媚态婉转，到处活动游说。她到谯城城防司令部游说袁司令那天，还特意喝了几杯古井贡酒，小脸儿粉红，醉态儿诱人，眼神儿好像要什么就给你什么，但她言谈举止却又十分豪迈仗义，直说得袁司令中了美人计一样心神摇曳，当场指派骑兵大刀队队长苏甲宝上尉大力协助封女士搞好风筝大赛，而且还当场决定，等到大赛那天，不仅他去参观，全体官兵也都要到场祝贺。

令袁司令没有想到的是，他的这一决定为我二哥彻底认识女人创造了良好的机缘。当然，这是后话，到时候再详细解说。

有了袁司令这位土皇帝的支持，封紫芳更是胆大妄为，她居然以县政府的名义发布告示，要求全城每家每户都要以抗日为主题扎一个风筝。更有意思的是，她还带着四色礼物拜访了和她同住在华佗巷的民间艺人裘小辫子，倾情邀请这位素有"风筝元帅"美誉的八十岁的老艺人出山，扎几个具有抗日特色的风筝，为她的风筝大赛增光添彩。但是，一听说要把风筝扎成挨刀的鬼子模样，那位老艺人甩了甩脑后那根小辫子，一口回绝了："太太你就行行好吧，祖上传下来的规矩，咱不能拿手艺糟蹋人，也不能拿人糟蹋手艺。"尽管封紫芳满怀爱国激情再三给老头讲解鬼子的可恨以及抗日的重要，但那位老艺人就是不肯把风筝扎成挨刀的鬼子模样。最后，封紫芳只好微笑着让了步："好吧，只要您老出山，您愿意扎什么就扎什么吧。"结果，到了大赛这天，那位老艺人让他的徒弟扛到现场的是一只巨大的褐色蜈蚣。

在我们谯城人的意识里，蜈蚣代表的是一种丑恶，平时玩风筝的人一旦看到蜈蚣风筝，自然会有风筝高手巧妙地使它脱线或者缠绕落地。风筝大赛主持人封紫芳显然理解了"风筝元帅"的这一寓意，她心满意足地欣赏过那只蜈蚣形状的褐色风筝之后，突发奇想，挥舞小手把正在维持秩序的我二哥招到跟前，悄悄地要求他当风筝飞上天时一枪把这只蜈蚣击落下来。在举办风筝大赛这一活动期间，二哥和封紫芳有过多次愉快而亲密的合作。我猜想，他们肯定交流过那天晚上在街上巧遇的情景，也许在言语间会带些错失良机的遗憾，当然，具体情况我都不太清楚。我看到的情景是，封紫芳召唤二哥时是那么亲切随意，招起手来如同呼唤表兄弟。而二哥也是像一个怀春的小青年受到一个美丽的大姐姐召唤那样，服服帖帖，一溜烟地跑过来，毫无遮掩地用火辣辣的目光看着封紫芳绯红的脸蛋和她旗袍内凸凹有致的身子，哈哈大笑着拍打着二十响的盒子枪答应下来。看那情景，风流任性的封紫芳早已看透二哥这个莽汉的内心世界，但女人特有的虚荣心使她无法做到不动声色，她干脆十分得意地也跟着笑了起来。我深深理解二哥这样服从一个女人的调遣，是因为求亲失败使他身体里奔腾的一股岩浆急需爆发出来。

在眼下的谯城里，基本上没人还能想起当年那场风筝大赛的景象，但那场风筝大赛在无意中所产生的效果却被载入谯城史册，并且成为了谯城抗日历史中最华彩的章节之一。

我依然清晰地记得，当年这场风筝大赛的浩大声势几乎赶上了不久前的灵津渡口大捷。风筝大赛那天，天遂人意，阳光明媚，万里无云，最给劲儿的是还刮起了微风，正适合风筝远游天际。那片广场上早已人山人海，按照封紫芳的设计，谯城父老以及各行各业的代表队都穿着新衣戴着新帽，人人精神抖擞，每人手里或举或擎着以抗日为主题的各种类型的风筝，整整齐齐地站在规定的位置，单等信号哨响起时把手中的风筝放飞天空。由于准备工作做得完美无缺，谯城各界参观人士也都准时到达指定区域。袁司令还特意抽出一个连的兵力，由二哥指挥着维持秩序。先前训练骑兵时的观战台经过"新妇女"协会的一番装饰，变成了喜气洋洋的主席台。魏铁衣的部队坐在主席台右侧，正由一个陕西米脂籍的军官指挥着高声喊唱《要打得日本强盗回东京》。歌声宛如虎狼吼，震耳欲聋。接到袁司令要求部队参观风筝大赛的电话之后，魏铁衣表现得异常积极，比往常提前一个小时吃早饭，吃过早饭之后，便留下一帮伙头军留守工事，自己带着全副武装的队伍提前半个小时到达了指定位置。此时，魏铁衣坐在队伍最前边，喜滋滋地眯缝着眼，听着部队如狼似虎的吼喊，不免一脸得意洋洋。

封紫芳的"新妇女"协会组织能力非常出色，把我们谯城诸多头面人物基本上都邀请到场了。当然也有个别例外，比如我的父母大人。一开始，封紫芳打算让二哥和她一道前往我们家邀请我的父母，但二哥当时正对自己的父母大人厌恶透顶，他一反往日和封紫芳接触时的亲密态度，粗鲁地大吐唾沫："我不想再看见那两个不懂事的人！"封紫芳只好带领两名能说会道的妇女亲临我们家。奇怪的是，她们居然没能进入我们家的第一道大门，只得按照老管家苏沛甫的吩咐，坐在门房里等候回话，而且那个身材长大的憨汉长保一直站在门口，说是听候她们使唤，实际上是为了阻止她们擅自闯入院里。她们在那间干净的门房里等了足足有两盏茶的工夫，那个竭力不使自己显出踉跄之态的老管家苏沛甫才快着步子走到门房门口，彬彬有礼地告诉她们，老爷有要事不能脱身，太太心情不欢身体欠佳，无法应邀出席风筝大赛。其实，我父亲的要事无非就是正在撰写那本医学著作，他已经写到关于头发脱落的二十三种原因和三十六种治疗方案了。当老管家苏沛甫给他说风筝大赛的事时，他压根儿就没有抬头。而我的母亲则不动声色地淡笑一声："一个偏房张罗的猴儿兔儿景致，我懒得去捧场。"

封紫芳面子扫地，再见到二哥时，怀着一腔猫儿醋笑吟吟地嘲讽道："令尊令堂真是天颜难见啊！"二哥没有听懂她的意思，骨碌着大眼珠子，上上下下观望着封紫芳的窈窕身姿，瓮声瓮气地笑着问："啥意思？"封紫芳七分得意三分厌恶地剜了他一眼："你爹娘架子大，咱这些草民请不动！"二哥大大地啐了一口："呸，他们从来就这样，不管多么欢天喜地的事，到他们那儿一准儿办不成！"

然而，父母大人不到场丝毫不能影响风筝大赛的热烈和隆重。锣鼓队刚刚摆好架势，一些头面人物便纷纷登场。我们谯城士农工商学各界负责人一个个衣冠楚楚，相互点头哈腰，容光焕发地往主席台上走。大哥苏甲格身为柳湖书院的校长，当然可以跻身那帮名流之中，只是和那帮老瘪瘪的名流们走在一起时，他显得十分年轻，万分儒雅。他一边走上主席台，一边时不时向正在入场的由陈鱼容带领的学生队伍招手示意。县太爷熊梦之当然主动又积极，素绸上衣瓦蓝绸裤，脚下一双锃亮的白头棕尾的牛皮鞋，胸前怀表链子闪闪发光，鸭行鹅步走上主席台，稳稳坐下后刷地一下抖开黑底金字的绢扇，一边扇一边满脸笑容地向熟人点头示意。商会会长——姑父陈竹竿因为好朋友熊县长的原因，更是愿意给足封紫芳面子，大热的秋老虎天，居然西装革履扎着一条红艳的领带，胸前口袋里还插着三支光芒璀璨的钢笔。他左手拿着那根檀木文明棍，右手忽闪着洁白如雪的鹅毛扇。他那副就像演戏的样子真让人不禁粲然，然而这就是姑父为人处世的一贯习性，他喜欢标异立新，喜欢在隆重场合把自己打扮得惹人注目。姑父风度翩翩刚一坐定身形，就看到不远处的观众席里有几个艳丽无比的女人远远地向他摇手——原来是爬子巷凤弋馆的小红鞋她们。他侧身贴耳对熊县长低语几句，熊县长赶忙向站在台角正四下眺望的封紫芳看了一眼,一本正经地对姑父说:"看风筝,专心致志看风筝。"

其实熊县长心里充满了矛盾与无奈,因为他的这位姨太太曾郑重其事地向他表示,为了彻底体现男女平等,进一步解放谯城人众的陈腐思想观念,她和她的"新妇女"协会决定邀请爬子巷凤弋馆的妓女们参加风筝大赛。而且她说做就做,很快就派专人给妓女们送去了大红请帖。这还不算,封紫芳还请来妙肖照相馆的老板汤三,让他在风筝大赛中拍摄一些有意义的热闹景象,准备刊登在《谯城新报》上。这样一来可以普及视听,在民众中加深影响,二来也便于让自己操办的风筝大赛流芳百世。此时,汤三正忙得汗流浃背,他在主席台下,吃力地移动着那个有着三条笨重木腿的照相机架子,小心谨慎地调整着那部皮老虎牌照相机,等他按照自己的意愿摆放好之后,这才钻进搭在照相机上的黑绒布下边,眨巴着右边的狗眼,瞪大了左边的人眼,观察视觉效果。

城防司令袁辩吾坐着蒋委员长赠送的小轿车到达现场之后,风筝大赛便拉开了帷幕。当这位由一队护兵环绕着、全副武装、戴着雪白手套的司令一走上主席台,妩媚妖娆的封紫芳就笑容可掬地请他宣读风筝大赛的开幕词。也许前些日子过度的演讲使袁司令失去了演讲的兴味,也许他不喜欢在群众性娱乐的场合下搞那些虚张声势的繁文缛节,他旁若无人地径直走到主席台正中间的座位上，一屁股坐在铺有黄绸子的椅子上，右臂一挥道："开始吧！"

于是，封紫芳摇摆着杨柳细腰款款走到主席台的前沿，朝四面八方挥舞了几下小彩旗，等架着各种不同类型风筝的人们振作精神做好放飞的准备之后，封紫芳这才捉住用红绸子吊在胸前的铁哨子，戳进嘴里猛吹了三声。那个在军营里经常发布命令的铁哨子是二哥借给她的。哨声未落，只见锣鼓队员们齐刷刷地扬起了粗壮的胳膊，人们眼前一晃，耳边骤然间响起了喧天的锣鼓声。

在大地为之震动的锣鼓声中，类型不同、色彩纷呈、大小不等的风筝在小风中飘然升空。顿时，呼喊声、热烈的掌声随之没命地响起来。秩序井然的风筝群在冉冉上升的过程中，也出了一些小小的乱子，几只被扎成鬼子模样的风筝刚刚飘起来就被几个热血青年拽了下来，然后群拥而上，万脚践踏。然而，数万只风筝宛如流水一样，不可能全部控制，一些写有"日本鬼子""东洋倭寇"字样的猪头风筝驴面风筝照样升到高空，其中裹小辫子扎的那只巨大的褐色蜈蚣风筝尤为夺人眼目。眼望着那只大蜈蚣飘飘然越升越高，直急得封紫芳站在主席台上大声疾呼："二少爷，苏队长，我的好人儿！快把那只蜈蚣给我打下来！"

二哥在人欢马叫中根本就没听到她的叫喊，眼前的热闹景象使他早已忘了开场前封紫芳嘱咐他的这件事，只是扬着脖子观看数万只风筝争奇斗妍的盛景,半张着的大嘴巴里时而兴奋地发出"哧哧"的声响。封紫芳气得跺了一下脚,也不顾在主席台上一群名流面前失却体统,转过身子一路小跑夹杂着小跳从主席台一侧下来,碎着步子旋风般来到我二哥面前,一把抓住他的胳膊,操着快要哭泣的嗓子叫唤道:"二少爷,我的好二少爷,快把那只蜈蚣给我打下来!"二哥这才"啊"了一声想起来重任在肩,他右手一抖拔出了二十响的盒子枪。

就在二哥举起手枪的那一瞬间,三架飞机疾风吹乌云般飞飘过来,而且其中一架飞得很低,屁股上还拉出一道粗而浓的黑烟,一下子插入了异彩纷呈的风筝中。所有的人一下子都愣住了。片刻间,又有五架飞机尾随而至,而且夹杂着爆豆般的机枪声。广场上参加风筝大赛的人们像是集体发了傻,眼睁睁地望着后边的五架飞机穿过满天的风筝,直追前边的那三架飞机远去了。

后边五架飞机身上涂着的红膏药停留在人们的视觉里还没有完全消失,就听到城南关响起了数声惊天动地的爆炸声。突然间,人群中有人大叫了一声:"鬼子的飞机来了!把咱们的飞机场炸了!"顷刻之间,广场上宛如遭到袭击的羊群,号叫着乱成一团。军人们毕竟富有战斗意识,魏铁衣团长丝毫不顾袁司令在场,拔出手枪凌空开了几枪,一边大喊:"疏散!疏散!"结果适得其反,人们听到枪声以后逃起来更加没有章法。这时候，炸完中国飞机和飞机场的五架日军飞机转眼间再次光临放风筝的广场上空，他们一边愤怒地开枪射击丑化他们的猪头风筝驴面风筝，一边朝下丢炸弹。

主席台上的名流们早已消失了，熊县长和姑父相互搀扶着拼命向外跑，而袁司令也早在二哥指挥着一群护兵的环绕下逃得无影无踪。魏铁衣当时还算是个有血性的军人，他一面组织部队协助老百姓撤离，一边指挥二十几名机枪手朝日军飞机射击。吓傻了的封紫芳蜷缩在主席台下面，抱着脑袋失声大哭，二哥突然间出现在她的面前，一把把她携在腋下，一阵风似的离开了。

而这时候，醒过神来的辻原盛已经轻而易举地突破灵津渡口，率领队伍奔向谯城北关。

兵临城下

日军的偷袭不仅扰乱了隆重的风筝大赛，也严重地侵犯了谯城人的道德观念。只有小人才在背后捅刀子，君子群殴还讲究明枪明刀，这样的偷袭是谯城人最不能容忍的。

城市上空日军飞机的轰炸声刚刚消失，袁司令也从风筝大赛的现场回到了司令部。由于过于仓促，他没有来得及乘坐蒋委员长赠送的那辆小轿车,在护兵的保卫下,钻胡同走小巷,一路上他一边奔跑一边骂骂咧咧。等他擦着满脸大汗刚刚坐稳屁股,警备人员向他报告有日军正在进攻城北关时,袁司令憋足的一口恶气终于找到了出处,他挥舞着手臂,咬牙切齿地下达了命令:"打!给我狠狠地打!奶奶个熊,这群小偷,敢不声不响地偷袭我!把小鬼子的贼脑袋都给我打成烂尿罐子!"骂完了,这才伸出气得直哆嗦的手拿起桌上的烟筒,抽出一支"小飞龙"牌香烟叼在嘴上。勤务兵马上划燃一根火柴为他点上,然后手脚麻利地沏上一杯司令大人喜欢喝的"谯城春色"。

在司令部做事的军官们大都是谯城子弟,他们不仅具有和袁司令一样的地域禀性,而且从来都是把袁司令的任何一句话当做圣命去执行。一名长脸瘦高个的上尉参谋马上把袁司令的话原封不动地写在了纸上。于是,袁司令这句明显带有谯城人言谈风格的粗鲁话在瞬间变成了一道别具一格的作战命令。

那名下去传达命令的上尉参谋刚走,二哥全副武装地冲了进来,当他在袁司令面前站定身形时,插在背后的那把鬼头大刀柄环上的红绸还在微微飘动着。二哥通身汗水,似乎有点急不可耐,大声吆气地说:"司令伯伯,大刀队集合完毕了,咱们得赶紧出去砍鬼子啊!"袁司令有几分不满地瞄了他一眼,鼻子里哼了一声:"刚才怎么没有看到你啊?"二哥愣了一下,接着满脸通红地嗫嚅道:"刚才太挤了,我没有瞅见你啊司令伯伯。"二哥多了个心眼,他没有说自己刚才是护送封紫芳回她在华佗巷的那个家去了,更没有提及封紫芳为了感谢他的救命之恩,在他推门而出时伸出小手拍了一下他的脸。反而在此刻,他那副表情那副腔调似乎还有几分委屈。袁司令当然没有心思跟他过多的计较,只是端起那杯"谯城春色"呷了一口。

这时候,带着啸声的炮弹炸响起来。袁司令一听声音不是来自于自己的武器装备,立即就明白是小鬼子用炮轰城了。他左手夹着烟,右手端着茶杯,僵在那儿。这显然不是出于害怕,而是出于作战习惯。他表情沉着地坐在那儿,纹丝不动,认真谛听着炮弹飞行的啸声——他能从炮弹的呼啸声中分辨出炮弹的口径和威力。

几声炮响之后,随着一阵急促的脚步声,灵津渡口守军团长魏铁衣提着手枪,敞开着衣领,一脸大汗满身是水地闯进来。他先是被袁司令那副样子弄得愣住了,直到袁司令的目光挪到他脸上时,他才苦着脸说:"部队出不去了,北门那儿小鬼子火力张狂得很!"袁司令把杯子狠狠地往桌子上一顿,高喝了一声:"那你就把部队放到城墙上,给我狠狠地打,再好好教训一下小狗日的!"

其实,当时谯城东西南三门都没有日军进攻,如果魏铁衣率领部队从西门出去,能够灵活地侧袭日军,那么,谯城的抗战史就可能是另一种写法。然而，在战争这个大闷罐里双方都打晕了头，失去了理智，日军被复仇的强烈欲望蒙住了智慧，而袁军在胜利的余热里为保住面子也忘掉了兵法纪要。双方都把兵力花费在谯城北门上，光北门的攻守之战就用去了整整一个下午。其间的格杀情景全不像通常传说中的那样激烈，甚至带有几分荒诞的滑稽色彩。最开始，辻原盛以为只需一阵猛烈的炮轰就可以攻陷城门，因为他刚才进攻灵津渡口时就几乎没开几枪，当时他不仅被渡口虚张声势的假相气炸了肺腑，还为自己的过于谨慎暗自狠狠地谴责了自己一番。所以，部队一到城下，我的朋友辻原盛就立刻命令他的炮兵小队摆上仅有的一门小炮和整个大队仅有的十几只掷弹筒，瞄准目标，进行了一阵子狂轰乱炸。

令这个俊美的小鬼子没有想到的是，谯城的城墙是清朝鼎盛时期修建的，外边是石头混合着特殊定制的青砖砌成，里边灌的是米浆和胶泥、碎石混合物，整体建筑工艺十分精良。当年竣工之后，强弓射箭试其坚固，别说利箭射进墙体，就是箭头入墙半指，便斩监工脑袋。所以，即使到了今天，鬼子一阵炮轰之下，城墙上也只是升起一波波夹杂着一些砖石碎屑的硝烟。这让辻原盛十分惊诧，进而在心底生出一缕惶恐。他及时地制止了炮轰，扫了一眼和他同样有些发呆的炮手们，然后把目光转向空中。

原计划协同作战的十五架飞机虽然只来了五架，但这五架飞机此时也没有了踪影。辻原盛感到了空前的迷惘和疑惑。他做梦也没有想到，那五架飞机在飞往谯城的途中，遇到了国军的三架轰炸机，一阵较量之后，终于追逐到谯城南郊的机场把三架国军飞机炸毁了，然后掉头飞到谯城上空，把所剩无几的弹药浪费在风筝大赛的广场上，浪费在丑化他们的各种不同类型的风筝上。尽管当时赛场上被炸死一百多人，但后来风筝大赛这件事在谯城人的传说中还是被美化成有预谋的智慧展现。不管怎么样，有一点可以肯定的是，确确实实，日军在那天下午进攻谯城北门时，没有弹药的日军飞机无法再光临亟需它们光临的战场。

接下来，交战的情景几乎没有什么隐秘可言，一方城上，一方城下，上下都能清晰地看到对方的一举一动。城上的守军可以眼睁睁地看着鬼子如何把炮弹装进炮膛，可以看着那个小鬼子怎么样挥动手臂下令开炮，然后观望着炮弹在半空中画出一道弧线，在落地的一瞬间，大家齐刷刷地抱着头伏下去。而城下的鬼子甚至可以清楚地看到弹着点，一声轰鸣之后，爆发的硝烟慢腾腾向上弥漫之际，垛口那儿就会齐刷刷地露出一张张满是嘲笑的面孔。然后就有很多士兵伸着脖子，操着标准的谯城腔使劲地吼喊："狗操的小鬼子，啥鸡巴烂炮？你妈个狗屁能不能打准一点儿？"

在诧异和恼怒之下，辻原盛命令部队加强火力掩护，并派出铁血敢死队攻城，但是，那群头戴钢盔愤怒得面目铁青的敢死队员还没有爬出城墙下的壕沟，便被城上一阵阵更为密集的子弹打得抬不起头来。让人更没有面子的是，城墙上的守军一边打还一边发出狂妄的号叫，其间还夹杂着一阵阵刺耳的大笑声。枪声间歇的片刻，城墙上有一个大个子士兵站了起来，对着城下的日军一边笑一边骂，还一边掏出家伙兴致盎然地冲鬼子撒尿。但是，只听啪的一声枪响，那名撒尿的大个子士兵的半拉脑袋便消失了，奇怪的是，他居然把一泡尿撒完了才倒下去。双方为此在惊奇中保持了足足一分钟的寂静，接着，爆豆炸锅似的枪声响彻云霄。

难以置信的是，当谯城北门正在激战时，东门西门南门却都安然无恙。东门虽然关了，整整一个营的守军也虽然全副武装地集合在一起，但他们大都自在地坐在城墙上，顶着烈日，汗水不停，一边侧耳听着枪响，一边说说笑笑。那个脸黄得如同得了黄疸病的费营长，悠闲地坐在勤务兵给他准备的椅子上，抽着烟，喝着茶，一边发痒似的晃动几下脖子。他身后还有一个满头大汗的小勤务兵给他扇着扇子。西门的城门也用装满沙土的麻袋封上了，集合起来的全营人马都坐在城墙根下的阴影里乘凉，一个个东倒西歪，抱着大枪打瞌睡。在没有封实的城门洞里，爱逛风弋馆的张百川营长和几个连长正在打牌九，张百川可能输了，这位被我们谯城人称为"二阎王"的营长抬起一只脚踩着凳子，正在冲几个部下大说难听的话。城楼上有几个哨兵，每过一会儿就会有一个哨兵跑下来向营长报平安。南门那儿是我们谯城繁华所在，在激烈的枪声中竟然连城门都没有关，部队也没有集合起来严阵以待，领兵的卜营长连面都没有露，只有几个站岗的兵丁倒背着大枪来回晃荡，有几个小贩喜笑颜开地围着他们兜售变蛋和五香兔子肉。

东门西门南门之所以呈现这种奇迹般的状态，是因为每一个人都还陶醉在灵津渡口大捷里，或者说几乎每一个人都坚信，有魏铁衣团长在北门作战，干杀一群侵犯的小鬼子属于吹灯拔蜡的轻巧事。虽然这幅情景有几分传奇，有几分荒唐，但这种心理极其符合谯城人对待事物的一贯的思维方式。

那天下午，我们谯城北门的枪声时起时落，时急时疏，敌我双方在战火中的心理状态，不约而同地处在同一临界点上，都是一门心思地对付面前的敌人。就这样直打到傍晚时分，鬼迷心窍的双方才一下子意识过来。但是，当袁司令清醒过来，向四门下达严防鬼子夜间偷袭的命令时，已经晚了。

辻原盛竟因为错误的判断而比袁司令提前采取了措施。根据城墙上的火力和士气，受过重创的辻原盛再次断定谯城里拥有一支英勇善战的精锐部队。在双方交火的间隙，他悄悄通过电台向驻扎在离谯城一百里之外的归笋城日军司令部报告了战情，当然他没有指出协同作战的五架飞机如何失误，只是一口咬定，谯城拥有一支强大的精锐部队，必须快速增兵消灭之。由于辻原盛在侵华战场上的多次精明表现，加之上次侵犯谯城时受到了重创，日军指挥部当然有理由相信辻原盛来自战场一线的战情报告，于是，他们果断地命令向南侵犯时途经谯城东西两侧的两个日军大队改变方向，迅速包围谯城，协同辻原盛部消灭潜藏在谯城的这支精锐部队。

　　袁司令当然不知道日军的这一计划。下午双方交火时，袁司令还带着二哥和大刀队赶到北门现场。趁着枪声的间隙，袁司令还登上城楼观察了一下城下敌情，当满脸汗水带着一身硝烟味的魏铁衣伸手指着辻原盛，告诉他那个就是鬼子指挥官时，袁司令像个军事家一样，用戴着雪白手套的手举起望远镜，认真地打量了一番。当他看到那个鬼子指挥官随手抄过一名鬼子的三八大盖向他瞄准时，他蹲下身子哈哈大笑起来，一迭声地说："急躁，急躁了！大忌，兵家大忌啊！"然后，他站在隐蔽处，狠狠地表扬了一番魏铁衣，口口声声等打完这一仗一定要求上峰发给好表弟一枚青天白日功勋章。接着，他转向城墙上严阵以待的官兵，大喊："兄弟们都是好样的，不愧是吃谯城牛肉馍长大的！狠狠打，消灭了这群狗操的小鬼子，我发给你们团五万大洋！"一时间群情振奋，在高声叫喊中枪声一下子密集起来。

在枪声大作中，袁司令坐着蒋委员长赠送的小轿车，后边跟着由二哥率领的一百名骑兵大刀队，浩浩荡荡地回到司令部。这时候，已经暮色四合。满脸大汗的袁司令屁股落座之后，那名伶俐的勤务兵先是快速地递上一条刚刚拧出来的凉毛巾给他擦汗，接着又迅捷地端上一杯新沏的"谯城春色"，接过袁司令用过的毛巾搭放在脸盆架上，又拿起扇子给他扇起来。袁司令享受着阵阵凉风，一边品着绿茶，一边让人接通上峰电话。有着上次灵津渡口大捷衬托着，加上刚才在战场上看到的昂扬士气和令人振奋的情景，袁司令在电话里报告战情时就能挺起口吻说话，就能肆无忌惮地按照我们谯城人说大话的习惯口吐狼言，他不仅信誓旦旦地要再创大捷，而且还夸下海口，要让来犯之敌尸横遍野有来无回。

打完电话已是掌灯时分，袁司令看着灯光，灵感突然来临，马上让作战参谋向四门下达严防鬼子夜间偷袭的命令。但是，那名长脸瘦高个的上尉参谋还没有把他的话写完，东门西门和南门便接连不断地派人前来报告敌情了。袁司令终于明白日军已经将谯城四门紧紧围住后，顿时十分后悔刚才给上峰汇报战情时把话说得太过头了。尽管袁司令心中大骂自己身上满是谯城人的坏毛病，但他还是为了顾及面子，没有立即向上峰报告这一变化的紧急敌情，反而心存侥幸，认为自己的部队完全可以战胜讨厌的小鬼子——灵津渡口不是把小鬼子打得鬼叫鳖爬了嘛！袁司令一边这样安慰着自己，一边让二哥马上集合骑兵大刀队，随他前往四门查看敌情。在院子里斑驳的灯光中，一百名骑兵杀气腾腾，个个胸前挂着一支汤姆冲锋枪，人人背后斜插一把挂有十八枚铜环的鬼头大刀，刀把环上的红绸子在夜色里仍然像火焰一样夺人眼目。看到这些景象，袁司令信心倍增。当他坐进蒋委员长赠送的小轿车里，他竟然开始遐想，这次胜利之后随之而来的各种演讲和各种应酬肯定比上次更劳累人。

我飘荡在半空中，内心隐隐作痛。如果当时袁司令及时向上峰汇报这一恶化了的敌情，或者他能在晚饭前集合所有部队冲出南门，那么他就可以突破日军的围困，不会产生后来的惨剧。因为这个时候，四门的日军尚未取得联系，而南门的日军立足未稳。但是，当袁司令率领人马在东西南三门看完敌情之后，反而对日军零乱的阵势嗤之以鼻，自己部下那种渴望与小鬼子血战一场的号叫声使他进一步增强了战胜日军的信心。所以，回到司令部之后，袁司令兴致勃勃地让厨师多加两道菜，还上了一瓶陈放了二十年的古井贡酒,他准备在酒足饭饱之后,好好地和鬼子打一场。而在这时候,谯城四门的鬼子已经取得了有效的联系,形成了铁桶般的合围。

出乎意料的是,整整一夜,日军几乎没有任何动静。而城里也俨然一派太平盛世,书铺街的夜市照样灯火通明,人群熙熙攘攘,小摊小贩叫卖声宛如夏夜池塘里此起彼伏的蛙鸣。爬子巷凤弋馆大门口一溜二十九盏灯笼,一盏不少地放着红艳艳的光芒,长衫短打高矮胖瘦各类嫖客络绎不绝。古色古香的花戏楼里更是热闹非凡,锣鼓喧天,琴弦婉转,正上演着我们谯城二夹弦名角杨风亭的拿手好戏《打金枝》。仿佛上午风筝大赛时日军飞机的轰炸不过是前世的一场旧梦,而北关响了一下午的枪炮声也就是今生眨眼间的半缕云烟。这派喧嚣直到夜深人静依然不绝于耳,几声鸡啼鸟鸣天色将明时才逐渐消失了。

这一夜,借着几分酒劲的袁司令一刻也没有消停,他走马灯般地在四门来回穿梭。每到一个地方,他一方面给军官们封官许愿,一方面对士兵们作出了金钱上的承诺;一方面要求官兵们拿出谯城人的勇敢精神,一方面鼓励官兵们昂扬起保家卫国的激情。归纳起来,袁司令的意思很明白,就是把小鬼子干掉之后,人人都会得到很大的好处。也不知是在大战来临之际每一个人的神经都绷紧到极点,还是因为每一个人都被唾手可得的高官厚禄迷住了,在袁司令进行激动人心的鼓动工作时,官兵们群情振奋,挥舞着刀枪和手臂,高喊着口号,血战沙场的决心表现得淋漓尽致。等到袁司令的酒劲终于消下去时,已经快到了天明时分。袁司令这才觉得浑身酸溜溜的,赶紧坐上蒋委员长赠送的小轿车,回到了司令部,连军装也没有脱,就一头扎在床上睡着了。

随后,被激情与警惕折磨了一夜的四门守军也进入小憩。凉爽的秋夜到了终点,期盼的晨凉如约而至,正是睡尾巴觉的好时候。可是,浅浅美梦也就是刚开头的瞬间工夫,谯城便陷入了一片火海之中。

攻与守

后来,我获得了许多关于这场谯城保卫战的史料。我发现,在一些文字记载中,激战了四天四夜的谯城保卫战,其惨烈之状被空洞之词描绘得板板正正。更有意思的是,在谯城县志里,那些心怀好意的撰写者把这场恐怖的战争说成是由苏甲格率领地下党策动袁辩吾部进行的一幕抗日活剧——所有事物都如同八棱镜,这也许是我所没有看到的另一面。在这种情况下,我总是信手合上那些散发着霉味的书籍和一些散页,闭上眼睛回想我曾经亲眼看到的事实真相。

平心而论，在日军的飞机再次光临谯城进行轰炸之前，袁司令的部队打得确实很漂亮。第一天的战斗甚为激烈，但袁司令的部队基本上没有什么伤亡。之所以有这种比较乐观的结果，除了那些油滑的士兵们善于隐蔽之外，更得益于谯城拥有着古老而坚固的城墙。日军围住四门之后，第一天的进攻火力也不像后来一些人渲染的那样猛烈，各种枪支对城墙的射击构不成大的威胁。当时进攻谯城的所有日军总共只有五门九二式步兵炮——按照当时日军的装备，每个大队只有一门这样的炮，辻原盛之外的另两个日军大队因为去执行异常任务，所以每个大队多配了一门这样的小炮——三个大队所配备的掷弹筒加起来也不足六十只，这些武器的威力分成四块之后，其作用可想而知。尽管日军的炮手只打城墙上的重火力点，并且发射炮弹极其精确，但是，城墙上的重机枪手个个都是老油条士兵，一旦看到鬼子的炮口朝向自己，马上就架着重机枪沿着城墙上的垛口快速转移。日军的掷弹筒发射也很是精确，但是还没等炮弹落在城墙上，处在弹着点的士兵就会嗷叫着一下子闪开了。所有的炮弹在城墙上爆炸之后，随之就会升起一团团硝烟，迸溅的石屑砖屑纷纷扬扬，落在满是汗水的守军脸上身上，致使城墙上的士兵们一个个都像灰鬼一样。

四门的日军仿佛约好了使用同一战术，一阵子炮弹发射之后，蝗虫般的小鬼子就会一队接一队地往城门处冲锋。城上密集的子弹倾泻下来，每一次冲锋都让鬼子付出数十人的生命代价。紧接着，小鬼子又是一阵炮弹发射过来。

在鬼子发射炮弹期间，还出现过几次有趣的场景。在东门那儿，脸黄得宛如得了黄疸病的费营长很神气地叉开两腿站在城楼里正指挥着，一枚炮弹从他裤裆里钻过，然后当的一声落在了他面前。费营长顿时闭上眼睛喊了一声："弟兄们卧倒！"可是，弟兄们卧倒之后也没有听到一声爆炸。费营长也觉得蹊跷，睁开眼睛一看，那枚炮弹还在他脚下打着转，他捡起炮弹又扔到城下。一个长着羊耳朵的士兵好奇地把脑袋探出垛观看，被一颗子弹打中了脑袋，白花花的脑浆溅了一城墙。他也因此有幸成为在东门牺牲的第一个士兵。

南门那儿几乎不像是在打仗，进攻南门的五百名日军是由东门和西门两个大队临时抽出的兵力，他们只有一门步兵炮、八只掷弹筒，而他们的麻烦除了遇到的是狡猾的敌人和坚固的城墙之外，还有一个新的障碍更使他们恼羞成怒——卜营长手下有一个军乐队，平时司令部有什么重要活动，这支乐队就会到场演奏一番，给卜营长争了很多的脸面。现在，做事一贯奸诈的卜营长就把这支乐队放在了城墙上，日军的炮弹一旦落空之后，卜营长就会指挥这支乐队快速地演奏一首欢快的短曲子，气得城墙下那个身材粗壮却眉清目秀的日军指挥官暴跳如雷，挥舞着指挥刀不停地发出冲锋的命令。

总之，合围后日军第一天的进攻极不顺利。西门的日军进攻不仅停滞不前，居然还有几颗炮弹出现了误差，射进了城里，有一颗落在了牛市街，炸翻了一个牛肉汤锅，店主人牛小蹄子被烫伤了左手。他一边往左手上涂酱油，一边破口大骂瘸母牛生的小鬼子乱发炮弹。还有一颗炮弹把临近城墙的谯城著名古迹药王塔打了一个盆口大的窟窿。

城里其他地方没有受到什么损失，而人们的抗日热情却一下子被激发了出来。几乎不需要组织，普通市民自发地给四门守军送香烟送茶水送烧鸡鸭蛋。各大商铺在陈竹竿的召集下，也现场捐献了好几堆响当当的大洋。姑父还特意写了个条子，派人拿着到我们家取一千块大洋，当苏沛甫向父亲请示时，父亲那部医学著作已经快接近尾声了，就是地球爆炸了他也不会抬头看一眼，他低头奋笔疾书着说："给他拿两千!"于是，我们家的两千块大洋哗哗响地倒进了那几堆就要送往战场的大洋里。妙肖照相馆的老板汤三只捐了十八块大洋，这个在谯城很有名的抠门儿，连平时拉屎拉出个黄豆都要抠出来洗一洗再填进嘴里。姑父捐献了三千块，他当然有理由当场把汤三嘲讽得面红耳赤："留钱干什么？还准备再换一只眼吗？"在姑父指挥下，一布袋一布袋的大洋被及时地送往四门。更有趣的是，大小餐馆酒楼纷纷做了一桌桌上等酒席，红方桌摆着，四个肩搭白手巾的帅小伙子抬着，给四门打鬼子的官兵送去。谯城最有名的"油条刘"，干脆就把油条锅摆上了北门城墙上，让最辛苦的北门守军都能吃上新出锅的热油条。平时横冲直撞蛮不讲理的三轮车夫也自觉地遵守交通规则，一辆辆停在路边，恭恭敬敬等运送弹药的军用卡车过去。弹药库就在姜家大院，也是个繁华地处，这些年袁司令东抓一把西拐一批、包括从张学良那儿买来的大批先进武器都囤放在那儿。平时姜家大院这儿整天戒备森严，今天是大门敞开，一辆辆卡车进进出出，很是热闹。

一直打到了第三天傍晚时分，四门围攻的鬼子居然没能前进一步。这让袁司令更加自信了，他不仅没有看到潜在的危险，还信以为真地把自己当成了运筹帷幄的军事家。第四天正午时，日军终于切断了简陋的电话线，上峰通过电台向袁司令询问战况时他才知道电话线被切断了，不过他没有在意，因为上峰告诉他蒋委员长非常关注谯城之战，他顿时热血沸腾起来，在一番效忠党国的慷慨言词之后，再次强调了自己设计的作战方案多么正确，话里话外都张显着自己的指挥才能。一句话，就像袁司令说的："请转告蒋委员长，有我袁某人，谯城固若金汤！"

蒋委员长的关心活像一支兴奋剂，使袁司令患上了失心疯,从午时到傍晚,他片刻也没消停,大热的天,他不仅全副武装,还戴着雪白的手套,甚至还有几分故意出人意料似的带着那条黑背黄腹的大狼狗,乘坐着蒋委员长赠送的小轿车,车后是那支由二哥率领的骑兵大刀队,浩浩荡荡地在四门巡视战况。每到一处,他都要亲自牵着那条黑背黄腹的大狼狗,对官兵一顿表扬,然后告诉大家,蒋委员长亲自打电话过来,给予全体官兵嘉奖,嘉奖通令和五十万美元奖金随后送到。四门官兵听此消息欢声震天。这时候,袁司令就会一挥雪白的右手,又像大将又像土匪似的大声疾呼:"给我狠狠地打!把这些短屑甩出来的小鬼子统统消灭!"袁司令对于国军那一套战场动员从来都是嗤之以鼻,按照他多年的行伍经验,在战场上一句粗俗的俏皮话比一火车辉煌的大道理更能鼓舞士气。果然不出所料,官兵们听了他的粗鲁话,不仅心情舒畅,而且群情顿时沸腾起来,打得更欢了。

生死攸关之际,袁司令再次展现了我们谯城人的特性,自己把谎言描绘得连自己也相信是真实的了。在自己施放的烟幕弹里,袁司令进一步发挥着自己的想象力,傍晚他回到司令部自己办公室里,一边品着碧绿的"谯城春色",一边盘算着自己在江淮大地称王称霸的日子还有多远。听着城外一些零碎的枪声,看着竖着前腿蜷着后腿昂首挺胸坐在办公桌前的那条大狼狗盛气凌人的嘴脸,他甚至还得意洋洋地自个儿笑了起来。

像昨天夜里一样,四门围攻的日军在夜间几乎没有任何动静,甚至连一点火星都不曾出现。半轮月亮恍若临风的灯笼,照得大地影影绰绰。在燥热的夜色里,几只猫头鹰之类的夜鸟在日军阵地上飞来飞去,间或夹杂着一群群蝙蝠。深夜里的晚秋不死之蝉鸣和突如其来的一两声鸟啼尤其刺耳。空气里弥漫的硝烟味逐渐消散。

四门城墙上守军的狂热情绪也有所降低,打了三天三夜加上整整一个下午的官兵们此刻吃得饱饱的,城里各大酒楼餐馆送来的美食美酒让他们大大地享受了一番,一个个或躺或靠在城墙垛口后边,抱着枪面带笑容进入了梦乡。一些半醉不醉的士兵趁着酒劲自觉要求担任警戒值勤,倒背着大枪叼着烟卷在垛口间来回晃荡着,踱步解酒。有几个值勤的士兵心眼里满是惹是生非的念头,不管城下日军阵地上有无动静,想起来就冲着下面打几下冷枪。双方都是久经沙场的,对这些冷枪碎炮根本就不当一回事。在北门有一个值勤士兵喝得太多了,他把头探在垛口那儿呕吐了好几次,弄得整个城墙上下都飘荡着令人发呕的酒味。进攻北门的辻原盛部队一个军曹正窝着一肚子火,他把城上士兵的呕吐当成了对日军的侮辱,愤怒地抄起一支三八大盖瞄准那个士兵就是一枪。奇怪的是,他瞄得那么准居然没有打中,反而惹起了那名酗酒士兵的兴趣,一口气朝城下扔了六七颗手榴弹。一时间弄得四门守军全都吃了一惊，连所有的日军也以为国军要突围，紧张地操枪弄炮准备射击。结果敌我都没有发现异常情况，一瞬间双方又都松懈下来。不一会儿，世界再次陷入了寂静之中。

随着太阳露头，战争也跟着敲响了只有它才能敲响的丧钟。

九架日军轰炸机宛如九只巨大的黑蛾子，一下子出现在谯城的上空。

据我后来掌握的资料显示，日军之所以一次出动九架飞机轰炸谯城，也完全出于对战场情况错误的判断。围攻谯城的日军自侵华以来可能也遇到过这么坚固的城墙，但他们没有遇到过这么顽皮而粗暴的守军，因此他们更加相信了辻原盛的话，一致认为城里有一支装备精良作战勇猛的精锐部队。驻扎在归笋城的日军司令部也坚认这次围住了一条大鱼，有必要下些本钱。

事后人们拿捏了一下，发现九架日军轰炸机对谯城进行了长达两个多小时的轰炸。在轰炸谯城四门时，日军轰炸机十分嚣张，几乎扫着守军的头皮飞行，它们投掷炸弹的过程近在眼前，就像眼睁睁地看着一只母鸡下蛋。在北门的城墙上为守军炸油条的"油条刘"刚把一锅油条捞出来，飞机一下子贴着他的头皮飞了过去，疾风把他遮阳的草帽掀掉进油锅里。接着，他眼睁睁地看着飞机把一枚炸弹丢进城楼里，轰的一声，城楼里的两个正在吃油条的重机枪手和一个军官顿时没了人影，漂漂亮亮的城楼也在转眼间变成了一堆瓦砾。

九架日军轰炸机不仅轰炸了谯城四门，还飞进城里轰炸了城防司令部。因为城防司令部是一栋三层建筑，在一片古色古香的平房之中过于突出，而广场上那面青天白日旗帜简直就是特意为日军轰炸机设置的指示标志。日军轰炸机朝城防司令部大楼投放了八枚炸弹，它们飞走之前，还挑衅似的对着在广场上随风飘扬的那面青天白日旗投了一颗炸弹，这颗炸弹准确无误，几乎就是顺着旗杆滑下来的。当时袁司令就在司令部自己的办公室里，他看似颇具大将风度，临危不惧似的地站在窗前，其实是在心惊胆战地感受着大楼的摇晃，眼也不眨地看着那面旗帜在半空飘荡了一下，然后跌落在地上。当几个卫兵架着他冲出摇摇欲坠的大楼时，他这才想起，在日军轰炸机对谯城进行轰炸的这么长时间里，他居然忘了向上峰报告这一措手不及的敌情变化。

可是已经晚了，在司令部大楼里的电台已经被炸得七零八落。

日军轰炸机轰炸之后的战斗更为激烈。升高变小的飞机还在天空像恶鹰一样盘旋，城下的小鬼子就开始了攻城。一夜之间，进攻四门的小鬼子都像变戏法一样，一下子弄出来许多梯子，一群群鬼子架着梯子蹦蹦跳跳地往炸出豁口的城墙处猛冲，一旦搭好梯子就发疯似的往上爬。尽管四门守军在日军飞机轰炸中伤亡很重，但凡是能动弹的士兵都打红了眼，抱着枪拼命地射击。送吃送喝的普通市民仿佛也鬼迷心窍了，冲上城墙抱着炸碎的砖头石块使劲地往下扔，这非常符合谯城人的性格，该拼命的时候人人都胆大包天。但四门还是不断地出现险情。在西门，居然有五名鬼子爬上了城头，被"二阎王"张百川营长搂起冲锋枪打死之后又给扔了下去，这时候的张营长的左耳已经被弹片划掉了，流了一脖子血，正沉醉于厮杀的最佳状态。作为主战的北门让原盛部队进攻尤其疯狂，他们不仅使用梯子，还用上了搭钩，刷的一下扔上垛口，然后拽着绳子就往上攀登。尽管有着原来守北门的一个营和魏铁衣一个团的兵力一直坚守在北门，他们打得也异常勇猛，但还是有十几个鬼子爬上了城墙。一个满脸是血的小鬼子跳进来之后，正好落在"油条刘"的热油锅前，这个矮小的鬼子两眼露出野蛮的光芒，当时看着和他肩膀一样高的油锅他还疑惑了一下，就这一瞬间，勇敢的"油条刘"不顾一切地端起油锅对着鬼子兜头浇去，只听哧啦一声，这个被炸得半熟的小鬼子趔趄了一下，又转身从垛口跳下去了。这一情景恰好被刚刚赶到的袁司令看到，他居然幸灾乐祸地大笑了几声，然后脑海里闪现出一个自认为高明的念头，接着他命令紧随其身后的那名长脸参谋，快速向全城市民征召热油。于是，这个战例很快被当做一个在战斗中提炼出来的应急经验，飞速地向另外三门推广。在当时的危急状态下，谯城人配合得尤为默契。一时间，猪油牛油羊油，芝麻油豆油，凡是能迅速熬成液态的油类都一盆盆一桶桶运上了城墙。战后日军做了一个统计，围攻谯城的参战部队被滚油烫伤者达四百余人，直接被滚油烫死者达七十余人。后来，日军军部把这一特殊战例当做一个战争异象整整研究了十九年。而在谯城，到目前还流传着一种具有历史意义的小吃：油炸小鬼子。这种用小麻雀炸成的玩意儿现在已经卖到了五块钱一只。

午后三时左右，谯城四门的枪炮声逐渐稀疏下来。从天明打到现在，双方的神经都处于高度紧张状态，枪声一旦停下来，人人顿时感到疲惫不堪。城上城下的伤亡也都在迅速递增。在激烈的交火中，双方都无暇顾及尸体，城上城下的尸体在炭火般的秋阳下经过短暂的暴晒后快速地膨胀起来，血污斑斑的伤口落满了一只只硕大的绿头苍蝇，空气中弥漫着逼人的尸臭味。尤其那些经过油烫的鬼子，死去的任凭苍蝇叮食，活着的则惊恐地望着成群结队的苍蝇疯狂地扑向自己被烫得香喷喷的肢体，赶都赶不走。

这时候，两架日军飞机又一次光临谯城上空。这次它们没有轰炸，可能是前来侦察战况。这两架黄皮青蛙似的飞机在上空盘旋一会儿之后就飞走了。这一现象引起了袁司令的高度警惕。此时,袁司令已经把司令部临时转移了,设在我们谯城有名的冥业大王刘白帽所经营的店铺宝号为"玉麒麟"的棺材铺里。袁司令这么安排,一方面是表示自己殊死决战的态度,一方面则是出于谯城人特有的迷信思想,在险恶情景里,守着棺材能得到鬼魂的保护——我们谯城人非常相信这个。

站在棺材铺门口,袁司令望着逐渐飞去的日军飞机终于产生了灵感,他命令此时此刻不再离他左右的二哥,赶紧到熊县长的第二家庭去找封紫芳,让封紫芳火速组织市民快速制造一批风筝,等日军飞机再来时放飞风筝,因为上次鬼子的飞机就是把弹药浪费在风筝上而减少了我们的伤亡。二哥是一个没有战争经验和战争头脑的人,但他还是很高兴地接受了袁司令这一命令。而袁司令也没有想到,他的这一神魂颠倒的命令,无意间为二哥在战火纷飞的时光里制造了一段浪漫的插曲。

其实以二哥的性格,他早已按捺不住日趋高涨起来的厮杀欲望。但他的愿望一直没能实现,因为袁司令深知在攻守城池之际骑兵基本上没有什么作用,况且他还藏了一手,那就是日军一旦打开城门,他还要靠这支勇猛的骑兵冲出一条血路,因为活下去才是人的第一本钱。二哥哪里知道袁司令对他的这一赌注般的期望,还好几次对袁司令嚎叫着要去冲要去杀要去砍。这时候得到袁司令的命令之后，二哥好像英雄有了用武之地一样，骑上他那匹白马，旋风般地来到了封紫芳家。

先前我介绍过封紫芳有着自己的独立性格，她始终对熊县长那位领若螳螂的大太太嗤之以鼻。在嫁给熊县长之时，她就提出不与那位美脖子女人住在一起，她要有一处风格别致的单门独院。这点小小要求对县长大人来说有何难处，熊县长举手之劳，就在充满唐诗意韵的华佗巷内特意为她安排了一处四合院。院里种满了核桃树和石榴树，还有一棵樱桃树。时节正值八月底九月初，桃李瓜果正呈成熟之状，核桃已经饱满丰实，石榴尚在最后的充盈阶段，樱桃树只剩下秃枝了。满院子水果之香在硝烟弥漫之中更显清新。多年以后，当二哥回忆他和封紫芳的往事时，这一令人陶醉的景象还仿佛就在眼前，水果的芳香还在鼻翼间流淌。

二哥推开院门，牵着白马进了院子，既没有听到前几次来和封紫芳协商风筝大赛事宜时听到的妇女们的欢笑声，也没有看到那个看人就笑、一笑就会露出两个酒窝的小使女。他丢下缰绳，任由白马啃食石榴树，一边擦拭着汗水，一边大步流星地走进了屋里。

屋里净化空气的蚊香味酷似茉莉花的气息。封紫芳一身浅黄色的短衣小裤，半躺在小竹榻上，正摇着柄上用红线缀有一块绿玉的竹篾扇款款扇着风。她那副逍遥自在的样子,仿佛打了好几天的战争与她没有任何关系。从没有经过女人的我二哥正是血气方刚之际,他根本没有看到这些雅致景物,封紫芳雪白的大腿和高隆的胸部不仅占据了他的眼球,还妖精般地唤醒了他青春蓬勃的情怀。二哥顿时站在那儿恍若泥塑,而封紫芳看到我二哥进来,不仅没有吃惊,反而保持着原状,好一派新妇女界领袖的风范。她款款地扇着竹篾扇,莺声燕语地问了一声:"院门关了吗?"那种从容那种语态,仿佛是自己的家人回来了,更像是双方图谋已久的约会终于在熬人的等待中得以实行。

二哥还没有从晕头转向中清醒过来,他的心怦怦狂跳着,言不由衷地答道:"关了。"封紫芳这才一下坐了起来,两眼流水似的望着二哥,一边说话一边碎着步子朝二哥面前走:"鬼子打跑了吗?"二哥毕竟是一个没有经过风月的青年男人,在临阵之际他还是有了一丝胆怯,他不由自主地朝后退着:"还没有,正在打。"封紫芳目不转睛地瞅着二哥,一边紧着步子贴上来问:"你打死了几个鬼子?"二哥脚后跟碰到了门槛,他站住了,声音有点发飘地问:"我没有打啊……"

二哥说话的嘴唇还没有闭上,就被一个柔软而火烫的嘴堵住了。接着,一阵子浓烈的樱桃味致命地钻进了我二哥的大脑深处。多年以后,二哥无论如何也想不起当时的幸福感觉，他只记得，当他被封紫芳拽倒在小竹榻上时，才看到在床头矮几上一个精致的有着红釉的小青碟子里点着一盘米黄色的蚊香，一线细烟随着床的震动缓缓升成一条蜿蜒的曲线，宛如一只拖着长尾巴的小蜻蜓在屋里飞徊。

在谯城伟大的抗战史上，二哥的这段战地浪漫曲显得微不足道，而且在特定的情形下也有几分不合情理，像梦幻一样飘渺。但这段浪漫曲毕竟奏响了，也不顾情境是否合理，这段艳情就像一颗炮弹一样一意孤行地爆炸了，而且它所焕发的斑斓色彩在几十年里一直真实地隐藏在二哥的心灵深处，使他一辈子都没有意识到，自己宝贵而粗鲁的童贞在蒙昧未开之际被他人猎获了。

袁司令当然不知道二哥趁公务之便遭遇了一场刻骨铭心的艳事。当二哥腾云驾雾似的回到棺材铺站在袁司令面前时，他还怀疑自己仍在梦中。袁司令等了半天也不见他汇报，只好打破惯例主动问他风筝的情况。这时候，二哥才镇静下来，突然间一反常态，挺着胸膛面不改色地说："没找到，女人都是白蛇精，一有动静就找不到影了。"袁司令没有在意二哥这些奇怪的言语，因为他深深知道，在谯城也有许多胆小如鼠的人，一旦感到灾难来临时，顿时借土遁而去。

虽然日军的飞机没有再来，但四门的枪声在整整一个下午里此起彼伏时急时疏。暮色降临那会儿，枪声停顿下来。这时候，魏铁衣单枪匹马地来到棺材铺，这位满脸烟尘、前胸后背一片狼藉、两条裤腿撕了好几道口子的团长，一进门就号啕大哭，仿佛他进了棺材铺不哭一场就过意不去一样。袁司令一直没有说话，他一言不发地看着自己的表弟一把鼻涕一把泪地哭完了，也没有说话。魏铁衣最后咳嗽了几声，撩起衣襟擦了一把嘴脸，这才拿起袁司令放在桌子上的香烟，抽出一支叼在嘴上，点上火猛抽一口，又泪眼汪汪地看着袁司令说："大哥，我准备出城。"袁司令看他一眼，吧嗒一下嘴没有说话。魏铁衣有点着急了，把大半截烟往地上一扔："大哥，你别这样子看人！我又不是逃跑，我是想到古城集把六团拉来，好好拾掇小鬼子！妈个屄，马转筋这熊孩子平时牛烘烘的，现在钻牛屄里啦！才几十里路，都打他奶奶的三四天了，难道耳朵塞驴毛了？一点儿也听不到枪炮声吗？"

魏铁衣哪里知道，驻扎在古城集的六团早在三天前就已经收拾完毕，单等着谯城一破，他们马上向北边开一阵子枪之后转身就逃了。袁司令深深知道他那位把兄弟马转筋的鬼心眼，所以，一直等魏铁衣骂完了，他才不动声色地点头说："去吧。"

当晚魏铁衣缒城而逃，一去几十年都没再露面。直到二十世纪八十年代末期，魏铁衣才以一个香港商人的身份出现在谯城。那次还乡，魏铁衣除了捐建了十几所希望小学之外，还到处打听当年参加过谯城保卫战的老人，尤其想知道一个叫卜一梦的营长现在何处。

卜一梦就是当年守南门的卜营长。

当年这位以奸诈出名的卜营长在那天晚上魏铁衣从南门缒城而逃时看穿了魏铁衣的伎俩，以为乐队增加新乐器等着欢庆胜利时使用为名，向魏铁衣敲诈了十根金条。这还不算，当魏铁衣缒绳落地时，他还命令士兵向日军开枪，以期引起日军注意，达到杀人灭口的目的。好在打了一天的日军当晚有些松懈，长腿善逃的魏铁衣才得以脱身。而城破时怀揣十根金条的卜营长在刚出城的一瞬间，就被鬼子的一颗炮弹炸得粉身碎骨，十根金条飞上了天，再也没有落到地上。

血做的城池

仗打到第四天临近子夜时，四门枪炮声不约而同地停下来，整个谯城一下子陷入了神奇的寂静之中。闷热的空气里充斥着复杂的硝烟味，秋虫的鸣叫在散发着尸臭的夜色里显得异常的尖锐而凄厉。街上在三天前就已失去了往日的热闹，铺面灯熄，巷口无人，家家户户关门上闩，仿佛都预感到祸事就要降临。

从四门查看完战况回到棺材铺的袁司令，在屋里徘徊了一会儿，然后又走到院子里，在那棵枝叶繁茂的歪脖子枣树下的石桌边坐下来。那个长相伶俐的勤务兵手持一把蒲扇，快步跟过去站在他身后，一如既往地给他扇着扇子——我一点儿也没有记错，虽然在深秋季节里，虽然在战争最残酷的时刻里，袁司令依然保持着他在日常生活中的享受习惯，即便在寒冷的冬天，只要一见他满头大汗，那个长相伶俐的勤务兵就会拿起一把蒲扇给他扇风。袁司令爱喝的"谯城春色"放在司令部他的办公室里，已经毁于日军飞机的炮火之下，所以，冥业大王刘白帽泡了一杯他自己爱喝的苦丁茶放在石桌上。然后，这个发了冥财、说话有点结巴的谯城佬低着头伸着细长的脖子，回到屋门口，转身倚在门框边，观望着那个平时让他望而生畏的袁司令。几个随身军官散乱地站在院子里，一个个活像焊在地上一样一动不动。二哥也在院子里，他眨巴着眼睛，看着天上的大半轮快要饱满的月亮，只觉得身子一个劲儿地发飘，好像双脚随时都会离开地面一样。我知道，二哥之所以有这种感觉，并不是因为被刚才随同袁司令查看战况时看到的凶险情景所惊恐，而是因为他的身体里还涌动着情欲的余韵。那条备受袁司令宠爱的大狼狗也坐在袁司令旁边，依然昂着盛气凌人的嘴脸，就像他的主人那样漫无目的地张望着夜空中那大半轮光芒散漫的月亮。

邻院是一家酿酒铺改成的鞭炮作坊，院子宽大，靠东边的院墙码满了成捆的新制炮竹，上边遮盖着崭新的芦席，靠西边的院墙码满了装着酒糟的麻袋。经过了漫长的一个夏季的暴晒，硫磺和酒糟在渐凉的秋夜里散发着强烈的气味，就像两群不同颜色的飞蚁在黏稠的空气里迷茫地飞翔着。自从日军飞机轰炸了司令部之后，那一百名骑兵大刀队队员就住在这个由酿酒铺改成的鞭炮作坊里，准备随时保卫袁司令。此刻，虽然没有参战但不停地来回奔跑已经疲惫不堪的大刀队队员们，一个个头枕着装满酒糟的麻袋，睡得鼾声四起。那一百匹战马纷纷倒腾着四条腿轮番歇蹄，一匹匹昂首咂嘴打着响鼻，显得精力无尽。

枪声停息不久，四门的营长按照袁司令刚才查看战况时的吩咐，纷纷来到了棺材铺。守西门的张百川营长失去左耳的耳根处已经干痂，只剩下一只右耳显得格外挺拔；包耳朵的那块黑布松松垮垮地耷拉在脖子上，细长的两眼已经熬成油煎的小辣椒，但他站在袁司令近前时，还是一脸桀骜不驯的神情。他接过袁司令递过来的一支香烟，点上火抽了一口，仍然一副亡命徒的口吻："我的队伍七零八落了，可是只要司令命令打，我还可以打啊！"袁司令垂下眼皮，好像回答张百川的话，又好像自言自语："妈个尻。"守南门的卜营长不仅毫发无损，而且还是穿戴整齐，军容严整。这个素以奸诈闻名的营长进门时就拿出从群殴场胜利返回的青皮嘴脸,到了袁司令面前还面带狞笑:"乐队的兵真是好样的,打到现在,凑起来还可以演奏半阕得胜曲。"袁司令看都没看他,仍然自言自语似的说:"妈个屄!"看样子守东门的费营长打得比较辛苦,他的黄脸在月光下变成了乌紫色,右肩受了伤,包扎得不像样子,右胳膊活像个饰物悬挂在右侧躯体上,看上去像一只折了右翅的瘦公鸡。他用左手给袁司令敬了军礼,然后一言不发地退了几步站在那儿,把左手插在口袋里不动了。袁司令也没有安慰他半句。北门来的是个刚由营副提升的营长,因为营长已经战死,一颗罪恶的子弹从他的鼻梁钻进去,停留在脑袋里,他抱着头在地上打了几个滚之后,索性四肢摊成"大"字,死了个痛快的。北门营副一直认为自己才干过人,屈居数年营副让他很快成了一个著名的牢骚大王。他最后一个到达棺材铺,虽然营长战死时他立刻被提为营长,但一进门他仍然大声呟气地发牢骚:"司令,魏团长出城搬兵也该回来了啊!魏团的三个营长加上我们营长一共四个营长打死四个了,魏团长再不回来,我也得完蛋啊!"袁司令坐着没动,一直等他走到自己面前敬了个军礼之后,才盯着他那张生就一副牢骚相的脸说:"妈个屄。"

这就是那个风雨飘摇夜晚的真实情景。袁司令那天夜晚没有慷慨激昂的演讲,他接连村骂了三句之后,坐在石桌旁手抚额头好像搔痒似的挠了一会儿,接着站了起来,悠闲地垂着两手，面无表情地扫描了几个营长一眼，苦笑似的叹息一声："兄弟们，这局麻将咱们不打了吧。"院子里的所有人顿时明白了，没有人提出异议，都站在那儿发了傻一样愣着。

"袁司令，这局麻将你还可以打下去。"

随着话音，苏甲格突然间走了出来。他说着话，信步走到袁司令面前。院子里的人无不大吃一惊，远远比刚才听了袁司令那句话更为惊愕。很显然，苏甲格已经到来多时了，只是谁也没有发现他是什么时候来的，一直站在什么地方观看着他们的言行。

大哥突然间出现在那种场合，当时真的令人费解。

多年之后，我翻看了大哥的回忆录，才明白了其中原因。

事实上大哥苏甲格一直关注着这场战争，甚至在日军第一次侵犯谯城之际，大哥苏甲格就已经得到了上级的密示，让他停止其他地下活动，专心关注战场变化。那时候谁也没有心思留意大哥的行踪，因为大哥表面上不过是柳湖书院的校长，他那文质彬彬的样子给人们留下的印象太深刻了。风筝大赛遭到日军飞机轰炸那天，苏甲格就意识到日本鬼子这次是有备而来。当天下午北门枪战方酣时，他就知道事态非常严重了，他当机立断，把自己所掌握的战情匆匆写成了一封信，交给了陈鱼容，然后让那个永远也背不会一首唐诗的名叫方杵子的大个子学生,护送着陈鱼容从安然无事的南门出城,直奔一百多里之外的白马驿新四军彭雪枫部。而他自己则怀着崇高的革命信仰,勇敢地留了下来。

苏甲格在他的回忆录里写道,打他从省城回来到日军第二次侵犯谯城这段时间里,他已经秘密发展了二十七名地下党员,人数虽少,但个个赤胆忠心——在未来的腥风血雨的岁月里的事实证明,这二十七名地下党员没有一个人背叛他。日军第二次侵犯谯城,在攻城的这几天里,苏甲格带着他的十几个同志混迹于给守城官兵送吃送喝的市民之中,一边巧妙地给守城官兵做着鼓动工作,一边留意观察日军的战斗情形。同时,苏甲格更是焦急地等待着彭雪枫师长的指示。当第二天日军飞机对我们谯城四门进行轰炸时,彭雪枫师长派来和他联络的人才刚刚赶到。但这个名叫任化柱的新四军联络员不仅没能进城,而且在返回白马驿的途中被翡翠寨的红枪会杀害了。彭雪枫师长的书信落到了红枪会头子赵铁头手中,因此,苏甲格的大名后来在红枪会等一些会道门中红极一时。在全国解放初期,身为我们谯城公安局局长的苏甲格在率部清剿红枪会老巢时,在他们的记账簿里发现了彭雪枫师长写给自己的信。当时,苏甲格二话没说,手起枪落,剪臂而绑的红枪会头子赵铁头顿时脑袋开花。这当然都是后来的事了。

在苏甲格的回忆录里，针对他那天夜晚出现在棺材铺袁司令面前的情景也没有详细描绘，不过是简单扼要的几句话，上级要求他在关注战争进展的同时，也要留意袁辩吾的变化，如果发现袁部有动摇迹象，一定要想方设法利用一切有利条件劝止他，非常情况下，可以向袁提出让新四军四师前往参战。

事实上当时的情况的确很简单。

袁司令看着面前的苏家大少爷，柳湖书院的校长，心里格登一下全明白了，他一下子相信了关于苏甲格的种种传说都是真实的。不过，老练的袁司令内心虽然混乱但表面上仍然不动声色，他微笑着说："苏校长，这麻将我再打多久才能赢啊？"

苏甲格也微笑着盯着袁司令说："天明左右。"

袁司令眨巴了一下眼，好像下定决心似的说："好吧。苏校长，让你兄弟送你出城吧！"

大哥自信地一笑说："不用了，让我兄弟留下保护袁司令吧。"

说着话，我大哥把手里的布袋放在了石桌上，这时候院子里的人才注意到他手里还拎着一个布袋。接着，他从布袋里拿出一套衣服，在众目睽睽之下更换起来。只见大哥戴上那顶鬼子帽时顺手在脸上抹了一下，他的嘴唇上便多了一撮小胡子；转身穿好上衣的瞬间，手里多了一把南部十四式王八盒子。大哥这一手熟稔之极，滴水不漏，宛如魔术，与他多年来那副文质彬彬潇洒磊落的形象相差甚远。大哥打扮得像个鬼子翻译官，他丝毫不顾在场的人们目瞪口呆，提着手枪朝袁司令拱拱手，转身走出了棺材铺，头都没有回。

几十年之后，在一个凄风苦雨的夜晚，苏甲格临死之前把他撰写的那本回忆录交给了陈鱼容。在二十世纪八十年代初期，身为我们谯城市委书记的表姐以自费的形式将那本珍贵的回忆录印行了三百本。在那本散发着革命气息的回忆录里，不仅让我知道了大哥当年参与谯城保卫战的事实真相，而且还让我感受到了我大哥的良心。因此我也觉得，在我们谯城史志里，那些心怀好意的撰写者把这场灾难性的战争说成是由大哥苏甲格率领地下党策动袁辩吾部进行的一幕抗日活剧，也不完全是空穴来风，只是他们不了解当时的情况，把一些讹传和传说当成了史实。

在那本回忆录里，大哥说，当他随着彭雪枫师长率领的新四军四师赶到谯城南门外的赵王河时，西边天上还挂着那大半轮已经没有光芒的月亮，太阳已经从东边的天际露出了半巴掌宽。他们站在高高的河堤上黄叶密集的槐树林里，远远地看到了南门城楼上已经插上一面膏药旗。彭雪枫师长举起望远镜观望了一会儿，果断地下达了撤离的命令。于是，大部队一个向后转，队尾变队头，在槐树林的掩蔽下，秩序井然地沿着高高的河堤撤离了。大哥是最后一个撤离的，他停了一会儿，凝视着自己的家园，抹了一把满脸的汗水，低低地自言自语了一句："来晚了一步。"在撤离的途中，我大哥问彭雪枫师长为什么不趁鬼子立足未稳一鼓作气拿下城池。彭雪枫师长告诉他，日军陷城已经有些时辰了，因为城楼上鬼子的戒备状态森严完整，说明他们已经做好了应付反攻的准备。鬼子枪炮锋利，袁辩吾依靠谯城工事坚守了四天四夜，现在枪炮锋利的鬼子守着工事坚固的城池，我们得打多少天呢？

彭雪枫师长的推断不无道理。

事实上，袁司令也没有把打赢这局麻将的希望放在我大哥身上。

那天夜里大哥走后，袁司令以谯城人特有的精明对这件事进行了政治性的盘算：仗打到眼下，自己的队伍已经奄奄一息，基本上已经山穷水尽。尽管与上峰失去联络，但先是飞机后是炮弹干了整整四天四夜，消息一天传一百里，四天至少也能传四百里之外，要是上峰有心相救，援兵早就到了，到了现在大家都还装聋作哑，分明是想看着鬼子干掉自己这支非嫡系部队。日他姐姐的！即使撑到天明，彭雪枫的新四军就算打退鬼子，那他们兵强马壮冲进城里，后果也是很复杂的，到时候在谯城谁说了算恐怕还很难估量。自己打了四天四夜,毙敌累累,即便城池陷落于鬼子之手,自己逃出城去也可以落个抗敌有力之名。但是,要把城池变成新四军的了,即便打了胜仗也改变不了通共的罪名,蒋委员长要是怪罪下来,没收了赠送给他的小轿车不说,可能还要砍掉他的脑袋。

掂量一番轻重之后,袁司令又在心里把几个相好的朋僚大骂了一番。接着,他又拿出一个老行伍的狡诈和一个司令官的足智多谋,设计了一个后来的事实证明可以称为高妙的撤退计划。他从仅有的六辆卡车中抽出四辆,让四名营长各带一辆分别开往四门,拉上那些受伤的官兵;另派两名司令部参谋带两辆卡车火速去拉上住在城里的各级军官家眷,然后六辆卡车开到南门听命。接着,他命令把邻院的鞭炮作坊的所有爆竹分别运到东西两门。最后,他命令骑兵大刀队一分为二,其中五十名开往南门做突围先锋,另五十名由我二哥率领着埋伏在北门,等东西两门鞭炮燃放后打开北门,鬼子进城时骑兵队进行一阵突袭,然后快速撤离,出南门到赵王河与大队人马会合。

城外的日军也打得非常艰辛,他们甚至对是否能攻下谯城也逐渐失去了信心。辻原盛更是急躁不安,在当夜停火的间歇,他和另外三门日军进行了沟通。就在他们将战况报给驻扎在归笋城的日军司令部时,城里四门的官兵基本上已经撤得干净利落了。装满伤兵的四辆卡车早已停在南门，尚能战斗的官兵也编成了一队，由费营长指挥掩护卡车。五十名骑兵大刀队队员和卜营长手下勇敢的半支乐队，在卜营长的指挥下也做好了开门冲锋的准备。而埋伏在北门一条小巷子的另外五十名骑兵大刀队队员，在二哥的带领下也是个个摩拳擦掌，单等着东西两门鞭炮炸响打开城门后狠狠砍杀鬼子。但是，拉家眷的卡车却迟迟不到，因为袁司令的老娘死活不走。

从四天前日军攻城开始，这位在我父亲回春妙手之下日趋年轻化的老太太，依然如故地按照习惯的养生之道过着每一天的生活。在枪炮轰鸣声中，她每天早上起来先喝一杯温开水，然后在院子里蛇行豹步大做五禽戏，做完之后就面对朝阳立定身形长长吐气深深吸气修炼吐纳功夫。晨练完毕，先喝三只生鸡蛋做引子，接着开始丰盛的早餐。这位老太太心态之所以如此安详，是因为她坚信自己的儿子能够打胜仗。所以，当袁司令亲自回家请老娘撤离时，这位半躺在床上摇扇纳凉闭目养神的老太太一下子跳了起来，手脚麻利地上来就给了袁司令两个耳光，接着破口大骂道："畜生！畜生！你不能为国尽忠也就罢了，俗话说好狗护三邻，你在这城里吃香的喝辣的，活得好比半个皇帝，你也不想想是哪些人供养你的？眼下大难临头，你只顾自己跑了，也不想想一城百姓？你给我去打！战死沙场老娘给你收尸！"

袁司令被抽得有些眼花耳鸣，仿佛潜伏在内心的一辈子的委屈都给两个耳光抽出来了，他咚的一下跪了下来，眼含热泪拍着胸口说："亲娘啊，你儿打了四天四夜，现在队伍都快打光了，没有一个龟孙出手相救，我还不走就等于白白送死！"

说完，袁司令站了起来，拿出谯城人特有的劲儿，冲自己的老娘说道："老子有此一拼，上对得起千秋万代的祖宗，下对得起千秋万代的子孙！"说完，又冲身后的卫兵和拎着一包细软等在旁边的自己太太叫了一嗓子："把这个老祖宗架车上去！"他太太平时就对越来越鲜亮的婆婆心怀不满，此时在一个卫兵的帮助下，她恶狠狠地拽着老太太的胳膊就往外拖。没想到老太太身手矫健，两臂一伸向后一甩，把卫兵和媳妇弄了个趔趄，然后气壮山河地说："城不保了，百姓不要了，那你老娘的救命恩人你总得带上吧！"然后大步流星地走了出去。

袁司令赶到我们家时，我父亲几乎快把他那本要命的医学著作写到了最后的篇章。

城阙将破，可能要面临家破人亡，但在我们家却丝毫没有惊慌失措的迹象，仍然还是四天前枪声刚刚响起的那种悠闲情形。在飞机轰鸣枪炮不绝于耳的时光里，父亲仍然埋头在自己的书房里，甚至连一日三餐都由我们家的胖厨娘黄三婶子送到书房。我深刻理解父亲，因为一个执着的著作者就像一个坚忍不拔的旅行者一样，经过千辛万苦的长途跋涉，目的地终于近在眼前，这时候，即便到达目的地之后迎接他的就是死亡，他也会毫不犹豫地走下去。而我的母亲，也是一副两耳不闻窗外事的矜持神态，除了保持平时对待事物的从容态度外，每天晚上仍然还要饮用她自己家传的由十八种药草炮制的养颜茶。日军飞机扔炸弹时，大地为之一振，放在她房间里的地球仪也跟着微微颤抖，这时候，母亲就会装腔作势地在她的贴身使女棠果的搀扶下走到地球仪跟前，好像寻找一个答案一样，翻转着地球仪观看日本在哪个角落里藏着。当她好容易找到那一小条日本国的图形时，用葱白般的手指不屑地点着那条瘦豆虫似的图形，嘴角浮现一缕轻蔑的微笑。

最有意思的是我的表叔葛九章，这几天几夜以来，他熬炼的仙丹已经呈现出激动人心的新现象。在一阵白烟一阵黑烟之中，蒸馏锅里的朱砂硫磺之类的玩意儿时时出现喜人的变化。葛九章基本上把自己当成了已经服了仙丹的神仙，整个身心都沉迷于那个奇形怪状的蒸馏锅里，沉迷在那团鬼火般蓝荧荧的炭火里。那只来自澳大利亚外号"西王母"的金刚鹦鹉也兴奋不已，在架子上跳来跳去，尖锐的嗓子一声声催叫着："快了！快了！呜呜哇哇！"

我那位非同胞的姐姐苏茱萸和那个来自异国他乡的意

大利佬小巴利奥，经过近小半年的朝夕相处，已经到了热恋阶段。他们白天在一起，在互相学习小提琴和胡琴之际，还使用相互传授的中国话和意大利语快乐地交谈，高声朗诵但丁的诗句，大谈祝英台与梁山伯，笑声朗朗，言谈不绝，一会儿小提琴如泣如诉，一会儿胡琴咿咿呀呀，一会儿中国话，一会儿意大利语，有时还夹杂着几句德语。到了晚上，他们睡在各自的房间里，分别遐想着未来的甜蜜生活，设计着明天起床后怎么样给恋人一个惊喜。

那几天几夜在我的哑巴三哥看来，真是太长了，即便走到地狱尽头，也到达不了那段日子的最后时光。一天天眼睁睁地看着自己心爱的姐姐和一个猢狲般的怪人在一起欢天喜地，哑巴三哥真是感到万念俱灰，整天无精打采，时不时坐在自己的房间里手托着下巴独自享受着痛苦的折磨。

老管家苏沛甫仍然一如既往地忠心耿耿，在鬼子攻城的这几天里，白天指派着门房长保一趟趟地跑到外边打听消息，晚上则天真地组织力量加强门户防卫，指挥着由胖厨娘黄三婶子率领的长保和麦冬以及几个临时用工，拎着棍棒在院子里巡逻。

这天夜里，袁司令带着一个卫兵径直冲进我们家院里，黄三婶子带着人马一拥而上把他围了起来。袁司令哭笑不得地挥手驱散他们，让苏沛甫马上把他带到我父亲跟前。

当袁司令一脚跨进我父亲书房里时，我父亲的关于医学的文字旅行几乎快结束了，只剩下最后一段结语还没写好。袁司令此时到来真的使我父亲大为扫兴，他手持钢笔停住书写，眼睛却还盯着稿纸上龙飞凤舞的字体，不悦地说："司令长官来得真是时候啊！"

袁司令已经全然不顾礼节了，他蛮横无理地指着我父亲，焦急地说："你老先生就别给我装圣人了！城破就在眼前，不是我老娘，我哪里还有心思来接你逃命？赶快给我收拾一下，我带你出城，再晚你就只能给日本人玩了！"

父亲一点儿也没有惊慌，他老人家一笑："日本人有什么好怕的？当年我在德国留学时就结交了一个日本小地丁，虽然他人很聪明，但他在我面前只能算个顶小的！求我给他讲一段汤头歌诀，得先恭恭敬敬地给我鞠三个躬，连说三句请多关照！"

说话时父亲微眯着眼睛，盯着他书桌上方悬挂的那张合影照，沉浸在得意的往昔岁月之中。等他说完话睁开眼睛，袁司令已经没了踪影，让他恍然觉得刚才是在梦中和一个人说话。当他不以为然地眨眨眼睛继续提笔写字时，一阵剧烈的鞭炮爆炸声突然间震痛了他的耳膜。

就这样，我们家失去了撤离的最后机会，沦入日寇的铁蹄之下。

猛然间，东西两门的鞭炮炸响一片，四门的日军无不惊慌，正准备操枪上阵准备作战之时，北门的城门顿时打开了。辻原盛犹疑了很大一会儿，还是发出了冲锋的命令。顿时，枪声大作，成群结队的鬼子在夜色中活像发乌的黄水一样涌进了城门。

当这群倭寇冲上北门里的鬼市大街时，二哥率领的五十名骑兵队队员也挥舞着铜环哗哗作响的大刀突然冲进了敌群。而在这时候，南门突围的队伍早已开始冲锋，怀揣十根金条的卜营长已经被炸上了天，突围队伍前锋基本上已经突破日军阵地。在北门厮杀的二哥杀性刚起，憋了好几天的冲杀欲望才开了个头。他嗷嗷大叫着，左起一刀，一腔鬼子血泉水似的蹿起多高；右挥一刀，一颗鬼子脑袋泥球般地滚出好远。当刚刚冲进城门的辻原盛远远看到二哥这一副杀相，虽然怒气冲天，但还是不由自主地打了个寒战。他本能地抄起枪想射击，一个骑兵发疯似的把二哥拽走了。那一夜，二哥砍杀鬼子数不胜数，要不是两三个骑兵死命地把他拽走，他可能会一直砍杀下去。等他们冲出南门追上突围的队尾时，二哥在瞬间想起自己忘了把封紫芳救出来，他望着烟火弥漫的城里，自言自语地骂了好几句："日他奶奶的，日他奶奶的，日他奶奶的。"

离天明还有两个半小时的时候，日军占领了谯城。虽然如此，但日军的整体作战计划被破坏了。因为攻打东西两门的两个日军大队由于拖延了三天而丧失了他们自己的作战时机。即使占领谯城之后，这两个日军大队立刻赶到原定的作战地点，恐怕也只有被就地消灭的份儿了。因为他们攻打谯城时，不仅耽误了时间，而且自身的伤亡较大。这样一来，谯城以南二百里外的两个处于战略要地的县城在很长一段时间里免于沦陷。

谯城虽然陷入倭寇之手，但袁司令的及时撤退无意中让谯城避免了更大的灾难。因为日军三个大队加上九架飞机协同作战，打了近四天居然没有攻下一个小小的城池，这让驻扎在归笋城的日军司令部大为恼火，几个老鬼子头儿更加认定，谯城这支精锐部队十分顽强，不消灭之不足以鼓舞侵华战场上所有日军的斗志。于是，这几个老鬼子进行了一场更加恶毒的酝酿，最后，他们决定如果天明之前拿不下谯城，天明之后，就派飞机前往谯城投放毒气弹。

第六章

瑞雪兆丰年

眼睁睁看着日本鬼子占领我们谯城，我的心中充满了仇恨。

在入城的第四天，我的朋友辻原盛拿出侵华以来惯用的手段，迅速成立了维持会。经过谯城里几个青皮比如李羊肠之流的败类指点，辻原盛准备让商会会长——我姑父陈竹竿当维持会会长。但是，自从城破之后姑父就消失了踪影，没人敢肯定他是否还活着。十几个鬼子三分失望七分恼怒地离开姑父家时，那个长着一嘴龅牙的罗圈腿军曹看着门房曹大胖子，淫笑着在他白生生的臂膀上拧了几团紫印子。

接着，有几个以包打官司为生的讼棍向鬼子透露了一个秘密，于是，十几个鬼子冲进县政府，不费吹灰之力就把隐藏在地下室的县长熊梦之挖了出来，让他当维持会会长。一开始，熊县长还保持着民族尊严，坚决不干，但是那个罗圈腿军曹龇着满嘴龅牙，当场抽了他十三个大嘴巴，接着刷的一下拔出军刀压在他脖子上。这十三个大嘴巴一下子抽出了熊县长华丽外表下的懦弱本性，在鬼子那把尚有血迹的军刀下，他当即丢下县长之尊，连两嘴角血都顾不得擦一下，就立刻点头哈腰地同意当维持会会长了。接下来，他按照鬼子的命令，收罗一群青皮无赖组织了维持会，花了两天时间把全城的街头巷尾都贴满了"维护治安、欢迎皇军"之类的安民告示和标语。

就这样，本有着清正之名的县长熊梦之，不知不觉中走上了汉奸之路，而且在以后的日子里越走越远。

一时间，日军占领下的谯城，表面上大致稳定下来。

在另外两支日军大队撤离之前，我的朋友辻原盛突发奇想，非要搞一次入城仪式。很显然，这是有意炫耀胜者风范的鬼把戏，还夹杂着威慑我们谯城人心的卑鄙用意。谯城维持会长熊梦之本来就聪明无比，此刻更加深谙鬼子的这种心理，他带有几分讨好地建议打开南门请皇军入城，因为胜利者从来都是从正南门进城的。但是，辻原盛一口否定了他的建议，非要按照自己的强盗逻辑打开北门进城。于是，长相儒雅的熊会长只好带着满脸苦笑，率领维持会的一群喽啰，挨门挨户地通知市民们到北门欢迎皇军入城。十六个荷枪实弹的鬼子一直紧跟在他们身后，其中有五个鬼子还各背着一袋子日本糖果，三个鬼子抱着三箱子纸糊的小膏药旗。每到一家，鬼子们就会露出一脸活像猴子被抓住睾丸时的笑容，发给每家一面膏药旗和十粒日本糖果，一边夸张地大笑着对接糖果的大人孩子说："米西米西的有。"

那一天，在辻原盛的指挥下，日军开始了荒诞的进城仪式。可惜天公不作美，上午九时开始刮风，先是小风微尘，接着，一阵一阵地刮起了牛抽筋似的旋风。碎沙细草随风而舞，城门内外仿佛云遮雾罩。在这样恶劣的天气里，市民们按照鬼子的要求，站在北门里外的路两边，迎风摇晃着膏药旗，含着日本糖果，满脸佯笑着，眯缝着眼，看着活像得了失心疯的鬼子队伍浩浩荡荡地开进城里。鬼子队伍在行进中，很多没戴钢盔的小鬼子头上的土黄布帽子时时被旋风扫落，鬼子们跑来跑去捡帽子，打乱了行进秩序，把一场旨在扬威的入城仪式搞得混乱不堪。那种场面，真是让我们谯城人哭笑不得。当时，我们家的门房长保也站在人群里，他抱着膀子，左手捏着纸做的膏药旗，大嘴里含着四粒日本糖果，一边鼓嚷着嘴巴，一边看着那些罗圈腿短得可怜的鬼子们，心想也只有这样的怪物才能想出从北门进城的败国点子。

日军举行进城仪式的第二天，又出一个收买人心的花招，他们把守城官兵的尸体收集起来，搞了一个神圣的葬礼。鬼子们在当初二哥训练骑兵的那片旷地上摆放了十几堆柳木劈柴，用了两天时间火化战死的谯城守军。在那两天里，焚烧尸体的焦糊味弥漫在谯城上空，引来成群的乌鸦在空中盘旋、鸣叫，然后一群一群地飞走了。埋葬骨灰那天下起了寒冷的小雨，一大队鬼子整齐地站在那个用青砖砌成的墓坑四周，掘土封成坟墓之后，还在墓前竖了一块一尺宽三尺长的木板，上面刻着"谯城将士之墓"。随着一名被雨淋得直眨巴眼的小队长一声粗野口令，所有鬼子都冲坟墓低下了头。被维持会连吓带骗组织来参加葬礼的市民们，也冒着雨站在坟墓四周，一个个面无表情，看着那些湿漉漉的鬼子们做着古怪的把戏。

接着，不紧不慢的小雨下了整整一个月。

接着，天气一天比一天凉下来。

我现在依然记得，日军大队部就在姜家大院。这所大院原是我们谯城一个在清末时做过热河总督的姜姓人物的住宅，比我们家的大院还要阔气，建筑结构也更为讲究，尤其不同的是，这所大院里还设有刑室和水牢。姜姓人家败落后，这宅院一直空闲着，每年清明季节，深宅里就会有一股股阴森之气，如同烟雾缓缓上升。当年袁司令为了镇住深宅里的阴森之气，把所有的弹药都放在这儿。我的朋友辻原盛进城之后，为了寻找住处在城里转了几遭，最后居然为这所大院的阴森之气所吸引，非要把大队部放在这所大院里。对这个一意孤行的小鬼子有什么话好说，他要从北门进城就从北门进城，他要住在满是阴森之气的姜家大院就让他住在那儿好了。

起初，我们谯城人都以为鬼子在城里住上一段时间，最终还会走的，但谁也没有料到，他们一住就是两年，大有要在我们谯城扎根发芽的架势。

日军刚住进城里时，有好多人都担心这帮倭寇会像传说的那样杀人放火强奸妇女，所以，家家户户白天关门夜间上闩，男人出门做事小心谨慎，女人大门不出二门不迈。然而，大半年过去了，城里居然平安无事。除了正常的站岗训练外，经常有一群群鬼子在街上转悠，有时侯连枪也不带。和姜家大院隔条街有一家专营驴肉汤的馆子，店主焦驴蹄子个头高大，手艺甚为有名；一些矮得可笑的鬼子常常三五成群地到他馆子里就着驴肉汤喝酒，吃到高兴处还跷着脚乱拍焦驴蹄子的肩膀，竖起大拇指，龇出黄牙夹杂着几粒金牙，连声夸奖："大大的好，大大的好！"还有一些鬼子很快就喜欢上我们谯城名吃牛肉馍，店里要是人多，那些鬼子居然自觉排队。这让我们谯城人大为惊讶，仿佛那些猪嘴獠牙的鬼子不是侵略者，而是来自异乡的旅游客。

有一个叫山田的小鬼子，因为会一口流利的中国话，他很快就在西门外的西河滩菜市场混熟了。这个山田是个下士官，在鬼子大队部管伙食，他戴着一副厚如瓶底的眼镜，一嘴龅牙，经常领着一个相貌英俊的小鬼子到菜市场买菜。他买菜从不讲价钱，付过钱之后还要对卖菜人鞠个躬，满脸带笑地连声说："请多多关照。"

鬼子们的这些行为，一开始真给我们谯城人留下了良好的印象。所以，在后来很长时间里，谯城的许多商铺酒楼十分欢迎鬼子们光临，并且笑容可掬地和他们大谈生意经。看样子，随着时间的流逝，谯城人基本上习惯了日本鬼子混迹其间的日常生活。而当时在美国的很多地方，都在竭力地排斥、驱赶日本人。好多理发店都挂上了醒目的牌子，上边明目张胆地写着挑衅性的语言：日本鬼子来刮胡子，发生意外事故概不负责！很多饭店也挂上了牌子，上边也写着蔑视的语言：老鼠、蟑螂、日本鬼子，本店一概毒杀无误！

岁月交替，到了次年入冬。一些赌场也像往年一样，入冬后照常开业。每年到了这时候，大街小巷无处不响着麻将和骨牌的哗哗声，仿佛我们谯城城歌。

姑父陈竹竿不仅嗜赌如命，而且牌技过人，一个赌季下来，赢人钱财足够逛半年凤弋馆。所以，一到冬天，在每个赌场都可以看到姑父的身影，都能听到他赢钱后的爽朗笑声。日本鬼子刚占领谯城时姑父隐匿得无影无踪，但是，当城里的麻将骨牌声刚刚响起来，他便一下子出现在各种赌场里。今年他连打扮也改变了,没有拿须臾不离手的文明棍,还脱下了可以把他微驼的腰背衬托得挺拔的西装,换上了青色棉长衫,外罩玄色夹层坎肩,脚上一双桐油刷底的半新棉鞋,活像一个发了点小财的土财主。在各种牌桌上,他叼着烟卷,眉开眼笑,吆五喝六,无论麻将,无论骨牌,都打得异常顺手,赢了人钱还要说几句俏皮话来奚落人家。

我们谯城的赌场规矩不多,但条条都是铁铸的。比如,几个人一旦落座开了牌,那个个都得是铁屁股,就是钦犯要砍头,那差役也得等他结束牌局清了账才能拉出去,更别说家里失火老婆上吊之类的小事了。还有一条规矩比较能呈现我们谯城人的内心世界和性格特色:牌局结束就得清账,不清账不能离开牌桌,钱不够你就借,借不着你就脱衣服,脱光屁股还不够还账的,你尽管赤条条地走路,没有人追你要赌债,下次见面还是好哥好弟。每年一到冬天,就会经常看到一些男人光着屁股赤着脚在街上飞奔。我们谯城人对此见怪不怪,但日本鬼子看到这一景象后,就会迷惑不解,以为马上就要天塌地陷。

在我记忆里,那年冬天十分寒冷,刚入冬就开始下雪,雪花大如棉桃,只半天工夫,谯城内外银装素裹,呈现出一派纯洁气象。

下雪的第一天,有一个叫谷崎润一郎的伍长带着几个鬼子，叼着烟卷，抄着手，在街上溜达着欣赏雪花飘落，遥想着家乡富士山落雪时的盛景。突然间，迎面几个光屁股男人从一家阔气的门洞钻出来，向街上简短地张望一眼，然后四下狂奔。谷崎润一郎身材粗壮，活像一块土坯，内心充满野性，见此情景，顿时性欲大发，带着几个小鬼子就冲进了那家门洞。结果他们没有看到衣衫零乱的女人，而是秩序井然的赌场。

当时，赌徒们也没在意鬼子闯进来，每个赌徒依然严守着赌场的规矩，只管把手中的麻将骨牌拍得山响。姑父陈竹竿当时也在这家赌场里，他正和人打"天九"；鬼子进来时，他老人家刚好抓到一手好牌，天九当头，对猴子守底，这样的绝妙好牌在手，即便几个小鬼子是黄金制造的，我的姑父也不会放在眼里。

这家赌场有一个好听的名字——聚宝盆对摇钱树。老板名字比较文雅，唤做丰一阁，是我们谯城有名的"鬼难缠"，坏心眼比夏天的暴雨还要密集，比秋天的细雨还要绵长。

一见几个鬼子游魂一样闯进来，长着一张马脸的丰一阁赶忙哈哈大笑着迎上去，就像接待多年不见的好朋友那样，赶忙把几个小鬼子请到一张专门接待闲客的方桌边落了座，然后叫一个光头净脸的小伙计沏上一壶菊花冰糖茶。接着，这位外号"鬼难缠"的丰老板又让那个小伙计拿来一副骨牌，和几个小鬼子谈起骨牌的打法来。在他们的交谈中，又有几个男人输得赤条条地跑走了，逗得谷崎润一郎和几个小鬼子笑得前仰后合。在丰一阁藏着迷魂药的说笑中，谷崎润一郎和几个小鬼子如同醍醐灌顶，很快就掌握了骨牌的十三种打法和赌场的各种规矩。几个鬼子兴高采烈，跃跃欲试地要玩上几局，想亲手赢得几个中国人脱光屁股跑进寒冷的冬天里，以显示他们大和民族人人都有一颗聪明的脑袋。

心怀叵测的丰老板把几个鬼子领到了我姑父所在的那张牌桌上，然后对我姑父眨眨眼睛，叫着我姑父在赌场专用的外号说："陈老千，外边天好冷啊！你陪太君玩玩，热乎热乎！"

姑父明白丰一阁的用意，他哈哈大笑着说："好吧，我一会儿就给你二老婆弄几块外国的骑马布！"

所谓的骑马布，是我们谯城糙话，就是女人经期用的布巾。外国的骑马布，肯定就是鬼子身上的黄布衫了。

不过，姑父没有立刻拿出赌场老千的手段，而是很快把自己面前的一堆钱输到几个鬼子面前，接着又把玄色夹层坎肩和青色棉长衫也输给了鬼子们。有两个鬼子兴奋地当场穿在身上，抖索着衣服笑得合不拢嘴。可是，很快，姑父又一来一往地把衣服赢回来，再把钱赢回来，接着把鬼子们口袋里的日本钱也赢光了。嗜赌的人都有一个深刻的体会，那就是赌博具有上帝的魅力，入赌的人无一例外地执行着上帝的意志。小鬼子也不是生铁铸造的，在军队训练出来的服从意识在赌场上表现得更加强烈。仿佛神差鬼使，入了道的谷崎润一郎和几个小鬼子着了魔一样，特别自觉地遵守我们谯城赌场的规矩，不到半个时辰，几个小鬼子除了兜在股间的那块白布外，一个个脱得赤条条的，他们还哈哈大笑着相互打量。

这时候，丰老板笑眯眯地说了一句："太君，你们可以大大的开路了！恭候太君们明天再来！"

真是奇怪，谷崎润一郎和几个小鬼子像是中了咒语，一个向后转，齐刷刷地跑出门去。

后来，这件事在我们谯城被渲染得沸反盈天，几乎快成了人类战胜魔鬼的传奇。到现在还有一些老人仍然记得他们亲眼看见的情景。他们说，也不知道是雪太厚还是鬼子的腿太短，只见几个赤条条的肉球在雪地上滚滚而去，好像《封神演义》。

当谷崎润一郎和几个小鬼子跑到姜家大院门口时，迎面碰上了我的朋友辻原盛，他正陪着一个穿着日本和服的男人，在门口指指点点地说话。那个日本男人长相十分古怪，简直无法形容，但无论谁看到他以后，都会油然想起一头病牛。谷崎润一郎和几个小鬼子赶紧止住步子，赤条条地向辻原盛大行军礼。辻原盛一开始以为自己眼睛出了问题，他眨巴了几下眼，看到的还是几个裸体鬼子。顿时，辻原盛意识到有了麻烦事，他用黏稠的日本话骂了几句混蛋之后，在几个裸体鬼子脸上抡了一遍耳光。谷崎润一郎终于从赌博的魔法中清醒过来，他恼羞成怒又胆战心惊地向辻原盛讲述了事情的经过。辻原盛十分震惊，当时就要集合队伍去血洗了"聚宝盆对摇钱树"。但是，那位长相如同病牛的日本男人阻止了他。接着，那个日本男人仁义地微笑着，冲着几个冻得黄牙大龇的裸体鬼子挥挥手，让他们赶紧进了院里。

多年以后，与我成了朋友的辻原盛告诉我，这个日本男人名叫泽田秀夫，是个非同一般的人物。他年轻时就在日本军界享有"日本老狐狸"的美誉，不仅是个有名的"中国通"，后来还在"满洲事变"中出过很重要的坏主意。像"满洲事变"的罪魁祸首板垣征四郎和石原莞尔一样，泽田秀夫在事变后也遭到了严厉的处罚。但不久，板垣征四郎和石原莞尔又被日本军部委以重任，而这个泽田秀夫却十分不幸，既没有被再次起用，也没有在那段历史记录中留下任何踪迹，甚至连日军关于"满洲事变"的各种报告里都没有提及他的名字。然而，他的名声却仍在日军军官里暗暗流传，而他自己也不甘心被历史和现实同时遗忘了，自日军侵华以来，这个"日本老狐狸"也许受到日本军部的秘密指使，再次潜入中国，在中国大地上像个心怀叵测的鬼魂一样到处游荡。

泽田秀夫何时来到我们谯城，没人知道，也没有人知道他来谯城怀有什么罪恶目的。但那天，他阻止了辻原盛要血洗"聚宝盆对摇钱树"之后，鬼子们果然没有采取什么报复行动。在接下来很长一段时间里，我们谯城人经常发现这个穿着和服的鬼子，由维持会会长熊梦之陪着，在大街小巷里慢腾腾地转悠，见了年轻人他会笑眯眯地打个招呼，见了老年人他还会鞠个躬，弯下腰说几句问候话。其实他弯腰不弯腰都没有什么意义，因为在我们谯城人眼里，这个穿和服的鬼子弯下腰和直起腰在身高上都不会发生什么变化。

更有意思的是，泽田秀夫很喜欢到花戏楼听戏，喜欢在一些小摊上和小贩们聊天，不管有无熊梦之在身边弓腰陪着，他见了人总是笑眯眯的。但依照我们谯城人的看人眼光，人人都明白，这个笑面虎似的便衣鬼子，肚子里正打着祸害人的恶算盘。对于以前的县长大人现在的维持会会长熊梦之，谯城人表面上仍然是点头哈腰的，但内心里无不充满了鄙视和嘲弄。有一天晚上，熊梦之陪同泽田秀夫在花戏楼看戏，散场时他落后了几步，黑暗里飞来的几块砖头击中了他的后背，奇怪的是，熊梦之居然一声不叫，只是快步追上了由三四个鬼子保护着的泽田秀夫。

从此以后，熊梦之连家也不敢回了，更不敢到他的姨太太那儿去，索性也住在姜家大院里，每晚陪着泽田秀夫，围着炉火喝些小酒，说些谯城典故，听泽田秀夫哼几句日本歌谣，有时候还要和泽田秀夫下几盘象棋。在对弈之际，他居然还能由着性子发挥自己精良的棋艺，有时还敢痛下杀招。虽然每局最终都是泽田秀夫胜了，但他高超的棋艺让泽田秀夫大为惊讶。在谈论象棋技艺之间，熊梦之不由自主地说到了我姑父。他说我姑父不仅在谯城人缘很好，而且还有"棋坛怪才"之称。接着，他大讲了一番五年前轰动中原的那场民间象棋大赛，以及我姑父在那场大赛中的不凡身手。熊梦之说我姑父时，泽田秀夫一言不发，半眯着眼睛，微笑着"嗨嗨"地点头。

第二天，泽田秀夫便策划了一场居心叵测的象棋大赛，而且指名道姓地要和我姑父陈敬述一搏棋艺。这个日本鬼子，还选择了一个好日子，就是中国人都喜欢的大年三十。为了显得郑重其事，他还特意给我姑父下了挑战书。

送挑战书的人就是姑父的老朋友熊梦之，他带着两个鬼子和三个维持会喽啰，在大年三十上午，冒着鹅毛大雪来到我姑父家。当时，姑父和门房曹胖子守着几碟小菜一壶古井贡酒，正在开怀畅饮。

整个冬天，姑父一直处在得意洋洋的状态里。他一场骨牌让几个小鬼子输得脱光了屁股在雪地里奔跑，真让谯城人开心解气。一时间，各种恭维言词不仅把他塑造成谯城的英雄人物，甚至还毫不客气地把他带有嘲弄色彩的行为赋予了民族化的光环。姑父心中喜洋洋，那段日子里，无论在家还是出门会朋友，都是小酒不断，每天醉醺醺的。

大年三十这天，雪花如鹅毛，北风似小刀，姑父无法出门显示神采，就在院子里观赏雪花飘落。有那么一会儿，他还想着女儿每年过年时在他跟前呈欢的情景。虽然近两年没有见过宝贝女儿了，但是，当他想到女儿一定和他欣赏的苏校长在一起时，心情舒畅了许多。最担心的两个年轻人都没在鬼子铁蹄下，姑父感到生活了无牵挂了。一时想得开怀，他便叫过半卧在大门里那条宽凳上的曹胖子，让吴妈做了几个小菜，和忠实的门房对饮起来。喝到高兴处，他唱了一支谯城小曲《腊梅花》。

曲子刚毕，曹胖子未及拊掌大赞，姑父的老朋友熊梦之带着两个背枪的鬼子和三个穿着长棉袍、戴着黑礼帽的维持会喽啰闯了进来。也正是酒中人胆大，曹胖子一下子站了起来，正要发火，我姑父抬起捏着酒杯的手止住了他，然后乜了一眼中日两方面的来客，把杯中酒一仰而尽，这才哈哈大笑着对他的老朋友说："乖孩子，这么早就来拜年，我老人家还没准备好压岁钱啊！"

熊梦之当然听得出这句玩笑话里的谩骂意味，不过他不动声色，仍然像平素一样，白净的面孔上洇出一缕迷人的微笑，抱一抱拳，就把挑战书递了过来："陈兄陈会长，请你马上到花戏楼去一趟，日本大棋圣泽田秀夫先生，正在那里等你下象棋。"

"棋圣？在我眼里还有棋圣？屎圣还差不多！"

说完，姑父畅快地大笑着自斟自饮了一杯，随手把挑战书装进衣袋里，转脸让曹胖子把他的棉袍拿来。曹胖子迟疑了一下，姑父扫了一眼熊梦之，哈哈大笑说："难得熊会长这么孝顺，想得这么周到，我不去哪里行啊！"熊梦之保持着迷人的微笑，又抱了抱拳，提醒我姑父看一下挑战书上写的什么，别到时候后悔莫及。姑父接过曹胖子手中的棉袍，一边穿一边说："熊瞎子，就是输了颈上这颗人头，你老子也会面带微笑伸出脖子给你砍的！"

我现在依然清晰地记得当时的情景，当姑父走出门的那短暂瞬间，我那位永远一脸沮丧的姑妈正坐在自己屋窗前刺绣，她捏着针线，看着我姑父的背影，神差鬼使似的右眼皮直跳。姑父的背影没有了，姑妈两行热泪不由自主地落下来。我的姑妈没有意识到这是神灵的一点儿提示——她在以后的岁月里将不会再见到姑父。她当时只是觉得，在大年三十这天姑父居然抛下她一人在家，又独自逍遥去了，真是欺人太甚。她慨叹着，伸出双手在火笼上烤了烤，又捏起针线来。

我还记得，姑父乘着酒兴走在大雪飘飘的街上时，他还左顾右盼，神情闲逸直如赏雪雅士。熊梦之袖着手跟在后边，好像想说点儿什么，但事实上他也找不到什么话好说。两个鬼子和三个维持会喽啰，走在姑父四周，虽然是防备着姑父逃窜，但看上去好似在保护我姑父。

当姑父走进花戏楼时，看到座无虚席，不由得为之一振。

观众多是谯城有头面的人物，基本上都是姑父的老友新朋，看样子他们都知道了这场赛事的微妙含义，所以一看到我姑父进来，无不高声招呼，鼓了一阵子掌。姑父对掌声为何热烈自是了然于心，他老人家顿时豪情满怀，挺直了腰背，一边从容地迈着方步，一边拱手抱拳四下致谢。这时候，他才看到座席四周都站着持枪的小鬼子。但是，姑父此刻还没有意识到这场棋赛所包含的恶毒性——也许他老人家已经意识到了，只是没有放在心上——他儒雅的笑容里有着明显的蔑视，拎起棉袍下摆，大步走上了红彤彤的戏台。

时值今日，花戏楼连同它的辉煌与传奇早已消失了。在我们谯城人的印象里，花戏楼一直是个流芳百世的迷人梦境。在我的记忆里，花戏楼雕梁画栋巧夺天工，舞台装置无不匠心独具，大到悬梁幕布，小到桌椅灯盏，一片大红佐以金黄，一派富贵而神秘的幻相。

姑父走上戏台时，看到戏台中央悬立着一张巨大的棋盘，红黑棋子已经在棋盘上摆放好了。红子这边站着一个红衣青年，黑子那边也站着一个黑衣青年，这两个青年看不出是谯城人还是日本人，他们都面无表情，天生一副傀儡样子。这种阵势对我姑父来说，已经算不上什么新鲜了，因为五年前的那场声势浩大的中原民间象棋大赛摆弄的就是这阵势。但姑父当时还是有一点好奇，他不明白一个日本鬼子怎么也能想出这么好的主意来。日他姐的，准是熊瞎子这王八蛋玩弄的鬼花招。想到这儿，姑父不经意地侧脸一瞥紧随身边的熊梦之，嘴角很明显地露出一丝鄙夷的笑来。

在那张高悬的棋盘下边，铺着一方厚厚的手织绣花毯，毯子上放着一张方形乌木矮几，几上一副檀香木象棋，也早已按照开局阵势摆好了红黑棋子。矮几旁还有一张更矮的枣木小圆几，上面放着新沏的一壶香茶，两只精巧的蓝色釉瓷杯放在壶边，紫砂壶嘴里还冒着一股细细的热气，隐隐散发着谯城贡菊的芳香。

泽田秀夫已在红子那边盘腿安坐，看样子，他把这场棋赛看得很神圣。这个日本人把自己精心设计了一番，光头净脸，穿着整齐的和服，放在膝盖上的一双肉乎乎的手仿佛两团洁白的肉冻。尤其值得一提的是，这个鬼子仿佛事先熏过香草，浑身上下都散发着一股淡淡的艾草味。这气味给泽田秀夫增添了几分清秀神态，使姑父在瞬间竟对这个鬼子产生几分好感，他乘着酒兴盘腿坐下时，顺势冲泽田秀夫抱了抱拳。泽田秀夫堆起满脸谦和的笑容，也像个久经江湖的雅士一样给我姑父抱了抱拳。等熊梦之恭敬地为他们倒上茶水后，泽田秀夫便抬起右手朝棋盘一展，做了一个请的姿势。

姑父一看把黑子留给自己，便清楚对方怀有必胜的信念，他老人家压抑着内心的讥笑，执子一式当头炮。于是，自觉担当起唱棋人的熊梦之高声叫了一声："黑子当头炮!"站在悬立棋盘旁的黑衣傀儡赶紧麻利地移动棋子。观众席上顿时一片嗡嗡嘤嘤之声，有几个熟悉姑父棋路花样的行家不由得发出会心的笑声。但不一会儿，戏院之内鸦雀无声，因为几步棋的走势已经显出那个表面很文雅的日本鬼子也不是一般的棋手。

多年之后，我对那场棋赛仍然要平心而论：泽田秀夫在棋艺上和姑父不分高低，如果硬要说姑父以高超的棋艺战胜了鬼子，那确有不公之处。但姑父在下棋时的一些古怪举动，确实扰乱了泽田秀夫的心态。观看过那场棋赛的人都会记得当时的情景，姑父每走一步得意的棋，就会为自己大喝一声彩头；有时候本来对下一步棋早已胸有成竹，但他仍然装做苦思冥想半天，才猛拍一下脑门，哈哈大笑着移动棋子。说实话，姑父平素下棋时全无优雅与庄重，除了不悔棋，几乎谈不上有什么棋风之说，输了棋他就冷笑不语，赢了棋他就哈哈大笑，还要不停地大说俏皮话。那天，他一边下棋一边说些含沙射影的笑话，那些暗藏嘲弄的话让泽田秀夫这个中国通恼羞成怒，本来他脑海里十分清晰的思路也越来越混乱了。不知不觉中，这个鬼子变成了一个步履蹒跚的病态老人，每走一步都要摇摇晃晃犹豫再三。

这盘棋下了有八九盏热茶的工夫，那张悬立的棋盘上的变化也越来越玄奥了，穿红衣和穿黑衣的两个傀儡不再像开始时那样一步快似一步地移动棋子，而是垂着手半天不再动一下。座席中也不乏棋中高手，眼看着棋盘上的变化，一个个神色凝重，不时交头接耳。

非常遗憾，我无法再现那场变化莫测的棋局，因为象棋于我如同空中楼阁，我无能探根知微。我只记得，到了最后时，被称为"日本老狐狸"的泽田秀夫失去了原先的沉稳，他每走完一步棋，两只手不再像开始那样悠闲地摆放在膝上，而是叉手抱臂，一副待杀的悲壮样子。那时候的花戏楼里还没有暖气，里边还十分寒冷，但是，泽田秀夫额头上还是布满了汗珠，一滴接一滴地往下落。不一会儿，一股异味从这个鬼子身上散发出来。

姑父嗅觉历来敏锐，他东张西望着哼几下鼻子，当发现异味之源时，他一下子大笑起来，意味深长地乜视着泽田秀夫，故意捏着鼻子对一直站在旁边的唱棋人熊梦之说：

"会长大人，麻烦你点一炷香来，我老人家鼻子娇贵，丝毫闻不得狐臭味儿啊！"

熊梦之的脸色顿时变得模棱两可，内心充满了矛盾，自从被泽田秀夫看上以来，他就一直忍受着狐臭的折磨，还得时时刻刻都要装做什么味道都没闻到的样子。现在，这层窗户纸被我的姑父戳穿了，那么他该不该点一炷香呢？不点，他的中国老朋友就会更加蔑视他；点了，就是承认了他的日本新朋友有狐臭。

姑父的这一举动，简直让泽田秀夫恨透了，甚至想一刀砍去他那只指来画去的右手，再一刀砍去那只装腔作势捏鼻子的左手。但这个浑身弥漫着狐臭的鬼子，最终还是忍受着因生理缺陷而遭到的侮辱，表面上仍然是一副毫不在意的样子，竭力保持着日本大棋手的风范，把抱着臂膀的两只肉冻般的小手重新放在膝盖上，聚精会神地盯着越来越被动的棋局。

聪明过人的熊梦之早已看破了这局棋势的端倪，他乘机放下了我姑父让他点香这一章，转过粉嫩的脸，用他那精明的小眼睛盯着我姑父，不动声色地说："陈会长，你的棋艺和泽田君旗鼓相当，和了这一局，再开一局如何？"姑父好像要同意似的停顿一会儿，但突然间他又爽声大笑起来，大声吆气地说："熊瞎子，你眼里真盛不下好棋局啊！想让我和了这一局？哈哈哈，你忘了，我陈某人下了一辈子棋,非赢即输,从来没有和过棋!不过,你跪在我面前大声叫我一声亲爷爷,这一局就算你日本爹赢了!"

姑父声音之大,在戏院里绕梁不绝。且不说这几句连环套式的话中所含辱骂之意,就连他大声说话的意图熊梦之也领会得毫厘不差——果然,我们谯城人特有的嫉恶如仇的本性顿时展露得淋漓尽致;一时间,观众席上掌声雷动,一阵欢呼:"叫啊,叫亲爷爷啊!叫了亲爷爷,你日本爹就算赢了!"

吼喊声中,熊梦之那张粉嫩的脸逐渐变红,逐渐变青,逐渐变白,逐渐变灰,在脸色渐变的过程中,脑门上渗出一层细碎的汗珠子。

泽田秀夫显然深知眼前这场中国戏剧的内涵,但他还是一言不发,观察着熊梦之的脸色变化,自己那张紧绷绷的病牛脸也逐渐放松下来,慢慢露出一副稳操胜券的神态。但他丝毫没有放松警惕,紧盯着熊梦之,目光暧昧又阴冷。熊梦之明显感到他目光里的暗示和威胁,不由得脊梁慢慢地弯下来。熊梦之弯下腰时,脸色也恢复了原有的粉嫩,胸膛里那颗左右摇摆的生了蛀虫的心脏也铁定下来。他跪下来,向我姑父长长地磕了一个头,像戏台上念白那样翘着嗓子大叫一声:"亲爷爷!这局棋你算是发大财了!"说完,他直起腰杆,一脸冷漠无情地爬了起来,左手朝我姑父一挥,拉出一副公事公办的口吻说:"陈敬述,请你把挑战书拿出来仔细看看吧！"

全场哗然，刹那间又寂静无声。姑父心头一慌，酒醒过来，顿时意识到几分不妙，忙顺手掏出衣袋里的挑战书，注目一看，不由得颓然撒手，长叹一声。

熊梦之面无表情地捡起那张挑战书，对着观众宣读了一遍。所有的人这才明白鬼子举行的这场象棋大赛既居心叵测又意义非凡：中方胜了，日军将迅速撤离谯城，并且永不再犯；日方胜了，将砍去中方选手十指，并且从此以后谯城人要臣服日军管理，不能反日作乱。云云。

熊梦之话音刚落，戏院里顿时一阵骚动，群情激奋，叫骂声此起彼伏。持枪站在四周的鬼子兵迅速地端着刺刀闪闪的大枪一拥而上，粗暴地刺向一些反应强烈的人们。几声痛苦的叫喊之后，嘈杂的戏院里安静下来。

这时候，我的姑父微笑着看了一眼熊梦之，又冷笑着看了一眼泽田秀夫——这个狐臭扑鼻的鬼子仍然端坐在那儿，面带嘲讽与傲慢的表情，冷漠地看着面前的棋局，仿佛还沉浸在暗藏血腥与阴谋的棋局之中。姑父昂然大笑一声，抽身站起，冲着台下一抱拳，朗声说道："我陈某人疏忽大意，弄性尚气，给谯城父老造罪了！请父老兄弟多多海涵！"

说完，姑父又盘腿坐了下来，挥手拂去矮几上的棋盘和棋子，这才挽起双袖，将一双手齐齐地放在矮几上，不卑不亢地冲着泽田秀夫说:"小鬼子,利索些,别把老子的衣物弄上血了!"

泽田秀夫仍然端坐不动,两眼直直地盯着姑父那十根宛如干竹的手指,操着短促而嘶哑的嗓音说:"陈先生,你们中国人一盘散沙,休怪我大日本得罪你了!"说了,鹅抢食似的,猛地给我姑父勾了一下脑袋。

接着,一个挎着军刀的鬼子军曹走到他们面前,也鹅抢食似的给我姑父猛地勾了一下脑袋,之后,刷的一下抽出了锋利的军刀。

这时候,姑父家的门房曹胖子突然从席位间蹿了出来,他挥舞着一条白肉滚滚的赤膊,狂叫着冲了过来。

可是,几个鬼子猛冲过去,一阵枪托把他打倒在地,几只黄皮鞋恶狠狠地踩住他的脸,曹胖子变形的嘴巴里依然发出苍凉的呼喊:"老爷——老爷——"

那一声声苍凉的呼喊至今依然在我耳畔回响着。我没有看到鬼子是怎样砍去姑父的十指,因为在那一瞬间我闭上了饱含痛苦与热泪的双眼。那一切都发生得如此突然,没有一点征兆,但在我的记忆里,这件传诵至今的象棋赛事就像我刚才讲述的那样单纯,而且充满了安静、隐藏着悲伤。后来,在我们谯城县志里,这件事也没有二样的记录。

需要指出的是，我的朋友辻原盛虽然在泽田秀夫的要求下，指令熊梦之张罗象棋比赛的事，但那天他没有参加那场带有魔鬼意味的大赛。因为当时他根本就不相信靠一场象棋赛就能征服谯城人，甚至可以说，从他两次侵犯谯城的经历中他就明白了我们谯城人的钢铁禀性。当他得知象棋大赛的全过程后，他更加坚定了自己对我们谯城人的判断。他甚至有点埋怨泽田秀夫给他制造了意外的麻烦，让他的部队在那段时间里不得不加紧对全城的警戒，因为许多迹象表明，象棋大赛让谯城人产生了更加抵触的情绪，说不定随时都会发生让日军难以承受的灾难。

好在没有多久，泽田秀夫悄悄离开了我们谯城。这个制造阴谋的老狐狸，事后也意识到自己的愚蠢——尽管他在呈现凶恶面目之前还制造了一种欢乐的氛围，试图给他的狐狸尾巴套上一只花环，但最后，他还是清晰地感到这花环上将来会长出一朵朵肿瘤之花。深渊似的后怕，使他在赛后的几天里一直提心吊胆。终于他无法承受心理上的折磨，在元宵节之前，他选择了一个雨雪交加的夜晚，打扮成一个药商模样，在十几个身着便装暗藏枪械的鬼子的保护下，灰溜溜地离开了让他终生难受的谯城，甚至都没有让那位哭啼啼地拉着他的手、舍不得让他走的维持会会长送他一步。从此以后，我再也没有得到过这个罪魁祸首的消息，仿佛他因为异样的罪恶而受到苍天的异样惩罚——将他从人间蒸发了。然而,这个"日本老狐狸"制造的事端正在悄悄地发生着变化,正如我的朋友辻原盛所料到的那样,让鬼子们难以承受的灾难一桩接一桩地发生了。

零乱的画卷

我记得那年还没出正月,我的朋友辻原盛遵照日军司令部的指示,开始对我们谯城进行强化治安。那时候,年轻又凶恶的辻原盛对这一命令执行得非常卖力,因为他敏感地觉察到,泽田秀夫弄的象棋大赛,使我们谯城人产生的反感与愤怒如同春天的花朵竞相绽放。

最先出现的征兆几乎带有几分儿戏色彩。

正月初九那天,一个年轻货郎挑着担子从南门进城,手里摇着虎纹拨浪鼓,嘴里欢快地哼着谯城有名的小曲《杏花开了看娇娘》。两名看守城门的小鬼子看到这个面容清秀的年轻货郎,猥亵地淫笑着盘查他一番之后,打开货篓把一瓶子彩色糖豆吃个精光,又抢过货郎的虎纹拨浪鼓好奇地玩弄起来。在悦耳的鼓声中,两个鬼子神经病似的捏了捏货郎的屁股。面容清秀的年轻货郎一下子变成了小老虎,抄起扁担直抡得尘土飞扬。城门里附近的街道上有一些大胆的行人驻足观望，但他们看到的只是旋风般的一团尘埃，听到的是几声尖锐的啸叫和一阵阵怪异的惨叫。等到尘埃落定之后，只见两个头破血流的鬼子趴在地上摸索枪支，而那个年轻货郎早已不见了踪影。片刻工夫，遥远的地方响起一阵子清脆的拨浪鼓声，接着传来一个有几分稚气的嗓子高唱那支小曲《杏花开了看娇娘》："……一路走到青山口，两个强盗赛恶狗，手持刀枪把路拦，张口就要买路钱，惹得少爷心头怒，一顿拳脚打青眼……啊哈哈，娇娘啊，看你一眼何其难……"

这件有几分传奇色彩的真人真事，让我们谯城人感到一时之快，然而也让我们谯城人付出了更惨重的代价。

神秘货郎在城南门痛打小鬼子的第二天，在城东门里拐棒胡同摆小摊卖变蛋的斜眼老邱就遭了殃。几个巡逻的鬼子溜达到斜眼老邱的摊子前，一时嘴馋，饿猪拱山药一样抢变蛋，打开一看蛋黄变了颜色，这帮倭贼一口咬定斜眼老邱良心大大的坏了，居然在鸡蛋里下毒药想毒毙皇军，说着话，咣咣两枪把斜眼老邱打死了。

还有更加残忍的事情让我们谯城人闻所未闻。

想必诸君还记得那个在西河滩菜市场混得烂熟的小鬼子山田吧？这个操着一口流利中国话的小鬼子，戴着一副厚如瓶底的眼镜，一嘴龅牙，经常领着一个相貌英俊的小鬼子到菜市场买菜。他买菜从不讲价钱，付过钱后还要对卖菜人鞠个躬，满脸带笑地连声说："请多多关照。"这个山田一开始真给我们谯城人留下了很好的印象——这些话我在前边已经说过一遍了。

就是这个一嘴龅牙的山田，在南门鬼子被揍的第三天，他再次来到菜市场。这次他不再像以前那样赤手空拳，而是右挎王八盒子，左挎一把军刀，那个一直跟在他身后的英俊小鬼子也不见了，换班的是三名蛇眼放光、全副武装的鬼子。其中一个鬼子是个络腮胡，这个鬼子比较奇怪，两手玩弄着一团黏糊糊的面团，仿佛下意识似的，一会儿把面团拍成饼状，一会儿团成球状。他两手沾满面浆，加上一脸诡秘的笑，真像吃糖稀的黑熊。菜市场里摊贩们起初并没有在意几个鬼子。有一个高大壮实的菜农好像和山田有点熟悉，和山田迎面走过时他还笑嘻嘻地打招呼，腿短的山田只好仰着脸笑眯眯地和菜农说话，但他鬼鬼祟祟的目光却一直注视着菜农那颗庞大的喉结。当这个菜农说完话和山田擦肩而过的一瞬间，山田的军刀已经出鞘，人们没有看到山田的手如何起刀如何落，只看到菜农那颗硕大的头颅像熟透的柿子一样，吧嗒一声掉在地上滚到一堆冬瓜里。玩弄面团的络腮胡鬼子抢上一步，同时两手一反一正，面团成了一张饼子，这倭贼右手一伸，手掌一翻，那张黏糊糊的面饼刚好扣在菜农被砍去脑袋的脖子上。没了头颅的菜农好像浑然不觉，仍然大步向前走着，一直走到菜市场的出口处,才像吃了一个绊子似的跟跄一步倒在地上。

这短暂的屠杀宛如艺人演戏,从开始到结束犹如电光火石,转瞬即逝。菜市场里所有人都眼睁睁看着这场屠杀,一个个呆若木鸡,直到那个菜农倒地后才有人狂叫一声,于是,整个菜市场仿佛遭雷击似的顿作鸟兽散。顷刻间,原本熙熙攘攘的偌大菜市场,一下子变得比地狱还要寂静。几个鬼子手舞足蹈地哈哈大笑。戴着一副厚如瓶底的眼镜、长着一嘴龅牙的山田,挥着砍头不着血迹的军刀,中了邪一样,大笑着叫嚷:"大大的好!大大的好!"

日本鬼子的暴行让我们谯城人感到万分恐惧,同时也点燃了我们埋在心底的仇恨火药库。山田在菜市场杀人的第二天,不仅西河滩菜市场散了,市里的米行面店也纷纷关闭,所有的肉铺饭馆一看见鬼子立即关门上锁,连最热闹的几条街道也变得冷冷清清。

手无寸铁的谯城人对小鬼子仇恨之至,人人都想把鬼子捉在手里,然后放在文火上一个个烤焦他们;手里有家伙的谯城汉子则用行动来宣泄仇恨。

元宵节那天,辻原盛派一个少尉侍从和熊梦之带着礼物,前往夏侯巷看望我姑父。他试图用这种怀柔的手段,制造一点友好的声势,缓和一下城里紧张的气氛。但他不知道,棋赛之后的当天下午,我姑父就不知去向了。

尽管熊梦之深知谯城人性格慓悍，出发时要求多带两名鬼子，但他们拎着两盒日本糖果和四盒日本罐头，刚刚走出铁匠胡同正要拐向夏侯巷时，还是遭到了十几个蒙面人的袭击。这十几个蒙面人出手利索，宛如经过专业训练。饶是熊梦之一路提防，刀来时他偏头还是慢了一点儿，被刀尖削去了大半只右耳。两个小鬼子均被打断了双腿，背上也着了几刀。辻原盛的少尉侍从不愧为日本军官，反应比较迅速，虽然没有中刀，但如同雾中蟒尾似的铁梢子棍，长了眼睛一样击中了他的后脑勺。

从此以后，这位可怜的少尉侍从再也没有直立行走过。他当天就被送到驻在归笋城的日军司令部，几天后，鬼子把他送回了日本老家。他一辈子都躺在床上，直到白发苍苍还没有死去。当老态龙钟的辻原盛前去看望他时，他还是一个植物人，两眼僵直地盯着天花板，仿佛寻找侵略者的结局。

一件件麻烦事着实让辻原盛伤透了脑筋，他觉得治理谯城比在战场上厮杀更让他束手无策。多少年后，他在回忆录里写到当年谯城发生的这些故事时，还有点心有余悸。对此，这个苍老得不剩几根头发的老鬼子，到了人生终点，才终于醒悟到侵略者在异国的土地上永远也不可能站稳脚跟。

可是，当时这个野心勃勃的日军少佐哪里能意识到这些呢？

那时候，辻原盛还试图将沸腾的开水冷却下来。首先，他压抑住复仇的欲望，接着，他按照日军司令部的指示，开始为谯城人办良民证。他原本打算在办理良民证的过程中发现一些凶险分子，可是他失望了，因为我们谯城绝大多数人在各种考验和各种诱惑面前，都善于摆出一副老实巴脚的倒霉样子。不过，办理良民证这件事还是让辻原盛有了一个意外收获，因为他发现了一个谯城本土人不仅可以利用，而且还唤醒了他沉睡在心底的强烈的摄影欲望。

这个人就是妙肖照相馆的老板汤三。

没有多久，我们谯城人都知道了，狗眼汤三能和鬼子搅在一起，完全是由于熊梦之的大力推荐。根据我的记忆，那时节，熊梦之日子很不好过，作为汉奸，谯城人对他充满了蔑视和唾弃。他穿针引线举办的象棋大赛所产生的后果，又让鬼子大队长辻原盛大为不满，几乎天天对他冷嘲热讽。自从被蒙面人削去右耳后，他头上斜缠着一圈纱布，整天躲在姜家大院里，猥猥琐琐地对每一个鬼子点头哈腰，察言观色，极想重新得到为鬼子效力的机会。

鬼子为谯城人办理良民证，需要摄影人才，但当时辻原盛大队里还没有随军摄影记者，更不像其他日军队伍里有很多士兵和军官携有照相机。辻原盛被征进部队之前，也是一个有灵性有造诣的摄影爱好者，刚到侵华战场时，他也像一些有相机的军官和士兵那样,拍了许多优美的中国风景,也拍了一些以屠杀中国人来表现日军神勇的照片,但是,那些照片在上司严厉训斥下都被焚为灰尘。不久,作为一个出色的指挥官,辻原盛命令他的士兵和军官把照相机上缴,自己也把随身携带的照相机连同十几卷胶卷上缴了。虽然他的举动得到上司夸奖,但深深压在心底的摄影爱好,却像一颗生命力旺盛的种子时时蠢蠢欲动。给谯城人办理良民证这件小事,无意间唤起了他压抑许久的摄影欲望。

正像我们谯城里一些看似"光棍"实则"眼子"的人一样,一开始,当一个留着山羊胡的鬼子小队长和熊梦之带领着几个荷枪实弹的鬼子,走进妙肖照相馆时,汤三还表现出一个谯城人所应有的冷漠和一个中国人所应有的自尊。他斜着左边那只人眼,僵硬着右边那只狗眼,有几分幸灾乐祸地盯着熊梦之头上的纱布,拿出几分不卑不亢的腔调说:"县长老爷,我只给人照相,不给牲口照相。"

当时,熊梦之恨不得一枪打死汤三,但他表面上没有把汤三的装腔作势放在眼里,只是暧昧地注视着这个即将沦落为和自己同类的胆小鬼,不动声色地说出了此行的目的,希望汤三抓住机会,好好为皇军效劳。按汤三的精明,他早已看出情形不妙,但他依然要拿足架子,愤怒不已地拍打着胸膛,大声嚷嚷着:"老子不会当狗腿子,更不会当汉奸！"

汤三终于把话说过头了。

于是，熊梦之冷笑着闪在一边。留着山羊胡子的鬼子小队长冲上前去，兜脸一拳，打得汤三一个后仰，差一点儿摔倒在地上。等他站稳身体，鬼子小队长又一把抓住他的衣领，左右开弓，一口气抽了二十几个耳光。尽管如此，汤三还要继续耍贱脾气，嘴里吐着血沫子，挣扎着破口大骂，直到几个鬼子又请他吃了几枪托，他才哭泣着说："打死老子也不会给你们白干活。"

在一旁袖手旁观的熊梦之，这才冷笑着把一只哗哗作响的钱袋扔在汤三面前，告诉他这是皇军预付的定金，如果干得好，让皇军开心了，银子大大的有。

不一会儿，躲在远处张望的一些好事者看到这样一幕情景：

熊梦之和鬼子小队长微笑着走出来，接着是几个鬼子，其中一个鬼子还抱着汤三的命根照相机。汤三最后出来，他居然还有心思小心翼翼地锁上门；走下台阶后，顺手夺过鬼子手里的照相机，荷在肩上，气咻咻地把步子迈得奇大，一副不情愿样子。

其实，我心里非常明白，自从出门，汤三就清楚自己走上了一条不归路。关门上锁的那一刻，他甚至都明白无误地感到自己的命运将要发生巨大变化。

自从汤三锁门这天算起,在未来的岁月里,我们谯城人再也没见过妙肖照相馆开过门。但是,汤三倒是经常在我们眼前晃来晃去——汤三能成为一个在叙说我们谯城历史时无法回避的人物,说到底,就是因为在鬼子占领我们谯城期间,没有一个谯城人能像他那样和日军大队长辻原盛搞得如同兄弟般形影不离。

两天以后,汤三开始为谯城人拍摄办理良民证的照片。他穿着蓝布对襟夹袄,黑布夹裤,脚踏猪皮包头的尖口灯芯绒布鞋,站在照相机后边。旁边枣木桌子旁,坐着熊梦之和一个鬼子,正在逐个登记照过相的人。汤三的表情活像一个心怀鬼胎的医生,每照一张照片,嘴角就会得意地一翘,好像白捡了一个鸡蛋似的。站在不远处的辻原盛,目不转睛地望着汤三拍照时的每一个细小动作,两眼微眯,脸上露出对摄影艺术的迷醉神态。

十天以后,我们谯城人再见到汤三时他变成了另一副样子。黑夹裤不见了,换上了一条小鬼子的屎黄色宽裆裹腿裤,蓝色夹袄没变,猪皮包头的尖口鞋也没变,头上多了一顶灰色带黄箍的窄檐礼帽。谯城人经常看到,这副打扮的汤三扛着照相机架子,满面带笑,跟在辻原盛后边,而辻原盛则抱着他的照相机,走在前边,满脸都是无法拒绝的和蔼笑容。他们就这样一前一后,在大街小巷里转来转去,拍摄一些人物风情和旧时遗迹。每次架好相机拍摄之前，他们还要对景物讨论一番，仿佛论证进入摄影天堂的最好角度。奇怪的是，在讨论时，汤三一直说的是谯城土话，而辻原盛一直说的是日本话，但他们却能明白对方的意思，愉快地打着手势，叽里哇啦之间，很快就讨论出最神妙的拍摄方法。于是，他们立刻停止了乌鸦与狐狸的对白，两个不同国度的脑袋凑在相机上，啪啪啪地拍摄出一张张构图精巧的照片。然后，汤三扛起相机架子，辻原盛抱着相机，继续一前一后穿行在大街小巷里。

让我们谯城人印象深刻的是，汤三和辻原盛特别喜欢攀登谯城著名古迹药王塔，尽管药王塔被日军炮弹炸了一个大窟窿，他们也丝毫不顾会随时倒塌的危险，爬到最顶层，四下张望一番，然后利用中午的阳光拍摄鸟瞰式的全城景象。有时候，当落日沉没的那一刻，他们会准确地抓住时机，拍下璀璨凄美的如血夕阳。

在那一段时间里，汤三和辻原盛拍摄了大量照片，几乎涵盖了我们谯城的每一个角落。这些照片，连同他们拍摄的许多下乡扫荡的照片，后来被作为日军在谯城犯下滔天罪行的证据，保存在谯城博物馆。在一个凄风苦雨的阴雨天，我在谯城博物馆游荡时，有幸看到那些照片。说实话，那些照片边角已经发黄变脆，虽然图像内容残暴，却有着苛刻的艺术性，甚至散发出一股令人窒息的血腥气味。平心而论，那些照片虽然保留了我们谯城当年的原始景象，但是，汤三和辻原盛他们诡异的艺术感觉粉饰了一些细节的本来面目，或者说，当年我们谯城那张遭受蹂躏的面孔被他们的摄影风格篡改了。但是，照片上的许多事实是任何摄影技术都改变不了的，比如辻原盛带领鬼子下乡扫荡的情景，几乎就是那段鬼魅岁月的真实记录。

到了二月下旬，在谯城以东一百二十里的浥河集东边的小李庄，突然出现一支抗日游击队。当时城里人还不知道这支游击队就是我大哥苏甲格率领的。在人们的传说中，小李庄游击队的领头人是赵子龙似的一条好汉，面如朗月，手使双枪，百步穿杨。这支游击队不仅严惩汉奸，连下乡催粮、巡逻的鬼子也经常遭到他们的伏击。有好几次，我们谯城人看到一队队鬼子出城时耀武扬威，回来时却都是架着几个伤兵或抬着几具尸体。

归笋城日军司令部对此大为光火，对我的朋友辻原盛再三斥责，命令他在十天之内彻底消灭小李庄游击队。辻原盛这才意识到，自己对摄影的入迷差一点儿耽误了天皇陛下的侵华事业。但是，他像中了邪一样，一时无法摆脱对摄影的迷恋，在带领鬼子前往小李庄铲除游击队时，居然命令汤三作为随军记者随队出发。遗憾的是，他两次都扑空了，在传说中红旗招展的小李庄空无一人，去了两次连一只活鸡都没有看见。愤怒的辻原盛受不了被愚弄的感觉，第二次去小李庄时终于兽性发作，下令将村庄焚烧一空。

焚烧小李庄的情景被汤三拍摄了下来。在小李庄村口，他还拍了一张辻原盛半跪在机枪后边手挥军刀指挥射击的照片。接着，他竟然无耻地邀请辻原盛拍了一张合影，背景是烈火中的小李庄。这张照片上，汤三穿着一条小鬼子的宽裆裹腿裤，蓝色夹袄没变，脚上换成了鬼子的翻毛牛皮鞋，头上也换成了鬼子帽子，腰里扎着牛皮带。最令人费解的是，他居然也斜挎着一只王八盒子——汤三的这一打扮，直到收复谯城后袁司令枪毙他时都没有改变。

虽然小李庄游击队在乡下来无影去无踪，但最终没有到城里来打鬼子，加上办理了良民证之后，鬼子也放松了一些戒备，所以城里难得平静了一段时间。正值春末时分，万物已呈奔放姿态，城里逐渐有了一些人间景色。花戏楼的二夹弦再次响起婉转曲调，间杂梆声清脆，让无数谯城人神魂迷醉。在夜晚，爬子巷凤弋馆的红灯笼也亮起来，小红鞋那催人心弦的嗓子高低迂回，让多少浪子流连忘返。

然而不久，一件更加荒唐的事打破了难得的平静。

尊敬的读者诸君，想必你们还记得那个名叫谷崎润一郎的伍长吧？提起这个鬼子，我就会想起他脱光屁股在积雪的大街上奔跑的情景。在我们谯城人看来，这个小鬼子真是丢尽脸面，充当了滑稽可笑的角色。然而，谁能知道他作为一个人的内心世界呢？根据我的了解，这个谷崎润一郎出身于日本札幌一个书香门第，尽管在侵华战场上他染上了许多粗鄙与凶残的习气，但他骨子里的尊严与浪漫情怀依然存在。因赌输而遭到羞辱那天，他回到房间里赤裸裸地跪在床铺上痛哭了一场，还没有等他来得及发誓，我的朋友辻原盛就把他叫了过去。恼羞成怒的辻原盛训斥了他一番，又奖励他两记响亮的耳光后，让他卷起铺盖到城外灵津渡口去了。

曾经让鬼子大吃苦头的灵津渡口，在谯城陷落之后，鬼子也把它当做一个战略要地，派了一小队精兵驻守。这一队小鬼子刚到灵津渡口时，常常是戒备森严，一个个高度紧张，天天端着枪，脖子伸得宛如临刀的鹅，河面上一有动静就失控似的放枪。紧张了很长一段时间，一切平安无事，小鬼子逐渐放松了警惕。

灵津渡口离西河滩贸易市场很近，从咫尺之外传来的人世味道和酒肉气息，经常让这一队杀人不眨眼的小鬼子心痒难熬。自从两个鬼子从西河滩市场带回一瓶古井贡酒和两只卤兔子献给小队长那天起，这队小鬼子营房里开始弥漫着一股吃喝玩乐之风，整天酒气扑鼻，时而成群结伙地到西河滩市场游荡，他们那种怪异的言行举止给往来于西河滩的各色人等留下了难以磨灭的恶劣印象。

谷崎润一郎来到灵津渡口时，鬼子们正处在吃喝玩乐的劲头上。对于心灵脆弱的人来说,酗酒比性病传染更厉害,所以,满怀悲愤的谷崎润一郎时运不济,很快就沾染上日炽的酒肉之风。与其他鬼子不同的是,谷崎润一郎经常拿着一瓶酒坐在河边,望着缓缓东流的伊水河,一边喝酒,一边高声吟诵日本俳句。刚开始那两天,一看到谷崎润一郎高声吟诵,一些醉醺醺的鬼子便安静下来,站在远处聆听那些能唤起思乡之情的俳句。第三天,当谷崎润一郎拿着酒瓶坐在河边吟诵俳句时,遭到小队长的严厉训斥,骂他卖弄才学扰乱军心。骂完之后,这个长着一脸痤疮的小队长又喝酒去了。

城里的鬼子相对安静的那几天,正是春意盎然的三月初,杨柳泛绿,动物发情,驻守灵津渡口的一小队鬼子也是魂不守舍,每天成群结队地到西河滩逛荡。看守渡口的值班鬼子一个个抱着大枪喝酒吃肉,时而看到河面上有几只船行,便持枪粗野地唤到近前盘问一番。在水上行船的多是往来于西河滩的商贩,他们对这帮鬼子的习性早已摸清了,无须鬼子多加盘问,他们面带微笑打着哈哈,带着农妇饲养猪仔的快乐神情,将一瓶瓶古井贡酒、一只只烧鸡烤兔、一盒盒小飞刀牌香烟抛给岸上的鬼子。鬼子们抱着食物,把大枪顺在肩上,龇着几颗大金牙,卖力地大叫着:"你的大大的好!开路开路的有!"接着,望着行船远去,鬼子们席地而坐,笑逐颜开地吃喝起来。

说起来也没有什么预兆。这天,谷崎润一郎又从看守渡口的鬼子手里接过一瓶酒,一边喝一边沿着河岸行走。经过炮火的河两岸还残存着一株株桃树,三月桃花灼灼,鸟声啼鸣宛如大匠掏耳,爽心惬意,蝴蝶蹁跹乱人醉眼。谷崎润一郎喝着酒,边走边吟,在长长的河岸上像个落群的孤鸟。

那时候,我正在半空徘徊,举目四望日趋沦落的故乡,心中充满黏稠如糖稀般的惆怅。我眼睁睁看着谷崎润一郎来到一棵桃花盛开的树下。树根上系着一条灰白的粗绳,牵着一只草席为篷的小船,小船在水面上晃晃悠悠好像一张神话中的飞毯。谷崎润一郎拎着酒瓶,脚步踉跄着上了小船,身子一软半卧在船上。他举起酒瓶喝了一口酒,放肆地大声吟诵俳句。我现在依然记得他当时吟诵的俳句:"月影今满溢,小钵汲水来。而今共入梦,蝴蝶偕海棠。长空花瓣零乱舞,遂疑天亦醉花丛。"这几句俳句直逼唐诗宋词,顿时让我有一种月夜仰望星空之深邃感。虽然至今我也不知道这几句俳句是日本的哪位高人所作,但多年来它们仍像萤火虫一样飞翔在我黯然无光的脑海里。我记得,谷崎润一郎吟诵完这几句俳句,仿佛伤心绝顶似的摊开手脚躺在了船上。

后来的事情可能出人预料。当谷崎润一郎酒醒后,才发现眼前情景迥然异样,两岸桃花不见,只有杨柳成行——战争的硝烟延误了植物生长,杨柳枝条才吐新绿。谷崎润一郎顿时明白有人乘他醉酒,偷偷解开了拴船的绳子,小船随波东流到了这里。彻底醒转过来的谷崎润一郎大惊失色,赶紧弃船上岸。站在河堤上,抬眼间看到一个被焚烧得只剩下残垣断壁的村庄。

这个村庄就是小李庄。

毋庸置疑,谷崎润一郎知道眼前残相正是他同类所为,他深感恐惧,连忙脱下军装。但是,已经晚了,小李庄游击队的一个瞭望哨发现了他。

那个游击队队员外号叫大嘴,骑着一头花脸骡子,挎着一支半新半旧的汉阳造,戴着一顶草帽。瞭望间,发现了正脱衣服的谷崎润一郎,大嘴尖叫一声,举手就是一枪。子弹没有射中谷崎润一郎,但随着枪声,十四名骑骡子的游击队队员一溜烟地冲了过来。

接着,经过一场短暂的追逐,谷崎润一郎被活捉了。在追捕的过程中,他被打得头破血流。

十几个满头大汗的游击队队员把谷崎润一郎押到村头。我大哥苏甲格手握驳壳枪,早已站在村头那棵枝叶繁茂的枣树下。愤怒的村民也围了上来。一个独眼村民还扛来一口铡刀,他那只独一无二的眼里流下了一行泪水,大声叫嚷着要铡了猪狗小鬼子。大哥止住了大家的喧哗,把驳壳枪插入枪匣里,叫过那个干过走乡郎中的队员,让他赶紧处理一下谷崎润一郎的伤口,然后,又让一个队员找来一碗水,给谷崎润一郎喝了。大哥这才让众人散去,独自拉着谷崎润一郎的手,在枣树根上坐下来,在阴阴凉影里开始了一番长途跋涉般的谈话。

我不知道大哥给谷崎润一郎那颗包着灰土布的脑袋里灌输了什么,但后来的事证明,大哥不愧是一个智勇双全的革命者。在以后的岁月里,谷崎润一郎不仅一心一意地跟随着大哥参加了无数次战斗,而且在半年后,他还作为优秀掷弹手被送到新四军。这个非同小可的鬼子,在新四军围歼日军的焦家寨战役中发挥了他的独特作用——这场著名的歼灭战我也许以后还会说起,也许到时候我没有兴趣再说了。

现在,我来说说辻原盛得知谷崎润一郎失踪后发生的事情吧。

灵津渡口的鬼子小队长前来报告谷崎润一郎失踪时,我的朋友辻原盛正在和狗眼汤三欣赏他们拍的照片。那天,辻原盛特别放松,穿着洁白的和服,双手洗得干干净净,在阳光明媚的窗前,一张张地捏着照片,给汤三发表高明的议论,那副样子很像一个对摄影艺术有着奇特见地的大师。汤三也把自己收拾得光头净脸,极像一个出访的民间艺人。尽管他们操着各自的语言,但他们的交流却是那么的和谐。在这种舒畅的时刻,那个长了一脸痤疮的小队长前来报告这样一件事，其结果可想而知。顷刻之间，衣着清朗的辻原盛变成了一条打扮入时的豺狼，原先微笑的脸，如同烈日下一张湿润的草纸，眼睁睁地干燥、卷边、变形了。他一言不发地踱到浑身颤抖的小队长面前，仿佛一个老练的铁匠打铁，左右开弓，有条不紊地一口气抽了小队长二十八个耳光。然后，相互抚摸着微微发疼的双手，口气冰冷地下达了全城搜捕的命令。

几十年以后，在一个月色撩人的夜晚，我的朋友辻原盛已老得像一个因拔了秧而干朽的南瓜，他站在那间狭小的书房窗前，望着夜幕下遥远的富士山，神色迷惘地告诉我，当时他之所以下令全城大搜捕，是因为他清楚这件事情的危险性有多大。因为一个士兵战死了是正常的事，而一个伍长失踪了却隐藏着多种灾祸，不管是自杀还是逃跑了，都会影响士兵情绪，引起骚动。尤其要命的是，如果是叛逃或者被敌人捉去，后果更是不堪设想。

我听过之后，不禁哑然失笑。接着，我把真实情况告诉了他。当时，这个苍老得脑门宛如核桃一样的老鬼子，眨巴了半天眼，也没有说话。良久，他才夹起烟深深地抽了一口，又迟缓地弹了一下烟灰，望着袅袅烟雾，面无表情地低声说道："战争状态中的意外啊！可是，如果不是那次行动，我也许不会踏进贵府，唐突令尊大人啊！唉，罪过罪过啊！"

传奇诗篇

无论时光多么漫长,我都不能忘记那个月色撩人的夜晚——我,一个伤心的幽灵,面对苍老的辻原盛,平静地回忆着腥风血雨的往事。窗外,月光下的富士山安静如沉睡的处子。面前的辻原盛双手抚胸,仿佛安慰胸膛里那颗裂纹累累的心,仿佛为自己曾经的罪恶进行忏悔。不管怎样,我都不会忘记那个狐狸奔突老鼠蹿行的日子,更不会忘记那一天在我们家发生的神秘事故。即使将来我变成一个欢乐的鬼魅,或者变成一个满腹怨恨的幽灵,我都会记得辻原盛带领鬼子闯进我们家那天正是三月初九。那一天阳光明媚,天高地阔,人间璀璨,大地弥漫着小麦灌浆时的清香。

当时我们家的生活一如既往,宁静而和谐,好像没有经过任何腥风血雨。后来我才了解到,从日军占领谯城那天起,一直到辻原盛带领鬼子闯进我们家为止,家里之所以没有出现祸端,主要依赖于父亲的医德声望,还有我们全家的好人缘。即使像熊梦之那样死心塌地的汉奸,自始至终也没有向鬼子说起过我们家的事。我猜测,也许他没有彻底丧失谯城人的美德,还顾及一点故旧;也许他明白,苏家两个少爷虽然目前不知踪迹，但他们早晚都会回来的，如果他招惹了苏家，那两个少爷回来后，这笔账他就算不清了。在那种特定的情况下，怀有这种心态的不止熊梦之一人，我敢肯定，维持会的喽啰们大都是这样想的。可是，事情也有例外，自以为是鬼子大队长得力红人的汤三，在三月初九那天跟随辻原盛闯进我们家时，摆出的则是另一种嘴脸。

在那些鬼哭神泣的日子里，父亲宛如参禅入定的高僧，一心沉迷于他那本医学著作，尘世上各种纷扰根本进入不了他的眼界，更进入不了他的思想。三月初九那天，正是父亲那部医学巨著修改稿刹尾之日。后来证明，这部医学著作在世界医学发展中确实有很大贡献。

上午九时半，父亲写完最后一个字，合上笔，双手搭着后脑勺将身体靠在藤椅上，微眯双眼长长地喘了一口气。春日煌煌，透窗而来的几缕阳光照拂在他脸上——我的父亲，脸色依然如此安详，唇上短须依然那样标致，虽然心灵和肉体在医学文字的泥淖中经过了漫长的跋涉，但他的脸上丝毫没有疲惫之色，反而在眉宇间露出大功告成的得意来。

父亲就这样安静地享受了一会儿只有他才能感受到的巨大快感，接着，他安抚了一下内心的激动，准备着手校正书稿中仍然存在的些微瑕疵。他老人家的这种严谨学风，是当年留学德国时在他的导师汉斯·考文垂先生的熏陶下养成的,因为那个说话时耳朵会打颤的导师像很多德国学者一样,对待科学万分苛刻。父亲把案头那摞厚厚的稿件拿到面前,吹去稿上些许灰尘,一手提笔一手托着额头,仿佛一个全身心关注人类健康的沉思者,再次开始了他费尽心血走过的征程,丝毫没有注意到桌上那杯醒神茶早已凉透了。

自从我那位非同胞姐姐苏茱萸陷进爱情深渊后,父亲书房里几乎就要织上蜘蛛网了。父亲对此视而不见,很显然,他早已习惯了书房里的清冷与积尘,也习惯了院子里的热烈与温柔——经过一年多的时光,小巴利奥还没从柔情蜜意中抬起头来,宛如一只永不疲倦的蝴蝶,以千年的恒心,飞徊在苏茱萸这朵看样子永远也不会凋谢的花朵周围。

这时候,苏茱萸不仅能操着流利的意大利语和小巴利奥交谈,还能熟练地拉小提琴。小巴利奥的中国话虽还说不利索,但他也学会了拉胡琴,而且可以有板有眼地一口气拉上十几种名曲。眼下,小提琴和胡琴作为爱情的拐杖,已经完成了它们的使命,各自安睡在主人屋里。苏茱萸和小巴利奥已经在爱情大道上自由行走了。

他们每天都在院子里散步,既不拉手也不搭肩,一左一右并肩而行,他望着她明媚的双眼话语黏稠,她望着他洁白锐利的牙齿一言不发，但两人脸上笑容仿佛是镀上去的银片，一直闪烁着夺目的光彩。家里人从他们身边走过，他们会以为是太阳闪动树影；而我的哑巴三哥从他们身边蹀躞而过时，他们还以为是一只麻雀掠过，哪会留意一个哑巴心如刀绞的感觉。即使父亲迎面而来，也不能打断他们深情的凝望与甜蜜的诉说。有几次，父亲向他们打招呼，他们居然冲着他颔首微笑，仿佛应酬一个友好的路人。

三月初九这天上午，苏荣荑又换了一身最得意的新衣服：米色兔皮鞋是母亲在谯城大鞋庄为她挑选的；棉布衬里的淡蓝色缎裤，缀银丝的鹅黄色绸布偏襟褂。墨瀑般的长发从肩上流淌下来，她用一条暗红底碎黄花的丝绸披巾罩住头发，一起裹在肩上，潮湿的小手抓着丝巾两端，站在那棵绿叶渐茂的槐树下，含情脉脉地望着心上人儿。小巴利奥由于好长时间没有理发，金黄的头发也长长的；他把头发扎成一个麻花辫子，松松垮垮地垂在脑后。自从苏荣荑第一次说他的胡须该剪了，他马上找了一把小剪子放在床头，每天都把茂密的胡须剪得宛如新修的草坪。他穿着我大哥的衣服，长着外国人的脸，真是别样的英俊。他湛蓝的眼睛带着天然笑意，目不转睛地盯着苏荣荑，大讲但丁的青年往事。

父亲吃过早餐前往书房时，看到那一对人儿相爱的样子，他老人家灵机一动，一改往日路线，转过墙角来到后院，顺手折了两枝粉红的桃花，然后像个老绅士一样，风度翩翩地朝两个年轻人走过去。当那两个人惊讶地看他时，父亲把两枝鲜艳的桃花分别递到他们手上，然后笑吟吟地说了一句莫名其妙的话："看看，桃花开得多鲜艳啊！"说完，得意洋洋地转身走了。

然而，那两个人儿误会了父亲的意思，捏着挂有数朵鲜花的桃枝，嗅着花朵的芳香，一前一后地小跑着去了后院，丝毫不顾那间冶炼仙丹的房子里正冒烟一样散发着刺鼻气味，也丝毫不顾桃树的哭泣，每个人尽情折了满把鲜花灼灼的桃枝，抱在胸前，在院里忘情地相互追逐起来。以至于辻原盛带着鬼子闯进院里时，这两个陶醉于爱情的人儿，还以为是神话里的鬼怪出现了。

鬼子闯进我们家之前，母亲正指使着几个人晾晒衣物。这是她老人家多年的习惯，也是她在京城那个深宅里学会的理家之道。母亲一直认为，夏日阳光过于暴烈，容易掉色，还容易伤及衣物质地，而春日融融，着色不侵，不会伤损衣物。所以每年农历三月初五，我们家院子里都会摆满七色云彩一样的衣物。今年到了三月初九这天，母亲才开始张罗晾晒衣物。不仅时间晚了三四天，而且许多事情也得她老人家亲自动手了。因为鬼子破城之后，男女佣工偷跑了六个，辞工了七个。佣工们显然是害怕树大招风，母亲很理解，对明着要走的给足了钱物，对那几个顺手牵羊拿东西偷跑的，听之任之。

忠心耿耿的老管家苏沛甫依然尽心尽力，只是这老伯又添了两岁，脚缓腿慢，诸事毕竟有些赶不上趟了，况且晾晒衣物这样的事情，也不是一个老头子干的活儿。但他老人家很能体谅家中缺人手，一大早，就让长保和麦冬带着两个临时佣工搭好晾衣架，把一箱箱衣物抬出来放在晾衣架下。等做完了这些，长保领着佣工去了，麦冬伺候着哑巴少爷去了诊堂，苏老伯才松了一口气，眼含笑意，看着黄三婶子挥臂抖开七色衣物往架子上搭。

当时帮着晒衣物的还有两个临时请来的中年女人，她们粗手笨脚地给黄三婶子打着下手。手脚麻利的棠果叫喳喳的像一只黄鹂，在一排排晾衣架间跑来跑去。母亲查看着架上衣物有无虫蛀，一边给黄三婶子说些晾晒衣物的注意事项。

母亲表情安详，言谈举止里丝毫看不出她多么牵挂两个儿子，也看不出她内心的思念越来越强烈，也越来越超然。破城前后，我的两个哥哥都没有再进家门。在那段日子里，黄三婶子曾经数次提起我二哥，口吻里满是牵挂；有时候老管家苏沛甫也在母亲面前摇头叹息，说一些我大哥的事情。然而，面对两个已经成为亲人的老家人，母亲一直微笑不语。只有我了解我的母亲，老人家之所以能够保持着这份宁静，是因为她雍容华贵的内心始终有着镇定自若的信念：两个儿子都还活着。

所有衣物搭上了晾衣架，六十九个上了桐油的梨木空箱子刚刚排成两排敞口晒着，我们家的前门和后门同时响起了一片嘈杂声，仿佛人世间在一刹那被黑云笼罩，鬼魅驱使着发狂的旋风铺天盖地滚滚而来。

从当时的情景看，我的朋友辻原盛闯进我们家之前就已做好了周密计划，因为也就是两三分钟的时间，除了父亲还浑然不觉地埋首于他的医学著作外，我们家所有人等都被鬼子们驱赶到前面庭院里。当时院子里几乎乱成了一锅粥，无论多么高明的画师也无法描绘出那一番景象。

辻原盛戴着雪白的手套，全副武装地闯进院子里时，我突然发现有一团由颗粒状的东西组成的黑雾尾随在他脑后嗡嗡飞行着。这一奇怪现象令我十分惊诧，我原以为是这个不同凡响的小鬼子所特有的神奇之处，结果我凑近一看，那不过是一群黑色蜜蜂而已。但从此以后，辻原盛每次到我们家来时，就会有一群黑色的蜜蜂在他脑后飞行着，他在庭院里走到哪里，那群奇异的蜜蜂就会跟到哪里，就像阳光下移动的物体被它的黑影追随着。没有人能看见那群黑色蜜蜂，只有我这个喜欢注意细节的幽灵才能看得见。后来根据辻原盛数次在我们家展露的诸多愚蠢言行举止来分析，也许就是因为那群谁也看不见的黑色蜜蜂致使他每次来到我们家之后，他那精密运转的大脑顿时处于失灵状态。

下面请看我的朋友辻原盛第一次到我们家时所展露的失灵形状吧。

辻原盛阴沉着嘴脸，大步流星地走进我们家庭院里以后，看到那么一大片色彩斑斓的衣物井然有序地在阳光下招展着，他迟疑了一下，中邪似的止住步子，脸上有些惊诧，仿佛怀疑自己一脚踏进了另一个世界的丝织品博物院里。紧随他身边的汤三依然背着相机架子，抱着照相机——真不明白，他这时刻带着那些玩意儿有什么用处。他一副再也没有改变过的汉奸打扮，当看到我们家院子里这么多衣物时，左边的那只人眼瞪大了，右边的那只狗眼比人眼瞪得还要大。从他神情上可以肯定，他给辻原盛出谋划策包抄我们家时，根本没想到会遇上这么一个绚丽的场面。我们家老朋友熊梦之也来了，他看着我母亲，难为情地点头，脸上布满了暧昧的神色，让人弄不清他随着鬼子来我们家有什么意图。

我的哑巴三哥很倒霉，他和麦冬，还有长保带着的两个临时佣工，在鬼子的刺刀下恐惧地紧靠在一起。长保的两个大耳朵惨白如纸，满脸大汗，那两个临时佣工头脸宛如烈日暴晒的紫茄子，四行泪水自行下滑，四行鼻涕好似蛐蟮行走，但他们都吓得忘了揩一下。麦冬比较镇定一些，这个身怀绝技的年轻人眉头微皱，眼光四下瞄着，仿佛等待出手的时机。哑巴三哥还保持着主子的身份，就站在这几个人的中间，目光有些发呆，那张生下来就没有说过一句话的嘴唇急切地嚅动着，好像有许多话急着说出来。

晾衣架中间的两个临时女工一下子晕倒在地上。黄三婶子微微吃了一惊，接着她有点儿不屑一顾地乜一眼鬼子们，然后只管整理衣架上衣物的边边角角。明媚的棠果抖若筛糠，像片树叶似的紧紧贴在我母亲臂膀上。站在晾衣架外厢的老管家苏沛甫经过太多的人生沧桑，显然明白眼前的情形有多么凶险，但是他老人家缺少处理这种事端的经验，只是哆嗦着两手无助地望着我母亲。

我的母亲，那真是大家闺秀，她老人家表情依然沉静，举止自如地把棠果扶直站稳，然后水银般的目光落在了熊梦之的脸上。熊梦之赶紧转过脸去，无意间把只剩一点点的右耳呈现出来；真难看，活像被斩了大半截的蜗牛因剧痛而死死地抓在那儿。

庭院另一端，我的那位非同胞姐姐苏茱萸和小巴利奥被十多个鬼子围着，鬼子们正在收缩包围圈。苏茱萸花容失色，哇的一声哭起来。小巴利奥横穿了大半个地球，见过巨大世面，他挺着胸膛，操着意大利语义正辞严地斥责鬼子，但鬼子叽里哇啦的叫唤更让人莫名其妙。眼看着鬼子们即将逞凶，转眼之间，苏茱萸如同一只灵巧的燕子从包围圈的缝隙里冲了出去，几个鬼子大叫着尾追过去。但是，我那位非同胞姐姐再一次展示了她的神秘，谁也没有看清怎么回事，她就像一个幽灵一样，迅疾无声地飞到那棵高大的槐树上，然后抱着枝桠仰望天空，嘴里还发出惊鸟一样的低鸣。几个鬼子惊呆了，面面相觑着朝树上望，一个精明的鬼子举起了枪。

就在这一瞬间，一股刺鼻的异味扑面而来，接着一个披头散发的身影撞向那个举枪的鬼子。

这个人就是我的表叔葛九章。

后来在谈论我们家的历史时，尽管有人大肆非议表叔葛九章，但我一想起他挺身相救我姐姐苏茱萸的那一瞬间，心里就会充满无限感激。

被撞倒的那个鬼子也是个罗圈腿，可能一下子摔着了某处中枢，躺在地上龇着一嘴龅牙，两腿直蹬，老是挺着脖子抬头，就是爬不起来。另外几个鬼子端枪对着表叔葛九章，但他们半天没有扣动扳机，因为面前的这个人太令他们吃惊了。

如果不是那只名叫"西王母"的鹦鹉站在他右肩上，连我也不能肯定这个人就是我的表叔。后来我才弄明白，在鬼子占领我们谯城这段日子里，表叔陷入了疯狂的炼丹中。无数个昼夜，他一直坚守在那口铁锅旁边，从未间断的烟火把他原本褐色的面孔熏成了金黄色,他那两只暗淡无光的小眼如今也变得炯炯有神,真的难以置信,就像佛之眼一样充满了摄人心魄的法力。那只鹦鹉单腿站立在他右肩上,活像上了发条一样,脑袋上一撮黄里泛红的长毛,节奏鲜明地摇晃着,锐声尖叫着:"啊呕呕啊呕呕,成功了,成功了!啊呕呕啊呕呕!"

这个怪异的人,这只怪异的鸟,让鬼子们如遇雷公电母,心中充满了恐惧和敬畏,端着枪呆若木鸡地站在那儿寸步难移,仿佛被面前这个怪人施展的妖法定住了。看样子,表叔已经进入了物我两忘的境界,根本无意人间事物和此时的险情,金黄的脸皮如同后浪推前浪,一层层地蠕动着。他哈哈大笑着伸开右手,迷醉地看着掌心里几粒色若鸡屎状如黄豆的仙丹,突然间手一扬,那几粒药丸次第升空。表叔紧跟着仰起头来,张大嘴巴,等那几粒药丸鱼贯入口后,就像得了搅肠痧一样,他的身体一阵子疯狂地扭动,眼看着身体变形缩小,瞬间不见了人影,只看见一股白里带粉的烟雾宛如箭头一样向空中射去,那只鹦鹉也失声啼叫着紧随那道烟雾振翅升空了。

后来,当表叔再次出现在我们家庭院里时,人们的说法又改变了。他们说在鬼子进入我们家时,一个鬼子把葛九章押了出来,但他瞅个机会三拳打倒那个小鬼子,一个箭步纵身跳墙逃了出去,然后直接找我大哥去了。

我不知道这种说法是否真实，因为当时表叔从我们家消失的情景是那么短暂，如佛来佛去。

院子里所有人都看到了这怪异的情景，然而，居然没有人为之震惊。我们家的人好像早就料到了葛九章早晚会有一天就这样消失，甚至连这种情景都在脑海里演出过一百遍。但是，这一奇异的景象还是让辻原盛及其小鬼子们头顶飘散了三魂、脚底荡尽了七魄。他们怀疑自己的眼睛，欲用行动来打破幻觉，从而得到一个现实的景象。

当那只鹦鹉的啼叫声还没完全消逝，辻原盛便像酒没醒透一样，横着步子朝晾衣架前的我母亲走过去。老管家苏沛甫舍生忘死地上前一步，想阻止住这个挎着军刀凶神恶煞似的鬼子。但是有一个小鬼子冲上来挥拳就打，然而拳头还没落到老管家身上就保持着那个冲拳的姿势僵在那儿不动了。谁也没有看清怎么回事，只是看到老管家身边多了一个胖大的妇人。

那是我们家的胖厨娘黄三婶子，在这危难时刻，她再次展现了当年和清兵作战时经常使用的绝技，一式随风逍遥手，点中了小鬼子的穴道。真不敢想象，黄三婶子偌大年纪，她的身手还是动若脱兔快如疾风，真仿佛高手拂琴，一指离弦琴音骤止。

"贵府到处都有狐仙的味道，随时都有鬼魂舞蹈。"

若干年之后，我的朋友辻原盛提起当年在我们家时发生的那些怪事，仍然心有余悸、充满敬畏地这样总结道。

辻原盛说，他当时没意识到自己已经脱离了现实世界，只是隐约地感到有一股酸溜溜的热气在身体里冲撞着，在这股来源不明的气体的驱使下，他的内心失去了往日的沉着与凶残，导致肉体也像脱离了精神一样，在院子里胡乱晃荡起来。听到这儿，我不由得莞尔一笑。但是我没有告诉这个苍老得像虫蛀的丝瓜一样的老鬼子，当年他身上那股异常感觉，正是由于看到接二连三发生的奇迹才使他的精神意识在冥冥中受到了威胁，从而冲散了可以凝聚全身神经的一股心气儿。

当时的情景是这样的：

辻原盛看到那个小鬼子莫名其妙地摆着僵硬的冲拳姿势，隐忍在心底的一股怒气冲上了脑门。可是，当他气势汹汹地冲到我母亲面前时，突然间感到胸中怒气又消了下去——母亲表情从容，目光安详，那副神态真像是凝视一个远道而来的客人。她老人家的这份安详，使我的朋友辻原盛在瞬间有了几许清醒。他站直身体，悄悄地吐了一口气，竭力让自己冷静下来，换上很有涵养的神态，语气平缓地给我母亲学了一通叽里哇啦的蝈蝈叫。

母亲虽然听不懂兽语鸟言，但从面前这个鬼子的神态和语调上可以感受到他还是有几分礼貌的。但是，片刻之间，母亲就明白了这种感受完全是出于自己的善良。

如影随形紧跟在辻原盛身边的汤三不失时机地凑上前来，得意洋洋地眨巴着那只狗眼，自以为是地给我母亲翻译道："苏老太太，看样子你们家早就知道皇军要来搜查，这么早就把绫罗绸缎端出来准备好了！哈哈，老太太，皇军不要良民的财物，只要专门给皇军捣蛋的坏分子！老太太，我得向你打听一下，你家有没有藏一两个给皇军捣蛋的坏分子啊？"

就我记忆所及，这是汤三有生以来头一回在我母亲面前一次性说这么多话。他说完之后，还别有用心地眨巴了几下那只人眼。

母亲都没有正眼看汤三，老人家的目光转向阳光下灿烂的琉璃檐瓦，仿佛在给一片阴云说话："汤先生，想必你也知道我们家的规矩，在主人面前，狗是不准开口说话的！"

汤三活像被火把烫了一下，双肩抖了抖，人眼急切地眨巴着，狗眼里却奇怪地流下一行泪水。他神经质地抬手揉了一下狗眼。我的朋友辻原盛显然意识到场面有些尴尬，他脸上尽量挂着和善的微笑，挥动戴着雪白手套的右手，做着解释的手势，又是一阵子短促的蝈蝈叫。这一次，汤三没有耍花腔，而是直接告诉我母亲，辻原盛太君久闻苏老先生大名，马上让苏老头儿出来见见太君。

母亲眼里还是容不下一条狗,她的目光从那一排闪闪发光的琉璃檐瓦上移开,像一张网似的罩在我的朋友辻原盛脸上:"当家的架子大,你想见他就到书房找他好了;要是不知道路,你可以让那位先生单独给你带路。"

说完,母亲顺手一指站在一旁的熊梦之。

目光一直飘乎不定的熊梦之像是突然被人揪住衣领搡了一下,他脸色复杂地望着我母亲,下意识地后退一步,但在一瞬间,他彻底明白了我母亲的意图:到苏医生面前去,不要在意他的嘲讽,在鬼子面前好好保护他。

无论如何我得承认,能够准确领会我母亲的意图,充分证明了熊梦之的绝顶聪明。事实上也是这样的,他带着一副媚态领着辻原盛走向我父亲书房时,使尽吃奶的力气巧妙地说了几箩筐我父亲的好话。然而,当我的朋友辻原盛走进我父亲的书房后,母亲的良苦用心,熊梦之的几箩筐好话,都没有起到什么作用,父亲所展示的本色把一切凶险都化解了。

我记忆中当时的情景就是这个样子。

我记得当时还出现一个噱头:熊梦之带着辻原盛启步之前,辻原盛很奇怪地看了一眼那个依然保持着冲拳姿势的小鬼子,求救似的朝我母亲摊了一下双手。母亲看了一眼老管家,老管家朝黄三婶子一摆头,这一回大家都看清了,黄三婶子步履艰难地走到那个鬼子跟前,有些笨拙地伸出手指在他肋下戳了两下,那个鬼子"哦哦"两声又活了。

多年后,当我的朋友辻原盛提起这个噱头时,他承认当时在心理上还是感到一些微妙的压力。所以,他没有犹豫,马上按照熊梦之的建议,让鬼子们站在原地等着;汤三试图举步跟上,但被他的目光制止了。

辻原盛和熊梦之走到我父亲书房门口时,辻原盛停下了步子,很讲礼貌地整理了一下衣襟与军刀,挂一脸拜访者的神情,仿佛是一个前来切磋医技的医学博士。

父亲书房的门敞开着,老人家正埋头著作。那部后来被称为现代医学经典的书稿摊了一桌子,父亲正为一个讲述大脑神经的论据做阐述性注脚,丝毫没想到家里出了鬼翻天的事,更没想到两个小鬼似的活人来到了门口。当熊梦之动作古怪地敲了两下门框时,父亲才从深奥的医学世界里抬起头来,看到熊梦之后,他老人家立刻两眼放光,而且夸张地撮起嘴唇,含意复杂地"哦"了一声。这一声"哦",既可以理解为久违老友相见时的惊叹,又可以理解为对失节故人的唾弃与嘲讽。熊梦之显然理解我父亲这一声"哦"的真正用意,他有些不甘心,故作糊涂姿态,笑吟吟迈步就要进门。可是,父亲垂下目光又"哦"了一声。这一声"哦"用意极其明显,熊梦之只好尴尬地收回左脚,无奈又委屈地看了看我的朋友辻原盛。

父亲这些举止挑起了辻原盛的野蛮脾气，他带着满脸凶残一步跨进门来。父亲再次抬头，当他看到我的朋友辻原盛时，立刻站了起来，哈哈大笑着一边操着日本话"你奶奶的，你奶奶的"迎过去，一边张开双臂要拥抱对方。辻原盛一时不知所措，赶紧后退一步，紧张得一把握住刀柄。父亲也一下子诧异了，怀有几分疑惑地扭脸望了望靠书桌的墙壁上悬挂的那幅照片。

那幅照片我已经提过几次，就是当年父亲留学德国时照的毕业合影，他在左边，中间是老巴利奥，右边是那位被他戏称为"地丁"的日本同学辻原太郎。父亲那时候还没有胡须，光洁的嘴巴微笑露齿；巴利奥戴着单片眼镜，留着一部短而浓密的络腮胡；而辻原太郎眯着小眼睛，一脸兴奋的表情。

到了这儿，聪明的读者一定明白了其中的端倪。尽管我是一个多舌的幽灵，我也不想再针对此事做更多的解释了。

袖里乾坤大

好吧，接下来请大家倾听一下我父亲的心声。

没有出生，没有死亡，我的一生，何其漫长。然而，在我漫长无涯的一生中，我和父亲之间的单独对话却是屈指可数的。我说过，我是一个迷恋往事的幽灵，为了能清晰地讲述我们家的历史，我曾多次到德国皇家医学院找到父亲，请他给我讲一些过去的事。那年春天，为了弄清楚鬼子大队长辻原盛和他交往的过程，我再次来到了那间散发着德国香水味的房间里。这时的父亲刚刚度过春风得意的时光，浑身上下还有着得意的余晖；这时候父亲还没有苍老到撒泡尿需要十五分钟时间，更不会像我最后一次见他那样，背心上纽扣全盘扣错。我按照他老人家养成的西方习惯，亲吻一下他那皱纹越来越多的脸颊，然后坐在他的对面向他询问陈年旧事。

我必须要交代清楚，父亲十分讨厌回忆往事。他认为，喜欢回忆往事的人，内心一定充满了给自己曾经的人生涂脂抹粉的卑琐欲望。即使不得不提及从前的事情，他老人家也是言简意赅一带而过。所以，即便他经过的事情惊天动地，甚至饱含着校正历史的深远意义，但一旦被他说起来，也是波澜不惊毫无兴味可言，宛如脱米的稻壳。但可以肯定的是，我们家的那些往事就像一群巨大的乌鸦一样占据着他的记忆。因为那次长谈，虽然父亲把一些事说得鸡零狗碎，但我还是弄清了日军占领谯城期间他与辻原盛交往的一些史实；透过他故意施放的言词烟幕，我还是看到了一些鲜为人知的细节与带有诡秘色彩的场景。在我看来，有些事情父亲不应该知道，因为在那段时间里他一直沉迷于他的医学著作里。但是，他言谈之中，好像谯城在日军占领期间发生的事情大都瞒不过他，所以他才用那种古怪态度对待熊梦之。我对此甚感蹊跷，信口开河地问他："爹爹，那段时间你大门不出，二门不迈，城里发生的事情你怎么都知道呀？"我的父亲竖起一根骨节处还有着一小片干疤的食指，很有节奏地敲击着太阳穴，白着眼冷漠地看我半天，最后不屑一顾地说："上帝，上帝告诉我的啊！"

算了，让父亲的上帝牧牛去吧。

还是由我来根据他提供的线索和我的所见所闻，继续履行一个说书人的职责吧。

那一天，我的朋友辻原盛看到那幅照片后，站在原处呆住了，片刻之间，他父亲的往事，他少年时代的往事，如同两道河水在他的脑海里快速地奔腾了三千里。接着，他突兀地挥手做了一个让熊梦之走开的手势，然后走进屋里，奇怪地关上门，转过身来一个立正，恭恭敬敬地给我父亲鞠了一躬，这才直起腰自作主张地在书桌对面的藤椅上坐下来。他坐得笔直，戴着洁白手套的双手规规矩矩地放在膝盖上。

于是，父亲也微笑着坐下来。

在房门紧闭的书房里，他们开始了一场十分神秘的长谈。

后来，父亲提起这次长谈甚是轻描淡写。他说他与一个后辈有什么客气话要说？尽管他是一个挎枪带刀的侵略者，而且说起中国话嘴里就像噙了个热茄子。

父亲只是轻松地说些与辻原盛的父亲辻原太郎在德国一起读书的琐事，在赞美辻原太郎聪明才智的同时，他很随意地用手比着桌面，提起给矮小的辻原太郎起了一个叫做"地丁"的外号。说起这个外号，父亲倒是多费了几句口舌，做了一番解释。也不管辻原盛脸色有何变化，父亲将话锋一转，友好地表扬辻原太郎天性固执，但有着一股可敬的韧劲，随之又嘲笑了他的嘴巴硬。父亲用地道的谯城话这样告诉辻原盛："你老爹就是滚水锅里的鸭子，屁股都煮稀烂了嘴巴还硬！"

当然，这句话对辻原盛来说真是对牛弹琴。

不过，那天父亲说的其他事情辻原盛还是听懂了一些，因为父亲说话时常常夹杂一些德语句子和日语词组。尤其是后来问到辻原太郎回国后在医学上取得了哪些成绩时，父亲更是滔滔不绝，三种语言泥沙俱下。得知辻原太郎这些年来没有出色成绩之后，父亲有些得意忘形，拍着书桌上那一叠书稿告诉辻原盛："等我的这部书面世后，让你那笨老爹好好学学吧！学得好了，他就能成为伟大的医学家！"

可能怕辻原盛听不明白，也可能是为了显示这句话的威力，父亲又用德语夹杂着日语重新说了一遍。

父亲说，狡猾的辻原盛听懂了这句话，但他还是带着一脸淳厚的笑容说了三声："哟稀，哟稀，哟稀。"

父亲说，他当时丝毫没有意识到，辻原盛当即就打定了要把他的那部医学著作据为己有的鬼主意。他天真地以为，当时的情态已由他控制了，所以他有点沉醉于良好气氛里：随心所欲，信口开河，高谈阔论，一方面显示他从容不迫的态度，一方面说明他能有如此超然的襟怀，是因为他的知识确实渊博无比。这些条件，完全可以让他在一个杀人不眨眼的侵略者面前充满自信。

我不由得暗暗一笑。在我看来，当时他书房里能出现平和的局面，一是因为他和辻原太郎的同学关系，在辻原盛心理上起到了一定的作用；另外，他一口流利的德语多少让辻原盛有些刮目相看。更重要的是，辻原盛当时已经清晰地认识到，面前这个在谯城享有盛誉的人物，在征服谯城这件大事上会起到何等重要的作用。

所以，辻原盛告辞时还保持着谦恭的姿态。父亲更加得意洋洋，破格似的送辻原盛出来。在院子里，父亲看到小巴利奥时，还心血来潮地用德语喊叫起来："巴利奥，过来认识一下你的伙伴！"

小巴利奥还在那棵槐树下，试图喊苏茱荑小姐下来。

但那位小姐依然抱着枝桠仰望天空，仿佛她的魂魄此刻还在天上飘荡着。小巴利奥焦急得撮起嘴唇，发出唤鸟般的声音。他那副样子惹得一群鬼子笑得前仰后合。

父亲对此视而不见，他招手让小巴利奥过去。

父亲说，小巴利奥大步流星走过来时，红头酱脸，一副愤怒与悲伤交织的特殊表情，就像当年老巴利奥一样，遇到一点费解之事，恨不得马上找人打一架。

父亲介绍完辻原盛是怎么回事以后，小巴利奥顿时克制住狂怒，变成了一只文明而傲慢的狮子。他微笑里带着天生的优越感，抱着双臂，冲着辻原盛耸耸肩膀。

那会儿，我的朋友辻原盛表现得特别像一个出色的帝国军官，他面呈和蔼之色，但双眼里一股凛然之气，专注而短促地凝视了一下小巴利奥，同时抬起戴着雪白手套的右手回了一个礼节性的手势。很明显，辻原盛对这个来自他同盟国的青年没有多少好感，尽管他们的父亲是很好的同学。接着，辻原盛故作喜悦，向我父亲告辞时他居然奇怪地抱了抱拳，然后一言不发地带着鬼子们离开了。

小巴利奥还在不停地叫嚷着，大骂日本人太没有教养了，把他的心上人儿吓得爬到树上下不来，居然脸不红心不跳，不管不顾，袖手而去。这个意大利佬愤怒得无以复加，冲动之下，竟然使用刚刚学会的谯城土话破口大骂："这一堆母猪养下的！"

说到这儿，我的日趋老迈的父亲粲然一笑。

父亲粲然一笑，手搭凉篷举目观望，那棵高大的槐树上，我那位非同胞姐姐还抱着枝桠仰望着天空，嘴里念念有词，仿佛再过三分钟她就可以成为仙女了。父亲有点莫名其妙，没有经过半点斟酌，就以他惯常的风格用德语问小巴利奥："巴利奥先生，你何时教会小女爬树的啊？"

小巴利奥十分诚实地回答道："是刚才日本人教会她的。"

这时候，母亲款款地走了过来，她在我父亲身边停下步子，不显山不露水地看了一眼父亲。父亲完好无损。母亲悄悄地吐了一口气，这才微微抬头看了看我那位非同胞姐姐，沉着嗓子说了一句比铅块还要沉重的话："疯什么？下来！"

母亲这一声喊，仿佛是能破妖法的箴言，真是怪异到真实的程度了，我的那位非同胞姐姐居然像个听话的狸猫一样，顺着树干哧溜一下返回到坚实的大地上。下来之后，苏茱英还搂着树在那儿两股颤颤，羞涩的目光躲着人。小巴利奥忘乎所以地冲过去，紧紧抓住她的双手。她依然像个画中美人似的眼神发直，表情呆板，连站立的姿势都像是画出来的。

母亲转身离去，和我父亲擦身而过的瞬间，她低声说了一句话："这孩子被吓着了。"

在日军那次全城大搜查中，我们谯城所有人家都受到了不同程度的伤害：财物遭抢，人人挨打，女人们被调戏被猥亵，老人吃皮鞋踹，孩子被耳光抽。这些都是我亲眼所见。那时候，谯城人不像现在生活得这样先锋时尚，很多市民还保持着一些乡村风情，几乎各家各户都喂有鸡鸭羊狗之类的家畜家禽。在那十几天里，我几乎天天都能看到一群群鬼子在大街小巷里追逐鸡鸭羊群。那鸡飞狗跳的情景就像你们在一些电影里看到的那样，那绝不是夸张，那是绝对真实的事情。即使你无缘亲眼看见，那么只要你稍微关注一下当时小日本国内状况就会一目了然———群来自食物不能自给自足的岛国饿痨，在物产丰富品种繁多的中国大地上，肯定会大动贼心的。

鬼子在抢劫中有一个细节，就是我五百年之后临死的那一天也不会忘记。数天的搜查抢劫，使鬼子们总结出一个经验，他们发现谯城市民总是把鸡蛋放在面缸里。于是，这帮倭寇再进行搜查时，居然聪明地带上一个筛麦子黄豆的大筛子，每到一家，一个鬼子直奔面缸，抱起来底朝上往筛子里一倒，另两个鬼子把住筛子，手法娴熟地晃荡起来。筛出鸡蛋来，鬼子兜起鸡蛋踩着地上的面粉扬长而去。筛不出鸡蛋，鬼子们就殴打市民，还要双手拍打着自己屁股，摹仿母鸡下蛋后展翅鸣叫的样子，最后，双手比画出一个圆圈给市民看。我们谯城市民中虽然不乏刁钻之徒,但几乎没有人能看懂鬼子的表演,只能是鼻青眼肿地站在一厢浑身抖个不停。如果适逢汤三在场,等鬼子表演完,汤三就冲表演的鬼子竖一下大拇指,然后兴趣盎然地摹仿鬼子双手比画出一个圆圈,叫嚷道:"鸡蛋!真是个傻屌!太君要鸡蛋的干活!"

后来,我们谯城进入一个特定的历史时期,满怀豪情的人们在清算这笔被历史泥淖沤烂的旧账时,还有人大肆侮辱过我们家。他们说,在那次鬼子大搜查中,我们家是全城唯一没有受到损失的豪门大户,这显然是和日本鬼子有勾搭连环的。这一不明真相的说法,导致身为市委书记的大哥被当场按跪在一群革命小闯将面前,多挨了四十八皮带。当然,这些事情父亲不知道,因为大哥被铜环皮带抽打的时候,他老人家已经到了天堂门口,就要大声喊着自己的名字走到上帝面前了。

事实上,鬼子们进行全城大搜查,给我们家带来了无穷后患,不仅伤害心灵,而且祸及九族。有这样的历史黑锅背在身上,大哥的一双儿女就不能当兵考学,哑巴三哥也不能到谯城人民医院当医生,甚至在很长一段时间里被剥夺了独立行医的权利……这些后来的事可以不提,但就是当时,我那位非同胞姐姐也因受到极度惊吓而疯傻了半个多月,这件事也足以让人伤心了。

父亲说，在鬼子离开我们家以后的半个月里，苏茱萸简直就像一朵被异国臭气熏蔫了的玉兰花，每天都那么无精打采，甚至忘记了爱情，忘记了上边是天下边是地。即使一对羽毛华丽的斑鸠在树枝上喁喁低语，她也不会像以前那样，用含意深远的眼神示意小巴利奥观看了。真是多亏了小巴利奥，他真是一个优秀而且忠实的好恋人，每天都是那样耐心地陪着花朵般的心上人，用自己温暖的手拉着她潮湿冰凉的手，像个慈祥的老奶奶扯着自己亲密的影子那样，在院里缓缓行走。他们时而在树阴下停留片刻，时而在墙角处站立一会儿，好像一个人牵扯着自己的灵魂在草地上踱步。更多的时候，他们是在后花园里，站在桃树的阴影下，享受着鲜花的芳香，观看池中一群群游来游去的鲤鱼，欣赏它们在水中的身姿。有许多次，快乐的小巴利奥还拿着那把小提琴，搬上一把藤椅放在临池的桃树下，让苏茱萸坐好，他则站在她面前，把小提琴安放在下巴那儿，含情脉脉地看着心上人，缓缓奏起了抒情得几乎可以唤醒木偶生命的小夜曲。也许是音乐的神秘色彩，也许是爱情的伟大力量，半个月之后，我的那位非同胞姐姐终于还魂苏醒。那天她坐在藤椅上，听着小提琴如泣如诉的乐曲，突然之间，她的双眼流下了两行热泪。

在苏茱萸逐渐苏醒的半个月期间，我的朋友让原盛来过我们家两次，而且在以后的几个月里，他走马灯似的到我们家走动。

辻原盛第二次来我们家时，居然没带半个小鬼子，只有汤三抱着照相机紧跟在他身后——这个王八蛋，每次和辻原盛到我们家，几乎都带着他的破照相机。这次辻原盛穿着日本和服，一看就知道经过了精心修饰，清灰色的衣服干干净净，一双布袜洁白如雪，连脚上的木屐也是崭新的，经常沾满鲜血的双手也洗得如两团粉肉。那一群除我之外谁也看不见的黑色蜜蜂在他脑后飞舞着，就像他的灵魂那样令我怵目惊心。汤三没有打扮，还是那身行头，在我们家院子里走动时趾高气扬，好像一辈子都没把胸膛挺这么高过，只是他一直跟在人家屁股后边，神态里还有着一股狗奴才的酸臭味。

乍一看，如果不是唇上一撮浓密的仁丹胡，我的朋友辻原盛可以算得上眉清目秀了。他在院子里走路时，也表现得出奇的和善：迎面遇上我们家的老管家，便站住步子远远地给他鞠躬；走动间看到门房长保，也和悦地冲他微微一笑。我的哑巴三哥带着麦冬前往大门口的诊堂，辻原盛和他们迎面而过时还侧身相让，弄得汤三也只好缩回高挺的胸膛，探头弯腰地避在一旁。两个坏蛋这样彬彬有礼，仿佛是一对常来我们家的风雅客人。

无需引领，他们熟门熟路，直接来到我父亲书房里。父亲正在修改那部医学著作，堆满桌案的书籍手稿几乎快把他淹没了，直到辻原盛和汤三进到屋里，父亲才从几摞书缝里抬起头来。辻原盛为了表示亲近之情，假模假式地简化了礼节性的谦恭，一屁股坐在父亲对面的藤椅上，摆出一副逍遥神态。汤三是第一次进入我父亲的书房，他不知深浅或者他明知深浅而故意大咧咧地坐在那儿，还跷起了二郎腿。尽管父亲涵养一贯很好，但他还是不露声色地显示了自己的尊严，始终都没有看汤三一眼。

根据父亲的记忆，辻原盛第二次到他书房里谈话似乎很随意，因为语言障碍，又没有什么主题，东一斧子西一榔头，近乎分别来自于粤东与冀北的两个乡妇坐在一起，一边纳着鞋底一边闲聊。虽然况味缥缈，但辻原盛却显得很高兴，很放松，当时还看不出他那份闲逸之态是故意的。汤三在一旁不停地插嘴饶舌，充当翻译，大有几分显能卖乖。辻原盛好像随意地问及我父亲那部医学书稿时，汤三就着话头对我父亲的医术大加称赞了一番，他指着自己那只狗眼作依据，由衷地把我父亲称为人间的扁鹊再世的华佗。尽管汤三这样口吐莲花，父亲也没有看他一眼，仿佛汤三赞美的不是他，而是他的死对头。我的朋友辻原盛把这些看在眼里，但他没有放在心上，依然操着流利的日语谈论起他从小也很喜欢医学，但他没能学医，因为他父亲坚定地认为他不具备学医的本性，更没有学医的天资。这句话没等汤三饶舌，父亲便粲然一笑，他老人家双手拍了一下桌子边沿，用德语夹杂着日语说："我和辻原太郎君同窗五载，万万没有发现他还有这样的英明卓见啊！"

我父亲所说的杂交语言，辻原盛虽然听得似懂非懂，但他明白其中含意，他没有显出尴尬的神态，仍然装做沉醉在少年往事的乐趣中，而且还响亮地笑了几声。

说了半上午不着边际的话，起身告辞时，辻原盛提了一个小小的请求，他想以晚辈的身份与我父亲合几张影，寄给他那在岛国天天伸着短脖子向中国张望的父亲，以便看到老同学后那个日本老家伙能引起一股怀旧之情，并借此缓解一下盼子早归的心愿。

父亲那会儿毫无戒心，慨然应允下来。

于是，汤三有了用武之地，顿时高兴起来。他手脚麻利技巧娴熟地安装好照相机。我的朋友辻原盛起身走到我父亲身后，挺着身体，摆出一副和长辈合影的姿势与神态。汤三调试焦距的那一刻，一阵婉转悠扬的小提琴声如烟如幻地飘进书房来。站得比轿杠还要僵直的辻原盛不由得一怔，微微倾下身询问似的看了看我父亲。父亲盯着镜头，意味深长地告诉他，小提琴声已非一日了，那是小巴利奥在演奏他们意大利的名曲《我的港湾，我的港湾》，因为他来中国太久了，有点想家，所以整天在后花园里拉拉小提琴，以寄托思乡之情。辻原盛听出了我父亲的话中含意，直起身来，两眼有些失神地盯着镜头，口中暧昧地"哟稀"

了两声。

照完相,父亲送辻原盛出门时,抱着命根般照相机的汤三满脸诡诈地冲我父亲笑了笑。他那带有几分沾沾自喜的堕落样子,真让我父亲作呕。父亲毕竟是个性情洋溢的人,忍不住地嘲弄道:"汤老板,请你手下积德,千万不要把我们照成了两根香肠。"

正如父亲意料之中,汤三顿时满脸通红,好似炭火烘烤。但出乎父亲意料之外的是,红着脸的汤三,有几分故意恶心人似的伸出手拍了拍我父亲的肩膀,笑吟吟地说:"我的手艺你老先生还不知道?全地球再找不出第二个!这张照片洗出来,瞎子看了也得承认,你老先生就是太君的交心朋友!"说着话,他又神气活现地竖起拇指朝自己胸口一勾,歪着头小声说:"苏老先生,谢谢你今儿给我面子。我拿自己这条狗命向你老先生保证,等这张照片洗出来,保准你像我一样,和太君都是自家兄弟了!"

我的父亲顿时恍然大悟。

但是,已经晚了。

第二天,已被熊梦之的维持会控制的《谯城新报》,以头版头条的位置刊登了我父亲和辻原盛的那张合影,还配上了整整一版肉麻文章,一看就知道出自熊梦之手笔。

熊梦之可谓妙笔生花,先是大肆渲染驻谯日军大队长辻原盛礼贤下士,亲自登门拜访中原名医苏归海老先生,而苏老先生深明大义，识时务者为俊杰也，和辻原大队长相谈甚欢。接着，熊梦之以史海钩沉的笔法，曝光了苏老先生在德国留学时就和辻原盛大队长的尊父辻原太郎君是同窗好友，说什么两人友谊好比大海，虽然各自归国之后数年不见，但思念之情日月可鉴。今逢辻原盛大队长造访，苏老先生喜不自禁，热泪双流。如此屁话云云，归根结底，就是要向我们谯城人鼓吹大东亚共荣源远流长。

按说这篇狗屁文章其目的不言自明，其险恶用心也昭然若揭，但是我们谯城糊涂人还是很多的，更有一些激愤的民族主义者，在报纸出来的当天夜里，猛朝我们家院里扔砖头瓦块。早晨起来，老管家苏沛甫看着满院子砖头瓦块，顿时叫苦连天。母亲看到以后面沉似水，老人家站在堂屋门前的台阶上，看着院子里狼藉一片，心里马上明白我们家以后的日子不好过了。父亲对此十分超然，他老人家甚至都懒得朝院子里看一眼，该洗漱就洗漱，该吃饭就吃饭。在吃饭时，黄三婶子因心绪不佳少上了一份他平常爱吃的小酱豆，父亲还唠叨了几句。吃完饭，父亲像平常那样直奔书房，一心一意地纠正他那部医学著作中存在的一些小谬误。

窗外有几只德国的小鸟啼鸣，恍若有几分倦意。父亲喝了一口咖啡，半躺在做工精良的布艺沙发上，满脸都是苦笑。

过了一会儿，父亲直起身子淡淡一笑说，当时这件事还是给他带来很大压力。那一段时间里，我们家几乎成了公家的邮局，每天都能接到几十封匿名责骂信，其中不乏文采飞扬者，幽默中带有凶狠；更有操着我们谯城土话直接谩骂者，污言秽语中充满着正义。更有一些亲朋好友，径直上门，说三道四，规劝他洁身自好回头是岸。父亲说，在那些天里，他真感到身心疲惫了，一方面要忍受各种误解与侮辱，一方面他的医学著作还存在一些微小失误急等着纠正过来。然而，麻烦的人和麻烦的信总是像一张网一样，无声无息地罩在他身上。父亲说，若不是那一天机缘巧合，他做了那件后来在谯城到处流传的事情，那些麻烦事真不知还要纠缠他多久。

父亲说，春末夏初的那一天真是奇怪，仿佛上帝开会，各路大神不约而至。

最先到我们家的是我姑父陈敬述。

自从在那场充满血腥阴谋的象棋大赛中被鬼子剁去十指之后，姑父再次消失得无影无踪。在谯城，他的许多朋友对他动不动就消失都感到十分奇怪，而我毕竟是一个有几分超脱的幽灵，对人间的这种怪事司空见惯了，所以，对姑父遇到险境即刻消失的行为一直心不在焉。我认为，他老人家有他老人家的本色，谁都无法左右他在这个令人懊恼的世界上来去自由。

姑父来我们家那天,打扮奇特,上身是雪白雪白的中式棉布短袖衫,下身是漆黑漆黑的西裤,脚上是一双油光闪闪的黑皮鞋。他的双手没有了十指,只剩下一双孤独的肉掌让人怵目惊心。他若无其事地摆动着左臂,右臂弯在身侧,腕上挂着那把一尘不染的文明棍,脸上一副诙谐的表情,而眼睛里却闪烁着自信的光芒,举止之间依然风流倜傥。

姑父就这样旁若无人地走进我们家院子里。

当时,老管家苏沛甫还在使唤门房长保和麦冬收拾着院里的碎砖烂瓦,他们看到我姑父时,活像中了邪一样顿时呆立在那儿。老管家苏沛甫哆嗦着手,犹豫不决地给我姑父打招呼,但是姑父没有像以前那样上前一步握住他的双手,一边摇晃一边诙谐地说些吉利话,而是抬起光秃的左掌,向他做了一个"请稍安勿躁"的手势。

母亲坐在堂屋当门正给黄三婶子说话,她看到我姑父以后,继续给黄三婶子说着话,只是顺便朝我姑父微微抬一下手,仿佛在匆忙中随意地应酬一个熟人。姑父也没有给我母亲打招呼,他目视前方,就像一个大白天的鬼影向我父亲的书房走去。

在父亲的记忆里,那一天他和我姑父没有任何对话。这可能出乎许多人的想象。但我深为理解,在那种特定的情形和背景下，对一切事都心知肚明的他们，没有必要再进行语言沟通了，即使有一些需要谈的事情，也只需要一个眼神，甚至一声叹息，抑或一个深深的鞠躬，就可以把所表达的意思全部说清楚了。

所以，从姑父进了父亲书房开始，他们就似乎达成了默契，仿佛两个心有灵犀的演员，无需锣鼓，不要响板，在时而传来的一阵阵催人断肠的小提琴中，开始了他们好像演了一百遍的哑剧：姑父进了门，顿了一下步子；父亲马上停下笔来，把两手摊在桌面上，静静地看着他。他们在四目交接中把招呼的话表达完毕，姑父便面无表情地在父亲对面的那把藤椅上坐下来。舞台背景很不和谐，显得有几分呆板。虽然是晴朗的上午，但书房里却暗淡无光。也许是四壁皆书的缘故——那些线装书仿佛都是明清时代留下的老鼠，而那些书脊烫金字的精装书则都是父亲从德国带回来的洋老鼠，这么多贪吃的老鼠把从窗户和门口射进的光线啃食得斑驳陆离。因而，姑父那张毫无表情的面孔连同他整个人，在这样暗淡的光线下很像一尊遭风化的蜡像。姑父一直用复杂的眼神看着我父亲，也只有我父亲才能看出他眼神里一半是嘲讽一半是痛心。这还不够，姑父用光秃的左掌十分吃力地把右腕上的文明棍移下来，撑在面前，一双光秃秃的肉掌叠放在文明棍弯曲的把柄上。他这样演戏一样费劲地展览自己被摧残的肉掌，其目的是多重的。至少我看懂了其中三个用意：一个是想明白无误地告诉我父亲，这样糟糕的肉掌是鬼子给他制造的；二个是提醒我父亲，在他身遭不测时，没有来找你这位中原闻名的神医，是不想给你带来不测之祸；第三个意思是，你看看吧，现在这双手就放在你面前，看着这双就像砍掉头尾和四条腿的王八一样的残手，再扪心自问一下你做的那些恶心事吧。

父亲宛如高僧向禅，无意于缘起缘落，用他特有的方式给我姑父一个直截了当的开示——父亲连头也没有摇一摇，便提起那支德国钢笔，聚精会神地继续修改神圣的医学著作。我认为，父亲这些看似漫不经心的举动，实际上是给了我姑父一个坚硬的回答：鬼子砍了你双手，是由于战争的罪恶；如果你当时捡起砍掉的指头在半小时之内来找到我，我就能让你十指再生；我没做什么恶心事情，连你也相信谣言，用这样的目光看我，那真让我苏某人无话可说了。

姑父好像也明白了这些含意，他有几分怅然似的扭脸向窗外短暂地看了一眼，又回过头来看了一眼我父亲——父亲翻着一本书脊烫金字的洋文书，正把书上的一个句子抄在手稿上，以佐证他的一个关于颈椎疾病的论点是正确的。姑父终于肯定了自己的领会是准确无误的，于是，他那张蜡像一样的脸在突然间熔化了。当他站起来准备离开时，哑剧变成了有声剧——另一个人物高唱着"阿弥陀佛"上场了。

父亲说，是九灯和尚来了。

以前姑父在我们家也见过九灯和尚几面，以他老人家的佻达性格和笑傲人间的态度，连对弥勒都不以为意，何况一个眼藏凶光、说话唠唠叨叨的世间和尚。可是，在这个时候，听到九灯和尚来了，姑父在瞬间慧心一动，有了觉悟似的，又坐了下来。

九灯和尚由老管家苏沛甫领来的。

这位身材魁梧的老和尚习惯地高唱着佛号，蜗牛般地挪进屋里来。这和尚，行动之迟缓与声音之宏亮，悬若星壤，无不给人以世外高僧之感。然而，他坐下时的艰难状态，又让人觉得他不过是一个不久于人世的老朽而已。最终，还是老管家搀扶他坐好的——那一个老人搀扶另一个老人坐下的情景，让我父亲永远也不能忘记。一旦坐好，九灯和尚昂首挺胸，仿佛这才是他的庄严法相，那一脸好气色，宛如真的掌握了长寿秘诀驻颜仙术。很久不见，他依然还是那样，丝毫不见老年人一日不如一日的老态。九灯和尚蠕动着铁铸般的浓眉，一眼看到我姑父那双光秃的肉掌，他再次合掌当胸，说了一句莫名其妙的禅林金句："大火流金，水底沉心。万缘放下，一念不生。"

事隔很久以后，父亲才明白九灯和尚这句话里的意思。

所谓大火流金、水底沉心，那就是说只有经受过严峻的考验以后，人的心灵才会像瓦片入水那样一沉到底。万缘放下，一念不生，这不用解释了。但万缘放下，一念不生，那人活着还为什么呢？真迷茫啊！不过，父亲当时没能领会这一禅林金句的含意，他隐隐担心的是，一个跳出三界外、不在五行中的和尚，也来呼唤他的羞耻心和爱国心了。

可是，让我父亲吃惊的是，九灯和尚仿佛真正地超脱了平庸尘世，生活在另一个更高境界的世界上。他似乎对日军占领谯城前后的所有事情有耳不闻。他来的主要意图，是想打听一下我们家是否有一个叫葛九章的人。父亲顿时释然，这才想起大约有半辈子没见过葛九章了，就让老管家马上把葛九章叫来。当老管家把葛九章化作一股白里带粉的烟雾消失的事说完后，父亲一点儿也没有目瞪口呆，只是有些惊讶地自言自语道："他怎么拖到现在才成仙啊？真是耽误了一番好路程！唉，只是可惜了那只巧嘴鹦鹉。"

说着话，父亲看了看九灯和尚，一如既往地打趣道："九灯大师，眼下只有高僧你才知道他到哪儿去了。"

看样子，九灯和尚绝对不存尘心，对葛九章的奇妙消失他也同样不足为奇。他没有理会我父亲打趣的话，再次合掌当胸，一本正经地说："逝者杳杳，有根无梢。僧人这次前来，是想请苏施主详言葛施主是何时来到贵府的。"

这倒是把我父亲问住了。

父亲说，过了好大一会儿，他才明白，九灯和尚到我们家来，只是为了他那部镜中花朵般的《捻子传》。在九灯和尚言之凿凿的话里，父亲觉得那部《捻子传》马上就要放在自己面前了。想必曾经的历史狼烟还在九灯和尚脑海里翻滚着，他那铁铸般的浓眉黑豆虫一样蠕动着，口吻中带有几分激愤与慨叹。他说虽然岁月如梭旧事寂寥，但他仍想写一部没有破绽的历史著作，诚实记录旧时的血海人生，以告慰在天之英灵。九灯和尚壮怀激烈，倒没有让父亲为之一振，但他那种精益求精的著作精神却深合父亲心意。父亲一边沉吟着，一边接二连三地拍着自己的脑门，仿佛要把我们家那些杂乱无章的历史浑水沉淀下去，好让关于葛九章的印象叶片漂浮上来。恍惚间，爷爷在我们家历史大书里记录的关于葛九章来历的几行暧昧句子，如同几只萤火虫一样在父亲脑海里闪烁了几下：麦黄芒，表弟访，带一童，嘱收养，取名字，葛九章，观此童，非凡人——浑身生脓疮，两眼闪金光。这一行飞舞着的萤火虫消失后，父亲仿佛看见一个络腮胡子的男人，牵扯着一个浑身脓疮的幼童走进我们家大门。

于是，父亲就从这个印象开始说起，又把葛九章在我们家的成长过程介绍了一番。关于葛九章炼制仙丹的事，父亲多说了几句。他说早就预感到，终有一天，葛九章会像他炼丹那样荒诞不经地带着他的灵魂和鹦鹉离开大地，进入浩瀚的宇宙之中。说了这些,父亲又表示了他的纳闷:一个半人半鬼的葛九章和九灯和尚的《捻子传》有何关联呢?难道葛九章是神话般的捻子后人吗?

"苏施主有大悟性,这一层禅意算你猜透了。但还有更深的一层禅意,还是让僧人给你做个开示吧。"

所谓的开示,是指大德高僧对佛法的正确解释。九灯和尚毫不客气地以这种口吻说话,显然是因为他胸中装满了正大智慧。不过,九灯和尚说起那些捻军故事时,一反往日每谈此事必现激愤之色,他说话的语气也仿佛被岁月的熨斗熨过,显得安详平和。说起那些令人气血飞扬的历史战事,九灯和尚也是轻描淡写,宛如一个苍老的艺人操着嘶哑的嗓子朗读一出戏剧的内容简介。尽管如此,父亲还是听明白了,原来葛九章是捻军白旗红边总目葛苍龙的后人。

九灯和尚说,葛苍龙及其三子,都是捻军的闻名头目。他们在老家葛五园子燃起抗清烈焰之后,参加了捻军首领张乐行于咸丰五年召开的著名的雉河集会议,从此成为捻军的一支劲旅,开始了南征北战的抗清生涯。不幸的是,在咸丰八年,葛苍龙率部与忽儿投捻忽儿降清的苗沛霖作战时,阵亡于家乡。葛氏三兄弟心怀悲壮继续抗清。可惜老天无眼,不助豪杰——同治二年,雉河集失守,捻军大难,葛氏所部被僧格林沁击溃,三兄弟被捕后慷慨就义。

僧格林沁意欲斩草除根，然而，葛部两员大将冒死救出葛苍龙长孙，远走高飞。清军十数年追杀不止，长孙终遭毒手。天可怜见！幸喜有孕在身的孙媳得以脱逃，然天眼不睁，孙媳产下一子后竟大红而去。遗下一线血脉被葛氏旧将收养，直到在他四岁那年突然不知去向。刚才听我父亲一番讲解，方知由捻军大将"赛张飞"胡闻达把他送到了我们家，一晃数十年，竟然无声无息。

九灯和尚讲的这段故事，在我看来真像一出皮影戏，人来人往演绎世间沧桑，让人正在恍惚之间，忽然弦声断了，锣鼓罢休，灯光大白，才发觉不过是一片白布上的光与影在播云弄雨。而在父亲看来，真仿佛干宝搜神，所谓血海冒泡，所谓刀光剑影，都不过是岁月更迭中人间的一些幻象而已。如此干巴巴的一段陈年旧事，缥缈得无踪无影，别说九灯和尚讲得如此寡味，即使他说得口吐莲花舌齿生香，但是要说葛九章那样的人是那些铁血英雄的后人，让人左思右想都觉得突兀得很。况且这一离奇的主角在我们家生活多年，真让人大有如在梦中之感。

哪知九灯和尚终于捋清了线头，知道了笔下英雄后人去向，不禁连念三声"阿弥陀佛"，又喃喃自语道："葛总目的后人能这样抛弃世界，一去无牵挂，丝毫不差成仙得道，也算是最好的结果了。九泉之下，葛总目也会得意非凡的。"

看九灯和尚沉浸在自己的遥想之中，父亲哂然，忍不住打趣了一句："这样一来，连我家也跟着蓬荜生辉了啊。"

岂料九灯和尚闻此言脸色一变，面沉似水，合掌当胸，垂着目光不看我父亲，语气生硬地说："请苏施主切莫妄言。以僧人所知，葛九章与你家关联不大。当年捻军大将胡闻达受命把他送到你家，用意有二——一个是活他的命，给英雄留一条根；二是等到捻子东山再起之时，还要靠他给养捻军生息。时值今日，东山再起之念早已烟消云散，我才把这天大机密说了一半，想也无妨于世人。"

父亲可谓才智过人，但九灯和尚的话还是让他煞费思量。他脑海里转着圈子分析九灯和尚的话时，还忍不住看了看我姑父。然而，姑父此刻闭着双眼，仿佛进入了梦乡，也许是九灯和尚的苍白故事搞得他老人家睡意难捱。

最终，父亲也没有向九灯和尚请教心中疑惑，也许他明白，即使他请教了，九灯和尚也未必肯再次给他"开示"。尽管父亲对九灯和尚所说的事情半信半疑，但他还是为一个僧人的执著而感动。所以，当九灯和尚告辞时，父亲还是起身近前两步，和老管家苏沛甫把他搀扶起来，而且一如既往地送他出去。姑父一言不发，也跟了出来。

刚才我父亲说过，那一天真是奇怪，仿佛上帝开会，各路大神不约而至。

当父亲送九灯和尚快到大门口时，门房长保一溜烟地迎面跑过来，十几步的距离，竟跑得长脸上汗水淋漓，到了面前还喘息不止，说起话来也张口结舌。父亲还以为发生了什么天大的事情，一向胆大包天的长保之所以这个样子，原来只不过是告诉他，有一队鬼子的摩托车开过来了。父亲心里一怔，当时就知道是谁来了。

果然不出所料，正是我的朋友辻原盛来了。

这是那次报纸事端之后辻原盛第一次来我们家。与前几次不同的是，他这次来不仅带着汤三，还带着熊梦之，更让人感到恐惧的是，他还带着三十多个全副武装的鬼子。

鬼子在大门口刹住车时，父亲他们三人已经若无其事地走出了大门。一看就知道，三十多个鬼子作战经验丰富，呼啦一下扇面散开，持着枪把我们家大门紧紧围住了。正对大门的那辆摩托车上有一挺机枪，一个满脸汗水的鬼子手扣扳机如临大敌。辻原盛从摩托车上跳下来，大热的天，他全副武装军容严整，布满汗珠的脸上全无前几次来时的温和之色，而是一副凶残样子。当我的朋友辻原盛看到我姑父和九灯和尚时，微微顿了一下步子，紧紧跟在他身边的狗眼汤三马上向他嘀咕了几句。而随后跟上来的熊梦之看到我姑父之后，一下子手足无措地站住了，两手装做整理衣襟似的捂在胸前。辻原盛没有在意九灯和尚，只是短暂地凝视了一眼我姑父，接着大步走到我父亲面前。

父亲一脸诧异的表情，沉默不语地看着辻原盛。烈日下的空气仿佛见火就着。辻原盛和我父亲对视了大约有三分钟，才操着生硬的中国话说："苏先生，我也是刚刚得知，你有两个儿子一直在和皇军作对！"

辻原盛能把这句话说得如此顺畅，真让我父亲有点意外，他老人家还没有说话，汤三便见缝插针地指点着我父亲说："老苏，你不要赖账！你二儿子是大刀队队长，砍了多少鬼子嗯……皇军，太君都有数的！你大儿子说是柳湖书院的校长，但暗地里是新四军，这些事情太君都知道了！"说完，他习惯地眨巴了几下那只狗眼。

父亲都没有用眼角的余光扫汤三一下，坦然自若地望着辻原盛，微微一笑说："他们在哪儿给你们作对啊？"

辻原盛脸色一黄，意识到我父亲话里有话，一时不免张口结舌。

父亲摇了摇头，低低叹息一声："你在为谁打仗？"

辻原盛下意识地一个立正："我为天皇陛下作战！"

父亲粲然说："说得好！我的儿子们也是为自己的国家而战；你们军人各为其主，都有理由。不过枪弹无眼，恰好遇到了，希望你们都不要客气才是。"

父亲在与辻原盛交往的过程中，曾经多次化险为夷，这一次不过是其中之一次。说起往事中的这一细节，父亲依然有些得意洋洋。不过，父亲说他当时也有点儿奇怪，因为辻原盛听了他这番话后，居然顿时摘下凶残的面具，换上一副喜笑颜开的嘴脸，转变之快，令人费解。

接着，辻原盛挥手让如临大敌的鬼子们解除警戒，然后换上日语给我父亲解释，关于我两个哥哥的事他早就知道，不过他认为这与我父亲无关，我父亲刚才说的这一番话，其中道理他早就明白，要不然他一开始就会采取严厉的措施对待我父亲。他今天不过是在四门巡查，顺道来看看我父亲，主要是想看看我父亲的医学著作完成了没有。说完了又怕我父亲听不懂似的，挥手让站在那儿发呆的熊梦之走上前来，让他给我父亲把话说清楚。

这时候的熊梦之已经有些憔悴之态，仿佛在当汉奸的岁月里一直遭受着内心的煎熬。他那副样子，即使右耳仍然完整无缺，在他的身上也再看不到他当县长时的儒雅之相。此刻，尤其是当着被他深深伤害过的老朋友陈敬述的面，上前来给我父亲说话时，更是目光游移，言不由衷。他说的话干巴巴的，而且颠三倒四，全不像他在报纸上写的文章那样文采斐然，条理分明，几乎可以把死蛤蟆说得尿淌。

父亲听了半天，终于明白了。原来是辻原太郎得知他的医学著作即将完成，希望能尽快把这一杰作拿到手好好学习一番。这话说得虽然很谦逊，但父亲还是神示似的心中怦然一动，仿佛看见在德国留学时期，那个日本同学常常对人露出一丝看似谦逊的窃笑。在同窗五载期间，他对那个心细如发常常窃笑的小"地丁"从来就没看走眼过，即便相隔了这么多年，父亲依然猜中了辻原太郎的谜底：想把自己未及面世的医学著作据为己有。

很久以后，我和辻原盛谈论这件事时，他毫不隐讳地承认了当时我父亲的判断十分正确。当年，他把我父亲正在写一部医学著作的事告诉他父亲后，他父亲让人带回了一片字条，上面简单明了地写着这么一行字：拿到它，我愿意用任何稀世珍宝与你交换。

这一行字让我的朋友辻原盛大为惊讶，他相信他老爹的判断肯定是有道理的。同时他还神差鬼使地想起了少年时代，曾经看到过他的祖宗们在若干年前从中国抢回的无数稀世珍宝和那些价值连城的古籍、书画、瓷器等等，无不像灿烂的花朵一样让他心醉神迷。所以，他接到他老爹字条的当天，就按捺不住地再次来到了我们家。可见当时辻原盛多么天真又多么嚣张。为了能顺利地把我父亲的手稿拿到手，他还虚张声势地拿我的两个哥哥上来说事。其实，我两个哥哥的事情，他也是刚刚从日军司令部的情报部门获知的，为了验证这一情报，他还问过熊梦之和汤三，当时熊梦之有些吞吞吐吐，汤三狗眼也不眨半下就把自己知道的全说了。当然，辻原盛还是大骂了他们一顿，因为如此重要的事情居然没及时告诉他。辻原盛以为证据在手，我父亲就会把付诸全部心血的医学手稿交给他，可是他的算盘打错了。

等熊梦之把话说完，父亲先是赞美一番他的口才，然后不再看他一眼，转脸对辻原盛说，老同学辻原太郎能有此谦逊的想法，真应该大声叫好。接着父亲面带微笑，侃侃而谈，大讲医学是属于全人类的，人类不分彼此，地球哪分东西，他也正想多请一些像辻原太郎这样很有建树的医学高手针对他的手稿进行斧正。只是在自己目前的手稿中，尚有一些问题需要深层解决。比如，有十几种毒性异常的草药所含毒素等问题还在进一步分析中；医学也是尖端科学之一，其他门类的科学，失之毫厘差之千里，而医学失之毫厘就会有失去性命之虞。最后，父亲让辻原盛转告他父亲，耐心等待，等这些棘手问题处理完毕，一定首先请辻原太郎君指教。

在父亲的一生中，也许这是他老人家唯一的谎言，但令我敬重的是，他居然能把谎言说得比真话还虔诚。父亲答应得如此痛快，辻原盛还以为是他的高明手段起了作用，他兴致勃勃地让我父亲不要着急，仔细修改手稿中的贻误，他和他老爹也希望看到一部完美无缺的医学著作。然后，我的朋友辻原盛高高兴兴地收兵回营了。但辻原盛绝对没有想到，直到他伤痕累累地离开我们谯城，也没有拿到我父亲的手稿。

哦，对了，在这场魔影憧憧的戏剧快要谢幕时，还发生了一个小小的噱头——你们都知道，我这个忧伤的幽灵一直对历史中的一些噱头很感兴趣，宛如嗜痂之癖。

鬼子们离开我们家时发生的噱头如下所述。

我的朋友辻原盛向我父亲告辞之际，汤三忽然像中了魔一样，歪着脖子凑上来，对我父亲说："苏老先生，千万不要给太君耍滑头啊！"说着话，用手一指大门右边的那个青石狮子，狗眼里闪烁着狡诈之光，"看看，苏老先生，你刚刚成为太君的好朋友，就有人给你家送来元宝了。"

父亲一看，原来那只青石狮子的左爪子上有人拉了一泡大便，金黄金黄的，好像雕塑的一朵黄花。父亲知道，报纸事端还没完，一些激愤的谯城人又做下了糊涂事。不过父亲终于抓住了一个千载难逢的好机会，他请我的朋友辻原盛留步，佯装严肃地说："我还有一个千思百想都拿不准的大问题，想当着辻原大队长的面验证一下。"

辻原盛顿时兴高采烈，做了一个请我父亲尽管直说的手势。

父亲说："我们中国大医圣李时珍，在他的杰作《本草纲目》里声言人的粪便可以入药，以我多年的研究，我认为这一说法甚为不妥，粪便臭不可闻且毒性甚大，入药会使人头颅变小，眼睛变大，很可能幻化为猪狗。这一难题纠缠我很久了，现在正好条件具备，那边有一泡粪便，这儿有一个汤三,我想请辻原盛大队长命令汤先生做个实验,看看到底孰是孰非?"

说了,父亲指了指青石狮子爪上的那朵黄花。

后来,在关于这件事的传说中,我父亲就是这样说的,而且辻原盛当时兴趣盎然,马上命令汤三赶紧去做这一伟大的实验。聪明的汤三二话没说,大步走过去,真如饿狗般把那朵黄花吃了下去。汤三的这一出色表现,按照天理也算得上千古奇闻,虽然其恶心之举难入碑刻石铭,但在我们谯城几十年来仍然口口相传,即使再过亿万年,这个恶心的传说仍然会有声有色地流传下去。

多年之后,当我向父亲问及此事时,他老人家一笑置之。后来我们县志上这样评价这件事:让汤三吃屎是中原神医苏归海老先生惩罚汉奸的得意之笔。但我猜想,这件事对于父亲来说,也许只是一个小小的恶作剧,借以惩罚一个得了上风扬石磙常来冒犯他的下三滥。但在无意之间,却给我们谯城制造了一个大快人心的传奇故事。而且正因为这件事,谯城人重新认识了我父亲,一直到鬼子撤离谯城,也没有人再朝我们家院里扔过砖头瓦块,更没有人在我们家大门口放置"金元宝"了。

但是,刚开始时也有人不以为然。比如九灯和尚,他亲眼目睹这件事,顿时满脸愁容,浑身哆嗦,合掌当胸,说了一句:"罪孽啊罪孽!"言毕,看都不看我父亲一眼,便拂袖而去了。姑父看到这一人间丑相，反而哈哈大笑，看到九灯和尚离开，连忙追赶过去，一边响亮地大叫："和尚慢走，等我一等!"携着他的文明棍一溜烟地追上去。到了九灯和尚身边，姑父伸出一条胳膊搭在和尚肩上，那只没有手的光秃秃的肉掌在和尚肩膀上显得异常醒目。

他们勾肩搭背，仿佛经年至交的样子，给父亲留下了深刻的印象。父亲当时就预感到，我姑父以后有可能会随九灯和尚出家。

第七章

于无声处响鼙鼓

我飘荡在空中,耳闻布谷鸟的叫声宛如竹笛,一声追一声。我举目四望,天空湛蓝白云飘飘,不是人间景色。我低头看去,遍地金黄,灿烂夺目,大片大片小麦成熟了。这种颜色如此璀璨,让我感到大地的神圣与慈祥。我屈指一算,正是农历五月初三,再过两天就是端午节了。我虽然只是一个缥缈的幽灵,但心中仍然为之怦然一动,胸膛里洋溢着为人子的温暖情感:端午节,就是我母亲的生日啊!

这两年母亲的生日注定要一年比一年寂寞。搁在那年,在端午节前七天我们家早就宾客不断,院里院外喜气洋洋,大群大群的鸟儿也早在院里的树上落满了,等待享受美酒的芳香。眼下离端午节还有两天,但家里仍然冷冷清清,仿佛亲朋好友都忘记了我母亲五十五岁生日的豪华盛宴,甚至连一只鸟儿也没在我们家树上停留过。首先可以肯定的是,县长太太是不会来了,因为自从熊梦之当了汉奸以后，那位领若螵蛸的县长太太便闭门不出，没有人再见过她的踪影。后来传出消息说，有人看见她打扮成一个平常的商人妇模样，脖子上围着一条青色纱巾，坐着一辆两轮红车子从东城门出去了。这说法可能是真的，因为她的娘家就在遥远的东方。袁太太也不用说了，自从鬼子破城那天夜里她跟袁司令出城后，就再也没有过她的任何音讯。谯城里没有一个头面人物对我母亲的生日有任何表示，因为鬼子大队长辻原盛经常光顾我们家，在如此险恶情况下，我们谯城人都是善于明哲保身的。

唯一让母亲感到安慰的是，姑妈还是像往年一样，在端午节的前七天就来了。让母亲惊讶的是，姑妈脸色红润，往日隐藏在眼睛里的种种哀怨不见了。她显得轻松自在，仿佛内心世界被仙女们彻底清扫过。还有一点让母亲感到意外，姑妈来时，除了带来那件永远也做不完的刺绣活儿外，还带来了整整一大箱子替换衣物，由那个白胖子曹三九扛着，就像远道而来的一个久没音讯的客人。

白胖子曹三九放下箱子刚走，姑妈便兴高采烈地宣布，她从此以后就住在我们家，因为陈竹竿早已没了影，他的药栈也早就转卖给别人了。自从鬼子破城后，女儿也没了消息。她一个人在家，活得像个鬼影，索性在我们家住下来，和我母亲做个长伴。

母亲真是啼笑皆非。她老人家虽然好客，但素喜清静。

而姑妈每次见了她总是絮叨个没完，仿佛要把在家积攒的话一股脑儿倒给她。虽然母亲一听她唠叨就头皮发麻，但这种情形下，还是赶紧让棠果使唤着麦冬收拾了一间房子，让姑妈住下来。母亲当时说话的口吻，好像我姑妈真的是远来的客人。

看样子，姑妈真不打算走了。每天早饭后，她和我母亲唠叨一会儿就回房间刺绣。母亲一直不明白她刺绣有什么用，姑妈想都没有想，笑吟吟地说："等到死的那天我就把它盖在身上。"母亲不禁有些惊讶。然而，姑妈虽然这样说，但刺绣时她还是老哼着一出名目为《上绣楼》的谯城小曲，时而低徊，时而高亢，腔调里充满了一个青春少女临嫁前的喜悦。

母亲坐在自己屋里，听着姑妈悠扬的唱腔，望着那个几乎成了她房间一道风景的地球仪，想着前年生日的隆重与热闹，心里的惆怅仿佛水中葫芦似的浮上来。尽管母亲明知道是何原因，但还是难以排除在心里浮上浮下的失落感。我深深理解我的母亲，正因为她今年生日就像去年一样，注定不能隆重，也不能热闹，所以她老人家更迫切地需要人来关注她的生日。

最终，母亲还是看清了不容乐观的形势，打消了热闹一下的念头，但她还是拿定一个主意：绝不能像去年那样无声无息，即使只有家里几个人，即使只需要一桌酒席，她今年也要过这个生日。

一天晚饭时,母亲把想法告诉了父亲。父亲满口答应要过这个生日。但仍像以前一样,父亲凡事只出个嘴,一点儿也不操心具体事,只管一心修改那部伟大的医学著作。那部医学著作快要彻底结束了,父亲抓得很紧,他改变了往日从早上九时到下午四时的写作习惯,夜以继日地埋头在书房里。起初我以为,父亲之所以这样废寝忘食,是到了冲刺状态,一个著作人,将一部作品的障碍彻底扫清之前,很容易这样甘愿辛苦的。但是,后来的事实证明了我的猜测是多么幼稚。

五月初四这天晚上,母亲临睡前忽然想起新酿制的那坛子米酒。因为生日不得不简便,她决定索性取消白酒,用她家传的绝方新酿了一坛子米酒。晚饭时,她吩咐黄三婶子把那坛米酒吊进深井里泡着,等到明天喝起来更加爽口。因为没有外请厨子,黄三婶子这两天忙得团团转,也许她会把这件小事忘了。又因为姑妈住在家里,棠果这几天要两边奔跑,乏得很,天一黑两眼像滴了青柿汁,这会儿怕是早已进入梦乡了。母亲还是试着喊了两声,没听见棠果回应,她老人家只好重新穿了衣服,摸黑来到后院里。

后边厨房里还亮着灯,母亲感叹着黄三婶子的辛苦,来到门口,顺手推开门时,老人家一下子惊呆了:二哥坐在屋中央一张矮桌边,半截黑塔似的,正狼吞虎咽地啃着一只卤鸡，那凶狠的吃相活像饿痨。桌面上一堆啃得干干净净的猪蹄骨，七八个碗碟也空空的，新酿的那坛子米酒也快要见底了。黄三婶子坐在一旁，欢天喜地地看着我二哥大吃大喝，一边不停地抹着泪水。

黄三婶子看到我母亲，居然很神奇地耸了耸两肩，然后很自豪地摊了摊双手——多年之后，当母亲看到一些德国人做这种动作时，就会不由自主地想起黄三婶此刻的这个动作。而在那时候，黄三婶子别说下厨房了，她简直比我母亲还要享福，整天肉山似的坐在沙发上，肥得几乎没有了脖子，围着一条洁白的餐布，由一个德国女佣一口一口地喂她吃饭。

二哥看到母亲，露出小孩偷饼被大人逮住时的神情，满脸憨笑着，一边快速咀嚼着，一边站起来。

母亲心里怦怦跳着，但她还是尽力使自己沉稳下来，款步上前，抚摸着二哥的肩膀，轻声细语地说："吃吧，吃吧。"

二哥坐下来，风卷残云似的，眨眼间吃掉那只卤鸡，然后顺手抓起那坛子米酒，就着坛口咕咚咚地一口气喝了个底朝天。这才把坛子放下，然后咕咚一声趴在地上，给母亲磕了一个响头，瓮声瓮气地说："娘，好长日子看不见你，我还有点想你呢！"说完，爬起来，双手拉着母亲的手请她老人家坐下说话。

快两年不见了,二哥没变黑也没变白,没变胖也没变瘦,只是那份霸道的习气依然存在,言谈举止反而显得成熟了许多。也许这么长时间的颠沛流离,他得到了更为具体的人生历练。

母亲看着二哥,慨叹地说,没有想到小二子还记得她的生日,不顾生死地回来一趟。二哥恍然大悟似的"啊"了一声,然后憋红了脸,说他这次回来不是给母亲过生日的,而是奉了袁司令的命令,执行一项特殊任务。接着,他又得体地把话说回来,既然正好遇上母亲的生日,但他还是不能在人场上给母亲行大礼,现在就在这儿再磕三个头,祝愿母亲大人长命百岁,成为人间老寿星。说完话,二哥又跪在地上给母亲磕了三个头。

母亲哭笑不得,也没感到失望,反而隐隐有一种不安。离开厨房时,母亲也没有任何嘱咐,因为她知道黄三婶子一定会把我二哥安顿得很好。当她回到自己屋里躺下来时,才突然间意识到谯城要出事端了。这一夜母亲辗转难眠。在黎明时分刚要入睡时,窗户上又响起了轻轻的叩击声。她以为是我二哥像以前在家那样来请早安,便轻声说了一句:"免了,好好睡去吧!"

可是,窗外那人却低声细语地说道:"娘,是我。今天是你的生日,我回来给你过生日啊!"

母亲一下子坐起来,她清清楚楚地听出是我大哥。不过，母亲没有在意我大哥的话，只是心里点了一盏灯似的，明明白白地预感到谯城很快就要出事端了。

母亲的生日过去了两三天，父亲还不知道我的两个哥哥回来了。一开始，我以为是母亲不想让父亲分心才没对他说，但是除了这一原因，母亲还有她自己的想法——父亲一反往日作息常规，夜以继日地修改那部医学著作，让母亲觉得有些蹊跷。他们夫妻恩爱有加，相互理解如同左右手，她老人家确切地意识到，针对那部医学著作，我父亲已经拿定了一个大主意。因此，表面上母亲不动声色一如往常，但暗下里她却时时为藏在家里的两个儿子担心着。

其实，在黄三婶子的照料下二哥过得十分惬意，他不仅吃好的喝好的，而且不管白天黑夜他一觉接一觉，直睡得鼾声四起响屁连天。虽然厨房在后院不大有人来回走动，但老管家苏沛甫第二天就知道了，因为这个老伯几乎每天都要到厨房一次，说是按照管家本分操心全家人每天的伙食，实际上他是想给黄三婶子说说话，想让她看看自己苍老的内心有多么安详。

二哥对老管家没有丝毫戒备之意，每次见了就拉着他的手问寒问暖，巧妙的言语之间，二哥知道了鬼子在城里的一些情况。当老管家说到鬼子大队长辻原盛常来找我父亲之事时，二哥顿时两眼闪闪发光，像个憨厚的灵龟看见一株灵芝仙草一样；他心里也有些激动不已，因为袁司令交给他的绝密任务，完全可以趁着这个契机完成它。说到底，二哥还是一个诚实的汉子，听到有利于己的消息就喜形于色；老管家问他现在何处时，他居然也和盘托出了。

原来，当年二哥和袁司令他们冲出城以后，并没有走远，在城东一百二十里外的泖河集驻扎下来。虽然弃城而走，但四天四夜的血战还是令人敬佩的。那场血战所起到的作用，在不久后战区总结时得到了充分的认可：一是打击了日军的嚣张气焰，打出了中国军队的威风和智慧。二是吸引了日军大批兵力，缓解了其他战场压力。三是日军的侵略计划被打乱了，谯城以南两个处于战略要地的县城免于沦陷。

有这样的好成绩，蒋委员长在几次军事会议上点名表扬袁司令，不仅拨给他一批崭新的武器装备，还亲自打电话，命令袁司令抓紧时间扩充部队，以寻机夺回谯城。袁司令拿着这道圣旨，理所当然地在泖河集驻扎下来，理直气壮地接受着来自各方的慰问与馈赠，同时，还厚着脸皮三番五次地向上峰和友邻部队要钱要物。有了雄厚资本，开始招兵买马，加强训练，拉出要把部队训练成天下无敌的架势。

一年半之后，在谯城保卫战中消耗过半的袁部，不仅比原来多了三分之一，而且整个部队每天都是人欢马叫激情昂扬。好像要与迅速膨胀的队伍相媲美一样，袁司令本人在那段时间里也吃得膘肥肉厚肚如弥勒，而且那种肥胖的趋势日益增长，蒋委员长赠送的那辆小轿车一拉上他，就一个劲儿地冒黑烟。但是，老于行伍的袁司令并不急着夺回谯城——他之所以这样沉着，并不是他胸有百般韬略，而是因为他身上还有着我们谯城人所特有的小聪明。袁司令认为好事不过三，手里这支队伍，口袋里这些钱物，都是来之不易的，一旦失手，不仅蒋委员长会砍他的头，而且到时候没一个乌龟王八会拉他一把。所以，一个久经赌场的老赌客，要下赌注就要下点子最大的那一门。

直到今年三月，世界战局有所变化，中国战场上的糟糕状况也随之改善，这时候上峰命令袁司令准备收复谯城，以备时局变化。袁司令接到命令后，还是认真做了很多准备，之后，才让我二哥潜入城里刺探敌情。

当然，上述不全是我二哥的原话，也有我这个迷人的幽灵根据史料所介绍的一些故事背景。

接下来，我要说说大哥苏甲格。

大哥在端午节那天凌晨回到家里，进了母亲屋里后，也没有细说什么，只是匆忙地给母亲鞠了一躬，算是给她老人家行了生日大礼，然后，便自作主张地隐藏在表叔葛九章屋里。尽管母亲告诉了他葛九章神奇消失之事，但大哥不以为然，只是微笑着劝告母亲不要相信迷信。大哥当时没有告诉母亲，表叔已经在他的队伍里，而且表现出色。尽管母亲再三说是亲眼所见，但大哥仍以一个革命者的勇敢和无神论者的磊落毫不犹豫地住进了那间黑灯瞎火的屋里。

自从表叔吃了自炼的仙丹和那只鹦鹉一起消失后，他的房间就空了下来，因为他消失得诡异，所以没有人敢去打扫，就连以前老爱到他屋里看稀罕的棠果，每次路过时都要用花手绢捂着口鼻。事实上那间屋里气味异常难闻，仿佛那些已经提炼出仙丹的药物失去了灵魂，经过一年多的物理变化，在五月的天气里恶臭扑鼻。尽管条件如此恶劣，但对于在打游击时睡过破庙和坟窟的大哥来说，简直就是高级宾馆，而且由于这间屋子的特殊性，住在里边也是非常安全的。

母亲哪里知道这些缘故，她老人家斟酌再三，还是特意把跟着哑巴三哥在前边诊堂跑腿的麦冬叫到自己屋里，经过一番保密的嘱咐，让他每天给我大哥送吃喝。母亲这一安排几乎成全了麦冬，为他将来成为我们谯城市劳动局局长奠定了基础。

那时候，麦冬正是处于对万事万物都充满好奇的年龄，在他看来，这件事很惊险，也很刺激，更重要的是，能为他从小就崇拜的大少爷服务，他简直感到万分自豪。每天来给大哥送吃喝时，他丝毫不顾屋里的刺鼻异味，一屁股坐在某个炼丹容器上,仰望着我大哥边吃东西边滔滔不绝地讲述战斗故事。大哥真不愧是一个优秀的播火者,他讲述的那些战斗故事以及革命道理,犹如生命力极强的种子,在麦冬的心田里生根发芽,并且旺盛地生长,以至于在三个月后谯城收复时,他毅然决然地跟着我大哥走上革命道路,成为了我大哥的贴身警卫员。

大哥以其革命者的洞察力,仅仅过了三天时间就果断地把麦冬发展为中共预备党员。然后,大哥怀着对同志的信任,简洁地给麦冬讲了一下自己的革命经历。大哥在省城读书时就秘密地加入了共产党,返回故乡后表面上教书育人,实际上是在新四军彭雪枫的直接领导下从事着党的地下工作。当时,这些事情大哥没讲那么具体,基本上是一带而过,他说的比较多的是他带着小李庄游击队打鬼子的故事。这些故事本身就带有一定的传奇色彩,被大哥说得更是活灵活现,让一身好武功的麦冬直听得热血沸腾,恨不得马上就跟着我大哥去打鬼子。

当然,大哥还有许多心里话无法说出来,因为在那种特殊的革命形势下,个人的情感有时侯必须深深地埋在心底。比如他十分想念我表姐陈鱼容——鬼子第二次侵犯谯城时,大哥让那个大个子学生护送表姐出城,前往白马驿向彭雪枫报告敌情。虽然时隔两三天后,他也到了白马驿,但那时表姐已被编入拂晓剧团,他连面也没有见到。当天,彭雪枫命令他，立即前往两百里外的小李庄，组织游击队。从那时候算起，几乎快有两年时间没见过面了，大哥对我表姐的思念是可想而知的。但是，在非常时期，大哥非常理智，他坚定不移地认为，个人的感情波澜是微不足道的，革命事业才是首要的。这绝不是高喊革命口号，那时候，像我大哥这样的革命者的内心的确具有这样高尚的情操。所以，大哥在小李庄带领游击队打鬼子的时候，能够排除个人感情的干扰，把那支只有二三百人的游击队带得生龙活虎，令鬼子闻风丧胆。正当小李庄游击队处于发展壮大的最佳势头，彭雪枫派来一个侦察员，向我大哥传达了一道命令，大意就是世界战局突变，新四军四师得到党的指示，准备寻机收复谯城，因为我大哥是谯城人，加上有利于斗争的家庭背景，所以命令我大哥潜入谯城摸清敌情，为将来攻打谯城提供可靠的情报。

这就是大哥回家的原因，几乎和二哥回家的原因一模一样。然而，他们两个都不知道对方已经藏在家里，就像父亲不知道他的两个儿子隐藏在家里一样，人人都坐在鼓里精打细算着自己的事情。要不是江淮巨匪蒋六秃子的到来，这个闷葫芦恐怕还得很长时间才能打开。

蒋六秃子什么时候到我们家的，无人知道。

两个哥哥回来的第六天午后时分，天突然变阴了，眼看着就要下雨，空气潮湿得几乎一把可以攥出水来，摸哪儿都黏手。为了防止一些中草药受潮变质，门房长保和麦冬在大门左侧的诊堂内室收拾药柜子，蒋六秃子打着哈欠从一个柜子里跳了出来。他穿着一身灰土布衣裤，让人看不出他就是大名鼎鼎的江淮巨匪，但他脚上一双牛皮包头的软底鞋，一看就是一个善于夜行的强人。

蒋六秃子跳出药柜时还敞着怀，腰里别着两把柄上缀着红布条的盒子枪，他丝毫没把长保和麦冬放在眼里，一边哈欠连天，一边系着衣扣走出来。当时哑巴三哥就坐在诊堂外间的桌边，看着蒋六秃子出来，顿时惊得合不拢嘴。蒋六秃子就像在自己家一样，路过我的哑巴三哥身边时，还微笑着拍了拍他的肩膀，然后旁若无人地穿过偏门，到了院里后也不东张西望，而是径直走向我父亲的书房。长保和麦冬眼睁睁地看着蒋六秃子没了影，两个人这才脚底发飘地跑了出来。

父亲已经把书稿中的谬误清理完毕，他老人家正轻松愉快地翻阅着书稿，丝毫没有注意天气变化，只是觉得屋里光线暗淡了许多。这时候，蒋六秃子神不知鬼不觉地走进来，很江湖义气地给我父亲一抱拳，一脸诚挚的笑容："苏老先生，我的恩人，蒋某打搅了！"父亲只觉得眼前人影一晃，抬眼看到蒋六秃子，显得有些意外，但他马上直起腰来，也仿照蒋六秃子的江湖样，一抱拳，哂笑道："长久不见，蒋大侠客别来无恙？"他老人家这样随机应变，反而让蒋六秃子有点不适应,他抬手摸了一把后脑勺,又拍了拍自己的左大腿,再次拱了拱手说:"多亏苏神医好手段,我这条腿到今天也没有再出过啥毛病啊!"

说话间,父亲伸手示意蒋六秃子坐下。蒋六秃子只是做了一个表示感谢的手势,没有坐下,还是那样背对门口站着,那架势仿佛一有风吹草动他好夺门而出。饶是他心有防备,当他正要开口说话的一瞬间,就觉得后背上被一个硬梆梆的东西顶住了,凭经验,他知道那是一支十连发的手枪。蒋六秃子只好规矩地举起双手说:"哪路朋友,有怨无怨?"说话的当儿,对方一只手伸向了他的腰间。可是,当这只手拔出他手枪的一刹那,蒋六秃子一式鲲鹏展翅,转身间把另一支手枪取在手里,直直地对着了来人,而对方两支手枪都顶着他的胸膛。

是我的大哥。

精于游击作战的苏甲格不愧为大名鼎鼎的小李庄游击队队长,他的行动简直出神入化,令人匪夷所思,几乎像个魔术大师似的奇异地出现在父亲书房里。他手持形状各异的双枪指着蒋六秃子,目光冷静,面带微笑。蒋六秃子半天才认出我大哥,他手枪指着我大哥,莞尔一笑道:"一个秀才,玩起枪来也很麻利啊!"

大哥一动不动地双枪指着他,目光沉着中带有几分威严:"识相点,把枪放下!"

父亲看着他们两个相持不下，不禁微皱其眉，好像心里很是纳闷我大哥怎么会突然间出现了。可是，更让他老人家吃惊的是，我二哥也过来了。二哥一点儿也没有神出鬼没，手持二十响的双枪大模大样地走进书房里，仿佛专门来劝架的，把双枪分别顶在大哥和蒋六秃子的脑门上，瓮声瓮气地说："都把枪给我放下，别吓着我爹了！谁不听话，我就打烂他的狗头！"

论说，这三条好汉的出场既不精彩也不惊险，而且处处都显得落入窠臼，然而在我那一直养尊处优的父亲看来，却满是稀奇古怪的意味，并且带有几分儿戏的色彩。对于我二哥，父亲一开始就知道他的身份，所以对他有些不以为然；但对于我大哥，父亲不由得多看了他几眼——柳湖书院的校长何时变成了共产党新四军的呢？难道以前那些传闻都是真的吗？

父亲好奇地盯着我大哥，忍不住问道："你真是新四军？"

大哥双枪还是指着蒋六秃子，谨慎得脸也没有扭，回答道："是的。爹，请你原谅我以前没有给你说过。"

父亲的疑问得到了证实，老人家淡淡一笑说："那是你自己的事，不用给我说什么。"说完，父亲索性拿出家长的架势，冲三个人摆摆手，"把你们的家什全都收起来吧，又没什么仇气，有话大家坐下来好好说。"

这个建议在特定的情境下还是起到了良好的作用。大哥先是把蒋六秃子的手枪还给他，然后和二哥相视一笑，接着大大方方地在父亲对面坐了下来。蒋六秃子和我二哥也英雄相惜似的嬉笑着，依次坐下来。在短暂的言谈话语之间，父亲才知道两个儿子已经回家好几天了。但是，蒋六秃子没说他什么时候来到我们家的，只是笑嘻嘻地说："做我们这一行的，来时便来，走时便走，不管阴天下雨，哪顾娘嫁谁人？"

蒋六秃子话音刚落，一阵子潮热的小风袭进书房里，接着，雷声一响，下起均匀的细雨来。不大一会儿，屋里凉爽起来，连气氛也和谐了许多。

在进一步比较融洽的交谈中，父亲知道了他们三个来书房里找他竟然都是为了同一个目的：想借助他目前和鬼子大队长辻原盛这种交往，希望他能寻找机会到姜家大院走一趟，了解一下鬼子老巢的情况。仿佛不约而同，三个人都是把话说到这儿，面面相觑着不再往深里说了。但父亲顿时明白了他们的用意——随之而来的一股阴冷感觉涌上父亲心头，他老人家沉吟半天都没有说话。我的两个哥哥为什么这样做，父亲是可以理解的，但是，蒋六秃子为什么要这样做，父亲就不明白了。他手持钢笔轻轻地叩击着桌面，有些疑惑不解地盯着蒋六秃子那张暧昧的面孔。然而，看样子蒋六秃子不想多做解释，他嬉笑着两手抱在怀里，脸上有着一层和气的善意，仿佛在等待我父亲给他一个答复。见此情景，父亲也不想多问了，因为他老人家已经把这件事与看病视为一理：不管是上火还是虫吃牙，牙疼总有牙疼的原因。

父亲这样心不在焉，导致蒋六秃子为什么要做这件事成了千古之谜。直到现在，我依然对此不明就里。我记得，当时父亲没有给他们一个明确答复，对此我深深理解，父亲之所以没有立即答复他们并非由于胆怯，而是缘于一个高明医生对待事物的习惯性思维。父亲非常清楚，他的两个儿子和蒋六秃子请他做的这件事，可以肯定饱含着国家和民族的沉重分量，甚至大大超过他倾其毕生心血刚刚完成的那部医学著作。我还记得，当时父亲望着面前的三个人，有些意味深长地微笑道："你们算是在我心头挂了一把铜头锁，看看吧，看看我能不能找到那把钥匙吧。"

说话间，窗外已经下起了哗哗响的大雨，父亲像是刚刚想起来似的，问他们这几日都在哪儿安身，因为鬼子大队长辻原盛近日常来走动，希望三位大侠暂且蛰伏勿出，以免引起事端。得知我的两个哥哥藏身所在之后，父亲倒没有什么担心，但当蒋六秃子说出自己藏身之处时，父亲还是希望他能换个地方，因为诊堂那儿往来人多，怕有意外。可是，蒋六秃子却坚决地表示就藏在原处，他认为只有藏在那个地方，才能显出梁上君子江洋大盗的风范，更重要的是，一旦有了不妙情况，那儿逃起来也是十分方便的。

就这样，两个哥哥和蒋六秃子在我们家藏了下来，在接下来的很长一段时间里他们都无声无息，仿佛已经消失了，又仿佛他们打定主意要永远藏下去。这三个隐藏在我们家的人，明摆着都是单等着惹是生非的，他们不啻于三千斤巨石，沉沉地压在父亲心上。对此情形我非常理解，因为一旦脱离了医学的范畴，父亲在某种程度上还是个脆弱的人，只是他长久以来在医学范畴里养成的自信，使他不管处于如何凶险的情境下总能显出泰然自若的神态。但他的内心却十分明白，这件事有可能就是他人生的第二件大事情，他必须认真对待。

所以，在这暗藏祸事的日子里，当我的朋友辻原盛好几次来到我们家时，父亲表面上仍然一如既往地应酬他，但在心里却无时无刻不在小心谨慎着。

其中有一次还比较惊险。

那一次辻原盛来我们家之前，上午刚刚下乡扫荡杀了很多人，血腥的情景使他心神摇曳，仿佛喝醉了一样一直处于亢奋状态。那天下午他来到我们家时，虽然沾满鲜血的双手洗得干干净净，还戴着洁白的手套，言谈话语很有礼貌，但是，他老是手舞足蹈哈哈大笑，浑身上下都彰显着行凶得逞之后的兴奋与得意。而且他没有像前几次那样坐在父亲书房里谈话,而是要求我父亲带着他参观一下我们家的宅院。

父亲马上答应了,和他在院子里走动时愉快地介绍着,还时不时大笑几声。他们悠闲地边走边说,那架势真像接待一个长久不见突然造访的知己。辻原盛再次提起那部医学手稿的事,尽管带有几分恭维,但话里明显有了催促的口气。父亲满口答应抓紧时间,因为他也很想早点儿听到老同学的高见。说这话时,他们来到后花园里的鱼池旁。在水里探头探脑的一群群鲤鱼,以为又来人喂食了,纷纷游了过来。

在那群黑色蜜蜂的追随下,我的朋友辻原盛先是赞美了一番鱼池里的鲤鱼们,接着赞美花园里的花朵鲜艳,芳香逼人。他还假装享受似的哼了哼鼻子,可是,一股奇怪的味道如同利箭般穿过鲜花的芳香钻进了他鼻孔里。辻原盛接二连三地打了好几个喷嚏,有些疑惑不解地询问我父亲,这种比瓦斯还要难闻的气味来自何处。父亲哈哈大笑,告诉他,是那位曾在他们眼前神秘消失的人留下的气味。父亲这样说,是想避免他进一步追问,却反而引起辻原盛的好奇心。他像一只闻到腥味的猫一样,顺着那股怪异的气味,朝表叔葛九章住的那间房子走过去。

父亲心头怦怦跳着,但还是佯作开心地跟了过去。

我的朋友辻原盛走到门口时,他脑后的那群黑色蜜蜂嗡的一下飞向了天空。辻原盛也被强烈的异味刺激得后退了一步，但他还是捏着鼻子推开门，朝里边看了几眼，然后厌恶地"哦哦"几声，一边用手在鼻口边扇着，一边身手矫健地后跳一步，面对我父亲哈哈大笑着，竟然流利地用中国话说："味道大大的坏！大大的坏！"

父亲惊了一身冷汗，同时也感到十分纳闷：大儿子怎么会不见了，难道沾染了葛九章的仙气，也化作一股烟雾消逝了？

其实，父亲哪里知道，自从大哥那天在他的书房里露了一面之后，几乎就没在屋里睡过觉。大哥这样做，并非不相信父亲，因为当时在场的还有二哥和蒋六秃子。像我大哥这样一个革命者，不仅心细如发，而且凭着打了近两年的游击战，早已练成了在树上睡觉的绝技——这几天，他都是在门前那两棵枝叶茂密的槐树上睡觉的。这天然卧室不仅空气十分新鲜，而且一旦有了情况，顺势就可以跳到房顶上，然后穿墙越脊摇身而去。当辻原盛走到门口时，大哥在树上午睡已经醒来，他悄悄打开枪机，准准地瞄住了辻原盛的脑袋。

父亲做梦也不会想到这些，他老人家还暗自庆幸。陪着辻原盛继续在院子里走动时，父亲还没话找话地善意提醒辻原盛不要迷恋怪异的气味，因为天气渐热，所有异常之味都携带着可以导致疾病的毒素。

尽管辻原盛当时还对我父亲连连称谢，但是十多天后，父亲的话还是像符咒一样让他中了邪。

我记得就在六月上旬的一个下午，驻在姜家大院的日军大队部除了三名士兵和一名少尉正在值勤以外，其余鬼子都在午饭后突然腹泻不止，包括那个号称帝国医科大学高才生的随军医生，忍受着腹泻的痛苦，用尽了各种办法，也没能止住鬼子们穿梭般地朝厕所飞跑。当时辻原盛除了忍受腹泻之苦，还非常恐惧，他担心的倒不是所有人都在拉稀，而是害怕如果此时走漏了风声，敌人趁机袭击大队部，那可就是灭顶之灾了。正所谓急中生智，辻原盛一下子想起我父亲。于是，他悄悄命令一名没有腹泻的士兵，看守着躺在床上软成一摊烂泥的汤三和熊梦之——他从来没有相信过他们。另两名没有腹泻的士兵看守大门。他则强忍着肠胃的痛苦，坐在那名没有腹泻的少尉驾驶的摩托车里，亲自来到我们家。

辻原盛做事十分缜密，把实际情况告诉我父亲后，就一直努力缩紧屁眼跟着我父亲，甚至父亲到前边诊堂让哑巴三哥准备药物时，他仍然寸步不离。父亲要带上哑巴三哥时，辻原盛还疑惑地看了我的哑巴三哥几眼，但最终没有说什么，因为他觉得哑巴三哥那副样子太让人放心了。

于是，父亲轻而易举地得到了进入姜家大院的绝妙良机。

其实，事情的起因一点儿也不蹊跷。

诸位还记得那个一嘴龅牙的山田吧，自从在西河滩菜市场表演了奇异的杀人法以后，他就成了臭名远扬的杀人魔鬼。这魔鬼虽然一直负责鬼子大队部的伙食，但他却一点儿也不懂饮食之道，更忘了提防我们谯城人对他的仇恨。烈日炎炎之下，这个杀人取乐的鬼子竟然买了五六筐牛肉馍当午餐，当他跟在两名抬着团筐的鬼子后面，看着筐里牛肉馍口水横流时，丝毫没想到一脸恭敬的店主暗暗做了手脚。

到了姜家大院，父亲一看到鬼子们那副病狗似的气色，立刻明白鬼子中了我们谯城人专门让人拉稀不止的妖方——以巴豆为主料的"乱肠散"。当他翻开几个鬼子的眼皮，看过几个鬼子的舌苔之后，更是认定了自己的判断。但是，当我的朋友辻原盛问他病因时，父亲哂然一笑，颇有意味地说："辻原君，我早就给你说过，不要迷恋怪异的气味，天气渐热，异常之味都能导致疾病。"

接着，父亲让哑巴三哥打开药囊，取出药物，和那名没拉稀的少尉前去厨间煎熬。哑巴三哥和那名在一群丑鬼子中间还算有点模样的少尉往外走时，父亲指着他用日语告诉那名少尉："他是个哑巴，你多包涵。"那名少尉诧异着领着哑巴三哥出去后，我的朋友辻原盛也有几分诧异地看了看我父亲。父亲淡淡一笑说："小儿天生就是个哑巴，请勿见笑。"说话间，父亲瞥见辻原盛脸上的表情当场放松下来。

父亲和辻原盛说说笑笑，丝毫不把一直捂着肚子、陪在旁边的汤三和熊梦之放在眼里，甚至还悠闲地询问富士山和北海道等地的风景。

而这时候，在哑巴三哥指手画脚的教导下，那两个没拉稀的鬼子把汤药熬好了。滚烫的汤药盛在一个巨大的铁皮桶里，由那两个鬼子抬着，哑巴三哥右手拿着一个药漏斗，左手拿着一个带有刻度的玻璃瓶子跟在后边。哑巴三哥好像很害怕的样子，做起事情来磨磨蹭蹭，几乎快花了两个小时的时间才走遍姜家大院，给每个鬼子分了半瓶子汤药。

直到夕阳西下时分，所有腹泻者喝过汤药止住了拉稀。在辻原盛的再三致谢中，父亲带着哑巴三哥举手告辞。

回到家以后，父亲示意哑巴三哥跟着他进了书房，然后在书桌上铺上一张宣纸，让哑巴三哥把他所看到的情景画下来。这时候，我才彻底明白了父亲的用意：他对哑巴三哥的观察能力与绘画天才充满了自信，也许出发之前的某个瞬间他暗示过哑巴三哥；并且这也是一个可以打消辻原盛戒备心理的绝妙理由——一个哑巴，即使全都看到了，他怎么告诉别人呢？这真是父亲的一步高棋，我内心一方面对他老人家充满了敬意，一方面十分担心他这一举止将会产生什么样的后果。

哑巴三哥出来以后，父亲一个人在书房里坐了很长时间，甚至连晚饭都没有吃。由此可见，他老人家也感到了沉重的压力。

可是，没有多大一会儿，我的敬意和担心都显得十分苍白。

晚饭之后，天上布满乌云，偶尔闪现出弯弯的一线月亮。两个哥哥还有蒋六秃子，在夜色里如同三个幽灵，先后出现在父亲书房里。他们虽然不知道父亲到鬼子大队部去干什么，但都带着即将收获的微笑，甚至都没有多说一句话，或坐或站，拉着架势等着父亲把他在姜家大院的所见所闻说出来。

然而，父亲的态度不仅出乎他们三个人的意料，而且让我也十分纳闷——他老人家若无其事地在灯光下翻阅着已经彻底完成的那部医学著作，眼也不抬，仿佛自言自语似的说："我也很讨厌那些倭寇，但我不喜欢血腥的场面。再说，一场杀戮就能改变根本吗？为什么要相互厮杀呢？"

那天晚上，父亲就说了这样几句话，尽管大哥充满激情地讲了很长很长的一番道理，尽管二哥和蒋六秃子充满杀机的眼睛一直盯着他，但父亲始终没有再说任何多余的话。我的记忆没有问题，因为那天晚上还下了一场不小的雨。我记得大哥和二哥还有蒋六秃子他们三人失望地出了书房后，略一停顿，便飞快地奔向各自藏身之地。他们飞奔的样子很像三只巨大的蝙蝠在雨中飞行，给我留下了深刻的印象。

中秋月儿圆

进入七月之后，我们谯城地区的抗日烈焰突然间旺盛起来。

当时，我们谯城共有十六区四十八乡，被鬼子控制的共有九区十八乡。鬼子控制了这九区十八乡后，很快组建了伪政权，还在每个区设置了一个鬼子分驻点，每个分驻点有十三名鬼子，维护治安，收缴粮款，一直没有出过什么大事情。到了今年七月，仿佛世界战争格局人人皆知了，各种抗日组织纷纷起来，偷营拔寨，袭击鬼子。在短暂的一周之内，居然干掉了二十几名鬼子。一时间烽火四起，鬼子控制的九区十八乡纷纷报急。

我的朋友辻原盛顿时意识到这些危机远比小李庄游击队更要棘手，尽管他也知道当时日军在世界各地战场上正处于萎缩状态，但那时候他为天皇作战的贼心未死，几乎每天都带着鬼子下乡扫荡。让辻原盛感到意外的是，这些抗日组织比小李庄游击队更加勇敢，也更加难以对付。正值各种庄稼茂盛季节，芝麻开花高至胸口，遍地高粱恍如烟海，扫荡的鬼子沿途行走之际时常遭到冷枪；当鬼子进入庄稼地里进行搜索时，突然就会迎面蹿起一人举刀便砍，不惜以命相搏。遍地恼人的庄稼使鬼子吃尽了苦头，尽管鬼子武器装备精良，在扫荡的过程中捕杀多人，但也因此损失不小。

我们谯城人这种因地制宜的游击战，简直就是侮辱辻原盛烂熟于心的高级战术理论，他恼羞成怒地命令部队，对所有的村庄实行"三光"政策。于是，鬼子们的兽性一下子膨胀到极点。这帮倭寇每到一个村庄，顿时火光四起，鸡飞狗跳，强奸妇女，枪杀老人，所犯罪恶罄竹难书。尤其是屠杀孩子之手法更是惨绝人寰：把一群群孩子用铁丝穿透双掌，在一个大柴垛上吊成一圈，然后浇上汽油点燃——这一残酷景象被随军摄影家汤三拍摄了下来，如今存放在我们谯城博物馆里。我曾经多次前往观看，每次都觉得其情其景令人目不忍睹，真是伤天害理折寿损阴，心里恨不得活剥了小鬼子十八代祖宗。

这种灭绝人性的大肆屠杀进行到七月底，九区十八乡的抗日活动突然间偃旗息鼓，没有了任何动静。辻原盛自以为皇军的威猛终于征服了我们谯城人，心中充满了得意，一方面上报大肆兑水的辉煌战绩，一方面开动宣传机器，大肆宣扬皇军的英勇无敌。在那段时间里，我们谯城大街小巷到处都是鬼画符般的标语。

其实，城里人们早就风闻鬼子在乡下的畜生行径，如今眼见得鬼子如此气焰嚣张，每个人心里都充满了恐惧与仇恨。鬼子们似乎对我们谯城人内心的愤怒不屑一顾，他们乘着屠杀的快感，一方面加强全城警戒，一方面不可一世地沉醉于狂欢之中，日日在街上横冲直撞大吃大喝，还要随意打人、猥亵或者强奸女人。作为日军大队长，我的朋友辻原盛不仅没有制止鬼子们的暴行，他自己也陷入了得意忘形里。正像我们谯城人的一句老话：只看眼前明灯一盏，忘了背后黑影团团。辻原盛一时的麻痹大意，不仅给日军造成不可估量的损失，还差一点儿给他自己带来杀身之祸。

话说农历八月初十这天晚上，半轮皎月清辉诱人。因为受到日军司令部的表彰，鬼子大队部在晚上聚餐时庆贺了一番。一个个鬼子兴高采烈，餐后便三五一堆鬼混起来。辻原盛和几个鬼子军官酒罢，坐在院里一个亭子下高谈阔论。说话间，有个小眼睛的黑瘦中尉流下泪来，说他很想念家乡的一个艺伎，很希望早点儿打完仗好回家和她团聚。虽然辻原盛正处于半醉状态，但那个黑瘦中尉的话还是让他有了片刻的清醒。他马上站起来，走到那个黑瘦鬼子面前，扬手就是两个耳光，训斥他不该说这些动摇军心的话。接着，为了稳定军心，消解鬼子们的兽欲，辻原盛喊来一个胳膊上绑着绷带的小鬼子，让他把熊梦之和汤三叫过来。看样子，这两个丢人的谯城人也喝了不少，当听到辻原盛让他们去找几个花姑娘时，两个汉奸顿时醒过酒来，面面相觑，两个软弱的脑袋不约而同地想到了同一个地方：爬子巷凤弋馆。

这个带有屈辱性的历史细节在我们谯城县志里记载得语焉不详，但在谯城人的传说中却又是活灵活现的。我不想细致地再现当时的情景，因为我的内心对一个妓女充满了尊敬。

我能说的是，那天晚上熊梦之和汤三带着几个鬼子来到爬子巷时，凤弋馆已经关门了。从前的凤弋馆一直是灯红酒绿艳歌喧嚣通宵达旦，但日军占领谯城后，凤弋馆的姐妹们大多数都逃遁了，只有小红鞋和两三名铁杆妓女还在苦苦撑着门面，生意惨淡，所以关门很早。鬼子闯入馆内，熊梦之大言不惭地说明了来意。没想到，小红鞋和另外三名妓女毫不犹豫地拒绝了。其中一个肩宽体胖的妓女冷笑着说："猫儿狗儿，清客铁匠，只要是个中国人，姐儿随便伺候着；只是姑奶奶裤裆里不屑得夹一夹猪不啃的日本屌！"

汤三从来舍不得花钱逛妓院，闻听此言一下子笑出声来。然而，这样的话对于擅长风月的熊梦之来说几乎就是撒痴卖呆。他丝毫不念与小红鞋的往日旧情，低着嗓子，拿出办公事的口吻说，如果做妓女的玩忽职守，那么，谯城许多良家妇女就要受委屈了。

我不知道当时小红鞋的内心是否经过一番激烈的思想斗争，但她当时的话像古老的箴言一样一直在我们谯城流传着——她再次向熊梦之展示了自己的明眸皓齿，莞尔一笑道："好吧，为了谯城良家妇女的贞节，我小红鞋只好蹚一蹚这架小日本产的热鏊子了！"

次日天明时分，小红鞋和那三名妓女被抬回了爬子巷凤弋馆。随着那个平时巧舌如簧面敷重粉的老鸨一声尖叫，这件事顿时传遍了全城。还没到早饭时，凤弋馆门前就围满了愤怒的人群。当几名有威望的谯城人士把我父亲请到凤弋馆来时，小红鞋和那三名妓女已经奄奄一息。父亲看到四名女人的惨相后，一句话也没有说，开始面无表情地施展高超的医术。

在父亲的医治下，小红鞋和那三名妓女得救了。

大约过了四个月之后，小红鞋悄无声息地离开了凤弋馆，有很长一段时间没人知道她去了哪里。后来人们得到消息，说她在谯城以南五十八里的吉净庵出家为尼了。据说还有一些牵挂她的嫖客化装成香客前去看望过她。关于小红鞋后来的传说有很多种，多数都带有扑朔迷离的色彩，但有一点是比较准确的——她死于上个世纪五十年代末期。人们传说她死那天刮了整整一天大风，第二天早晨，有人发现她的坟墓前立了一块石碑，石碑上还刻着"圣尼义妓"四个涂了红漆的大字。更加奇怪的是，没有多久，在她坟墓阳面出现了一个巨大的蚂蚁窝，无论春夏秋冬，无论雨天雪天，都有成群结队的蚂蚁排着井然有序的队伍出入于她的坟墓。后来人们说这些蚂蚁都是小红鞋生前的铁杆嫖客，他们死后灵魂里还弥漫着小红鞋的柔情蜜意，所以他们不愿意托生为人，宁愿成为蚂蚁出入于她的墓穴继续享受她那迷人的风情。

当然，这些都是后来人的无稽之谈。

父亲回家后，一头扎进书房里，哆嗦着嘴唇，整整一天没有说话。我深深地感到，医学的胜利无法抹平父亲内心的耻辱。到了晚上，父亲把我的两个哥哥还有蒋六秃子请到书房里，他出人意料地先请三个强人坐下来，亲手为他们斟上一杯香茶，然后，把哑巴三哥画的那张图纸摆在桌上。他老人家死死盯着三个人的眼睛，一字一顿地说："我不管你们为谁干的，但我要你们马上把那群畜生赶出谯城！"

大哥和二哥还有蒋六秃子面面相觑着，马上围在桌子边观看那张图纸。真不敢想象，哑巴三哥在姜家大院的时间那么短暂，他怎么能观察得那么细致那么确切。在那张图纸上，哑巴三哥尽情展现了一个哑巴的过人记忆与绘画才华，他惟妙惟肖地画下了姜家大院的三个入口与五个出口，鬼子大队部所在的具体房间，鬼子们的宿舍所在房间，各处所配置的人数枪支，都标示得一清二楚；只是鬼子拴在正厅走廊上的四只狼狗被画得不伦不类。看着那四只狼狗像绵羊一样，蒋六秃子和二哥不禁哈哈大笑。而大哥则赞叹地说："这张图画得太好了，三弟哪里是医生，简直可以做一个标准的侦察员！"

接着，他们三人当着父亲的面，开始了详细的分工。

从他们神情严肃的交谈中，父亲明显地感到他们三个在这段时间里不仅有过很好的沟通，而且对城里鬼子的所有情况都进行了侦察，也就是说，他们并没有整天在藏身之处睡大觉。尤其是我大哥对这次行动中许多步骤的成熟设置，对许多细节的准确把握，更是让父亲大为惊叹，在不经意间，一个书生气十足的儿子竟然变成了一个行事果断具有大将风度的人。

不过，在谁来干夜袭姜家大院这件事情上，他们三个产生了一点小小的分歧。二哥原打算由他潜出城把他的大刀队带进来做这件事，但蒋六秃子不同意，一个理由是他的弟兄在城里已经潜伏多日，个个养得膘肥体壮，袖里藏刀单等霍然出手了；更重要的是，类似夜袭这样偷偷摸摸的事情，本来就是他们这个行当最不堪一提的末尾技艺。

大哥非常支持蒋六秃子的要求，因为他认为攻打四门的战斗会更艰苦一些，蒋大侠不一定有重武器，那就让他干他最得心应手的事情吧。

最后，他们作出了这样的方案：大哥引领彭雪枫的新四军和一些地方抗日队伍攻打西门和北门，二哥引领袁司令的队伍攻打东门和南门，蒋六秃子率领他的弟兄负责鬼子大队部。

他们把时间定在中秋佳节午夜子时。

作出这一决定后，大哥和二哥相互握了一下手，当他们要和蒋六秃子握手时，蒋六秃子反而冲他们一抱拳说："咱们虽然合伙谋事，但说到底道儿不同——两位为国为家，都是正经的事，我蒋某人只为自己的良心。所以，丑话我先说在头里，这事做完，咱们各自走路，还请两位不要拿我请赏啊！"二哥眼珠子骨碌碌地盯着蒋六秃子，大大咧咧地说："你这说的还是人话吗？"大哥也坦然一笑："只要是打鬼子，咱们就是一家人；蒋大侠不要多想，更不要见外了！"说完，大哥拿起那张图纸，向二哥和蒋六秃子示意一下，接着在灯上点燃了。

几片灰烬落地后，他们三人转身就要走。可是，父亲却请蒋六秃子稍稍留步。大哥和二哥疑惑地相视一笑，接着，他们一前一后地出门而去。父亲为什么留下蒋六秃子，我不得而知，我只知道大哥和二哥都没有再回藏身之处，于夜间分头缒城而出。直到中秋节之后他们才以不同的身份再次回到家里。

第二天刚刚天明,父亲把小巴利奥叫到书房里,交给他一个棱角分明的蓝色布包,包里就是那部几乎倾尽了他毕生心血的医学著作手稿。父亲没有多说什么,只是神色凝重地要求小巴利奥尽快回家,把这个布包交给他父亲老巴利奥。

小巴利奥根本想不到,这部手稿将会对世界医学产生什么样的影响,只是被我父亲的凝重神色所震撼。他操着半生不熟的中国话,信誓旦旦地表示,一定不辜负我父亲的期望。接着,好像为了显示决心一样,他又用意大利语说了一遍。

其实父亲对小巴利奥非常放心。多年以后我问父亲,为什么那么毅然决然地把书稿交给小巴利奥,父亲哂然一笑,说:"你想想他来我们家的样子,就知道他的品质了。"

是啊,当初小巴利奥来到我们家时,尽管衣衫褴褛,但他随身携带的所有东西都是完好无损的。

小巴利奥离开书房后,父亲来到了我那位非同胞姐姐苏茱萸的屋里,他都说了些什么没人听见,但是,人人都听见了苏茱萸时断时续的嘤嘤啼哭声。接着,小巴利奥来了,就像在这两年多的时间里每次来找苏茱萸一样,从不进屋,只是站在窗前轻轻敲打窗棂。于是,啼哭声戛然而止,只见我那位非同胞姐姐撇开父亲,拎着裙裾款款地走出去。

接着,父亲也一脸忧郁地出来了。

早饭时,大家也没看到小巴利奥和我那位非同胞姐姐。但是,好像人人都心知肚明,连平时负责喊苏茱萸吃早饭的棠果,此刻也只是站在我母亲身边,低眉垂目地伺候着母亲用餐。母亲也不再像以往那样,在早饭时和父亲说几句家常话,而是一言不发地吃着精致的小馒头。很显然,母亲什么都知道了,她不过是不想在这时候乱了父亲的心神。可是,出乎父母意料的是,在他们就餐完毕即将离开餐桌时,小巴利奥和我那位非同胞姐姐宛如一双燕子一样,欢声笑语地飞进就餐间。就座之后他们仍然是有说有笑,简直是旁若无人,风卷残云似的几乎把剩下的饭菜全部吃掉了。父母尴尬地坐在一旁,有些瞠目结舌,眼睁睁看着那一对相爱的人儿饱餐完毕擦了擦嘴巴拉着手儿又飞了出去。自始至终,他们都没有看父母一眼,更别说给他们说一句话了。

母亲苦笑着看了我父亲一眼,软软地说了一句:"真是年少不知离别滋味啊。"

父亲却没有像以前那样还给母亲一句幽默话儿,他仍然神色凝重地叹息一声,沉吟道:"此去千万里,哪知路迢迢？何时再相见，把酒问青天。"

小巴利奥是正午时分离开我们家的。之所以选择这个时间，是因为父亲知道此时守城门的鬼子都下哨了，换班的是两个维持会喽啰——这一规律，是大哥他们在书房里制定袭击计划时说的，父亲留心记住了。

按照我的理解，小巴利奥走时我们家会上演一出生死离别的大戏，但是实际上这出大戏却带有几分喜剧色彩。父母送小巴利奥出门，我那位非同胞姐姐跟在后边，她手里拿着与小巴利奥刚刚交换的信物，也就是那把小提琴。小巴利奥肩挎那只装有我父亲书稿的土布挎包，背着苏茱萸那把胡琴；胡琴装在一条黄绸镶红边的绒布袋里，好像一件价值连城的长方形宝贝。一行人像是送一个闲客一样，悠然自得地穿过阳光明媚的庭院。出了大门，在诊堂门口站住了脚步。小巴利奥在我们家生活了两年多，好像每天都是和苏茱萸在一起谈情说爱，其实在苏茱萸的熏陶之下，也学会了很多中国礼节。他走下诊堂门前的台阶，转过身来给我的父母大人一抱拳，又鞠了一躬，直起身来还微笑着给心上人来了一个飞吻，然后像一个身负重托的侠士那样微笑一下，转身就走。这一系列举止，自然大方，不亢不卑，宛如行云流水，让我那位非同胞姐姐忍不住低低叫了一声："小巴利奥——"小巴利奥的耳朵何等聪灵，他像个怀情书生似的缓缓转过身，可是，还没等他有所表示，我那位非同胞姐姐已经飞到了他身边，猛地扑进了他怀里，快速地、没有任何斟酌地在他右耳边深深一吻。

这就是我那位非同胞姐姐和小巴利奥的最后告别，也是她一生中唯一的一次爱情之吻。这也是小巴利奥与他的心上人朝夕相伴两年多里唯一得到的一吻。这一吻给小巴利奥留下了致命的印象，后来当他在战场上倒地的那一刻，他即将熄灭的意识里唯一清晰的记忆就是这一吻。

从南门出城时，小巴利奥还是遇到了一点儿麻烦。当时正是午后时分，天气炎热难捱，原来看守城门的鬼子早躲到屋里休息了，换上两个维持会喽啰，挎着盒子枪在城门下装腔作势地盘查往来行人。这两个维持会喽啰都是属于得了上风扬石磙的谯城败类，平时胆小如鼠，鬼子占领谯城之后，他们仗着鬼子的气焰作福作威惯了，此时根本就没有把一个外国佬放在眼里。加上小巴利奥肩上琴囊分外醒目，他们以为里边是什么古董宝贝，顿起贪财之心，二话没说上去就抢。小巴利奥哪里肯给，那是心上人给他的信物。那两个维持会喽啰破口大骂着正要掏枪，一晃眼间，一个身影突然降落到跟前，两个喽啰还没有看清来者何人，脑门便被一把短枪顶住了。

来者是谁？正是蒋六秃子——昨天晚上，当他和我的两个哥哥离开我父亲书房时，父亲之所以请他留步，就是为了让他今天暗中保护小巴利奥顺利出城。父亲没有让我的两个哥哥做这件事，是因为在谯城认识他们的人太多了。

小巴利奥当时被吓得呆在那儿不敢动了，直到蒋六秃子示意他走开时，他才一溜烟地出了城门，拔腿狂奔而去。蒋六秃子用双枪顶着两个喽啰的脑门，压低嗓子说："要是你两个甘心给鬼子当孝顺儿子，那就等我走开时冲我背后开枪。要是你们两个还有一点儿谯城人的人味儿，那我走后你们该干啥还干啥！"

说起来十分神奇，蒋六秃子说完话转身就走。直到他消失在街角了，那两个喽啰才醒过神来，他们抬手揉了揉脑门上被枪管捣出的红圆圈，然后把枪挎好，拉了拉衣襟，好像没有发生过任何不愉快的事情，继续大声吆气地盘查来往行人。

我的朋友辻原盛做梦也没想到，他一心想霸占的我父亲的那部医学著作，就这样神不知鬼不觉地被小巴利奥带走了。

远在岛国的辻原太郎等得心急如焚，又一次托人带信，让他儿子尽快把苏某人的医学手稿拿到手，他已经急得心脏快要跳出胸膛了。为了不让他老爹的心脏掉出来，我的朋友辻原盛带着汤三和几个鬼子，再一次来到我们家。

这一次，父亲没再让这个心怀叵测的鬼子进书房，而是把他请到客厅，喝起我们家自制的菊花银耳茶来。父亲很会安排，他只请辻原盛进屋，微笑着对汤三和几个鬼子说："我和辻原大队长有事商谈，你们几位就暂请在外边等候吧。"

汤三虽然明白我父亲如此安排无非就是鄙视他，但他无法发作，只好无趣地和几个鬼子在外边站着。辻原盛对我父亲的这一举措听之任之，他仿佛很满意自己所享受的待遇。

进屋后，辻原盛很神气地喝着茶，一边赞美着茶香爽口，一边直截了当地问我父亲医学手稿修改完毕没有。他还堂而皇之地希望这部医学杰作能早日服务于全人类。父亲若无其事地随口应答着就要完工了，接着再次忧伤地表示很想念老同学辻原太郎君，继而给辻原盛大谈茶道与医学的关系。辻原盛对我父亲的博学大为惊叹。在谈笑间，这个鬼子指责我们谯城的文化生活大大落后，民众智商有待提高，他准备把归笋城日军司令部的电影队请到谯城，在中秋节那天放一场电影，让驻谯日军和谯城人民共同观看，以此为大东亚共荣增添光彩。父亲倍感稀奇，一脸向往，马上表示到时候一定前往观看。辻原盛非常高兴，竖起大拇指，一个劲儿地称赞我父亲简直就是中日友好的楷模。

说起那场电影，在我们谯城历史上还是第一次。因为在鬼子这场电影之前，谯城人最大的娱乐是赌博与听戏。

赌博是玩弄金钱游戏；而听戏则是眼看着戏台上朝代更迭刀光剑影，都不过是艺人的一种表演而已，更多的辉煌情景则是观众自己妄想的。而电影上那些实情实景，却能让人恍如置身其中。

八月十五那天晚上，初圆的月亮刚刚出来，我们谯城几乎是万人空巷，电影场上人头攒动宛如蜂集蚁聚。鬼子的电影就是在当初我二哥训练骑兵的广场上放映的，也就是那种八毫米的黑白无声片，用的还是手摇电动机。放映的是反映当时日本国情的纪录片，画面上也就是日本的富士山，日本的小汽车，日本的航母和大炮，以及一队队雄赳赳的罗圈腿军队。随着画面的转换，一个会日语的汉奸手握着一个马粪纸做的喇叭，进行口头翻译，说的都是日本的富有、日本的美丽以及日本军队的强大无敌。看惯了戏台上的虚幻形式，面对迥然不同的真实景物，直看得我们谯城人先是嘘声四起，然后是瞠目结舌。谯城人面对日本电影的惊讶，真让我的朋友辻原盛大大的得意。他当时就坐在一群鬼子的中间，耳闻四下惊叹之声，嘴里不断"哟稀哟稀"着东张西望，时而还会微笑着和身边的几个军官嘀咕几句，满脸都是倨傲神色。

说起来也真是见鬼了，那天晚上鬼子对我们谯城人格外地客气，场内的鬼子不断地扭着短脖子，操着生硬的中国话，费劲但很卖力地给周边的谯城观众讲解，动不动还会探过身子伸手捣捣人家的胸口以示友好。电影场四周荷枪实弹负责警戒的鬼子，遇到去场外小解的观众，也会友善地拍拍他的肩膀，笑眯眯地竖起个大拇指问一声："你的喜欢？"

有趣的是，那天晚上蒋六秃子和他的一些弟兄也混在观众里看电影。因为夜间有大活要费力气，晚饭时不免多饮了几杯酒水，中场时蒋六秃子出来小解，一个荷枪警戒的鬼子龇着一嘴龅牙笑着问他："好看的有？"蒋六秃子满脸带笑地竖起一个大拇指，连声说："大大的好看！"说着话点着头，顺手递给鬼子一支纸烟。鬼子接过烟，像个忙碌的老烟鬼似的就手夹在耳朵上，然后再给蒋六秃子竖起一个大拇指："你的大大的好！"

这场电影前后大约四十多分钟，结束时汤三和一群维持会喽啰带头鼓掌，我们谯城人也随之掌声轰然响起。我的朋友辻原盛根本就没有思量这震耳欲聋的掌声里包含着多少复杂性，他把这掌声看做是谯城人献给日本电影的华丽赞礼。他心里充满了自豪。在回姜家大院的路上，他还在洋洋得意，看到沿街两厢的屋檐下都挂着红灯笼时，竟然指使一名中尉火速购置六盏红灯笼，也挂在姜家大院的门楼上。一时间，十多个鬼子把阴森恐怖的大队部装扮得宛如临时改成的妓院，然后辻原盛和几个鬼子军官坐在庭院里喝酒赏月。

中秋节家家户户挂红灯笼，是我们谯城的古老风俗，没有人能准确地说出这一风俗的来历。然而，自从这一年中秋节后，我们谯城再过中秋节时，家家户户在房檐上挂出的红灯笼则变得更大更亮更加璀璨夺目。

那天晚上，我们家也像往年一样，在老管家苏沛甫的指使下，门房长保也在大门楼上挂了两盏红灯笼。与别的人家不同的是，他们挂完灯笼就回屋休息了，没人去看日本鬼子放的电影。虽然父亲当着辻原盛的面表示要去观看这场千载难逢的电影，但谁都知道，他老人家那样说不过是敷衍了事。在大事将举之际，父亲哪有心情去看那些他在德国留学时就看腻烦了的鬼把戏呢？

晚上吃过月饼，父亲站起来，一副要去书房熬夜的模样，但他没有像以前那样，出门前给母亲说一句"晚安"，而是凝望着我母亲，轻轻地说了一句："你好生休息，天塌不管。"

母亲粲然一笑："你去吧，后半夜也够忙一阵子的！"

父亲淡淡一笑，带着哑巴三哥来到了药物制作间。他老人家亲自动手配方抓药，点燃药灯，架上药煲，开始熬制医治刀枪创伤的秘方重药。哑巴三哥一直插不上手，站在一旁看着父亲忙碌，他心里有点儿纳闷，熬制膏药属于医家日常功课，以前都是他和表叔葛九章去做，今天父亲为什么要亲自动手呢？他没有询问父亲，呆呆地看着那个有着一层药绿的铜药煲，慢慢冒出一缕缕热气来。不一会儿，一股股草药味飘出窗户。看着屋里飞舞的蚊子被熏得宛如沙粒一样纷纷落地，哑巴三哥这才明白，父亲熬制的是秘方膏药，需要毫厘不爽的技艺，所以要亲自动手。直到后半夜枪声乍然响起来，哑巴三哥吓得脸色苍白，惊恐地望着父亲。父亲好像没有听到枪声，拿着竹片在药煲里搅了一会儿，才微微扬眉看他一眼。哑巴三哥又安下神来，因为他感受到父亲的目光比铁块还要沉重。

在不间断的枪声中，药煲里的汤水熬成了膏状。这时，枪声突然间停了下来。接着，也就是眨眼工夫，六七个鲜血淋漓的人把残缺不全的蒋六秃子抬到了我们家。

夜袭谯城大获成功。

但是，这件历史大事在我们谯城县志与民间传说中多有出入，只有一个问题的说法比较统一，那就是夜袭开始的时间是一致的。正像大哥二哥还有蒋六秃子在父亲的书房里商定的那样，中秋节午夜子时，当蒋六秃子率领九十七个弟兄挥刀抡斧冲进姜家大院时，袁司令的部队准时地在南门和东门开炮了，彭雪枫率领的新四军也在西门打响了攻城的第一枪。

问题出在北门。

攻打北门必须路过灵津渡口，大哥率领的小李庄游击队和新四军的两个营,在灵津渡口遇到那一小队鬼子的顽强抵抗,虽然他们以最快的时间击溃了鬼子,但他们到达北门时,已经晚了一个多小时。这时候,辻原盛已经收罗残部从北门逃跑了。

在我看来,所谓的历史就是由各种不确定的因素构成的,我无意探究其中的奥妙,更无力破解其中的悬疑,我甚至不想把它当成一面镜子,去照看一下我这个幽灵的脸色。我只记得,多年之后,当我在访问我的朋友辻原盛期间,说起夜袭谯城这件事时,苍老的辻原盛顿时不寒而栗,虫蛀般的双手捂住秃瓢似的脑袋,浑身哆嗦了半天,一个劲儿地说道:"你们谯城人太可怕了,太可怕了。"自始至终,我这位苍老的朋友都没有说起鬼子大队部遭到夜袭的真实情况,这个老鬼子只是不停地叹息,他的那四条狼狗被砍得七零八落,其中一条只剩下前半截身子,但这条宝贝还兀自用两条前腿支撑着前半身向他嗷嗷哀鸣。

我也无法再现当时的情景,只是坚定地认为,无论对于生者还是对于死者,无论对于我们还是对于敌人,那场厮杀在他们每个人的一生中一定像高贵的音乐一样绽放着华彩。

说起那段往事,辻原盛在我面前丝毫没有掩饰他内心的悲伤。他说撤退时他还骑在一匹高头大马上,一边指挥着残部出城,一边观望城里的一些景物,心境恍惚,仿佛有些恋恋不舍，仿佛有些肝肠寸断，依稀间，在零乱的队伍里好像有人在唱一首悲凉的日本歌谣。

夜袭鬼子大队部这一重要的历史大事，如今在我们谯城几乎只剩下了传说，真实的情景也许将永远深藏在时光隧道里。但是，从那天蒋六秃子被抬到我们家的情况，也可以看出那场搏杀的激烈程度。

我记得，当时那几个浑身血水的人几乎就是每人拿着一块蒋六秃子的躯体到我们家的。当父亲把七零八落的蒋六秃子放在手术台上时，大哥和二哥也赶到了现场。这时候天色微亮，城里锣鼓喧天鞭炮齐鸣，到处响彻着胜利的欢呼声。就是在这种喧嚣声中，父亲在我大哥和我二哥的注视下，开始施展神医妙手。他老人家就像一个高级锔锅匠展示绝世技艺一样，缝补丁，打钯子，用了三个半小时，终于将快要散了架的蒋六秃子又缝成人形，然后把他熬了一夜的新鲜药膏涂遍伤口，再缠了一通纱布，使蒋六秃子看起来活像一个经过大修的木偶。

碎裂的躯体重新组合在一起后，好像鲜活的生命也随之回来了。浑身缠满纱布的蒋六秃子醒转来后，居然眼含热泪，对我父亲说了一句："你就是我再生的亲爹啊！"说完这句话，他竟然还能转过脸，看到了我大哥，费了好大的劲儿才愤怒地骂了一声："你是个孬种，说话好似放屁！"

大哥当时没有给他任何解释，因为他明白蒋六秃子并不知道实际情况，实实在在地有些误会了他。然而，在以后的很长一段时间里，蒋六秃子一直记恨着我大哥。等到我们谯城解放初期时，蒋六秃子还是一个巨匪，经常扰乱社会安定，大哥念在他抗日的份上，前去劝降他时，他还肆意攻击我大哥，还说就是拼死也不降给一个说话如同放屁的人。从那以后，大哥和蒋六秃子之间开始了旷日持久的斗争，还好几次身负重伤。直到全国解放后，大哥当了我们谯城市公安局局长时，才把蒋六秃子彻底消灭。那天得到举报之后，大哥率领公安部队围住了那个名叫翡翠寨的寨子。在那个长了一脸雀斑的举报者指引下，大哥和几名公安战士来到一家门口。门口坐着一个正在纳鞋底的青年妇女，脸敷淡粉，鼻梁高挺，穿着蓝底碎黄花的大襟衫，一头乌黑的头发抹着芝麻油，光亮可鉴人影。她不让我大哥进门，但是麦冬用枪吓住了她；那时候麦冬已经是大哥的警卫员了。

大哥和三名公安战士进到屋里，连老鼠洞都查遍了，也没有看到蒋六秃子。出门时大哥一眼瞥见门后一个粮囤，他微微一笑，把手枪朝粮囤一顺，喊道："老蒋，给我出来！"

说完大哥脚下轻轻一移，将身体扭在一旁。果然不出所料，蒋六秃子在粮囤里顺着声音就是一枪。随着枪声，他从粮囤里抽身一蹿，竟然跳到了屋里横梁上。但是，还没等他再次开枪，几个公安战士几梭子子弹便把他打成了蜂窝，摔在地上几乎成了一摊雨淋的牛粪。这摊牛粪望着我大哥，居然十分豪迈地说："我不是死在你手上，我是死在这个女人手上！不过，人人卖我时，她能死心塌地跟我相好，我死在她手上太值了！哈哈哈哈哈哈。"长笑一毕，气绝身亡。

大哥一见此情，顿时跺着脚大叫遗憾，因为当年他被蒋六秃子劫去的五缸黄金，再也不可能找到下落了。而在这时候，父亲正在德国皇家医学院里红极一时，他老人家根本就没想到，他熬了整整一夜药膏，又花了三个半小时的手术时间，方才完成的一个杰作被打成了一摊雨淋的牛粪。

繁华胜似梦

我飘荡在半空中，眼看着我们谯城一片太平景象，心中充满了禾苗得雨露般的喜悦。虽然鬼子刚刚被赶跑，但那些事情好像已经成了岁月的尘埃，一点儿也阻挡不了我们谯城大踏步地进入新的历史时期。

袁司令的队伍重新回到谯城，而且和新四军也成了友好的合作伙伴。在收复谯城的当天上午，彭雪枫便率领部队返回了白马驿，袁司令对彭雪枫的这一行动甚为赞赏。那时候，我还不能理解彭雪枫光明磊落的胸怀，只是觉得这样一来倒是有几分便宜了袁司令。不过，经过和袁司令协商并得到他爽快的同意之后，新四军也公开地在谯城成立了联络站，不必解释就可以理解，我大哥光明正大地成了联络站站长。麦冬也穿了一身崭新的新四军军装，扎着一条漂亮的皮带，挎着一把驳壳枪，整天英姿飒爽地跟在我大哥后面，满脸都是得到新生的兴奋神色。

新四军的联络站就设在柳湖书院，虽然大哥还兼任着校长职务，但他却把主要精力放在了和袁司令联络上。那时候我还不明白大哥是在努力而细心地做着袁司令的统战工作，只是见到他带着浑身灿烂的麦冬，几乎天天往来于柳湖书院和姜家大院，从来没有回过家。

虽然城防司令部被鬼子的飞机炸为废墟了，但袁司令一开始也没打算把司令部设在姜家大院。那天战斗结束后，他本想看看鬼子大队部是什么样的，但当他踏着硝烟走进姜家大院时，当场就决定把司令部安在这儿。鬼子在院里改造的攻防工事让他惊叹不已，若不是一群舍生忘死的悍匪偷袭，单凭火力攻打，那是要费很大力气的。为此，第二天袁司令特意让我二哥带着五百块大洋，给蒋六秃子送去。可是，二哥回到家时，蒋六秃子已经被他的弟兄抬走了。当时，蒋六秃子坚决要走的态度让我父亲也大为惊讶，他给蒋六秃子准备了足够的上等药物，还给了他一千块大洋。其实，尽管父亲才智过人，也没能识破蒋六秃子的算盘——蒋六秃子意识到，虽然他夜袭鬼子有功，袁司令进城后肯定会先是大大表彰他一番，但过不了多久就会找个理由收拾他，所以他趁早开溜，免得被人枪毙时还欠着人情。

在奖励收复谯城的有功人员时，袁司令第一个想到的居然是我父亲。他认为如果没有苏神医机智探虎穴，摸清了鬼子大队部的详情，那么蒋六秃子的夜袭就不能那么顺利；鬼子的指挥部如果不是受到重创，那么他的部队攻城不仅要付出更多代价，而且也不会那么快捷。所以，在收复谯城的第五天，袁司令便带着三千块大洋来到了我们家。

恰巧，袁司令的老娘刚刚回到城里，知道儿子要去表彰苏神医，非要跟着来看看救命恩人。于是，素有大孝子之称的袁司令只好把堂堂公事变成了一次探亲访友的私家事。当时，他们全家还是坐着蒋委员长赠送的那辆雪佛莱小轿车来的。袁太太神态矜持地坐在前边，而袁司令和他老娘坐在后边，那条心爱的狼狗挤在他和老娘中间，时不时地伸着红艳艳的舌头舔着老娘的手背。我二哥抱着用红布封裹的三千块大洋，和几名军官分别乘坐几辆摩托车，紧紧跟在小轿车的后边；一看便知道，那几辆摩托车是新缴获鬼子的。

这一队人马浩浩荡荡地来到我们家时,真是出人意料,父亲已经破例地站在大门口等待着。但是,袁司令从车里钻出来时,父亲简直不敢相信他就是袁司令,因为在两年多里,这位大名鼎鼎的城防司令居然胖成了一大坨肥肉,两边胯部直接胖到腋下,乍一看活像没有了屁股,两只耳朵也肥得几乎要滴油。要不是他老娘上前拉着我父亲的手,父亲真有点怀疑是不是全副武装的弥勒大仙驾临了。

在一片热闹又亲密的客气中,父亲最终虽然婉谢了袁司令的三千块大洋,但还是丰盛地宴请了袁司令一家人以及随从的一群官兵。因为在鬼子占领谯城期间,我们家从来没有设宴大餐过,所以这次宴席热烈异常,推杯换盏之际说不尽的别后之情,举手投足之间都带着胜利的畅快。

吵吵嚷嚷里,一缕悦耳的绵长音乐微微地传过来,仿佛是为欢宴者助兴一样。大家都没有在意,仍然是大块吃肉,大杯豪饮,只有我母亲眉头微微一皱停下筷子来。她老人家心里明白,那是我那位非同胞姐姐在拉小提琴。我的那位花朵般的非同胞姐姐,在心上人小巴利奥走后的这些日子里,时常拉小提琴来寄托自己的思念。我说过,在小巴利奥的指导下,我那位非同胞姐姐学会了很多小提琴曲,但她在和心上人离别后就只拉一首曲子,那首幸运的曲子就是《月光和玫瑰》。

谯城收复后，我们谯城人自发地进行了各种庆祝活动，其气氛之热烈丝毫不亚于当初灵津渡口大捷。更有意思的是，在我大哥和袁司令的磋商下，彭雪枫还率领拂晓剧团前来谯城进行了一场慰问演出。尽管很早以前我们谯城人就知道彭雪枫的大名，但见到他本人也就是在那次盛况空前的慰问演出中。

那场演出也是在二哥训练骑兵的那片广场上进行的。广场东头新搭了一人高的舞台，偌大的广场上人山人海；前边几排坐的都是我们谯城的头面人物，在他们左边的就是袁司令的部队，右边就是新四军的一个连队。虽然新四军的队伍不多，但那阵势分外鲜明，而且还唱起了抗日歌曲。正好那天天空晴朗万里无云，广场上彩旗飘扬，歌声嘹亮，那令人振奋的情景真是一百年也不会再有了。

那天，父亲不仅被特别邀请到场，而且还被特意安排在彭雪枫的邻座，彭雪枫显然知道我父亲在收复谯城这件大事上所做的贡献，见到我父亲时，还握住他的手热情洋溢地赞扬了一番。不过，多年以后，父亲再也想不起彭雪枫那时的相貌，他只记得彭雪枫是一个活力四射的英俊后生，言谈举止里透露着迷人的魅力。"他的手很有力，手掌丰厚，很热。"说着话儿，父亲半躺在沙发里举起右手，仿佛要我观看几十年前彭雪枫跟他握手时留下的痕迹。

在演出之前，袁司令和彭雪枫分别讲话。袁司令穿着笔挺的崭新军装，腰扎闪亮的皮带，挎着纤尘不染的双枪，操着谯城土话，又俏皮又粗鲁地骂了一阵子小鬼子，顿时惹得笑声此起彼伏。接着，彭雪枫上台讲话，他穿着虽然半旧但十分整洁的新四军军装，牛皮腰带上挂着一把精巧的小手枪，他的绑腿打得美观大方；令人印象深刻的是，他的布鞋尖口上分别缀着一团红缨子，在台上走动之间仿佛有两团小火苗在跳跃。值得一提的是，彭雪枫刚刚走上台，下边所有的女性观众无不为之一振，忍不住发出欢悦的叫喊声。

那天彭雪枫都讲了什么内容，没有多少人还能记得，但他从容不迫、言语恰当以及他英俊的面孔，都让人无法忘记。尤其是他讲话时干净利落的手势，更是让人们热血沸腾。甚至后来，当他在河南夏邑八里庄牺牲的消息传到谯城时，很多谯城人自发地来到这个广场上，烧纸放炮奠祭英灵，所有参加奠祭的女性无不失声痛哭。

新四军拂晓剧团那场慰问演出，几乎成了我们谯城的历史盛事，很长时间过去了，街头巷尾还时时传颂着那场演出的盛况。在那场演出中，我表姐陈鱼容的出色表演尤其让谯城人记忆犹新，直到她后来成为谯城市委书记时，还有许多老部下以此来赞美她。

那天，表姐首先和一个头扎蓝毛巾的青年来了一段二重唱，中间她自己还表演了一个独舞，最后她换上整齐的军装来了一个诗朗诵，朗诵完了，还给观众们敬了一个标准的军礼。总之那天表姐的表演十分出色，她每次出场不仅会获得经久不息的掌声，还给了很多年轻人无限遐想。尤其是我二哥，虽然他求亲的梦想早就破灭了，心中的感情也早已转换了方向，但他依然为表姐惊人的表演才华所折服，一边扯着嗓子大声叫好，一边带头鼓掌。当时大哥也坐在台下，他或许忘了鼓掌，双手只是做出鼓掌的姿势，满脸说不出的幸福模样，连眼睛都湿润了。大哥旁边的麦冬兴奋得不知如何表达自己的兴奋，只是一个劲儿地用袖子擦自己的鼻涕。

在众人为我表姐欢呼之际，也有人为之心灰意冷。

那就是姑父陈竹竿。

演出之前，念于我姑父当初在鬼子棋局前表现的大无畏气慨，袁司令曾专门派人给他送了邀请信，但是，就像每次时局变化时姑父立刻从人间蒸发一样，没有人找得到他。此时姑父从何而来我无从得知，我只记得当他看着我表姐在舞台上表演时，躲在人后的他老人家顿时觉得万念俱灰。表姐表演独舞时，姑父人不知鬼不觉地悄悄离开人群。在锣鼓喧天中，他咬着嘴唇从偏僻小路出了城，这才放声哭泣着自言自语："出了个戏子，还不如出个和尚呢！"

后来，听说姑父真的跟着九灯和尚出了家。

新四军拂晓剧团慰问演出后的第三天,袁司令开始着手惩治汉奸。在惩治汉奸这件事上,袁司令一边大张旗鼓地召开公审大会,一边不动声色地悄悄开了杀戒。当时我们谯城名声最大的汉奸就是原县长熊梦之,而罪大恶极的汉奸就是汤三。当时捉拿其他汉奸比如一些维持会喽啰时倒是费了一些周折,但捉拿熊梦之和汤三却简直不费吹灰之力。

这两个败类投敌后,虽然一直住在鬼子大队部里,但身为谯城人,他们深知谯城人的厉害,所以每天睡觉时都得睁着一只眼。那天蒋六秃子夜袭鬼子大队部,他们正在各自屋里睡觉。喊杀声刚响起来,他们立刻就意识到大祸临头了,马上以最快的速度跳窗而出。当他们在厕所屎坑里相会的那一刻,双方心照不宣地慨叹一声——在危难时刻,他们这类谯城人自然而然地想到一块儿了。

发现他们时已经战斗结束了,因为一个士兵战罢内急上厕所大便,直到拉了他们一头才看到他们。几个士兵把他们弄上来后,还好心地提了几桶水给他们兜头冲了一下。正好袁司令带着一群官兵走进院里,看到他们那副狼狈样子,袁司令哈哈大笑一番,令人把他们关在姜家大院的水牢里。

到了惩治汉奸之事提到了议事日程上,袁司令居然还是哈哈大笑,出人意料地把熊梦之给放了。那天在场的各级军官愤愤不平，然而袁司令却咧着大嘴，指着熊梦之的鼻尖说："放了他，把他好好养在城里，看他好意思再活一百年！"说毕，挥手让一个士兵把熊梦之推出了大门。

可是，汤三就没有这么幸运了，尽管交代了他隐藏的一些他拍摄的鬼子暴行的照片，但袁司令还是朝行刑的士兵摆了摆手，于是，几个全副武装的士兵几枪托子就把汤三砸出门去。

负责监刑的是我二哥，他带领一队行刑的士兵，把汤三和十多个维持会喽啰拉到杨桥南头枪毙了。当二哥回来报告时，袁司令正喝着他须臾离不开的"谯城春色"绿茶，听说一枪便打烂了汤三的狗头，袁司令顿时瞪大眼珠子，有几分责怪我二哥浪费了一颗子弹，杀一条狗还要开枪！像汤三那种下贱货，只消让他抱着几棵大葱朝街上人堆里一推，眨眼工夫管叫他变成一张香气扑鼻的狗肉饼——"不，"袁司令像是思考了一下，才果断地一挥手说，"让他变成一张臭气熏天的狗肉饼！"

袁司令惩治汉奸的手法，非常符合我们谯城人的性格和心理，令闻者无不欢欣鼓舞，觉得异常解恨，真想连喝三碗烈酒。在对待汉奸家属问题上，袁司令又展示了谯城人特有的人道主义。他首先声明不追究汉奸家属的责任，还明令市民们不准歧视汉奸家属。为了表示对这件事的重视，在枪毙汉奸的头一天，袁司令特令人给每个汉奸家送去十块大洋、一斗白米和十斤猪肉。这一招甚为厉害,不仅赢得了谯城人心,而且让那些汉奸们死而无怨。唯一没被枪毙的汉奸熊梦之,也享受了这一待遇,而且在袁司令的特意关照下还得到了额外的优待——袁司令指明要发给他二十块大洋,两斗白米,二十斤猪肉。按照袁司令当时的说法,就是要把这个鬼子的维持会会长养得白白胖胖的,看他能不能体面地活下去。

那天,给熊梦之送钱送物的是司令部一名书记官。这位留着长鬓角的上尉骂骂咧咧,带着两名士兵抬着扎有红绫子的礼盒,刚走出姜家大院门口,迎面碰上了我二哥。二哥刚训练完骑兵队回来,满脸大汗的,一问明情况,不由分说,劈手夺去了这份差事。

我十分清楚,二哥之所以争着抢着要去做这件人人厌恶的事情,是因为他心里牵挂着大名鼎鼎的封紫芳。自从两年前如同做梦一样和那位风情万种的女人有过一次美好的缠绵情事,二哥在军务急迫的日子里好多次与她梦中相会。在我们家藏身期间,要不是环境危险和侦察敌情的要务迫使他小心谨慎,恐怕他早就去找封紫芳多次了。收复谯城之后,万事都待整顿,二哥无暇顾及私人心情,此时此刻遇到这样的机会他焉能放过。但是,若干年后,在华盛顿郊区的一栋别墅里,我的白发苍苍的二哥提起当年他带着两名士兵给熊梦之送米送肉送大洋的事还唏嘘不已。

当时，熊梦之的县长官邸驻扎着袁司令的一个营。他那位领若蜻蛴的太太神秘出走后，那座有二十八间房子的宅院便一直空着。袁司令的队伍打进城里后，发现各部队原来的营房都被鬼子破坏了，在泗河集膨胀了一大圈的部队几乎都没有地方住，曾经守东门的那位脸若黄铜的费营长便毫不犹豫地驻进了县长官邸。熊梦之被袁司令放出来后，也没有直接回县长官邸，因为他早已知道他太太不屑他当汉奸早已弃他而去，所以他只好怀着一线希望直奔姨太太封紫芳所住的华佗巷——他在当汉奸期间，之所以从来没到过姨太太家，主要就是不想让心爱的姨太太受到牵连。他觉得，那位聪明的姨太太一定能明白他的善良用意。然而，当他站在那座四合院门前，一敲不应、再敲依然无声时，一路上高悬着的心顿时化为冰块。当他惆怅无望地试着第三次敲门时，那位一直用傲慢的眼神乜视他的姨太太打开了门，看到他之后，竟露出一脸喜悦的笑容。

多少年后，二哥依然记得，当两名士兵抬着扎有红绫子的礼盒，跟着他走进华佗巷里，来到那座四合院门前时，他猛然闻到一股清新的瓜果之香。那股清新的香味如同一群金黄的蜜蜂，在他的鼻翼间徘徊不去。但是，当二哥敲开门后，才意识到自己刚才闻到的那股清香不过是来自他的嗅觉记忆。正值九月上旬，院里的核桃树上，核桃早已落尽，满树黄叶逐渐凋零。那棵樱桃树也是一副垂死的样子，几条秃枝上只残存着几片绿叶。只有几株石榴树上挂满了黄里透红的大个石榴，还有遍地野草分外茂盛。

开门的是封紫芳。

真是奇怪，她原本乌油油的头发变得花白，姣美光滑的脸庞此时也布满了深刻的皱纹；让人尤其不敢相信的是，她一口洁白如玉的牙齿如今也只剩下三五颗了；以前她和人说话时一双明眸宛如秋水般波动，而如今也变得浑浊无光了。

二哥顿时如同置身于冰窟，仿佛在地狱里和已经成为骷髅的情人相会。我特别能理解，我的二哥不过是一个有几分福气的粗人，他哪里知道，虽然才短暂的两年多时间，但复杂的岁月不仅可以让年轻的世界变得苍老乏味，也足以让一个俏丽佳人变成面目可憎的巫婆。

但是，全无景色的封紫芳依然不亢不卑，请我二哥进来时，那副自如的神色和口吻仿佛是第一次接待我二哥。这让二哥更加怀疑当初的美好往事难道真的是一场清秋大梦？

让二哥印象更加深刻的是熊梦之——这位原来的县长、现在是汉奸身份的老家伙，那会儿正坐在那棵硕果累累的石榴树下的藤椅上，他面前一张竹制茶几，茶几上一把紫砂茶壶，两只紫砂茶杯，茶几旁边还空着一把藤椅——看样子他们两口子刚才正在喝茶聊天。熊梦之穿着一件雪白的棉布长衫，虽然右耳还剩下一点点，但神态上仍不失谦谦君子之气象。看到我二哥走过来，他也只是微微点了一下头。二哥说明来意之后，熊梦之依旧泰然自若，让两个士兵把带有几分嘲讽意味的礼盒放在门前台阶上，然后竟然合掌当胸，彬彬有礼地表示了谢意。他那恍若隐士般的气色和风度，如同一张古老的人物肖像画留在了二哥的心底，让二哥在多少年后想起来还摇头不止。

在那一段烟云般轻飘飘的日子里，那两个人宛如一个放了几千年的包袱，一直压在二哥的心里。也许有神灵指引，在二哥的心灵深处，情欲的狂风巨浪逐渐消逝，随之而来的是缓缓流淌的人性溪水。一天上午，当二哥鼓足勇气怀着复杂而美好的心情买了四色礼物再次敲开那座四合院的大门时，封紫芳已经永远地沉睡在地下了。像上次看到的那样，熊梦之一个人坐在那棵硕果累累的石榴树下，面前一张竹制茶几，茶几上一把紫砂茶壶，仍然还是两只紫砂茶杯，而另一张藤椅却是空着的。与上次不同的是，那棵石榴树下凸起了一座拍得平平整整的新坟，坟头上压着一块圆形的瓦块，坟堆四周舒缓有序地新栽了一圈黄菊花。就在这座新坟旁，二哥坐在封紫芳的位置上，聆听熊梦之诉说封紫芳之死。

那天，二哥和两名士兵放下那个装满嘲讽的礼盒走后，封紫芳和熊梦之进行了一次各怀心思的生死之论。

封紫芳说:"你去死吧,只有你死了,我还能活下去。你要是活在这个世上,那我只有死了。"

熊梦之说:"日本人在的时候我没有死,国民党来了我就去死吗?他姓袁的安下这样的心肠,好比蛇蝎,胜过蛇蝎。我偏不死,我偏要活他一百年给他看看!"

封紫芳说:"死真有那么难吗?其实活着更难!男人活着要有头有脸有风光,女人活着要有头有脸有景色。这一回,头脸落尘埃,景色成无常,活在人世上还会吃蜜似的甜吗?你待我好一场,我不能当着你的面去死,请你远远走开,让我一个人死个干净的吧。"

他们的交谈到此为止。

晚上睡觉时,熊梦之还以为封紫芳又在弄性尚气,结果第二天一早他就看到封紫芳悬梁了。

他们的对话听起来密不透风,好像是为了熊梦之当汉奸之事一论短长,但二哥却听出了封紫芳的话外之音,而且在若干年之后,他依然认为他的判断是准确无误的。为此,二哥当时内心充满了愧疚与歉意,和熊梦之辞别时还感到是在梦里。在后来很长一段时间里,二哥还试图想悄悄地关心一下熊梦之。他悄悄拎着礼物去过几次,却再也没能敲开那座四合院的大门。不久,刘邓大军横扫谯城,二哥和袁司令惨败出城逃命而去,也顾不得这一切个人恩怨了。

从那以后，熊梦之再也没有开过门，也从来没有人再看到过他，谁也不知道他是死了还是活着。他家大门上长年累月地挂着一张蜘蛛网，那只乌黑的大蜘蛛仿佛成了精，无论春夏秋冬，都在那张永远崭新的网上游走着。没有多久，大家都遗忘了这个人，仿佛他就是一堆真正的历史垃圾，命中注定要遭到被唾弃被遗忘的下场。

直到我们谯城彻底解放后，时任县长的苏甲格出于教育后人的需要，曾派人前来寻找过熊梦之。当两名军装整齐的解放军战士推开大门时，发现熊梦之仍然坐在那棵早已凋敝的石榴树下，他面前还是那张竹制茶几，茶几上还是那把紫砂茶壶，仍然还是那两只紫砂茶杯，而另一张藤椅还是空着的。那座坟已经显出颓废景象，压坟头上的那块圆形瓦块也深陷土中，坟堆四周那一圈黄菊花却生机勃勃。熊梦之表面上栩栩如生，要不是从他鼻孔里长出的两小丛昂扬向上的细黄小草，别人还以为他坐在那儿很闲散地睡着了。当一个战士抬手推他一下时，他那完好无损的身体顷刻间化成一团粉末跌落尘埃。

第八章

九月大事记

我必须说句公平的话，在最早的时候，大哥并没有显示出过人的革命才华，也没有任何迹象可以佐证他以后会成为我们谯城的著名人物。但是自从赶走了日本鬼子，他当上新四军驻谯城联络站站长以后，便越来越有明显的迹象表明，大哥一定能够成为解放谯城的有功之臣。

我说过，那个时候大哥经常出入于姜家大院，每次都和袁司令相谈甚欢。袁司令很欣赏大哥滔滔不绝的口才，也很喜欢他说话时的丰富表情。大哥那抑扬顿挫的鲜明声调，在袁司令听来几乎比我们谯城小曲二夹弦还要悦耳。在很长一段日子里，或者说在国民党没有撕破脸皮对付共产党之前，袁司令差不多每隔五天或者七天，就会听到我大哥专门为他进行的一场演讲。大哥并不是只给他讲一些空泛的大道理，而是从具体的事例讲述世界战争格局的骤变，欧洲战场上的态势好转，小日本不久就会彻底失败，等等。谈话之间，大哥还以晚辈的口吻和闲聊的方式分析了蒋家王朝将来必然颓败的原因。当然，为了避免这些堂皇大事说起来枯燥乏味，大哥在讲述时还恰到好处地穿插一些大人物的轶闻趣事。比如希特勒一吃败仗就一个人坐在屋里一边擦拭脑门上的汗水，一边流着热泪无缘无故地诅咒聪明的犹太人；丘吉尔虽然喜欢穿着昂贵的驼绒大衣在千万人前很有风度地指点江山，但一看见斯大林，立刻就变成了一个试图讨得老师表扬的小学生；罗斯福虽然是个下肢瘫痪的人，但是每次听完宋美龄的演讲，便马上扶着桌子站起来热烈鼓掌，还要满面春风地亲吻她的小白手；还有蒋介石一口假牙，每天睡觉前就把假牙放在一杯清水里，结果有一天早晨起床不见了放假牙的清水杯，顿时急得两手拍着膝盖像个丢了糖果的儿童一样哭泣起来。

说实话，大哥说的天下大事如何演变，袁司令并不太感兴趣，但那些操纵天下大事者的生活轶事却让他听得津津有味，而且其中一些大人物的生活嗜好还影响了他。比如大哥说过斯大林总是喜欢叼着大烟斗，丘吉尔也喜欢大烟斗，斯大林用的是巨大的枣木烟斗，丘吉尔用的是昂贵的石楠根瘤制作的精美烟斗，他们在德黑兰会议决定开辟欧洲第二战场时，两个人还斗过烟斗，结果丘吉尔输了，因为斯大林的烟斗比他的重了足足三两。

大哥说这些轶闻不过是为自己的谈话添加一些乐趣，但没有想到，本来烟瘾不大的袁司令居然有一天改变了抽纸烟的习惯，也抽上了烟斗，而且从此以后，那只由石楠根瘤制作的精美烟斗好像长在了袁司令嘴上。

袁司令这只烟斗，据说是花了重金、朋友托朋友、辗转了好几圈才买到的。再和我大哥聊天时，他仰在躺椅上握着那只宝贝烟斗抽着烟，微笑着，丝毫不在意旁边那条心爱的狼狗被熏得直打喷嚏。大哥每次看到他装腔作势的样子，心里总是忍不住笑几声。但是，谁都没有料到，在刘邓大军横扫谯城袁司令狼狈撤退时，找不到这只命根烟斗了。他当时双脚一跳三尺高，鼻涕眼泪地大发雷霆。说来奇怪，当晚他睡觉前，还给那只昂贵的烟斗打了一层橄榄蜡，然后放在桌上，但半夜临逃跑时就是找不到了。那只用了不到半年的烟斗，仿佛已经获得了生命，具备了在危难之中独自逃生的本领，有可能钻到地下借土遁远去了。

更值得一提的是，由于经常出入姜家大院，没有多久大哥便和袁司令手下的各级军官混得烂熟。那些军官大多数都是我们谯城子弟，有两个还是大哥儿时的玩伴，其中有头脑者也很多。他们虽然对我大哥和袁司令经常聊天的意图心知肚明，但没有人敢到袁司令面前去说个明了，因为他们都清楚袁司令本身就是个狡猾的老狐狸。再者说，袁司令和我们家的亲密关系也是一个原因。其三，他们从心眼里也很佩服我大哥不仅胆略过人而且学识广博；我大哥对世界大事的精确把握也让他们有几分信服，但我大哥对中国前途的大胆而合理的预测，却让他们心生犹豫无所适从。尽管如此，在刘邓大军横扫谯城时，袁司令手下十二个营长还是被我大哥成功地策反了三个，致使刘邓大军攻城时谯城四门有三个城门自动打开，袁司令只有一败涂地狼狈逃窜。

大哥为解放谯城曾经做过很多贡献，上边提到的这些在我们谯城县志上都是有记载的。当然还有一些不为人知的事情我更想说一说，那就是大哥还做过父亲的工作。

那时候，父亲基本上无所事事，偶尔会到前面诊堂看看哑巴三哥给人看病，不管哑巴三哥如何诊治病人，他都一言不发。他老人家独自一人袖着手在院里散步，在散步时还会常常突然间停住步子，长时间地观看一棵树或者一丛草。更多时候，父亲则是坐在他书房旁边的那棵大槐树下，手里握着一卷古本医学典籍抱在胸前，半躺在藤椅里，微眯着眼睛，仿佛一边享受着静谧，一边思考宇宙的奥妙。其实我心里非常明白，而且我也非常理解，在文字的漫漫长途上经过千辛万苦的跋涉终于走到尽头之后，随之而来的无路可走的感觉对一个天生跋涉者会产生一种什么样的折磨。也许还有另一种可能，那就是他老人家的著作被小巴利奥带走了，他的心神也随之前往意大利去了。明白这些复杂道理的还有我母亲，所以，每当父亲躺在那棵槐树下佯作神仙状时，母亲就会坐在堂屋门口默然微笑着远远地观望他。

有许多次，我大哥穿着整齐的军装走进庭院里，每次都是脚不停步，只是远远地给母亲招招手，然后微笑着径直走到父亲身边。而同样穿着新四军军装的麦冬，本来紧随在我大哥身后，但每次大哥给我母亲招手时他便停下步子，然后警惕地看着大哥走到我父亲身边了，这才转过身来向我母亲微微地弯一下腰，等我母亲冲他微微一笑后，他便用手按着腰间的手枪快速地转过墙角，消失在空旷的院子里。只有等我大哥起身走时，他才会突然间现出身形，紧随在大哥身后出门而去。麦冬那份机灵劲儿给我母亲留下了深刻的印象。

母亲记得，每次大哥在父亲身边站住时，父亲就会欠一下身子，睁眼看他一眼，好像是打个招呼，然后又恢复成那副神仙样子。而大哥则弯下腰来，双手支在膝盖上，开始对父亲说话。这样说得腰累了，他便直起身子，满面笑容地做着手势继续对父亲说话。有时候，他还会围着父亲的藤椅一边踱着步子，一边洋洋洒洒地说着，当他踱到父亲身后时还会停下来，双手搭在父亲肩膀上轻轻按摩几下，好像是给父亲推拿松骨，又仿佛是在提醒父亲认真听讲。每次说完话临走时，也不管父亲是否睁开眼睛，他都要拉起父亲搭在椅子扶手上的那只手，在自己手里握上一阵子，再放回原处。转身走开时，他还会远远地给母亲点点头，那点头时的笑容和姿势仿佛和母亲心有灵犀。在母亲的记忆里，几乎每次大哥对父亲说话时，我的那位非同胞姐姐就会在她屋里拉响小提琴。有好几次，母亲仿佛看见音乐声像一缕缕轻烟一样，在院子里徘徊着来到我父亲和我大哥身边，并且像山间小溪似的环绕着他们款款流淌。母亲还记得，每次不管我大哥多么富有激情地说话，但我父亲却一直保持着那种逍遥的神仙状，好像没有回应过一句话。

父亲从始至终都没有告诉母亲，我大哥给他说了些什么，而母亲也从来没有问过父亲，这也许是他们二老多年的恩爱形成的一种默契。要不是多年后已经退休的麦冬在一次老战友聚会上大醉后唠唠叨叨，大哥为了革命事业对父亲所做的工作，就只能成为无法泄露的天机了。麦冬说，苏甲格同志对待革命那是贴心贴肺的，当年他为了让他父亲顺应革命潮流跟党走，把自己的高超医术献给未来的新中国，曾耐心地找他父亲谈过二十九次话！麦冬说他每次都听得热血沸腾，眼含热泪。说到这儿，苍老得满嘴只剩下两三颗牙齿的麦冬放声大哭起来。而这时候，我大哥早已在"文化大革命"中丧命多年了。

就我所知，麦冬说的都是真话。当年大哥虽然没有学医，但他非常清楚父亲怀有举世罕见的医术，在未来的新中国建设中一定能发挥巨大的作用。因此，尽管他当时为了策反袁司令的部队日夜忙碌，但他还是忙里偷闲地数次和父亲谈话，他真的希望自己能说动父亲，把高超的医术献给未来新中国的人民。一直到第二年日本投降后，在袁司令奉命把他抓进监狱之前，大哥还没有放弃对父亲的劝说。

尽管在一年多之前，鬼子就被赶出了谯城，但在日本鬼子宣布投降那天，我们谯城依然是万人空巷，大街小巷满是欢悦的人群，整整一天，城里鞭炮声就没消停过，直到晚上灯火通明时，城里还响彻着锣鼓声。我记得，这种欢乐情景一直延续了十多天。

在人们欢呼之际，大哥却常常独自坐在柳湖书院校长办公室里，针对鬼子投降后谯城可能出现的新形势进行了冷静的思考，并用了三天三夜的时间，把他思考分析的结果写成了书面材料。后来，这份材料成了谯城革命历史文献。但是，就在第四天黎明时分，这份材料刚刚被麦冬送出城去，袁司令派来抓我大哥的一个步兵排就赶到了柳湖书院。当大哥被抓到姜家大院地下审讯室里时，他看到在场的除了袁司令之外，还有一个戴着金丝眼镜的国民党上校军官。望着那个陌生的上校军官，大哥顿时明白了，事情要比他想象的更加严重。

不大一会儿，大哥就知道了这个上校军官是袁司令的上峰派下来专门对付谯城共产党的军统特派员，他那副不可一世的样子，给大哥留下了深刻的印象。令大哥意外的是，袁司令也当场变了脸，得了精神病一样冷笑不止。

袁司令叼着锃亮的烟斗，好像演戏似的围着我大哥转着圈子，冷冰冰地告诉我大哥，他一开始就没有相信我大哥的鬼吹灯，等到后来我大哥说到蒋委员长的假牙时，他就更不相信我大哥所说的任何话了，因为他不仅见过蒋委员长，而且近距离地观察过蒋委员长，他怎么就没发现蒋委员长嘴里的一副洁白整齐的牙齿是冒牌货？

袁司令的话让我大哥大笑起来。

那位戴着眼镜的上校一言不发地走到我大哥面前，弯着腰装模作样地在我大哥脸上观察了一会儿，冷不丁地就是一记狠拳，直打得我大哥鼻血似泉涌，两眼冒金花。看到我大哥一副惨相，那位上校像突然染上了狂犬病一样，野蛮地大笑起来。

很显然，袁司令的上峰不太信任他，那位上校还随身带了五名全副武装的打手，他们都是经过特别训练的，打起人来心狠手辣。从早晨大哥被抓进来，他们就像一群赶工的铁匠一样开始打，甚至连早饭都没有吃，一直打了整整一上午。但是，我大哥简直就是一块好铁，越打钢火越好。他被打得死去活来十几次，硬是一句话都没有说。后来，要不是袁司令要求吃了午饭再审问，他们有可能会把我大哥就地打死。

吃午饭时，也许那位上校因为打得太兴奋了，大喝特喝他一到就赞美过的古井贡酒。袁司令热情洋溢地劝酒之际，顺嘴提议干脆把姓苏的枪毙算了，哪有闲工夫和一块茅坑里的砖头多费口舌？喝得舌头转不过弯的那位上校不仅顺口答应了，还顺手做了一个枪毙的手势。袁司令趁着酒兴，马上让人把我二哥叫了过来，命令他立刻把我大哥提到城外执行枪决。

我当时真摸不清袁司令的真实用意，他到底是想放我大哥一条生路，还是想借此来考验我二哥对他的忠心。

但是，二哥自有他的领会。

其实，当大哥被抓进来之后，很快就有人告诉了我二哥。开始时二哥以为袁司令不会把大哥怎么样，但他没有想到那位上校特派员如此心狠手黑。当二哥来到地下审讯室看到大哥那副惨样时，他没有丝毫心疼，反而觉得大哥如此魁伟的身材竟然这样不堪一击。所以，当两名士兵架着大哥出来时，二哥干脆推开两个士兵，一下子把大哥扛在肩膀上，大步走了出去。

二哥扛着血淋淋的大哥在街上走动时，他身后跟随着观看稀奇的市民由少到多，逐渐形成了一支壮观的队伍。二哥不声不响，丝毫不顾后边人们的指指点点，就那样扛着大哥来到城门。守城门的几个士兵吓得目瞪口呆，二哥先是冲他们大喝一声，接着命令他们阻拦住尾随观看的人群。然后，二哥吸了一口气，一溜烟地跑出城去。

二哥脚不沾地，一哈腰跑出三里半路，来到一片玉米地里。他粗手大脚地把大哥扔进玉米棵里，接着掏出手枪冲着远处玉米棵上觅食的鸟群砰砰砰开了三枪，然后像是验尸似的走到大哥跟前，弯下腰看着鲜血淋漓的大哥，笑眯眯地说："哥，你就给我麻利点儿跑吧！"说完，也不顾大哥死活，径直走到地头撒了一泡尿，系好皮带回城复命去了。

袁司令当时已经午休了，半醉不醉地听我二哥说完，没睡醒似的挥挥手让他下去，然后在眨眼间便鼾声如雷。当时二哥还暗自窃笑，酒量无敌的司令伯伯今天终于喝高了。

那位长着一双金鱼眼的上校和他带来的打手们，一个个喝得烂醉如泥，直到傍晚他们醒来后要看谯城夜景，要品尝闻名的谯城小吃，一时慌着换便衣，居然忘了这件天大的事情。没想到，他们品尝小吃时，金鱼眼上校酒还没醒透，不仅挑三拣四，而且大摆架子，当场被二十多个青皮打得满地找牙。尽管挨了几拳之后他机智地亮明了身份，但我们谯城青皮哪里理会军统还是中统，打得顺手了就是总统也照打不误。几个打手虽然掏出了枪，但被一群青皮顺手夺去了，当着他们的面，玩魔术一样，把几支手枪卸得零零碎碎，随手扔得满大街都是。这下子，那位军统上校彻底领教了我们谯城人的厉害，也比较清醒地意识到，在我们谯城人眼里搞死几条人命算个屁。落荒逃回姜家大院后，他们也没给袁司令说这件丢人的事。经过一夜左思右想，在天明之前，上校带着五个经过特殊训练的打手，都戴着大口罩遮掩着满脸伤痕，灰溜溜地离开了令他伤心的谯城。

而在这时候，大哥早已被闻讯寻来的游击队抬到了小李庄。

一年半之后，刘邓大军横扫谯城，大哥身为向导和开路先锋，最先冲进城里。在一个巷子里，他恰巧遇到我二哥保护着袁司令正在逃跑，当时大哥犹豫再三，还是抬高枪口放了他们一条生路。尽管如此，袁司令也没有逃脱因失守谯城而被上峰枪毙的命运，而我二哥则按照命运的安排，一路磕磕绊绊，跟头把式似的去了美国。

刘邓大军横扫谯城在谯城县志和一些文史资料上已经记载得明明白白，包括很多细节也都是活灵活现的。虽然我对这些战争往事耳熟能详，但我还是想说说当时的一点儿观感。

作为一个喜欢在故乡徘徊的幽灵，刘邓大军攻打谯城那天傍晚，我一直在城墙上飘来飘去，手搭凉篷东张西望，我看到城里城外一片片芍药含苞欲放。我记得，尽管刘邓大军攻城时谯城四门有三门为之大开，但攻打姜家大院的那场战斗还是十分激烈的。虽然袁司令的残部利用鬼子改造的工事进行了顽强的抵抗，但我没有料想到解放军那么快速地就攻克了它，从枪声响起到枪声停下，不到五十分钟。尽管整个战斗极其快捷，但当时谯城上下还是一片混乱。半夜里我看到满城都是黑压压的人群，在爆豆般的枪炮声中你来我往；天明时我看到大街小巷红旗招展，到处都是解放军战士。

那时候我还不知道一个历史时期的末端进程非常快速，就像一个王朝垮台那样迅雷不及掩耳。饶是如此，袁司令在我二哥的保护下，在我大哥的高抬贵手下，不仅及时地逃了出来，而且还安全地带走了他老娘和他太太，当然还带走了蒋委员长赠送的那辆小轿车，除了那个由石楠根瘤制作的宝贝烟斗外，连他那心爱的狼狗也安全地带走了。

遗憾的是，那条外表可爱实际上异常凶狠的狼狗最终还是陪着袁司令到阴间狂吠去了——后来经过简单的审问之后，在枪毙袁司令时，他唯一的要求居然就是让那条狼狗给他陪葬。袁司令提出这个要求时，二哥就在当场，他十分诧异，甚至有些莫名其妙的委屈，仿佛为袁司令陪葬是一种高贵的奖赏而没有轮到他头上。

其实，二哥哪里知道，袁司令之所以提出这个荒唐的要求，是因为他的内心充满了疑惑：想当初他把谯城丢给了鬼子，蒋委员长不仅没怪罪他，还在好几次军事会议上点名表扬他，发给了一批武器装备不说，还亲自打电话鼓励他扩充部队；到如今，同样是丢了城池，无非是丢给了共军，难道这就值得要他的命吗？袁司令疑惑的同时，也非常明白，在即将开枪的几分钟之内，他肯定是搞不懂这其中的伟大缘故了。所以，他要求一条狼狗陪葬，就是想给这个不解之谜添加一点儿荒唐的嘲讽而已。

袁司令死后，他的部队被李弥的十三兵团收编了，蒋委员长赠送的那辆小轿车也被李弥收编了。有一点值得一提的是，李弥在点验被收编的队伍时，发现我二哥十分剽悍，在一对眼光的刹那间几乎让他心神摇曳，于是，他立刻把我二哥收进了他的护身卫队。

当然，这些传奇的事情都是后话了。

我们谯城解放之际，还出现了一些奇怪的自然现象。说来令人难以置信，在刘邓大军攻打谯城之前，谯城著名的芍药早就该开花了，但一直没有开花，就在刘邓大军攻打谯城的当天夜里，城里城外的遍地芍药在硝烟中竞相开放。到了天明的时候，芍药花的特殊清香宛如洁白的烟雾一样弥漫了全城，简直令人窒息。一直到现在，有许多老人还记得这一神奇景象。当时大哥也注意到这非凡的自然景观，他的心头充满喜悦，一直到了"文化大革命"，他在交待材料里提到这件事时，还坚认芍药开花就是革命胜利的吉兆。

其时，大哥接到的命令是让他带着小李庄游击队作为向导和开路先锋，配合刘邓大军解放谯城。到了第二天城里稳定下来后，大哥才知道昨夜攻打谯城的不过是刘邓大军之第六纵队的三个旅。这三个旅吃过早饭后便开走了，只留下一个排的兵力帮助他建立谯城人民政权，巩固胜利果实。后来，留下的这个排成为我们谯城公安部队的骨干力量。而刘邓率领的大部队是在谯城解放的第七天上午才绕城而过，等到大哥得到消息时，刘邓大部队已经在谯城以东一百二十里外的涅河集安营扎寨了。而这个时候，大哥刚刚把我们家后花园的那个养鱼池炸开，正在挖掘传说中的那八缸黄金。得到刘邓大部队在涅河集驻扎下来的消息后，大哥命令挖掘人员加快速度，因为他想在刘邓大部队撤离之前，把这八缸黄金拉到涅河集，送给大部队作军饷，让这些黄灿灿的历史遗物在革命战争中发挥余热。

在我们家的后花园里挖掘黄金这件事，后来听起来简直就是一个荒唐的传说。当时大哥也觉得有些匪夷所思，一直到前往我家动手时，他还是犹豫再三，拿不定主意——我之所以知道得这么清楚，是因为很久以后我才了解到，大哥是经过表叔葛九章几番指点才下定决心的。

当初，大哥被二哥放走后，有一年半的时间没再和家里联系过。他被袁司令抓走的事，也是二哥抽空回家告诉父母的。直到听说我大哥作为向导和开路先锋，引领着刘邓大军解放了谯城，父母才意识到大儿子是一个多么了不起的人物。

按说在谯城解放后的最初几天里，大哥为了建设新政权基本上是昼夜忙碌，超速运转，不可能有时间回到家里看望父母。但意外的是，就在谯城解放后的第七天上午，大哥带领一支人员虽少却十分精干的队伍突然回到家里。当大哥带领着那支异常整齐的小分队走进院里时，我们全家人并没有什么惊奇的，即便看到穿着解放军军装、挎着手枪的麦冬，也都以为他不过是从我们家出去的一个孩子如今出息了。但是，当看到在队伍前和我大哥并排走着的那个人后，简直让全家人都以为自己身在梦中。

这个人就是我的表叔葛九章。

那天，表叔葛九章重新出现在我们家院里时，我才意识到，当年他化作一股烟雾消失的说法不过是人们想象的一种幻影，由此看来，他三拳打倒身边的鬼子一个箭步跳墙而走这一说法倒是比较符合历史的真实。

表叔葛九章像我大哥一样，身穿朴素的军装，扎着利索的绑腿，与众不同的是他居然戴着一副黑边眼镜，胸前的口袋里满满腾腾地插着四支钢笔，他这副打扮加上他走路的沉静姿态，使他看起来特别像那个时期的解放军队伍里的知识分子。

当时，父亲躺在那棵槐树下的藤椅上正闭目养神，母亲坐在堂屋门口和姑妈聊天，时而漫不经心地看一眼我父亲。老管家苏沛甫正在指点着门房长保清理院墙上的爬墙藤，黄三姊子和棠果正翻晒着晾在竹竿上的干菜。一看就知道，我们家里人都是处于正常的生活状态中。但是，当他们看到我大哥带领着一支精干的小分队走进院里时，人人都感到平静的生活就要起波澜了。特别是当他们看到葛九章重返人间以后，他们一下子觉得自己熟悉的环境顿时变得陌生起来。一个个像是被施了巫术一样，看着面前阳光下的人与物就像是在镜子里，又仿佛自己置身于镜子里观看阳光下的人与物。

我的大哥，我的表叔葛九章，还有浑身灿烂的麦冬，他们带着那支精干的小分队，仿佛没有把我们全家人放到眼里一样，一个个步子奇快，脚步响亮如同整齐的马队，嘚嘚嘚，径直向后花园走去。但在我们全家人摇摇晃晃的视觉里，他们的一举一动都像是在鱼缸里那样缓慢，甚至他们侧过脸来冲人微笑时，我们全家人都还十分奇怪他们怎么会笑得那么缓慢。当这支小分队快要拐过墙角时，仿佛有一根看不见的绳子，牵扯着我们全家人不由自主地跟在队伍后边，像趟水过河一样高抬脚轻落步，一步步来到了后花园里。

那场挖掘没有给我留下太深的印象，好像一声巨响之后他们就开始了土工作业。但那次爆炸留下的后遗症却给我留下了深刻的印象。那就是第二年，原在鱼池旁边的十九棵桃树没有像往年那样枝叶繁茂硕果累累，而是一开春就得了流胶症，树叶还没有伸展，就生满了桃粉蚜，别说挂果了，还没到夏天，十九棵桃树便病歪歪地统统死掉了。

当时的情景还有一点让我记忆深刻。在炸毁鱼池之前，表叔葛九章一只脚踏着池沿认真观看一张圆形图纸，他拿着一支钢笔在图纸上点点画画，那架势仿佛他是一个工程师，这个鱼池就是他设计的，只有他才知道摧毁这个宝藏大门的机关门道。我留意到他手里的那张图纸原来是一块圆形的缎帛，上边蚯蚓行走般画着曲里拐弯的线路，还有一些疙疙瘩瘩的奇怪符号。那块圆形缎帛布料纹路已经稀散，而且色泽斑驳暗淡，本身就像一件出土文物，还散发着血腥之息泥土之味，宛如在地下埋藏了一个世纪之后刚刚才拿到阳光下边。

表叔葛九章收起图纸，果断地指挥那支小分队埋好炸药，然后大哥一声令下，所有的士兵们就地卧倒了，只有我们全家人没有卧倒，一个个像中了符咒一样，直挺挺地站在远处观看。刹那间，只听一声沉闷的巨响，就见一团浑浊的水浪裹着无数条鲜红的鲤鱼蹿上了半空。当落地的鲤鱼还在挣扎跳跃时，那支精明强干的小分队便开始了土工作业。非常奇怪，就在这时候传来了小提琴声，仿佛是在为这群劳动者奏响一首鼓舞干劲的革命进行曲。不消说，这又是我那位非同胞姐姐在思念她的心上人小巴利奥了。还有一点是我不能忘记的，就在他们热火朝天地挖掘时，我们全家人居然自觉地围过来观看，一个个表情宛如提线木偶，仿佛突然置身于唐朝皇陵里。

事情到最后超越了现实的想象，他们居然真的挖出了黄金，但很遗憾的不是八缸黄金，而是五缸黄金。表叔葛九章根据观察到的蛛丝马迹判断，其他三缸黄金因为首先得了地气，擅自离开组织借土遁消失了。久埋于地下的黄金会自行转移这一说法在民间传说中司空见惯，所以，葛九章的判断当场得到很多人的肯定。我现在依然记得，每个盛着黄金的砂缸都像腌大头菜的砂缸那么大，如果装的是大头菜，估计一个人能顺手抱起两个，但里边装的是比生命还要沉重的黄金，所以三个人往外抬时还显得十分吃力。

那支小分队吭吭哧哧地架着五缸黄金离开时，大哥都没有顾得上向父母告别，他专心致志地叮嘱着小分队，小心小心再小心。我们全家人也没介意，因为那会儿大家惊讶得还没合拢嘴巴。

表叔葛九章倒是过来对我父亲说了几句话。他先是摘下军帽,露出严重的谢顶,微笑着给我父亲浅浅地鞠了一躬,这才不亢不卑地说:"别来无恙,苏大兄长!今天再次相逢,我,葛九章,一要感谢你这么多年的收留,二要请你原谅我当年不辞而别。这次冒昧打搅,惊吓着你了,我心虽不安,但实属无奈啊!说实话,这些黄金原来就不是你苏家所有,都是当年江淮人民的心愿——当然,不管属于哪一代人民的,但只要是人民的,我们就要按人民的意愿处理它!现在,我们就要把它用于正义的人民事业!"

父亲着实没有听懂这些话,他老人家木然着表情,眼睁睁地看着他们架着那五砂缸黄金离门而去。

从我们家后花园里挖出黄金的消息不胫而走,片刻工夫传遍全城。刚到傍晚,九灯和尚突然间来到我们家,当老管家苏沛甫提着灯笼领着他来到后花园里,他看到一片狼藉的景象时,这个仰卧起坐都十分艰难的和尚,竟然一下子蹲在那个狗啃似的深坑边放声大哭起来。

而在这时,大哥带着那支精干的小分队拉着五缸黄金已经到达了涢河集。可是,很不巧,惯于夜行军的刘邓大军正在启程。星光之下,人影晃动,部队陆陆续续地向南开动着。刘邓首长后来传话说:"俗话说,取之于民,用之于民。这件事还是由你们当地政府来解决为好。等将来全国解放后,你们还是把这些黄金用于未来的谯城建设吧!"

多年以后，大哥提起这件事时，还忍不住地慨叹刘邓首长都是胸怀天下的人，区区五缸黄金，在他们高瞻远瞩的视野里算得了什么。

大哥只好率领小分队拉着五缸黄金原路返回。

当他们走到离城六十里的翡翠寨时，望着在夜色里活像一只怪兽似的寨子，大哥突然间意识到自己有些性急，有些过于掉以轻心了。因为当时社会情势还是十分复杂的，根据大哥早就掌握的情况，他知道翡翠寨有一个在当地很有名的反动会道门组织红枪会，这个红枪会的头子赵铁头是个无恶不作的亡命徒，他冠冕堂皇地打着保卫家园的旗号，实际上是在竭力维护他们那个罪恶团体的利益：日本人接近翡翠寨他们就跟日本人干——这个很好；国民党接近翡翠寨他们就跟国民党干——这个也不错；共产党接近翡翠寨他们就跟共产党干——这个不好。他们不仅这样不分好歹，还经常与江淮巨匪蒋六秃子勾结在一起，干一些不见灯火的事情。红枪会的人员也大都是亡命之徒，只有少数被蒙蔽的良民，但是他们冲杀起来却无不凶残剽悍，一个个头扎一根红麻绳，脸上涂满猪油拌成的锅灰，手里一杆缀红缨的锋利标枪，看起来活像一群凶神恶煞。

小分队接近翡翠寨时，大哥还悄悄地提醒大家小心警惕。但是，谁也没有料到，下午小分队拉着五缸黄金前往沨河集时，翡翠寨红枪会那个最有名的探子已经跟踪了他们。那个上身短小、双腿奇长的探子，得知我大哥他们拉着五缸黄金原路返回后，居然从泗河集一口气跑了六十里，回到翡翠寨禀明情况之后，便当场吐血而死。那天恰好蒋六秃子在翡翠寨他姘头家里，和姘头鬼混后，正和红枪会当家人赵铁头以及几个头目喝酒，本来他们对是否干这宗买卖还有些犹豫，但那个优秀的探子之死让他们下定了决心。所以，当我大哥他们过了翡翠寨有一里半路，刚刚侥幸地吐了一口气时，转眼间就被密集的灯笼火把团团围住了。

一阵火烧火燎的猪油味宛如黑风扑面而来，大哥哼了哼鼻子，顿时感觉到事情不妙，但丰富的作战经验还是使他镇定下来，他小声地命令小分队沉住气。可是，他的话还没说完，一个站在车前的年轻战士还是紧张地开了一枪。

枪声之后有那么一秒时间的沉寂，接着，三支锋利的标枪凌空飞来，活像长了眼睛似的穿透了那个年轻战士的胸膛。

随之一声震耳欲聋的吼叫，足足有二百支标枪急雨似的投过来。尽管小分队麻利地躲避，还是有五名战士被刺中了大腿或者肩膀。当时大哥在麦冬的保护下躲避在一辆架子车后，但当他侧身站起来时，由两百多头清一色的灰色驴子组成的红枪会灰驴队蜂拥而上，紧紧地围住了他们。紧接着，从一圈灰驴的缝隙里潮水般拥过来一群没驴骑的红枪会匪徒，他们舞动着标枪，狂叫着抢走了我大哥和小分队战士手上的枪支，然后像鬼影似的又快速消失在灰驴队后边。

在灯笼火把的辉映下，大哥看到两百多头灰驴子杂乱地捯腾着蹄子，忽闪着水灵灵的大眼睛，激动得打着清脆的响鼻。驴身上的人虽然衣着混杂，甚至有些破烂，但个个头扎一根红麻绳，人人脸上都涂着黑漆一样的猪油灰，除了肩挎长短不一的土枪土铳外，每人手里都拿着全无二致的缀红缨标枪。尽管大哥目光锐利，但他当时也没能分辨出哪个匪徒是赵铁头，一直到后来他率领公安部队把红枪会全部消灭时，才弄清楚赵铁头不过是一个又瘸又小、还天生就把脑袋歪在左肩上的残疾人。不过遭劫的那天晚上，大哥没有看到天生残疾的赵铁头。

转眼间，大哥看到了蒋六秃子。

多年后，大哥依然记得那天夜里蒋六秃子打扮得不仅俏皮，而且有些淫荡——上身是粉红色的绸衣，下身是淡黄色的绸裤。他那身光鲜的行头在衣衫褴褛的红枪会匪徒里显得十分醒目。

蒋六秃子骑着一头膘肥体壮的灰色叫驴，驴脑门上还挂着一块红漆漆过的圆形木片，木片正中心点了一点金黄——大哥当时还不知道这是红枪会的铁定规矩，以此表示蒋六秃子是他们的贵宾。灰色叫驴也适时地显弄它的骄傲与激动，飞快地捯腾着四蹄，一会儿龇着大驴牙，一会儿耸动鼻子发出想咬人的声音。蒋六秃子挽着袖子，双手持着匣子枪，骑在骚动不安的叫驴身上晃晃悠悠，脸上那副得意表情活像一个乘船游览的观光客。他脖子、头、脸以及裸露的双臂上疤痕累累，那显然是我父亲为他缝补后留下的痕迹。蒋六秃子一言不发，得意洋洋地摇晃着疤痕累累的脑袋，高高在上地看着我大哥，嘴角上挂着不言自明的微笑。

不消多说，大哥已经看清了蒋六秃子的意图，但他此时还是抱着一线希望，沉着地冷笑道："没想到蒋大侠恢复得这样快啊！"

蒋六秃子大笑一声，夹枪带棒地说："你这只豁嘴兔子，脸皮比城墙都厚，张着豁嘴还敢说这样不关风的话！不是你当初言而无信，我蒋某人怎能被小鬼子砍成这副模样？也不需你提醒，我蒋某人心眼里从来没有忘记苏神医的大恩大德！虽然咱们谯城有句老话，叫做蝈蝈蚂蚱一码归一码，但我还是看在苏神医的份上，发发善心放你一条生路！"

望着蒋六秃子那一副流氓嘴脸，大哥干脆横下一条心来，再也不屑与他解释什么，从容地紧盯着他那有着几条疤痕的脸说："这些黄金来之不易，你就不怕烫了你的手？"

蒋六秃子双手抖动着匣子枪，哈哈大笑了一阵子，说：

"你也打听一下,我蒋老六生来是个什么人!就是老君炉里有金子,遇到我这样一个练了一辈子猴抓热铁的好汉,也得给他掏出来!你倒是胆子不小,还敢给我这样一个杀人不眨眼的英雄人物费口舌!赶紧识相点,带着你的残兵败将乖乖地给我走路,别让我再动杀人念头!"

说着话,蒋六秃子双手拇指娴熟地打开了枪机。

红枪会的匪徒们也挥舞着闪闪发光的标枪,发出一阵阵鬼哭狼嚎般的吼叫。大哥深知蒋六秃子的凶残本性,为了避免无谓的牺牲,尽管紧握双拳、眼神里露出拼命架势的麦冬再三向他示意,但我大哥还是无奈地向麦冬和手无寸铁的战士们挥了挥手。

从我们家后花园里挖出的那五缸黄金,就这样被蒋六秃子和翡翠寨红枪会匪徒劫走了。这显然是一件耻辱的事,它使我大哥本来完美无瑕光彩夺目的一生变得黯然失色。在以后漫长的岁月中,大哥一想起这件事就心如刀绞。即便后来与蒋六秃子多次对阵时,大哥仍然追问那五缸黄金的下落,但蒋六秃子扬言都被他吞到肚里了,如果想要,守在茅坑里仰脸等着。每次他这样说过后,便会又流氓又傲慢地大笑几声。

在全国解放初期,身为我们谯城公安局局长的大哥尽管经过精心策划,一举攻破了翡翠寨,打垮了红枪会,但仅存的几名被俘匪徒面对行刑队乌黑的枪口,虽然有人说出了脑袋歪在左肩上的残疾人就是赵铁头，但是，包括赵铁头在内，却没有一个人能够说出那五缸黄金的具体下落。

没有多久，大哥得到举报，他率领公安部队再次包围翡翠寨擒拿蒋六秃子，当几名战士把蒋六秃子打成蜂窝时，大哥不禁跺脚垂叹。从此以后，那五缸黄金就像五个身穿黄衣的鬼影，时常在大哥心灵深处徘徊不去。

后来在"文化大革命"中，丢失了那五缸黄金成了大哥不忠于革命事业的巨大罪证，因此也成了红卫兵挥舞着武装带毒打他的最佳理由。非常奇怪的是，在大哥因此身遭毒打的当天夜里，他做了一个蹊跷的梦：那五只盛着黄金的砂缸都神奇地生出了两条腿，摇头摆尾、欢天喜地地一步步向他走过来。

梦里伊水河

我虽然是个聪明的幽灵，但我一直拿不准，那五缸黄金是不是祖先们在冥冥之中安放在我们家的命脉，因为那些黄金被劫之后，我们家历史的时钟仿佛加快了，正以迅疾于往日的速度转向日薄西山的时刻。而且后来的种种迹象表明，就是从那时起，我们家的历史开始从辉煌的顶峰走向黑暗的终结。

从大哥带着小分队在葛九章的指导下挖出那五缸黄金开始算起，在很长的时间里，我们全家人一直觉得现实世界在眨眼间变得遥远了。父亲的这种感觉尤其明显。那天，他老人家在哑巴三哥的搀扶下回到屋里坐下时，还觉得正在云端兀自张望迷惘的星空。闻讯前来我们家痛哭一场的九灯和尚，虽然早就被老管家苏沛甫送走了，但他蹲在那个深坑边掩面痛哭的样子却一直在父亲眼前浮现着。老和尚那绝望的哭声时长时短，时高时低，宛如一群失去蜂巢的蜜蜂，无助地在父亲耳边飞来飞去。

那天夜里，父亲彻夜未眠，睁大眼睛看着黑暗中的房顶，两耳轰鸣中恍惚听到我爷爷在弥留之际告诉他的话。当他明白，我爷爷当初的谵妄鬼话在若干年后一下子变成现实时，父亲愈加疑惑这个现实世界怎么会变得如此虚妄起来。整整一夜，父亲就那么直挺挺地躺着，连动都没动一下。

母亲也是一夜未眠，她老人家仿佛能感受到我父亲心灵深处的巨大孤独与寂寞一样，不仅没有问一句父亲，而且也同样一动不动地躺了一夜，好像她的灵魂也随着我父亲的灵魂在月夜下漫游。说来奇怪，从二老躺下开始，我那位非同胞姐姐就拉响了小提琴。她从未间断，整整拉了一夜。我的父母就那么静静地躺在床上，那样子仿佛在认真聆听一个花季少女演奏诉说衷肠的爱情曲，而实际上无论那首爱情曲多么缠绵多么忧伤,都没有打动父母早已游离于现实的心灵。

天明时,小提琴声戛然而止。母亲首先从恍惚中清醒过来,她冷静地看着父亲有条不紊地穿衣、起床、洗漱,然后背着双手在院里散步,看到老管家时还会点头问好。母亲不由得暂时放下心来。可是,她老人家哪里知道,父亲言行举止能像每天早晨那样正常,并不是出于他清醒的意识,而是由于多年养成的生活习惯使然。很快,母亲就看出了端倪,在吃早饭时,她发现我父亲吃饭并不是因为饥饿的要求,而是由于到了吃早饭的时间。就像客厅里的那只自鸣钟,它之所以奏乐不是因为它兴奋,而是到了十二点它必须奏乐。

没有多长时间,我们全家人都看出了我父亲的异常情况,老管家甚至都联想到当年我爷爷即将下世之际的种种怪异迹象。当这个好心的老人把他的联想吞吞吐吐地告诉我母亲时,母亲淡淡一笑。母亲不相信我父亲会在这种异常状态下死去,因为自从第一眼看到他的那一瞬间,她就坚认这个人不仅能够体面地活在这个世界上,到死时也会体面地离开这个世界。母亲虽然一时没有良策唤醒我的父亲,但她老人家内心里非常清楚,老伴远游的魂魄很快就会重返人间。

好像一个半月之后,远游的清醒意识重新回到父亲身上。

那天上午，晴空万里，日华灿灿，仿佛突然间有人开辟了一个新天地。老管家苏沛甫带着门房长保打扫完院子，正坐在大门前厅下一边休息一边和长保说话，突然一个邮差骑着一匹枣红马飞驰到我们家大门口。

那个邮差勒住马，看清我们家的门牌后，一个鱼跃跳下马来，从邮囊里掏出一封巨大的信件，双手端着，走上前来。这时，老管家苏沛甫才发现他好像有点跛脚。这个神奇的邮差恭恭敬敬地把信件递给了老管家；虽然老管家看着这个邮差有些眼生，听他说话不仅有些咬文嚼字还带些异地口音，但当时他老人家没有过多留意，只管观看手上的那封沉甸甸的信。遗憾的是，信封的天头地脚写的都是洋文，只有中间写着我父亲的名字他还认得。当老管家抬起头来想问一下是哪儿来的信件时，那个邮差已经策马远去了。直到把信件交给我父亲时，老管家才意识到刚才那个邮差有几分蹊跷。他老人家试图给我父亲说明白那个人、这件事，但他无论如何也想不起那个邮差的模样了。他记得以前来送信的邮差是个面熟的年轻人，而且穿制服，骑着掉漆少闸的自行车，一到大门口就会欢天喜地地捏响铃铛。而刚才那个陌生的邮差不仅衣着怪异，还戴着一顶奇怪的瓦楞帽，就是他骑着的那匹枣红马也非常突兀，使那个邮差看起来好像是来自明朝，又仿佛来自清朝。总而言之，我们家的老管家年龄太大，真的记不清了，但有一点他印象十分清晰，就是那匹枣红马的屁股上有着一个非常显眼的驿站印记。

父亲丝毫没有在意老管家的唠唠叨叨，因为手上那封巨大的信件不仅给他带来巨大的喜悦，而且牢固地拴住了他刚刚苏醒的灵魂。

那封信件就是父亲的同学老巴利奥从德国寄来的，同时寄来的还有一份德国皇家医学院的邀请函。在信中，老巴利奥首先热情洋溢地赞美了我父亲的那部皇皇医学巨著，称之为本世纪人类的最大福音。接着，老巴利奥又洋洋得意地说，他用了一年又两个月的时间把那部医学著作翻译成德文，然后复制了四份，他带着原稿和译文稿本亲自去了德国，把四份译文复制本分别送给了德国皇家医学院在当今世界上最具盛名的四位医学科学家。对于那四位医学大师父亲并不陌生，因为其中之一就有他和老巴利奥留学时的导师汉斯·考文垂教授。老巴利奥在信中不无惊讶地说，他没有想到那部医学著作会在四位医学大师那里同时引起巨大反响，因为长期以来分别缠绕他们的十七种有关人类疾病的疑难问题，在我父亲这部医学著作的启发下，无不迎刃而解。老巴利奥在信中说，他们的导师汉斯·考文垂先生尤其兴奋，在一次皇室酒会上竟然喝得酩酊大醉，然后大声疾呼他发现了一个在当今世界上最神奇的医学天才，可惜的是，今年的诺贝尔医学奖已经尘埃落定，否则，当年度的获奖人肯定是一个中国医学家。写到这里，老巴利奥一本正经起来，把他导师的酒后宣言解释为德国皇家医学院邀请我父亲的最大理由。接着，老巴利奥以试探的口吻说，如果我父亲愿意，他将可以成为德国皇家医学院的终身教授。

说到这儿，老巴利奥的笔锋一转，变得忧伤起来。他说自己心爱的儿子小巴利奥从中国回去不到一个月，就被征召入伍了。小巴利奥离开家门时，随身携带的唯一一件东西就是从中国带回的那把胡琴，他告诉他的父亲，在战场上，这把胡琴将会给他带来好运气。但是三个月后，这把胡琴作为牺牲者的遗物返回到老巴利奥手里，同时还有他儿子战死沙场的正式通知。

尽管如此，老巴利奥还是向我父亲表示了诚挚的谢意，因为他的儿子毕竟在我们家享受了两年多的热情款待。父亲从字里行间可以看出，小巴利奥没有把珍藏在心灵深处的甜美爱情告诉自己父亲。最后，老巴利奥告诉我父亲，他现在人在德国，孤身一人，他希望我父亲接到信件后能尽快赶往德国，在医学海洋里相伴着遨游余生。

也许就是这封来自德国的信件，不仅让父亲恢复了清晰的头脑，而且还让我们家的历史在即将终结时改变了走向，从而有了另一种结局。

父亲怀着悲喜交加的心情，把这件事原原本本地给我母亲说了一遍。当夜，父母二老再一次失眠。不过，这一次不像上一次，他们二老坐在桌边守着一盏垂泪的蜡烛，作了一次彻夜长谈。

父亲首先回顾了他当年在德国留学时的种种情景，以及他的导师汉斯·考文垂先生的种种怪癖举止；母亲则带有几分嗔怪的口吻，诉说当年对他的苦苦思念——她老人家郑重其事地声明，她的思念里有着恨有着怨就是没有甜蜜的爱。父亲暧昧地笑起来。接着，两个老人你一言我一语地说起了家常话。他们刚提起我大哥，马上就改变了话题，仿佛一旦多说几句他们就会失去眼前的现实世界，再次回到茫然不知所措的缥缈世界里。他们说起我二哥，口吻里有那么一点儿思念，有那么一点儿担心，但最终我的父母大人一致认为二小子天生就是一个有厚福的憨种，不操心他也罢。他们说起我三哥时话语比较简单，父亲说既然上天让他是个哑巴，那么就一定给他安排好了一个无声无息的命运。母亲微笑不语，显然很赞同父亲的看法。他们刚刚提到我的那位非同胞姐姐，便不约而同地捂住了嘴巴，仿佛我那位非同胞姐姐是一只蜜蜂，一旦听到有人说她便会突然蜇人。他们的手装模作样地在嘴巴上停留一会儿，父亲才长叹一声说，还是暂时不要把小巴利奥死了的消息告诉那位沉湎于爱情苦海里的女孩子。我又听到父母大人说起了我们家的老管家,说起了我们家胖厨娘黄三婶子,说起了门房长保,还说起了母亲的使女棠果。他们每说起一个人,就会给一个恰如其分的总结性的评语。我支起耳朵,惟独没有听到父母大人说起我……哦,我知道,我不过是一个幽灵,既走不进他们的视野,也进入不了他们的心灵——在我的悲叹声中,天色已经明亮了。

父母洗漱完毕,顾不上吃早餐,便把老管家苏沛甫叫到堂屋里,把真实情况告诉了那个日夜操劳的老人。当那个一辈子对我们家都忠心耿耿的老人决定要永远跟随我父亲后,我父亲像个元帅一样发号施令,让那个老人在最短的时间内准备一艘大船——这个时候,我才明白他们长谈一夜的真实目的:原来他们拿定了坐船去德国的好主意。

最早的伊水河不像现在这样瘦小,当年它宽阔得几乎可以和长江媲美,经常是风急波峻,水黑如墨,浪涌如沸。尽管岁月无情,水土流失,战乱频仍,伊水河逐年瘦小,但等到我的父亲要坐船去德国时,伊水河仍然可以航行大船甚至战舰。

父亲率领全家奔向德国,他们乘坐的那艘大船具有几分传奇色彩。它最初在伊水河航行时,还招来很多人沿岸观看,当时情景十分壮观——好吧,我来介绍一下这艘神奇的大船。

这艘大船的首任船主，是一个很早以前游览过我们谯城西河滩的荷兰旅行家。这个红头发红胡子的荷兰人也许被繁华无比的西河滩迷惑住了，他游历到广西以后，以荷兰人特有的聪明才智，用当地盛产的铁力木制造了这艘大船。当这位善于突发奇想的荷兰旅行家带领十多名临时雇用的水手，驾驶着这艘大船路过湛江时，偶尔吃了一个在他看来可以称为人间美味的榴莲，于是，这个聪明过人的荷兰旅行家倾其所有财产购置了满满一船榴莲，两眼闪烁着要发财的金光，顺风顺水地开到了我们谯城。

当这一船榴莲卸到西河滩大市场上时，一股无法说清的熏天臭气转眼间烟雾似的弥漫了整个西河滩。一时间，摊贩马上收摊，商铺立刻关门，人人都忙不迭地躲避这股大概来自地狱的异常气息。而筋疲力尽的荷兰旅行家租赁下铺面，码放好榴莲之后，便到旅馆睡大觉去了。他根本就没有想到，仅仅一天时间，榴莲的臭气就使西河滩当天的贸易额减少了三分之二。往来于西河滩经商的各色人等中，尽管有不少人知道这是榴莲的芳香，但那时候混在西河滩的谯城人无不自以为见多识广，哪里听得进外地人大讲榴莲的好处。于是，就在当天夜里，有无数条汉子自发地组成了一支消灭榴莲的队伍，用湿手巾扎着鼻口采取了果断的行动。

天明时，在旅馆里做了一夜发财梦的荷兰旅行家兴高采烈地来到西河滩他租赁的商铺时,望着空空如也的商铺,还以为自己走错了门。再看看其他商铺摊位都是熙熙攘攘生意兴隆,满腹才智的旅行家不由得放声大哭起来。最后,这位荷兰旅行家只好伤心地廉价卖掉了他的大船,为随他而来的十多名水手发放工钱。接着,他独自一人背着那只干瘪的牛皮行囊,绝望地离开了谯城。一路上这位荷兰旅行家苦思冥想,直到他带着一身伤病回到荷兰自己家里,也没有想到他的那一船美味榴莲是被我们谯城人在当天夜里集中起来坑而埋之了。令这位荷兰旅行家更没有想到的是,他以荷兰人天生的造船才华制造的这艘大船,在二十多年后,还会像当年那样风光无限地再次航行在伊水河上。

我们家的老管家苏沛甫几乎没费什么事就找到了这艘大船。在我父亲告诉他准备坐船出发的那一瞬间,这个老伯脑海里油然想到的就是这艘大船,因为当年那个荷兰人驾着这艘大船在伊水河上航行时,他老人家曾经去岸边看过热闹。对于这艘大船的下落,老管家也是一清二楚的。得到我父亲的明确吩咐后,他便让门房长保用车子拉着他径直奔向了西河滩。

当年廉价收购这艘大船的绸缎庄侯老板,如今也老得不成体统,他半躺在一张长椅上,像睡觉那样盖着一条厚厚的花被子,抽完一锅大烟后,干枯的老手捻着花白的山羊胡,还没等我们家的老管家把话说完,他便兴奋地一跃而起,当场表示要把那艘大船白送给我们家。那慷慨大方的样子,仿佛他当初收购那艘大船就是为了今天能把它送给我父亲。

一向老成持重的苏老伯再三要求说个价目,一脸老年斑的侯老板开玩笑似的只收了一块大洋,最后还是把实话说了出来:他收购了这艘大船后,基本上没有什么用途,除了停放在水边还要花钱雇人看守外,主要还得每年花钱保养它,因为他怕生意场那些眼高嘴毒的朋友们说他买了便宜货最后放烂了。这些毫无回报的逐年开销,自买船之日就成了一块痒兮兮的难言心病,如今把它送给苏神医,不仅去了这块糟糕肉,还能落一个让一代名医乘他赞助的大船前往德国的美名,这笔生意无论怎么算,他最终还是赚大了。尽管绸缎庄侯老板毫无顾忌地展现了他作为商人的本性,但我们家的老管家把一块大洋放在他干枯的手里后,还是按照传统的美德赞扬了他一番。

出发那天气象吉祥,阳光明媚,大气里有一些轻纱似的薄雾,这显然是一个利于出行的良辰吉日。虽然经过严格的挑选,但必须携带的行李还是装了整整十六辆马车,其中有五车是父亲犹豫再三实在舍不得扔下的医学书籍。在那些医学典籍中,有很多都是明清版本,还有一些宋版善本。这些珍贵的医学书籍在丰富父亲心灵的同时,也成了他身上不可或缺的器官。简单的早餐之后,十六辆装得满满当当的马车便在老管家苏沛甫的指挥下，由门房长保带着头，从没有台阶的侧门缓缓拉了出去。

我们家的人还在院里徘徘徊徊，仿佛准备对故居进行一次告别表演。父亲和母亲站在大门厅下的高台上观望庭院，他们表情虽然兴奋，但他们目光里却有着几分留恋。哑巴三哥站在父亲身边，表情好像很木然，又仿佛很深刻，似乎早已知道了自己在这件大事中所扮演的角色和这个角色的最终结局，所以，他也没有东张西望，而是心不在焉地观看自己的脚尖搓地。姑妈站在母亲一边，臂弯里还挂着一个绣着鹅黄金线的黑色包袱，里边装的是她做了一辈子也没有做好的刺绣活儿。她老人家之所以选择跟随我父亲前往德国，是因为姑父陈竹竿彻底失踪了。从决定要去德国那天起，父亲便悄悄地让门房长保和姑妈家的门房曹大胖子寻找我姑父，但是两个门房走遍了全城，也没有问到我姑父的丝毫踪迹。当父亲把这一结果告诉正在刺绣的姑妈时，姑妈停下手里的针线，居然粲然一笑说："你们真是白费劲啊！"说完，仿佛马上就出发似的，她快手快脚地收拾着刺绣活儿，包好了，才有几分惆怅地说："他啥时想我了，就啥时候去德国吧。"

站在姑妈旁边的，是为我们家辛劳了大半辈子的黄三婶子。几十年过去了，她依然还保持着当年来我们家时的那副胖大模样，一点儿都没有变老，连衣着打扮都还是老样子，甚至习惯于把右手卡在腰上的姿势都没有变。她的表情说不上欢喜，也说不上伤感，就像平时在厨房里砍肉切菜时一样。在此刻，真拿不准这个身怀绝技的胖大妇人有没有想点儿什么，比如想念儿子麦冬，或者想一想她所喜欢的我二哥，尽管二哥已经早就没有了音讯，尽管麦冬一直跟随着我大哥忙于谯城的新政权建设，从来没有回来看过她。也许我的这些想法是多余的，在这个从充满硝烟与冰糖的历史中走过来的胖妇人眼里，所有的一切都可能像烟云般缥缈。

棠果则是满脸兴奋，她一直欢欢喜喜地站在我母亲身后，怀抱着那个地球仪，色彩缤纷的地球仪和她甜美的笑脸交相辉映，让人觉得，只要有了这个地球仪，我们全家人的这次旅程就不会迷失方向。我还明显地感到，这个被我们家的老管家捡到的弃婴，虽然从小就伺候我母亲，但我母亲给了她糖水般的成长环境，使她对人间的一切都怀有美好的幻想，也许此刻她正想象着那个遥远的国度，心里充满了稀里糊涂的憧憬。

在我们家的这群人当中，我那位非同胞姐姐苏茱萸几乎达到了兴奋的顶点。此刻，她穿着挑了整整一上午才选定的新衣服，双手抱着那把小提琴，脸上布满了异常的喜悦，仿佛漫长的路途到处都是无限美好的风景。

其实，为了不耽误行程，同时也考虑到她无常的情绪，父亲一开始只是平静地告诉她全家人要去德国，嘱咐她尽快收拾一下自己的物品，以免走时丢三落四。因此，在准备出发的那三四天里，她一直处于兴奋莫名的状态里，一反往日足不出户，也不像往常看见任何人都十分漠然，而是爽快地在院里走来走去，给每一个人说话，即使对方回答一句最乏味的话，她也会报以愉悦的大笑。她愈是这样，父母心头的压力就愈加沉重。

我虽然只是一个百无聊赖的幽灵，但我还是感到十分费解，她为什么一直没有问一问父亲去德国干什么？几十年以后，我的这位非同胞姐姐到了老年，在一次发高烧的状态下，与哑巴三哥唠叨往事说到这一步时，她才无意间吐露了心声。于是，我才知道，她当时之所以一直没有向父亲询问远行的目的，是因为她心里认定了，全家人去德国就是为了送她到那里与小巴利奥相会。由此看来，在那时候，我这位非同胞姐姐就已经患有轻度精神病了。

令我感到真正惊讶的是，当这位非同胞姐姐牵着父亲的衣襟、紧紧跟在父亲后边临出大门时，好像鬼使神差一样，用俏皮的德语问了一句："尊贵的父亲，咱们需要走多长时间才能到达德国？"

父亲止住步子，平静了一下高悬一线的颤抖之心，回过头来看着我的非同胞姐姐，他老人家表情安详而和蔼地用中国话说："要是一路顺利，也就是一个半月；一旦路上稍有耽搁，那就需要两个月了。"

我的非同胞姐姐一把抓住了父亲的胳膊，就像小时候那样带着淘气的神情，歪着头，双眼微眯着说："也就是说，再过一个半月或者两个月，我就可以见到小巴利奥了？"

命运之神丝毫不顾一个人的相思之苦，反而在这一刻显现了它的无情，父亲仿佛看见了一样，他不禁哆嗦了一下子。当他试图恢复在脸上蠕动着的笑容时，我的那位天赐聪明的非同胞姐姐顿时明白了，她的脸色逐渐变幻着，有如宣纸着墨一样，不一会儿，她脸色彻底阴暗下来。在最后的一瞬间，她还是心存侥幸地问了一句："是我的小巴利奥遭到不幸了吗？"

"是的。"我的父亲说。

接着，父亲把小巴利奥战死沙场的事情原原本本地告诉了她。令父亲意外的是，我的非同胞姐姐既没有哭喊，也没有晕倒，只是松开他的胳膊，在嘴边慢慢泅出一点点笑容，就那么盯着他说："好吧，把我的行李都卸下来吧。"

说完，她转过身，像个鬼影似的，在众目睽睽之下向院子里飘了过去。

当时，所有的人都像中了定身法一样，木木地站在原处，眼睁睁地看着我姐姐苏茱荑活像幻觉中的一件艳丽夺目的衣裳，在细微的风中飘零着。也就是在这一刻，哑巴三哥上前一步，他的双手急迫而有力地抓住了父亲的双手，直直地盯着父亲，目光极其镇定，简直与他往日羸弱的形象大相径庭。虽然我的哑巴三哥不能说话，但父亲已经读懂了他目光里的所有含义——把他的行李也都卸下来，他要在这个空荡荡的大院里永远生活下去。

这就是哑巴三哥和非同胞姐姐苏茱荑没有随父亲到德国去的真实情景，其中的原因不言自明。我记得，父亲最后一个走出家门时自言自语了一句："没有人能改变命中注定的一切。"

当然，这一切也没有改变父亲命中注定要在德国享受荣华富贵，并且最后客死异乡。

父亲他们在灵津渡口启航时已经临近中午，尽管其时日华灿灿，但还是射不穿伊水河面上愁雾团团。经过漫长的航行，父亲他们乘坐的大船驶离伊水河进入长江，然后拐向嘉陵江到达重庆。接着他们弃船坐车，到达兰州，从兰州到迪化，出了迪化就进入异国之境。在父亲他们的行程中，有好几段道路都是当年小巴利奥到中国来和回意大利时走过的，但是，父亲他们在匆匆忙忙的行程中丝毫没留意一下道路上是否还有着小巴利奥的脚印。当他们在异国的土地上一路辗转到达德国时，那里正是严寒季节，到处都是皑皑白雪。但是大自然的寒冷挡不住德国皇家医学院的巨大热情，父亲受到了隆重的欢迎。

在老巴利奥的引领下，父亲第二次踏进那个欧式古典风格的大门后，就像一步跨进光怪陆离的花环里。这个花环由荣誉、金钱、声望、文明、德国皇室成员、酒宴、贵夫人、身份高贵但病症怪异的病人、处于行业顶端的医学家等等构成。从此以后，冠盖云集、惟他独尊的岁月，几乎占去了父亲下半生的二分之一。在那段漫长的时间里，他老人家乐不思蜀，从来没有产生过重返家园的念头。

后来，父亲的医学成果和医学思维，在日新月异的医学发展与进步中成了一块历史碑石。这时，我的父亲已经老了。那些让他长期以来流连忘返的繁艳景色，也逐渐从他的人生舞台上消失殒没；他在日常生活中养成的倨傲自得，也常常无处表现了。这时候，重返故国的念头才像一朵飘摇的芍药花一样，在他苍老的脑海里时隐时现。只有那么一次，在春天的阳光下，他感到自己一下子把那朵芍药花抓在了手里，紧随着，重返家园的念头突然间爆炸似的无限强烈起来。可惜的是，他的双腿已经不能再次长途跋涉了，他想颤颤巍巍地站起来撒泡尿都得要人扶着才行。无奈之下，父亲只好彻底放开手里的那朵芍药花，并且眼看着它在自己日益浑浊的视野里消逝而去。有时候，在阳光明媚的时刻，他也会想一想故乡的模样，会想一想天各一方的儿女们。

而在这时候,"文化大革命"也已经进入到末期,大哥已经在非人的款待下命丧黄泉。而二哥却在华盛顿郊区享受着幸福生活,整天开着一辆崭新的福特牌轿车,拉着三个混血儿子和他的洋太太,四处兜风观光,而且每到一处,或者无论看到什么,他都会嘟嘟囔囔地说几句半生不熟的英语,然后没来由地发出一阵子憨笑。我的那位非同胞姐姐,在这时候基本上已经成了一个疯子,整天脸也不洗,头也不梳,不分昼夜,时时刻刻拉那把小提琴。有时候她还会站在秋天的庭院里,张望着瓦蓝的天空,两手向前空空地端着,仿佛演员抒情似的背诵着但丁的诗句。一遇到这种情况,哑巴三哥就会时时刻刻站在她身后,就像她忠实的仆人,或者是她灵魂的影子,等她背诵完一大段但丁的诗句后,他便像个戏架子似的,走到她的面前,伸手拉着她快要老朽的手,一步步把她扯进屋里。

父亲肯定不知道后来发生的这些事,就连他出发的当天晚上,我们家发生的事情他也不会想到。

那天,哑巴三哥眼看着一行人车在长长的大街上逶迤远去,顺手关上了大门。关门的那一瞬间,他恍惚觉得从此以后这两扇大门再也不会打开了。接着,哑巴三哥像个影子一样,飘进姐姐苏茱萸的屋里,静悄悄地坐在她对面,开始了在未来岁月里不断重演的相对无语的长久对视。他们就那样相望着,一点儿也没有发现外边下起了绵绵秋雨,甚至到了傍晚来临，他们相望的眼神都没有一点儿细微的变化。这时候，随着夜幕的降临，大地也变得寂静无声。突然间，大门口响起抑扬顿挫的敲门声，仿佛在静谧的黑夜里更夫敲梆子，似乎执意要唤醒迷惘者的睡梦。哑巴三哥一个激灵，犹疑不决地站起来，出来之前，宛如安慰似的拍拍姐姐苏茱萸放在膝上的手。

哑巴三哥出了门，兜脸淋下的缕缕秋雨他好像也浑然不觉，就那么缓着步子，任凭雨水淋着，来到了大门厅里，在不绝于耳的敲门声中，抽下门闩打开了门。

门外站着的竟然是我姑父和那个苍老、胖大的九灯和尚。他们合打着一把黑色油布伞，在临街透来的星点光线里仿佛两个迷路鬼魂。多少年后，哑巴三哥依然记得他们两个在雨夜里的恐怖形象。哑巴三哥还记得，姑父垂着两只无指的肉掌，看到他之后没有说话，而九灯和尚则一手持伞一手当胸竖立，低声念了一句："阿弥陀佛。"

在那种时刻，哑巴三哥没有心情接待他们，他刚想顺手关上门，但九灯和尚伸手挡住了门，他嗓子喑哑地告诉哑巴三哥，他只想看一眼小姐。也就是说，在这个秋雨连绵的晚上，这个莫名其妙的和尚无缘无故地要看一眼我的那位非同胞姐姐。

哑巴三哥迟疑了一会儿，还是带着他们来到了姐姐苏茱萸门前，但他们都不进屋，就站在门口淋着逐渐稠密的秋雨向屋里张望。屋里漆黑一团，哑巴三哥什么也没有看见。他刚刚匆匆地一步跨进屋里，就听九灯和尚说道："请小施主点上灯吧。"他的声音喑哑低沉，活像从湿漉漉的墓穴里发出的。

哑巴三哥哆哆嗦嗦地点亮了灯，他看见姐姐苏茱萸还是那样木然地坐在桌边，仿佛泥塑一样没有任何变化。哑巴三哥转脸瞥见姑父低下了头，而那个九灯和尚望着姐姐苏茱萸，两眼里一点一点地蓄满了泪水。哑巴三哥正在诧异之际，九灯和尚从怀里掏出一个方方正正的黑布包，示意哑巴三哥走到门口，让他把黑布包交给小姐。当哑巴三哥接过那个黑布包时，就见九灯和尚两眼的泪水潸然而下。接着，九灯和尚一手持伞，一手再次竖起单掌，对我的非同胞姐姐念了一声："阿弥陀佛。"

然后，九灯和尚一言不发，扯着我姑父的袖子，转身走了。

哑巴三哥把那个黑布包放在姐姐苏茱萸面前的桌上，再出来张望时，姑父和九灯和尚早已被秋雨哗哗的夜色吞没了。一阵莫名其妙的恐惧在刹那间让哑巴三哥有些丧魂落魄，他本能地飞跑到大门厅下，发了疯似的快速地关门上闩。当他转过身来时，一缕缕凄凉的提琴声宛如片片凋零的黄叶，穿过缠绵的秋雨飘到了耳边。

哑巴三哥站在那里，清晰地感觉到浑身紧绷绷的肌肉，随着节奏鲜明的微妙音乐一块块地松弛下来。他知道,此刻姐姐苏茱萸又活了过来,正舞动着那把小提琴,在鲜红的感情之水里畅游着。哑巴三哥十分清楚,自己没有必要再到姐姐屋里去了。他转过身,推开门房长保住的那间耳房,摸着黑和衣躺在了那张半新半旧的竹床上。

哑巴三哥醒来时,天色已经大亮,雨过天晴,在他的梦中响了一夜的小提琴声也安静下来。活像得到神示一样,哑巴三哥飞快地爬起来,一口气跑到姐姐苏茱萸的门前,顿时呆立在门口不动了。门依然敞开着,姐姐苏茱萸还是坐在桌子边,双手仍然抱着她的小提琴,只是她的脸上奇怪地堆满了吓人的皱纹,满头乌发在一夜之间变成了灰白色,而且那残存的几缕黑发,在哑巴三哥的注视下,就像快要熄灭的灰烬一样正在变成白色。

夕阳别样红

我飘荡在半空中,每天盯着我们家紧闭的大门,心中充满了忧伤。我时时刻刻都盼望有人能早点儿推开大门,看看我的哑巴三哥和我的那位非同胞姐姐,是否还活在这个到处都弥漫着烟熏火燎气息的世界上。但是,等到大哥苏甲格在百忙之中回到家里时,我才知道我的忧伤与担心是多么的幼稚，并且也再次验证了我不过是一个天真的幽灵。

岁月漫长，而且过于纷乱，苏甲格回家的具体月份我记不清了，好像大约过了一个月或者三个月之后——反正绝对是在无比寒冷的季节里，可以肯定的是，苏甲格回家那天正下着第一场雪。因为他站在大门前的台阶上跺着双脚拍打身上雪花的情景，在我脑海里一直栩栩如生。

大哥穿着一件半旧的军大衣回到家时，一只黑得发褐的蜘蛛面带可疑的表情，在我们家大门上快要织成了一张网。尤其让我记忆深刻的是，那天回家时大哥不仅带着警卫员麦冬，他们的后边还跟着一个解放军女战士。那个解放军女战士穿着一件崭新的军大氅，腰扎锃亮的牛皮武装带，头上戴着一顶栽绒棉帽，露出两只生机勃勃的羊角短辫。她走起来步履轻快而坚定，腰里还挎着一支三寸白朗宁小手枪。我非常好奇地注目观看，才发现这个解放军女战士原来是表姐陈鱼容。

俗话说，士别三日当刮目相看，一开始我也没有想到表姐会有如此大的变化。在很长时间以后，我才知道，表姐最初在彭雪枫的拂晓剧团工作时，除了展现出过人的表演才华，还充分展现出过人的组织才能和看待问题独到而准确的天才眼光。在革命战争年代，共产党领导下的部队绝不会埋没任何一个有才华的人物，这是许许多多从那个年代走过来的革命者的共识。表姐很快就被送到豫皖苏军区政工干部训练班,接受系统的革命教育。她毕业之时,正是我们谯城解放之日。当她得知这一喜讯后,坚决要求回到故乡参加革命工作。说实话,在那个时候,表姐想把学到的革命理论运用到故乡的革命事业中去,这一想法不仅切合实际,而且也是一个革命者最朴素的愿望。

表姐回到谯城时,大哥刚刚被选为谯城县县长兼县委书记,全身心地投入到政权初建时千头万绪的工作中。在大哥一生中,由于他对革命工作的无限热情和无限忠诚,加上他非凡的智慧,他曾担任过很多职务,后来因为邻近三个县划入谯城,谯城晋升为市,大哥成为市公安局局长,等他刚当上谯城市委书记时,"文化大革命"开始了。

据麦冬说,当时大哥见到陈鱼容后,居然高兴得不知所措,他一把抱起她原地转了三百圈,结果松开手时天还在旋地还在转,两个人只好在旋转的笑声中倒地——我坚决不相信这个夸张传说,等到我看到大哥和表姐回到我们家的情景时,我就更加不相信,那种恶心情节绝不会发生在一心干革命的大哥和初出茅庐豪情满怀的表姐他们身上。

看样子,大哥已经知道了家里发生的变异。他没有露出一点儿吃惊的神色,因为与在他的主要领导下谯城日新月异的巨大变化相比,家里这点变异显然是微不足道的。然而,大哥内心还是非常生气的。他生气有二:一个是,父母大人去德国竟然没向他打声招呼，眼里显然是没有他这个长子；其二是，父母他们出走已经很长时间了，他居然刚刚才得到消息，这对一个曾经从事多年地下工作的革命者来说，简直就是妙不可言的嘲讽。如果不是眼前一项万分火急的工作，使他想起父亲可以在这项工作中为解放事业做贡献，恐怕再过三五年他也不会知道家里的大变化。

大哥站在大门口的台阶上，望着大门上那只虽然冻得瑟瑟发抖却依然忙碌的蜘蛛，不由得皱了皱眉头。伶俐的麦冬马上前跨一步，一巴掌打落了那只辛苦的大蜘蛛，挥手捆去残存的几缕蜘蛛网；接着，这个熟悉我们家生活规律的年轻人，伸出戴着土黄色棉手套的右手，有节奏地拍打起那只黑色门环来。

开门的是哑巴三哥。

好长时间不见，真令人惊诧，哑巴三哥居然吃胖了，红扑扑的两腮圆滚滚的，虽然很长时间以来没人为他打理，但他此时的穿着打扮依然体面而且周正，只是脸上表情迥异于往昔，嘴角挂着类似于小人得志一样的欢喜笑容。那副样子，哪里还像深得父亲嫡传的医坛高手，连个老实的哑巴也不像，简直就是一个爱闲逛好吃喝的富家少爷。他看到大哥以后，没有像以前那样，垂下目光侧身避到路边小步行走，而是恰到好处地摆出一副请客进门的架势。

大哥这才微笑着走上前去，紧紧搂了一下哑巴三哥的肩膀，就像以前在家时那样，用这种表示兄弟亲情的方式来代替语言交流。哑巴三哥拉着大哥的胳膊，兴奋得呜呜哇哇，一阵子比比画画，鼻涕眼泪抓了一把又一把，然后用擤过鼻涕的双手在大哥袖子上抹呀抹。麦冬马上伸手拂了一下哑巴三哥的胳膊，脸上挂着嫌恶的神色。哑巴三哥松开大哥的胳膊，缓慢地抬起头来，望着麦冬圆睁的双眼，抹了抹笑出来的眼泪，令人意外地做了一个当年他一不开心麦冬就会立刻做出的那种鬼脸：两个眼珠望着鼻尖，随着鼻尖不停地耸动，两眼逐渐成了斗鸡眼。

哑巴三哥以一个哑巴特有的方式，将自己内心的蔑视表现了出来，眼色灵光的麦冬顿时满脸通红。

这时候，站在一旁的表姐上前一步，将戴着毛线手套的手搭在哑巴三哥肩上，笑容可掬地说："表弟，你还好吗？"

表姐说话的声音就像安装了一个质地优良的弹簧，富有丰满的弹性。哑巴三哥一个激灵，当他眨巴着眼睛终于认出表姐时，立刻感到局促不安。我知道，哑巴三哥从小就莫名其妙地对美丽的表姐心怀巨大的恐惧，从来不敢正眼看表姐，仿佛表姐是一只带有剧毒的马蜂，他一旦正眼看她，马蜂就会蜇他。而面前的表姐变化十分显著，不一会儿，哑巴三哥局促感逐渐消失了。但说不清缘由，随之而来的敬畏感，就像一块热铁一样灼烫在他的心头。哑巴三哥根本不能理解其中奥妙，因为表姐经过了革命的大熔炉，早已过滤掉只有美丽少女特有的青涩，如今呈现出来的是她凤凰涅槃后的新形象：一个身体成熟、思想坚定、意志执著的女革命者。

当时，好多人都以为，表姐会和我大哥结为革命伴侣，但事实上并没有这样。大哥后来和一个纺织女工结婚了，真令人惆怅。那个女人我见过，个大腰圆，脸上有很多雀斑，但她手指皙长，精于毛线活，与别人说话就爱指手画脚，在大哥面前奴颜婢膝媚态十足。她和大哥婚后第一年就生了个龙凤胎。在"文化大革命"中她态度坚决地和大哥离了婚，又嫁给一个锅炉工出身、说话结结巴巴的造反派头目。

而表姐终身未嫁，我不知道什么原因，我只记得，大哥结婚后，除了工作之外她没再和任何男人来往过。尽管如此，表姐在人生的道路上却是一帆风顺的，她不仅像一支不可阻挡的利箭那样穿过了漆黑的"文化大革命"，而且在后来改革开放的开头几年里还担任了谯城市委书记，最后死于乳腺癌。

表姐后来的这些事情，到她死后哑巴三哥才知道，因为在表姐去世时，哑巴三哥作为唯一的亲属参加了她的追悼会。在追悼会上，一个泪流满面的中年人抽泣着宣读了她令人敬佩的生平事迹。

当然这些都是后话了。

那天，他们完成了充满亲情的见面仪式后，哑巴三哥便带着大哥他们进了院里。在院里走动时，大哥还忍不住地四下张望了一番，满院铺着薄薄的初雪，连一个脚印都没有，只有长时间的冷清气氛像一张可以看得见的网那样，令人心中发冷地笼罩着细雪弥漫的整个庭院。哑巴三哥没有把他们带进已经落锁多日的宽大客厅里，而是直接向餐厅走去。拐过堂屋墙角，刚看到餐厅之门，大哥就闻到一股异常的饭菜之香，那股香味像一只温柔的小手，抓挠得大哥的胃囊一阵阵发痒。开始时，大哥还非常高兴，以为弟弟事先得到了他回家的消息，提前准备了丰盛的菜肴。但是，当他走进餐厅时，眼前的景象使他顿时焊住了脚步。

我的非同胞姐姐正在吃饺子，一看就知道是她自己亲手包的，因为无论多么高明的厨师都不可能包出那样的饺子。她包的饺子精巧玲珑，宛如良匠精心制作的玉件，吃了它不仅会觉得可惜，而且还会有一种罪过感。我深知道，事实上她施展厨艺的手指远比她演奏小提琴的手指更让人销魂。以前我们全家人都知道，姐姐包饺子不仅面皮有千百个讲究，就是馅子用料也无比复杂，除了使用三十九种主料，还需要二十三种佐料，每做一顿饺子，所用的这么多主料和佐料数量不变，但品种都要变换一次。

大哥也深深知道妹妹苏荬荑的厨艺非凡，尽管他很早以前曾经享受过她的厨艺，但眼前景况好像不允许他再次享受了。

姐姐苏茱萸对来人视而不见，只管吃饺子。当时她穿着一件藏青色镶金边绣红花的绸料棉袍，围着一条洁白的羊毛围巾，脑后绾着一个硕大无朋的金黄发髻。她双袖挽起，左手腕上戴着一只红灿灿的玉镯，右手腕上系着一根黄灿灿的绒线。餐桌上除了一大盘热气腾腾的饺子外，还有四小碟精致的小菜，陶瓷酒壶口还冒出一缕缕热气，散发着一阵阵绍兴黄酒的清香。姐姐苏茱萸吃一口喝一口，目不转睛专心致志，那副迷醉样子，纵使天庭震怒人间变色大雨倾盆房倒屋塌，也无法撼动她此刻的雅吃兴味。

我仔细留意到，也许这么长时间以来，姐姐苏茱萸一直沉缅于精巧的吃食，她当初一夜之间老出来的皱纹已经消逝了不少，虽然像病去抽丝般缓慢，但毕竟露出了回春的症候。她的头发都变成了黄色，这也许是由灰白返回黑色必经的一个程序。她的胖已经到了不可原谅的地步，虽然脸上只是丰满了许多，并没有显出横肉滴油之肥状。但当她吃饱后站起来时，就像一头腿粗腰胖的怀孕母象。她旁若无人地走到门口，过门槛时，哑巴三哥赶紧过去搀扶了她一把。从他那细腻的动作中，可以看出他对姐姐苏茱萸疼爱有加已经很长一段时间了。望着肥胖的姐姐苏茱萸在飘飘细雪中缓缓行走，我不禁黯然神伤。令人费解的是，这样胖的一个人，在几年后会重新变得十分苗条，并且进入老年后竟然会骨瘦如柴。

这一切景象就像一幅漫长的画卷，在大哥眼前徐徐打开。大哥感慨万千，差一点儿就要放弃临来时的打算。但是，为了解放全中国这一近在咫尺的宏伟目标，为了让自己家人能在解放事业中贡献一份力量，大哥还是以一个革命者的坚强意志和一个共产党员的大公无私，放下了扰乱他思想的亲情。他擦了一把浅浅的泪水，严肃而郑重地告诉哑巴三哥，尽快收拾行囊，特别是各种医疗器具一定要准备齐备，一会儿有车来接。因为他已经决定，让哑巴三哥作为一个医术高超的医疗人员，于当天下午随谯城支前大队奔赴淮海战场。

说完了这些话，大哥带着表姐和麦冬就往外走。当他们冒着细雪快走到大门口时，一缕欢快的小提琴曲缠住了他们的脚步。我的非同胞姐姐在惬意的饱餐之后，演奏的小提琴曲不仅流畅无比，而且有着明显的欢颂之韵，使曾在新四军拂晓剧团工作过的表姐听到之后，脸上顿时布满了惊讶的神色。

日后，我们谯城成立歌剧团时，市委宣传部长兼剧团团长的表姐还曾经动过让我的非同胞姐姐到剧团工作的念头，遗憾的是，那个时候我那姐姐已经变成一个精神障碍者。

我虽然只是一个容易感伤的幽灵，但是，我仍然坚认姐姐苏茉荑的感情世界一辈子都是极其灼热的。在未来漫长的岁月里，她与那把小提琴形影不离，视若生命，直到她的肉体离开这个她的灵魂早已离开的人间时，当年小巴利奥赠给她的那把小提琴，也按照她临死时的愿望一同陪伴她进入了幽暗的世界。后来，在鬼魂哭泣的地下埋藏了几十年的那把小提琴，在建筑一处超级娱乐场所时又重见了天日。当时一位喜爱旅游的京城音乐家在我们谯城游玩，他路过建筑工地时，正好几个民工挖出了这把琴盒依然如故的小提琴，这位享有盛名的京城音乐家用一百块钱从无知的民工手里买走它。前不久，这位从事着高尚职业的音乐家，在巴黎举办的一次古典乐器拍卖会上，以九千八百万美元的天价将这把小提琴拍卖出去了。竞拍成功的买主居然是一位来自意大利的富豪，而这位富豪的故乡就在米兰东南的克雷莫纳小镇。据后来的报道，我才知道这位富豪竟然就是瓜尔内里家族的人。

这些也都是后话了。

我接着继续讲述哑巴三哥的故事。

我曾经多次说过，哑巴三哥不过是个哑巴，全家人都在时他遇事尚不能自主，更何况眼下全家人都不在了，而且世界已经呈现出局势新变、情态逼人的朝霞般的新鲜境地，他只好随着革命的洪流奔涌向前。

我们谯城支前大队出发之前，身为县长的大哥还进行了一次动员讲话，虽然简短却充满豪情。动员大会就是在当初二哥训练骑兵的广场上进行的——当年风筝大赛也是在这儿举办的，日本人在这儿放过电影，惩处汉奸的公审大会在这儿召开。除了这次支前动员大会外，后来我们谯城还有许多重要活动都是在这儿举行的。直到突然有一天从这儿平地耸起一幢十九层的高楼变成谯城大酒店后，处于城里东南角的这片广场作为谯城大事活动的经典场地，才算完成了它的历史使命。

支前动员大会召开那会儿，天气好像将要晴朗，但明亮的天空中还飘舞着细微的雪花。望着人山人海的支前队伍，听着震天动地的口号声，哑巴三哥从内心深处感到大哥真是神圣无比。在以后的岁月里，他还参加过好几次类似的大会，每次听到大哥在主席台上讲话，他心里都会产生同样的强烈感受。

哑巴三哥背着那只米黄色的小包袱，提着装满医疗器具的帆布箱子，随着医疗队快要走出城门时，才发现带领医疗队的居然是表叔葛九章。哑巴三哥当时还不知道，表叔不仅是医疗队的领头人，还是整个支前大队的副总指挥。重任在肩的表叔穿着半旧的军装，上衣口袋里依然插着四支排列整齐的钢笔，腰里挎着一支手枪。看到哑巴三哥后，表叔马上亲切地走到他跟前，笑容可掬地拍了拍他肩膀，关心地接过他手里的帆布箱子，放在胶轮马车上。

车辕里是一匹硕大无朋的壮马，它漫不经心地扭着油光闪亮的大屁股，轻松异常地迈着四蹄。赶马车的车夫是一个四十多岁的汉子，有点驼背，他尊敬地对葛九章点着头，一边友好地对哑巴三哥龇牙一笑。

表叔葛九章让哑巴三哥把背上的包袱也放在车上，但哑巴三哥却紧紧地抓住不放，因为这个包袱是姐姐苏茱萸亲手打理并且亲手给他系在身上的。我能理解哑巴三哥当时的心情，因为全家人走后，他把自己和苏茱萸相濡以沫的生活当成了爱情的序幕。葛九章摇头一笑，没有勉强，因为他太了解这个哑巴的固执性格了。

接着，在熙熙攘攘的队伍里大步行走时，葛九章以一个长辈的口吻和蔼地与哑巴三哥聊天。说实话，一路上，表叔葛九章完全是出于对晚辈的关心和爱护，才对哑巴三哥进行了通俗易懂的革命教育。他信誓旦旦地说，等完成支前任务回来，他就正式邀请哑巴三哥参加革命工作，共同组建谯城人民医院。他诚心诚意地希望哑巴三哥把自己的医学才能献给谯城人民。但是，哑巴三哥好像没听明白，因为他心里老是想着，当年在诊堂坐诊时，他每开出一个药方，表叔就会满脸不快地拿着药方去药柜抓药的情景。等到后半夜天气异常寒冷起来，表叔摘下自己的棉帽给他戴上后，哑巴三哥才感到在漫漫路途中有一个亲戚照应着也是很温暖的。

可是，哑巴三哥的这种温暖感受没有保持多久便消散了，因为表叔葛九章被一扁担打回谯城了。

祸端发生在黎明时分。

前半夜秩序井然的队伍到了后半夜不仅走乱了，还有一些惯于享受、吃不消夜行军的动摇分子吵吵嚷嚷着要求歇息，但是前线十万火急，武装护送队只好强令他们继续行走。又勉强走到黎明时分，路过一个村庄时，几十个动摇分子索性一屁股坐在村头的麦秸垛边，说什么也不走了。一时间，庞大的队伍犹犹豫豫地停了下来。表叔葛九章敞着头，挤进人群说服教育那些动摇分子，有一个人趁着混乱抡起扁担从背后给了他一下子。表叔当场头破血流晕倒在地。等他在几个人的怀抱里醒过来时，武装护送队已经把那个偷袭者五花大绑起来，准备就地正法。但是我的表叔阻止住他们，他不仅命令把那个偷袭者放了，而且还发给他一袋干粮，让他原路返回和老婆孩子厮守去吧。

葛九章副总指挥的宽大处理，使那个曾经当过国民党政府乡长的偷袭者十分感动，他当即跪在地上给葛副总指挥磕了三个响头，然后爬起来，也不顾脑门上磕得鲜血直流，扛着扁担大步流星地带头向前走去。

一场骚乱虽然结束了，但我表叔葛九章却无法再随着队伍奔赴前线，因为种种迹象表明，他被打成了轻度脑震荡，必须尽快回后方治疗，否则后果不堪设想。哑巴三哥眼看着两名武装护送队员抬着担架上的表叔原路返回，心里既充满了深深的感动，又有一种淡淡的失落与茫然。

从上午到下午，枪炮声隐隐约约，一直在耳边时断时续，临近傍晚时才逐渐消失了。脚下的土路也越来越窄，岔路也越来越多。当我们谯城支前大队在向导的带领下走过一个很小的村庄、来到一片遍布野树棵的荒滩时，枪炮声突然间清晰地传了过来。庞大的队伍在夜影里又是一阵子小小的骚动，踉踉跄跄的脚步也犹疑着停了下来。

过了一小会儿，枪炮声奇迹般地又停下了。在武装护送队的大声疾呼与鼓舞下，队伍刚刚迈开步子向遥远的夜色里走动时，就见有二三百人抬着担架脚踏风火轮似的迎面跑过来。支前大队的武装护送队立刻做好了战斗准备。但到了跟前才弄清楚，原来那是邻县的支前队伍在几十名解放军战士的护送下，抬着二百多名解放军官兵的遗体，按照原来的计划，要把烈士遗体安葬在这片荒滩上。

这时候，大家才留意到荒滩上已经挖好了密密麻麻的墓坑，有的坑边放着棺材，有的只有几块木板或者一领秫秸箔。经过和那名负责安葬烈士遗体的解放军副连长简单交流，我们谯城支前大队的负责干部了解到已经离前线很近了，如果加快速度，一个半小时之后，支前大队就可以到达中原野战军第三纵队后勤部指定的地方报到并领受任务了。尽管所有的人都知道，越往前走危险就越大，但是，经过一路疲惫的行军，即将到达目的地的喜悦还是让人们有了几分激动。因此，不需要命令，支前大队再次行走起来不仅速度加快了，而且一路上都没有消停过的唠唠叨叨也没有了，所有的人都自觉地闭紧了嘴巴。

可是，就在这沉默的行进过程中发生了一点儿小小的意外，医疗队那个赶马车的车夫跌了一跤。后来哑巴三哥对那个车夫的长相记得十分清楚：他左下颔有着一颗蚕豆大的黑痣，黑痣上还有一撮茂盛的毛发，而且一路上他都是手捻着那撮毛发哼着小曲，哼个没完没了。

也许那一会儿快步行进的队伍过于鸦雀无声，喜欢唱戏的车夫因为不能哼哼而心里没了着落，他想以大步行走来排泄心中的寂寞。但是，路上积雪融化的一个小水坑让他出了洋相——左脚踩滑之后顺势劈了出去，而右脚却固执地钉在原地一动不动，这样一来，他无意之中做了一个完美的大劈叉。

当时，哑巴三哥也感到非常吃惊，因为车夫有点儿罗圈的两条腿伸得如此笔直简直令人匪夷所思。队伍里一阵子哄堂大笑。不消说，车夫双腿扭伤得十分严重，奇怪的是，在哑巴三哥巧妙的推拿扭转下，他居然在转眼间恢复得像平常那样自如。为了感谢哑巴三哥，知恩必报的车夫趁着夜色悄悄地让哑巴三哥坐在马车帮上，为了避免再次劈叉，他也一欠屁股坐在马车前辕上。千不该万不该，队伍里那个两耳招风、长了两颗小虎牙的小伙子，不该开了一个粗俗的玩笑，车夫被嘲笑得无地自容张口结舌，他气急败坏地抡起鞭子狠狠地抽了一下那匹辛苦了一天一夜的壮马。

于是，历史的戏剧性就在这种情况下产生了。那匹满腹委屈的壮马鸣叫一声冲出队伍，在众人的叫喊声中，风驰电掣似的奔向了夜幕下无边无际的原野。

本来我的哑巴三哥将会在前线凭借自己高超的医术为挽救解放军伤员作出杰出的贡献，并将因此受到中原野战军首长的点名表扬，还要获得一枚甲等英模勋章，本来他回到谯城后还将成为谯城人民医院主管业务的副院长，但是，这件微不足道的荒唐事如同一道看不见的铁门，将那些能体现他人生价值的各种荣誉都挡在了门外。

就是这一荒诞不经的遭遇，使我的哑巴三哥被一群国民党士兵俘获了。

当时，哑巴三哥并不知道，那群国民党士兵刚刚从解放军阵地上返回，因为一个多月的围困使他们基本上弹尽粮绝，在他们长官无奈的默许下，在解放军的优待政策下，这群国民党士兵把武器放好之后，赤手空拳地悄悄爬到解放军阵地,等他们吃饱喝足再次返回时,撞上了我的哑巴三哥乘坐的那辆再也无法奔驰的马车。

那匹受不得半点儿委屈的壮马经过一个多小时的狂奔后,走到了生命尽头,那群国民党士兵拥到马车跟前时,它已经躺在地上口吐白沫等待死神的召唤。

车上装的医疗器具被那群国民党士兵扔得乱七八糟,没有找到金银财宝他们也不太生气,但没有找到吃的却使他们大光其火。二话没说,他们先请那个冲着他们破口大骂的车夫吃了一顿拳脚。等那名英勇的车夫像他的那匹壮马一样躺在地上口吐白沫时,那群国民党士兵围住了我的哑巴三哥。他们让哑巴三哥把背上那个米黄色包袱交过去,因为他们有经验,人在这种时刻总是把值钱的细软藏在贴身包袱里。哑巴三哥尽管吓呆了,但还是紧紧地抓住系在胸前的包袱扣。一个因阶段性营养不良一说话满嘴牙齿直晃荡的士兵,上前揪住哑巴三哥的胸口,挥起被烟熏得焦黄的手掌就是一个大嘴巴。哑巴三哥顿时咧开一张血嘴,一边大哭,一边以一个哑巴的说话方式大喊大叫起来。他那副古怪的样子惹得那群国民党士兵哈哈大笑。当那名一说话满嘴牙齿直晃荡的士兵再次挥动手臂时,就听到有人冷冷地吼了一嗓子:"放开他!小心老子的枪走火了!"

哑巴三哥做梦也没有想到,他会在充满暴力的战场上和二哥相逢了。二哥端着汤姆冲锋枪,眼露凶光,那群士兵一个个噤若寒蝉。就像小时候在街上被人欺负时二哥突然出现了那样，哑巴三哥发了疯似的扑上去，搂住那个抽他嘴巴的士兵，脑袋一勾，对着那个士兵的脸就是一记老和尚撞金钟。这也是二哥在小时候教他的一记狠招。二哥大声呵斥住他时，那个跌倒在地的士兵坐在那儿哇哇大哭起来，他咧开的大嘴里，残存的几颗牙齿宛如熟透了樱桃，要落不落地悬挂在牙龈上。

接着，哑巴三哥找到那只装有医疗器具的帆布箱子，跟着二哥走了。

按照说书人的规矩，讲到危难之中亲人相遇这样的巧合故事时，总会把其中的缘由介绍清楚——当时二哥正好出来寻找军医，因为他的长官李弥的右耳又一次疼得出火，像猫咬似的，几乎要失聪了。

根据我掌握的资料，李弥的耳病由来已久，他平时心情舒畅时永不发作，一旦心情糟糕，右耳便会疼得像锥子钻一样。李弥带着他的十三兵团刚到徐州外围集结时，他的右耳还是好好的。但当参谋总长顾祝同和一个姓郭的作战厅长来到徐州开了一次作战会议后，李弥的右耳便隐隐作疼了。

其实李弥自己也非常清楚，他的耳病之所以发作，就是因为他的良策没有被采纳。他在会议上表达了这样一个意见：徐州不仅是一个容易被突击的军事孤点，补给线也拉得太长了，而周围几个战略要地城市都已被共军掌握；在这种情形下，不如退守淮河或者蚌埠，这样一可以方便补给，二可以凭借淮河天险，集中优势兵力好好和共军干一架。

但是，那个后来被共军结果了性命、名叫邱清泉的第二兵团司令官，不仅当场否决了他的意见，还哈哈大笑着说他是怕光怕亮的小老鼠，见了共军就像看见了猫。都是堂堂兵团司令官，在这样严肃的场合下如此出言不逊伤人尊严，而那位道貌岸然的参谋总长不仅没有批评邱清泉，而且还对他那坚守徐州利用优势兵力和精良装备就此彻底解决共军主力的愚蠢想法表示了大力支持。李弥心里明白，假模假式的顾祝同之所以眼见自己被侮辱还要装聋作哑，而最终因自己的愚蠢而死于非命的邱清泉之所以骄横跋扈，无非就是因为刚刚比其他兵团多辖两个军的邱大傻子是蒋老头子的亲信而已。

一连好几天，在那次会议上所受的这口恶气不仅无法吐出，而且越想越窝火，这给李弥的右耳增加了很重的负担。双方的炮火开始之后，李弥和他的十三兵团绕着徐州跑来跑去，接二连三地损兵折将，这让他的右耳更是霜上加雪。等到他在杜聿铭的命令下，与第二兵团互换了阵地来到青龙集时，他的右耳已经红肿得宛如油亮亮的卤猪耳，割心般地疼，疼得几乎感觉不到疼了。当时，所有的随军医生都束手无策，无奈之中只好给他注射了一支麻醉剂来欺骗他的耳朵。可是，第二天，当他听到军医在无意间说起麻醉剂对大脑有损害时，他立刻命令几个军医马上滚出去。

"我宁愿变成个聋子，也不想变成个傻子！"

李弥一手捂着火烧火燎的右耳，躺在行军床上流着伤心的泪水大叫道。

二哥出来给他找医生的那天晚上，李弥刚刚接到共军华东野战军司令员陈毅的劝降信。他在地堡里看完信，顿时觉得自己在瞬间变成了聋子，他跳着脚号叫了一声，捂着嗡嗡响的耳朵，一下子趴在了铺着作战地图的桌子上。当他的兵团主力第八军副军长喊人去叫医生时，李弥疼得再也无法忍受，哇的一声哭了起来。甚至到了我二哥把我的哑巴三哥带进地堡时，李弥捂着耳朵还在不停地抽泣着。

尽管事先二哥说明了哑巴三哥身怀绝技及其绝技的来历，但一开始时，李弥和几个高级军官并不相信我的哑巴三哥。可是，耳朵疼到这一地步，也只好死马当活马医他一次。

哑巴三哥是会者不难，一眼就看出李弥的卤猪耳不过是一种常见病，也就是由我们谯城人戏说的"肿炸腮"引起的。耳朵红肿只是表面现象，真正的病根在哪里呢？只见哑巴三哥不慌不忙，打开帆布箱子，驾轻就熟地取出一根细长的五寸银针，示意李弥使劲后仰脸，接着他一手顶住李弥的鼻尖,另一手捏着银针对着鼻孔猛然一刺。李弥浑身一抖,当即感到银针刺入了大脑,并且在大脑里来回挑动。当他脑海里刚刚产生这个哑巴是不是共军刺客的念头时,哑巴三哥已经抽出了银针,顺手扶正李弥的脑袋,并且在他满是槽头肉的后脑勺上轻轻拍了一巴掌。

就像突然间闻到一股刺鼻的辣椒味一样,李弥皱着眉头鼻子抽搐好一会儿,才打了一个响亮的喷嚏。接着,一股黑血箭头一样从鼻孔里滋出来。同时,眼见着那只肿胀的右耳活像撒气的气球一样,慢慢地消了下去。

当时几个高级军官吓得面无人色,其中那个副军长还掏出了手枪。但是,李弥抹着鼻血,露出欢天喜地的笑容,站起来伸了一个长长的懒腰,摸摸在眨眼间奇迹般恢复原状的右耳,兴奋异常地对我的哑巴三哥伸出一个大拇指,说了两个字:"神医!"

尽管此时此境条件有限,李弥还是热情洋溢地再三请哑巴三哥抽一支铁筒装的卡克力牌香烟,当然哑巴三哥最终也没有抽。

哑巴三哥以他神奇的医术,彻底征服了李弥那颗迷失了方向的心。后来,当李弥让残部向解放军投降以掩护他逃跑时,还想着要把我的哑巴三哥带走。但由于当时情势紧急,他穿着一件弹孔累累血迹斑斑的大衣混在伤兵里逃窜时，只带走了我二哥。等他逃到了济南，又从济南逃往青岛的路上时，还向我二哥问起为什么没有带上哑巴弟弟。二哥装疯卖傻地摊开双手说："长官，哪里顾得上啊！"

其实，当二哥得知李弥做出逃跑的决定后，就寻了一个绝妙的机会，趁着乱把哑巴三哥放走了。

后来，李弥收罗残兵败将重新组装第八军开赴云南，二哥作为他的贴身卫士之一还一直跟着他。再后来，当二哥奉李弥之命化装成商人把李弥的金银财宝送达香港的那一天，李弥和国民党保密局云南省站站长沈醉等几个高官，恰好被卢汉请进自家豪华的会客室里软禁起来，正在犹豫着是否在起义通电上签字。

二哥当时还是不知道这些情况，到了香港之后，依然按照李弥的吩咐从香港乘船前往瑞士，依照原来的计划把金银财宝存在瑞士银行里。但是，让我二哥做这样的大事，说明李弥那如同精密仪器般的大脑里有一个齿轮卡住了。

结果，二哥在船上航行了一天才发现上错了船，他所乘坐的这艘邮轮是开往美国华盛顿的，而李弥的金银财宝都装在开往瑞士的那艘船上了。

可想而知，二哥在接下来的航行途中简直成了热锅上的蚂蚁。当邮轮到达目的地，二哥糊里糊涂、心慌意乱地下船时，不慎撞倒了一个盛气凌人的金发女郎。为那名金发女郎保驾的三四个美国佬，一看我二哥是个傻头傻脑的华人，二话没说抡拳就打。结果很不美妙，身怀绝技的二哥当时正是一肚子惆怅的火气，顿时忍不住大展神威，打得三四个美国佬鬼哭狼嚎。那个金发女郎的父亲前来迎接女儿时，看到了这一场精彩的武术表演，不仅没有给美国警方添麻烦，还直接把我二哥招到他的石油公司，给自己当保镖。那位人高马大、心地善良、经商手腕十分狡猾的美国商人，一点儿没有提防，这位诚实憨厚深受他喜爱的保镖没过多久就被他的宝贝女儿撬去了。

二哥这一令人羡慕的遭遇让我思考了很久，最后我还是觉得这才是二哥命运的最佳结局，这样的结局不仅说明了一个颠扑不破的真理——好人有好报，而且这一俗不可耐的言情故事发生在二哥身上，那真是太恰如其分了。

完美的传说

在刺骨的寒风中，我看到我的哑巴三哥一路狂奔，匆匆如漏网之鱼，急急如丧家之犬。直到跑了整整一天，在那个虽然饱经风吹雨打依然香火旺盛的土地庙里坐下来，哑巴三哥眼前还闪烁着二哥放他逃生时的情景。

当时虽然才是凌晨，但阵地上已经是人来人往乱成一窝蜂。二哥端着冲锋枪，押着哑巴三哥，像是到一个僻静处执行枪决一样，专朝没人的地方走。他们走了很长时间，来到一条被废弃的田间土沟里，二哥东张西望了一阵子，他实在分不清东西南北了，索性抬手顺着土沟向远方一指，告诉哑巴三哥："你顺着我手指的那儿，一直往前跑，出了这条土沟就是一条大河，你再顺着河边向西跑，不要拐弯就到家了。"

哑巴三哥听完他的话，头也不转，撒腿就跑，一口气跑到半晌午才跑出了那条神话般的土沟。但是，哑巴三哥站住步子，转酸了脖子也没有找到二哥说的那条大河，进入视野里的仍是一望无际的蓝色土地。这时候，哑巴三哥还没有醒悟过来，依然顺着二哥指示的方向前奔跑，他希望那条大河能在他的奔跑中尽快出现。可是，他跑到了夕阳西下时，也没有看见那条大河的影子。站在平坦的大地上，望着四周海水般无垠的蓝色田地，哑巴三哥在劳牛般喘息中终于明白了，他把二哥急不择路时的随口一说当成了圣旨，真差一点儿没有累死自己。

明白过来以后，哑巴三哥反而更没了主意，仿佛没有了谬论就找不着真理。他在原地站了很长时间，直到浑身的热汗变成了刺骨的寒意，大地上的物象才在他眼里恢复了本来的颜色。

在落日的余晖中，哑巴三哥看到目光可及之处隐隐约约有一个拳头大的村庄，他提了一口气，迈着醒悟以后变得又酸又疼的双腿,向那个村庄走去。等他千辛万苦走近了,才发现刚才那个拳头大的村庄不过是一座颓败的小庙。站在那个小庙前,哑巴三哥再次张望时,终于看到不远处的的确确有一个树木森森的村庄。不过,哑巴三哥这时候基本上成了一条将丝吐尽的春蚕,他确凿地感到自己没有力气走到那个近在咫尺的村庄了。扭脸间,他看到小庙门左边有一个相貌古朴的石臼,里边还残存着积雪融化的一凹水,这才感到嗓子里着了火一样。极度的饥渴如同一束强烈的光芒,照耀得哑巴三哥顿时头晕眼花。他踉跄着扑到那个石臼边,把头扎进石臼,一口气喝干了一凹水。

冰冷的雪水使灵魂回归后,哑巴三哥打着寒战,心神安定下来,吐着嘴里泥沙,走进了庙门。

好像刚刚有人来过,土木结构、脱皮掉角的桌案上还摆放着几个白面馒头,几个洗得干干净净的红萝卜;香炉里的一把香才燃烧到一半,火头上积着一拃长的香灰——看样子这香是优质的,但那些馒头和萝卜作为供品真有点不成敬意。但对于此时的哑巴三哥来说,这些寒酸的供品真不啻于姐姐苏荣荑妙手制作的美味佳肴。

在开吃之前,哑巴三哥搓着冻得发麻的双手,无师自通地对高高在上的神像先鞠了一躬,然后从墙角里拿过几捆不知哪个农人放在那儿的秫秸,又从香炉里抽出几根燃烧着的香,吹旺火头点燃了秫秸,这才一边烤火一边大快朵颐。在火焰的辉映下，那个泥塑的神像面目模糊，好像满脸不愉快。

哑巴三哥坐在那张破旧不堪的草垫子上，一顿狼吞虎咽之后，忽然一拍双腿，想起了那个装有整套医疗器具的帆布箱子忘记带了。懊悔之际，他突然像丢了魂似的双手猛地抓向胸口。

老天爷，包袱还在。他长长地吐了一口气。

像是得到神示似的，哑巴三哥赶快解下包袱。打开后，才发现除了几件替换衣服，九灯和尚送给姐姐苏茱萸的那个黑色布包也在其中。哑巴三哥诧异之际，根本无暇细想苏茱萸怎么会把这东西包在包袱里。他怀有几分好奇，打开那个方方正正的黑色布包，原来是两卷手写线装书。就着火光，哑巴三哥看到深蓝的封面上写着三个漂亮的隶书《捻子传》。一瞬间，他不由自主地想起了九灯和尚常常在父亲面前言说这部著作时的凝重神情。

就是在这千载难逢的境地里，我的哑巴三哥在九灯和尚撰写的这部《捻子传》里，找到了我们家的历史根源。他当时已经累得精疲力竭，想蜷在草垫子上烤着火好好睡一觉，但九灯和尚那一手风骨逼人的蝇头小楷，就像一串串诱人的灯笼一样，引领着他兴趣盎然地走上阐释历史的文字迷宫。一开始，哑巴三哥还被轰轰烈烈的雉河集结盟起义所吸引；九灯和尚记载的大汉永王捻军盟主张乐行的光辉形象，也深深地打动了他那颗蒙昧之心。但是，自从书中出现苏天福这个人物后，哑巴三哥就绷紧了神经，开始一目十行地翻阅那些记载其他人事迹的精彩章节，专门寻找与苏天福的事迹有关的段落。

在囫囵吞枣般的阅读中，哑巴三哥知道了苏天福原籍并不在我们谯城。当年捻军起义之前，苏天福还在谯城西河滩以扛码头为掩护，暗暗结交一些英雄好汉准备结捻起事。在九灯和尚的笔下，苏天福是一个头脑清醒心细如发的英雄人物，做码头工人时，表面上他是独自一人从事危险的活动，实际上他的诸多族人也都悄悄地潜伏在谯城，以做各种生意为名，暗中保护着他。我爷爷就是其中之一，他一边做着药材生意，一边暗暗关注着他的族兄苏天福。后来，张乐行召集五十八捻在雉河集结盟时，苏天福带着族人前往参加，只留下连其他族人都不摸底细的我爷爷。因为苏天福为人十分精细，在谯城期间，他之所以从来就没有和我爷爷有过表面接触，就是防备着举事以后万一有了不测之时，能有一个回旋之地是一，其二也能给苏家留下一线血脉。

在雉河集结盟大会上，苏天福被推为捻军五大旗之黑旗总目，号称顺天王，后来捻军和太平天国联盟后他被洪秀全赐封为立天侯。在几年南征北战的艰苦岁月里，捻军和清军不断作战的同时，也不断地自相残杀。不仅因为失去天时地利，更因为失去了人和，所以后来捻军走向颓势。张乐行率领二十万大军在雉河集与清军进行最后一次生死决战时，苏天福也参加了雉河集保卫战。

由于当时形势十分险峻，在开战之前，有人建议张乐行把捻军的家底拿出一部分，找个地方储藏起来，以备此战失利后将来东山再起时使用。尽管张乐行当时头脑发热，急于与清军决一雌雄，但还是清醒地采纳了这一建议。他就此向爱将苏天福问计，苏天福不由自主地想起我爷爷来。尽管当时苏天福非常清楚城门失火殃及池鱼的道理，但他还是怀着悲壮的心情咬牙说出了我爷爷。

于是，经过周密的策划，张乐行让苏天福给我爷爷写了一封短信，并派捻军白旗红边总目葛苍龙所部猛将胡闻达手持此信，办理此事。没想到，大战即将开始之际，胡闻达不仅没能及时处理这件机密大事，而且他也在这场恶战后生死不见，去向不明了。一直拖到几年后梁王张宗禹兵败之时，胡闻达才带着一个葛家后人，当着他的面把那八缸黄金送到我们家。

当初雉河集大战惨绝人寰，在僧格林沁率领的蒙古马队与清军洋枪队的残酷进攻下，以大刀和齐头钗为兵器的捻军一败涂地，几乎全军覆没。拥有二十万大军的大汉永王张乐行，在仅仅二十七人的保护下得以脱逃。而苏天福所部的黑旗军全部战死，苏天福本人只身被俘，迅即被斩于僧贼大营所在地——我们谯城以东四十里的义门集之周家营。半月之后，逃出重围的张乐行在投奔另一捻军首领李家英时，被已经叛变的李贼诱捕，然后解往僧贼大营义门集之周家营，连同其子张闹、义子王宛儿等十数人惨遭僧贼毒手。

也许是因为岁月遥远，前朝的星汉无边无际，这样悲惨的历史往事居然没有引起哑巴三哥的悲伤；就连九灯和尚在下边篇章里所写的，后期捻军杰出首领张宗禹率领捻军在山东荷泽西北的高楼寨布下口袋阵，不仅让僧格林沁的马队全军覆没，而且还把单枪匹马的僧贼逼到了与高楼寨邻近的葭密寨麦地里，被少年英雄张皮绠割下了狗头这样快意恩仇的开心事，也没有让哑巴三哥产生半点儿激动。倒是九灯和尚自己的故事让他心怀向往，浮想联翩，不能自抑。

那时候，九灯和尚只是个不足二十岁的年轻小伙子，因为在参加捻军之前还在私塾念书，所以入捻之后一直在张乐行的帐前担负起草文书之事。在雉河集保卫战中，张乐行见他年轻又知书识理，便让他随一支劲旅逃生，并希望他如果能冲出去，见到万一活下来的张氏后人能够尽力保护。九灯和尚侥幸逃生后四处游荡，不久得知押在谯城死牢里的张氏家属中有一妻室生了一子，于是便不顾生死地来到谯城，在当时谯城望族段家大门口一跪就是七天七夜。与张氏有些亲戚关系的段家一是感其仁义，二是念及张乐行一代英雄无后，遂重金打通官府，谎报生的是个女婴，乘夜将英雄之后带了出来。然后，九灯和尚带着婴儿远走他乡。

迫于情势无奈，九灯和尚不久便遁入空门，在岁月更迭中千辛万苦地将婴儿抚养成人。可惜天不赐福，这唯一的张氏后人成家之时已是人逾中年，妻子怀孕八个月之际，他夜里想去偷点儿鱼来给妻子滋补身体，不意失足淹毙。而他的妻子生下一个女婴三个月后，在河边洗尿布时一阵头晕目眩，一头扎进河里再没上来。

这个时候，早已改朝换代好几轮，九灯和尚已经年过耳顺，在当地已经成了一个深孚众望的高僧。恰巧此时，省佛教协会得知谯城金平寺主持广智大和尚即将圆寂的消息，便派九灯和尚前往谯城金平寺接替主持佛职。于是，九灯和尚便用一只柳条笆斗扛着那个女婴，来到了我们谯城。九灯和尚花了一个月的工夫，确凿地弄清楚我们家就是黑旗总目苏天福的族人之后，便在一细雨绵绵的日子里把那个女婴送到了我们家。

哑巴三哥看到这儿，心里顿时充满泉水般的巨大喜悦。

仿佛欢乐的火焰燎焦了他的神经，使我的哑巴三哥产生一阵幻觉，他眼睁睁地看着日转星移，岁月如同纸片般在他眼前一口气翻过了二十年，这才终于鼓足勇气向那位非同胞姐姐走过去。当他路过相对而立的二十面镜子时，瞥见了自己两眼角布满了鱼尾纹。哑巴三哥丝毫没有任何顾忌地来到非同胞姐姐面前，强抑着起伏剧烈的心情，像个说书人那样，有条不紊滔滔不绝地把他所知道的一切都告诉非同胞姐姐。最后，他以梦幻般的声音对她说："好了，我们高低到了可以谈婚论嫁的时候了。"那位非同胞姐姐尽管头发花白，骨瘦如柴，但她还是有力地对哑巴三哥摇摇头，面无表情地拒绝了他。她目光浑浊，直直地盯着哑巴三哥，用干巴巴的手机械地拍打着他那日趋松弛的脸颊，带着几分嘲弄的口吻说："你是在做梦，还是吃饱了撑的？"

二十年之后，当哑巴三哥真的向那位非同胞姐姐求婚时，这一切场景又重现了——这时候，哑巴三哥才明白，当年他在那个破庙里所做的这个迷人的梦，就已经昭示了他未来爱情的命运与结局。

在一只手掌有力地拍打下，哑巴三哥醒了过来。在没有看到那个农妇之前，周身的酸痛使他意识到自己病得很厉害。深谙医道的他在一线清醒的意识里马上明白了，自己因为在大饥大渴之时一阵狼吞虎咽之后睡着了，因积食受寒引发了高烧。接着，他朦胧中看到那个农妇给他喂水，再接着，他模模糊糊地听到一阵阵像是打铁的声音，仿佛春天初融的溪水似的，他感到自己就像躺在天河之水上，聆听着仙境之乐，晃晃悠悠地睡着了。

哑巴三哥彻底清醒时已经是三天之后，但在他的印象里仿佛只有一个上午的时间，因为那种模模糊糊的打铁声一直响在耳边。他坐起来时，才发现自己在一张破旧的床上，还盖着一条补丁摞补丁的花被子。屋门很窄，屋里光线很暗，一个面目模糊的农妇正在灶前烧火。顺着丁丁当当的声音，可以看见外边的草棚下有一个穿着单衫的壮汉在打铁，砧上的那根红光刺目的铁显然是刚从炉中夹出来的，在铁匠一下一下的捶打中正在逐渐变形，只是暂时还看不出它会变成什么样的铁器。

那个农妇看到哑巴三哥坐起来，也惊讶地从灶前立身站起，微笑着快步走到床前，一迭声地说："你醒了大兄弟！大兄弟你醒了！"

哑巴三哥不知所措地点点头。他下床时才想起九灯和尚撰写的那两本《捻子传》。我的哑巴三哥心头一紧，连忙对那个农妇呜里哇啦地叫唤了一阵子。农妇脸上露出短暂的一丝惊愕，接着十分欢快地笑起来。很显然，她明白了哑巴三哥在说什么。她一下子变得笑容灿烂，熟练地比画着哑语，告诉哑巴三哥，那两本书被外边的铁匠生火点炉子了。哑巴三哥顿时像旋风似的冲到了外边，那个正在打铁的壮汉回过头来看了他一眼。他的眼光和他的神情让哑巴三哥十分熟悉，果然，随之出来的农妇给他解释说，她的丈夫也是个哑巴，而且糟糕的他还是个聋子。

失去九灯和尚撰写的《捻子传》，并没让哑巴三哥痛心疾首。在那一瞬间里，他反而英明地感到，记载着一段血腥与悲伤的历史书籍，被又哑又聋的铁匠焚烧在铁匠炉里，也许就是最好的结局。有了这样通达的想法，哑巴三哥顿时感到身心轻松许多。他带着一个哑巴特有的赞许神情，无限感激地看了那个铁匠一眼。那个铁匠也以一个聋哑人特有的方式，心领神会地看了哑巴三哥一眼，接着挥动铁锤专心致志地打起铁来。

哑巴三哥这才回过头来，认真地打量了一下那个农妇，只见她站在阳光下，显得无忧无虑，尽管穿着破旧，但她有着一头乌发，有着褐里透红的脸庞，有着明亮的一双眼睛，这些使她看起来非常健康和聪明。她快乐地笑着，微微露出一口洁白整齐的牙齿。

在哑巴三哥的询问下，这个健康的农妇使用熟练的哑语告诉他去谯城要走哪条路。在送哑巴三哥上路时，善良的农妇从锅里捞出四个刚煮的咸鸭蛋，塞进他的包袱里。哑巴三哥走了很远很远，还能听到那一阵阵打铁的声音，还能看到那个淳朴的农妇站在屋角向他张望。

但是，十数年之后，当哑巴三哥随着治淮队伍再次路过这个村庄时，不管他把话写在纸上，还是歇斯底里地哇哇大叫，没有一个人知道那个农妇和那个又聋又哑的铁匠的踪迹，甚至没有一个人听说过，在这个村庄里曾有过那么一对善良而神奇的夫妇。

在哑巴三哥的印象里，他好像走了十万八千里的漫长路程才回到了我们谯城。从东门进城时尽管已是夕阳西下时刻，但出出进进的欢乐人群还是像潮水一样川流不息。当时这种欣欣向荣的景象让我的哑巴三哥感到有点儿陌生，但熟悉的街道和熟悉的商铺让他确信自己回到谯城了。街上好像正进行着什么重大活动，一队队人群打着红旗，举着写有各种口号的横幅，伴着嘹亮的歌声，快步行走着。奇怪的是，在这种热烈的气氛里，哑巴三哥沿着街边碎步行走时却感到心里空荡荡的，仿佛有什么不好的预兆。

当哑巴三哥拐向白布大街时，有几辆绿黄色的卡车拉着满满的全副武装的解放军风驰电掣地迎面驶来。熙熙攘攘的行人们纷纷躲向路边，哑巴三哥也好奇地站在一棵张贴着红色标语的电线杆旁驻步观看。卡车过后，就见一辆三排座的敞篷吉普车在一阵刺耳的鸣笛声中飞驰而过。尽管如此快速，但哑巴三哥还是清楚地看到车上坐的人：前边副驾驶位上是怀抱冲锋枪的麦冬，他浑身布满了鲜艳的血迹。后排是表叔葛九章和表姐陈鱼容，他们全副武装，神色凝重。还有两个女兵，抱着带有红十字的医疗急救箱，坐在最后边一排。哑巴三哥感到有些纳闷，但是，旁边观望的行人几声细碎的交谈让他知道了如下情况：

苏县长在追剿江淮巨匪蒋六秃子的战斗中身负重伤，谯城人民医院的葛副院长带着部队前去营救。

望着那几辆汽车绝尘而去，我的哑巴三哥怀着一缕隐隐的惆怅，迈着细碎的步子向家走去。当他走上我们家大门前的台阶上时，那缕惆怅宛如酥糖入沸水一样消失了，随之而来的澎湃情感如同汪洋涌上心头。他伸手敲打门环时，犹豫了一下，仿佛他在设想，当他把藏在心中的那个好消息告诉那位非同胞姐姐时，人家会不会顺手奖赏他一张香喷喷的千层油饼。他站在那儿，凝视着自己的手和那只有些锈斑的门环，好像在回想自己出去多长时间了，直觉得仿佛过了千载；他不敢想象，当那位非同胞姐姐给他开门时，她会变成什么样子。

这时候，夜影子已经爬上墙了。

虽然哑巴三哥那只敲打门环的手还没有落下，但我们家的大门却像怕被烫着似的自动打开了，随之一阵喧哗声波浪一样扑面而来，经久不息地响在哑巴三哥的耳边。他惊讶无比地向里边张望了一眼，饱含繁华岁月的时间又轮回过来：

灯火辉煌中，八十张红得发紫的桌子边坐满了欢乐的大人和孩子，他们都穿着崭新的衣服，好像在过年的盛宴中推杯换盏，高声喧哗。在留声机发出的一阵阵德国古典音乐声中，那二十八名我们谯城最具盛名的厨师和胖厨娘黄三婶子在炉火闪烁中挥舞着菜刀和大勺，川流不息的佣工用红色的托板端着各种美味佳肴在人群里走马灯一样上着菜。整整一个排的士兵喝得醉醺醺的，抬着客人们啃下的一筐筐骨头唱着小曲走到墙边把它倒掉。喝空的酒坛子摆满了一院子，夜风吹来酒坛子唱起雄浑的歌声。空气中弥漫着古井贡酒的浓郁芳香，五月的昆虫在夜空中为迷人的酒香所吸引，成群结队地在院里飞来飞去。全城的黄鹂也都飞来了，院里所有的树上都落满了这种黄色的鸟。它们站在枝桠上一动不动，张嘴就能吃到昆虫，一直吃得腰身饱满，无法飞翔。许多醉酒的客人，随便在哪儿，双腿一软倒在地上不再爬起，反而打起震天动地的鼾声。在大批客人中间，有着一片宽敞的地方，半醉不醉正处于亢奋状态的客人们，正随着那台闪闪发光的留声机大跳其舞。随着音乐接近尾声，所有舞者纷纷闪到两旁，舞场里显现出一对舞姿优美的舞伴还在跳着，那就是我的父亲和我的母亲。有一个头戴鸭舌帽、身穿花格西装的摄影师，早在一厢选好了角度，调好了焦距，等到音乐一停，父亲和母亲恰好来到镜头前，停下来的舞姿正好是一个恩爱的造型。那个摄影师随手按下了快门，将父亲和母亲那副保持完美的姿势永远地镶嵌在时间的记忆里。

幽灵说话

终于轮到我这个幽灵上场了。

但是,你们永远也不会知道我是谁。

说实话,我永远也不会来到这个到处都是大蒜味、到处都是焰火和怨仇的人世间。我喜欢飘荡在半空中,享受着清风习习,观赏着白云朵朵。然而,可怕的事情总会降临人间,也会无缘无故地降临在我这个幽灵身上。或许几个轮回之后,就会有人按照人的模样把我生下来,让我生活在这个充满希望与绝望的人间,可能还会有人赋予我一项光荣而凄凉的使命,那就是让我充当人类的记录员,把他们那些高尚的精神和淫荡的言行痛痛快快地记录在案。

我作为一个微不足道的幽灵,把我微不足道的牢骚发泄完毕。

现在,我把在我们家大门口发生的最后一点儿故事告诉你们:

当我的哑巴三哥望着眼前的盛大景象,正要抬腿走进大门时,忽然听到一阵急促的马蹄声在身后响起。他回过头来,那匹汗水淋漓的驿站之马已经在不远处停下来。一个穿着深蓝色制服的邮差跳下马,他走过来时,哑巴三哥才发现他有点跛脚。尽管还有一段很长的距离,但那个邮差以跛鳖千里的精神走到了哑巴三哥面前，微笑着把一封信件递到他手上，然后一言不发，一瘸一拐地回到那匹马旁边。他上马的动作极其灵敏，简直让哑巴三哥咂舌不及；他策马如风般地消逝而去，其速度更是让哑巴三哥瞠目结舌。

哑巴三哥随手打开信件，原来是老舅寄来的，那位名震京城的神医在信中写道：由于京城沦陷，战事频仍，他不能前来谯城参加他妹妹五十五岁的寿诞了；心虽向往之，身不能至矣。

一派迂腐腔调，满纸朽木文字，如此云云。

图书在版编目（CIP）数据

流芳记/李亚著. -- 上海：上海文艺出版社,2022
（潜海采珠）
ISBN 978-7-5321-7097-5
Ⅰ.①流… Ⅱ.①李… Ⅲ.①长篇小说－中国－当代
Ⅳ.①I247.5
中国版本图书馆CIP数据核字(2022)第078244号

发 行 人：毕　胜
策　　划：黄德海
责任编辑：谢　锦
封面设计：周伟伟

书　　　名：流芳记
作　　　者：李　亚
出　　　版：上海世纪出版集团　上海文艺出版社
地　　　址：上海市闵行区号景路159弄A座2楼　201101
发　　　行：上海文艺出版社发行中心
　　　　　　上海市闵行区号景路159弄A座2楼206室　201101　www.ewen.co
印　　　刷：苏州市越洋印刷有限公司
开　　　本：889×1194　1/32
印　　　张：14.75
插　　　页：2
字　　　数：260,000
印　　　次：2022年6月第1版　2022年6月第1次印刷
Ｉ Ｓ Ｂ Ｎ：978-7-5321-7097-5/I.5675
定　　　价：55.00元
告　读　者：如发现本书有质量问题请与印刷厂质量科联系　　T：0512-68180628